Jason Fry

STAR WARS: DIE LETZTEN JEDI

Jason Fry

STAR WARS™

DIE LETZTEN JEDI

Der Roman zum Film

Basierend auf einer Geschichte
von Rian Johnson

Deutsch von Andreas Kasprzak

LUCAS BOOKS
penhaligon

Die Originalausgabe erschien 2018 unter dem Titel »Star Wars™: The Last Jedi« bei DelRey, an imprint of Random House, a division of Penguin Random House LLC, New York.

MIX
Papier aus verantwortungsvollen Quellen
FSC® C083411
FSC www.fsc.org

Verlagsgruppe Random House FSC® N001967

1. Auflage

Redaktion: Rainer Michael Rahn
Umschlaggestaltung: Isabelle Hirtz, Inkcraft,
nach einer Originalvorlage Cover Art Copyright:

HK · Herstellung: sam
Satz: Uhl + Massopust, Aalen
Druck und Bindung: CPI books GmbH, Leck
Printed in the Czech Republic
ISBN 978-3-7645-3207-9

www.penhaligon.de

Es war einmal vor langer Zeit
in einer weit, weit entfernten Galaxis ...

Die Erste Ordnung hat die Vorherrschaft errungen. Nachdem er die friedliche Republik vernichtend geschlagen hat, setzt der Oberste Anführer Snoke nun seine gnadenlosen Legionen ein, um die militärische Kontrolle über die Galaxis zu erlangen.

Nur General Leia Organas Gruppe von Widerstandskämpfern stellt sich der wachsenden Tyrannei entgegen, in der festen Überzeugung, dass Jedi-Meister Luke Skywalker zurückkehren und dem Kampf wieder einen Funken Hoffnung bringen wird.

Doch der Widerstand ist in Gefahr. Als sich die Erste Ordnung dem Rebellenstützpunkt nähert, leiten die tapferen Helden eine verzweifelte Flucht in die Wege …

Prolog

Luke Skywalker stand neben seiner Frau im abkühlenden Sand von Tatooine.

Der Streifen Himmel über dem Horizont war noch vom letzten Orange des Sonnenuntergangs gefärbt, aber man konnte bereits die ersten Sterne sehen. Luke blickte zu ihnen hoch und suchte nach etwas, von dem er wusste, dass es nicht mehr da war.

»Hast du etwas gesehen?«, fragte Camie.

Ihre Stimme war von Zuneigung erfüllt – aber wenn er genauer hinhörte, nahm er auch Müdigkeit wahr.

»Einen Sternzerstörer«, antwortete er. »Oder zumindest dachte ich es.«

»Dann glaube ich dir«, sagte sie, eine Hand auf seiner Schulter. »Du warst schon immer besser darin, Schiffe zu erkennen – selbst wenn die Sonnen am höchsten stehen.«

Luke lächelte und dachte an jenen Tag vor all den Jahren zurück, als er in die Tosche-Station gestürmt war und seinen Freunden von den beiden Schiffen im Orbit über ihren Köpfen erzählt hatte. Camie hatte ihm nicht geglaubt; sie hatte kurz durch sein altes Makrofernglas gespäht, es ihm dann desinteressiert zugeworfen und sich wieder aus der Hitze der gnadenlosen Zwillingssonnen zurückgezogen. Fixer hatte ihm auch nicht geglaubt, ebenso wenig wie Biggs.

Aber er hatte recht gehabt.

Sein Lächeln verblasste bei der Erinnerung an Biggs Darklighter, der Tatooine verlassen hatte, nur um irgendwo weit entfernt zu sterben. Biggs war sein erster richtiger Freund gewesen – und vermutlich auch sein einziger.

Sein Geist zuckte so schnell vor dem Gedanken zurück, wie seine Hand in der Mittagshitze von einer Evaporator-Verschalung zurückschrecken würde.

»Ich frage mich, was das Imperium hier draußen wollte«, sagte er, wobei er erneut den Himmel absuchte. Um die Garnison bei Mos Eisley zu versorgen, brauchte man wohl kaum ein Kriegsschiff von der Größe eines Sternzerstörers. Dieser Tage, in denen Frieden in der Galaxis herrschte, brauchte man eigentlich überhaupt keine Kriegsschiffe mehr.

»Was immer es ist, es hat nichts mit uns zu tun«, erwiderte Camie. »So ist es doch, oder?«

»Natürlich«, sagte Luke, und sein Blick schweifte reflexartig über die Lichter, die die Grenze ihrer Feuchtfarm markierten. Doch es gab keinen Grund zur Beunruhigung – diesseits von Anchorhead hatte man seit bald zwanzig Jahren keine Tusken-Räuber mehr gesehen –, aber alte Angewohnheiten wie diese ließen sich nur schwer abschütteln.

Die Tusken sind fort – alles, was noch von ihnen übrig ist, sind Knochen im Sand.

Aus irgendeinem Grund machte ihn das traurig.

»Wir haben die Quoten des Imperiums seit fünf Jahren eingehalten«, erklärte Camie. »Und wir zahlen Jabba unsere Wassersteuer. Wir sind niemandem etwas schuldig, und wir haben nichts getan.«

»Wir haben nichts getan«, stimmte Luke zu, obwohl er wusste, dass dieser Umstand allein keine Garantie für Sicherheit war. Jeden Tag widerfuhren Leuten schreckliche Dinge, obwohl sie nichts getan hatten – Dinge, über die man besser nicht sprach. Jedenfalls nicht, wenn man schlau war.

Einmal mehr dachte er an jene lange vergangenen Tage, an die er eigentlich nicht mehr denken wollte. Die Droiden, die Nachricht – ein holografisches Fragment, in dem eine junge Frau die Hilfe eines Obi-Wan Kenobi erbat.

Lass die Vergangenheit ruhen. Das sagte Camie ihm immer wieder. Aber als er nun in die Dunkelheit starrte, stellte Luke fest, dass er ihren Rat nicht befolgen konnte.

Der Astromechdroide war in der Nacht verschwunden, während Luke mit seiner Tante und seinem Onkel beim Abendessen saß. Luke hatte gewusst, dass Onkel Owen wütend sein würde, darum war er das Risiko eingegangen und hatte trotz der Bedrohung durch die Tusken die Farm verlassen, um die Einheit zu suchen.

Doch in jener Nacht hatten keine Sandleute die Wüste unsicher gemacht. Luke hatte den entlaufenden Astromech zur Farm zurückgebracht und den Landspeeder die letzten zwanzig Meter geschoben, um Owen und Beru nicht aufzuwecken.

Nun lächelte Luke reuevoll, während er – wie so oft – darüber nachdachte, was alles hätte schiefgehen können. Was, wenn er umgekommen wäre – ein weiterer leichtsinniger Feuchtfarmer, der der Wüstennacht und den Schrecken, die darin lauerten, zum Opfer fiel?

Doch er hatte Glück gehabt, in jener Nacht und noch mal am darauffolgenden Tag.

Die Sturmtruppler waren aufgetaucht, kurz nachdem Luke von der Arbeit am Südhang zurückgekehrt war – die

Kondensatoren dort hatten Owen und Beru ständiges Kopfzerbrechen bereitet, genau wie jetzt ihm und Camie –, und der Sergeant hatte angefangen, sie herumzukommandieren, noch ehe er von seinem Taurücken gestiegen war.

Eine Gruppe Schrotthändler hat euch zwei Droiden verkauft. Bringt sie her. Sofort.

Luke hatte die Droiden regelrecht aus der Werkstatt zerren müssen; der Astromech hatte wild gepiepst, während die Protokolleinheit immer wieder erklärte: *Ich ergebe mich, ich ergebe mich.* Mehr als eine Stunde hatten sie in der drückenden Hitze gestanden, während die Imperialen die Speicherbänke der Droiden überprüften; Owens Bitte, dass sich zumindest Beru in den Schatten setzen dürfte, war schroff abgewiesen worden.

Und dann war der alte Ben Kenobi aufgetaucht. In seiner staubigen braunen Robe war er aus der Wüste herbeigestapft und hatte lächelnd mit den Sturmtrupplern gesprochen, als wären sie alte Freunde, die einander beim Tauschhändler in Anchorhead über den Weg liefen. Er hatte ihnen mit einer schweifenden Handbewegung erklärt, dass bei Lukes Identifizierung ein Fehler vorläge – der Nachname des Jungen lautete Lars, nicht Skywalker.

»Genau«, hatte Owen nach einem kurzen Blick in Berus Richtung zugestimmt. »Luke Lars.«

Anschließend hatte Ben den Sturmtrupplern erklärt, dass es keinen Grund gäbe, Owen für eine Befragung mitzunehmen. Doch die Imperialen hatten nichts davon wissen wollen; sie hatten Lukes Onkel gemeinsam mit den Droiden in einen Truppentransporter geschubst, und während der Astromech noch ein letztes, verzweifeltes Quietschen von sich gegeben hatte, war die Luke zugeknallt.

Drei Tage später hatten sie Owen wieder freigelassen,

aber er war blass gewesen, und er hatte die gesamte Rückfahrt von Mos Eisley kein Wort gesprochen. Es dauerte ein paar Wochen, bis Luke genug Mut gesammelt hatte, um ihn zu fragen, ob das Imperium sie entschädigen würde. Owen hatte ihn angefahren, die Sache zu vergessen, und dann schnell die Arme verschränkt – aber Luke hatte gesehen, wie stark seine Hände zitterten.

Ein Meteor streifte über ihnen vorbei und riss Luke aus seinen Erinnerungen.

»Worüber denkst du nach?«, fragte Camie vorsichtig.

»Darüber, dass ich irgendwie alt geworden bin.« Er zupfte an seinem Bart. »Alt und grau.«

»Da bist du nicht der Einzige«, sagte sie und hob die Hand zu ihrem eigenen Haar. Er lächelte sie an, aber Camie blickte in die Nacht hinaus.

Den alten Ben hatte nach jenem Tag niemand mehr gesehen, aber es gab Gerüchte – gewisperte Geschichten über ein Kanonenboot, das im Tiefflug über der Jundlandwüste gekreist war, über ein Feuer in der Nacht. In Anchorhead wurde die ganze Sache als Cantina-Gewäsch abgetan, aber Luke war sich da nicht so sicher. Die Truppen bei der Farm waren schließlich real gewesen, ebenso die Truppen, die bei der Darklighter-Farm aufgetaucht waren und Biggs' Familie mitgenommen hatten. Die Darklighters waren nie wieder zurückgekehrt – ihre Farm war von Jawas und Sandleuten ausgeschlachtet worden, und was übrig blieb, hatte der Sand verschlungen.

Wochen waren zu Monaten geworden, Monate zu Jahren, Jahre zu Jahrzehnten. Luke lernte, dass er ein Gespür für Maschinen hatte, für die nervenzehrende Komplexität eines Lebens als Feuchtfarmer auf einem Planeten wie Tatooine – und er hatte ein Talent, das Beste aus einer Situation zu machen, egal ob es nun darum ging, mit Jawas zu feilschen oder die besten Plätze für Evaporatoren zu finden. Und in Anchorhead war der Junge, den sie einst scherzhaft den Wurm genannt hatten, nur noch als Luke der Glückspilz bekannt.

Camie hatte sein Talent ebenfalls erkannt – und sie hatte erkannt, dass Fixer viel redete, aber wenig tat. Also hatte sie Luke geheiratet, und die beiden hatten mit Owen und Beru die Farm bewirtschaftet, welche sie schließlich erbten. Sie hatten niemals Kinder bekommen – der Schmerz darüber war zu einem dumpfen Rumoren verblasst, welches sie einander niemals eingestehen würden –, aber sie hatten hart gearbeitet und sich ein gutes Leben aufgebaut. So gut, wie es auf Tatooine eben möglich war.

Dennoch träumte Luke noch immer von dem Mädchen, das Obi-Wan um Hilfe angefleht hatte. Letzte Woche erst war er ruckartig aus dem Schlaf hochgefahren, überzeugt, dass der Astromech in der Werkstatt auf ihn wartete, bereit, nach all dieser Zeit endlich die ganze Nachricht für ihn abzuspielen. Es war wichtig, dass Luke sie hörte. Da war etwas, was er tun musste. Etwas, das ihm *vorherbestimmt* war.

Als die Sturmtruppler die Droiden mitgenommen hatten, war Luke davon ausgegangen, dass er die Identität der jungen Frau niemals erfahren würde. Doch da hatte er sich geirrt. Ihr Name geisterte wochenlang durch das HoloNetz, bis hin zu der letzten Meldung, dass sich Prinzessin Leia Organa vor ihrer Hinrichtung für ihre verbrecherische Vergangenheit entschuldigt und die Galaxis zur Einigkeit aufgerufen hatte.

Seltsamerweise hatte das Imperium niemals Aufzeichnungen dieser Entschuldigung veröffentlicht, und so blieb Luke nur die Erinnerung an den kurzen Ausschnitt aus der

Botschaft der Prinzessin – und die Frage, welch verzweifelte Mission sie wohl dazu bewogen hatte, einen alten Einsiedler auf Tatooine um Hilfe zu bitten.

Aber worum es auch gegangen war, sie hatte versagt. Alderaan war heute nur noch ein Trümmerfeld, ebenso wie Mon Cala und Chandrila – alle drei zerstört von der Kampfstation, welche die Pestbeule des Separatismus und der Rebellion ausgebrannt und der Galaxis Frieden gebracht hatte.

Oder zumindest eine Zeit ohne Konflikte. Das war vielleicht nicht dasselbe, aber es war gut genug.

Er merkte, dass Camie seinen Namen sagte, und nicht zum ersten Mal.

»Ich hasse es, wenn du diesen Ausdruck im Gesicht hast«, sagte sie.

»Was für einen Ausdruck?«

»Du weißt, was ich meine. Als würdest du denken, dass etwas falschgelaufen ist. Dass du um etwas betrogen wurdest. Dass alles ein großer Fehler ist. Dass du lieber Tank und Biggs gefolgt und zur Akademie gegangen wärst, wie du es zunächst wolltest. Dass du eigentlich weit von hier entfernt sein solltest.«

»Camie …«

»Und weit weg von mir«, fügte sie mit leiser Stimme hinzu, wobei sie sich abwandte und die Arme vor der Brust verschränkte.

»Du weißt, dass ich das nicht denke.« Er legte seiner Frau die Hände auf die Schultern und versuchte zu ignorieren, dass sie sich unter der Berührung versteifte. »Wir haben ein gutes Leben. Mein Platz ist hier. Jetzt komm … lass uns reingehen. Es wird kalt.«

Camie erwiderte nichts, ließ sich jedoch von ihm zurück

in die Kuppel führen, die den Eingang ihrer Heimstatt bildete. Auf der Schwelle blieb Luke kurz stehen, um ein letztes Mal zum Himmel hochzublicken, doch der Sternzerstörer – sofern er überhaupt dort gewesen war – war nicht zurückgekehrt.

Dann war der Moment vorbei, und er wandte sich vom leeren Firmament ab.

Luke erwachte ruckartig und schnellte instinktiv in eine sitzende Position hoch. Seine mechanische Hand surrte protestierend, und das Geräusch wirkte wie ein Echo der summenden Insekten, die im zähen Gras von Ahch-To lebten.

Er versuchte, den Traum zu verdrängen, während er in seine wollene Robe und den wasserdichten Mantel schlüpfte, dann öffnete er die Metalltür seiner Hütte und schob sie hinter sich leise wieder zu. Die Morgendämmerung hatte noch nicht wirklich begonnen, und das Licht des kommenden Tages beschränkte sich auf ein perlartiges Schimmern am Horizont, tief über der schwarzen Leere des Meeres.

Die Ozeane von Ahch-To faszinierten ihn noch immer – eine Unendlichkeit aus Wasser, die im einen Moment glatt und friedlich sein konnte und im nächsten ein brodelndes Chaos. Die gewaltige Menge an Wasser war wirklich surreal – zumindest für jemanden wie ihn, der in den Wüsten von Tatooine aufgewachsen war.

Ein Stück den Hang hinab würden schon bald die Hüterinnen den neuen Tag beginnen, wie sie es schon seit Äonen taten. Sie hatten ihre Pflichten, und er hatte seine – sie aufgrund ihrer uralten Verpflichtung, er aufgrund seiner eigenen Entscheidung.

Während seiner Jugend auf Tatooine hatte er die täglichen Arbeiten gehasst; jetzt verliehen sie seiner Zeit hier auf

Ahch-To eine gewisse Struktur. Er musste Milch besorgen, Fische fangen und eine lose Steinstufe reparieren.

Später.

Jetzt ging Luke langsam die Stufen hinauf, bis er die Wiese oberhalb des Meeres erreichte. Er fröstelte – der Sommer neigte sich dem Ende zu, und der Traum hielt ihn immer noch gefangen.

Das war kein gewöhnlicher Traum, und das weißt du auch.

Während er mit seiner mechanischen Hand die Kapuze des Mantels über seinen Kopf streifte, strich er mit der anderen Hand – der Hand aus Fleisch und Blut – über seinen Bart. Er wollte gegen den Gedanken protestieren, aber er wusste es besser. Die Macht war hier am Werke. Sie hatte sich als Traum getarnt, um durch die Barriere zu schlüpfen, die er um sich errichtet hatte.

Aber war dieser Traum ein Versprechen? Eine Warnung? Oder beides?

Eine Veränderung steht bevor. Jemand kommt hierher.

TEIL I

1. Kapitel

Leia Organa, einst Prinzessin von Alderaan und nun General des Widerstands, stand auf einer Lichtung im Dschungel von D'Qar, zu beiden Seiten eingerahmt von zahlreichen Offizieren und Technikern.

Ihre Köpfe waren gebeugt, ihre Hände gefaltet, aber Leia konnte sehen, dass sie verstohlen zu ihr herüberlinsten. Und auch, dass sie unbehaglich von einem Bein aufs andere traten, entging ihr nicht.

Der Krieg nahte, das wussten sie alle. Sie befürchteten nur, dass Leia es in ihrer Trauer vergessen hatte.

Der Gedanke erschien ihr wie eine Beleidigung. Sie wusste mehr über Krieg als sie alle, und was die Trauer anging… Sie hatte bereits mit Trauer gelebt, ehe viele dieser quengeligen Offiziere auch nur geboren waren. Genau genommen waren Krieg und Trauer die einzigen Begleiter, die sie durch alle fünf Jahrzehnte ihres Lebens begleitet hatten. Doch sie hatte sich deswegen nie davon abhalten lassen zu tun, was getan werden musste.

Die Wut war heiß und schneidend, aber nach den Stunden der Trauer, die sie förmlich ausgehöhlt hatte, war das Gefühl geradezu erleichternd.

Sie hasste es, hier im dampfenden Dschungel zu stehen – diese gesamte Zeremonie widerstrebte ihr. Sie hatte Admiral Ackbar einen langen anklagenden Blick zugeworfen, als der altgediente Mon Calamari sie in ihrer Kommandozentrale auf D'Qar zur Seite genommen und seine Bitte an sie gerichtet hatte.

Han ist tot, gestorben durch die Hand unseres Sohnes – und Sie wollen, dass ich eine Ansprache halte?

Doch Ackbar hatte schon viel schlimmeren Dingen standgehalten als einem wütenden Blick von Leia Organa. Ihr alter Freund hatte nicht nachgegeben, war verständnisvoll, aber beharrlich geblieben. Und natürlich verstand sie seine Beweggründe. Der Widerstand hatte schrecklich wenige Ressourcen, egal ob es um Soldaten, Schiffe oder Credits ging. Sicher, er hatte bei der Starkiller-Basis einen gewaltigen Sieg errungen und die Superwaffe der Ersten Ordnung zerstört – aber die Euphorie hatte nicht lange vorgehalten. Die Neue Republik lag in Trümmern, und jetzt stand es der Ersten Ordnung frei, dem Hass auf ihre Feinde freien Lauf zu lassen.

Ob es Leia gefiel oder nicht, sie war die Stärke des Widerstands – sein höchstes, unersetzbares Gut. Ihre Führung, ihre Vergangenheit, ihre Opferbereitschaft, ihre *Legende*. Das war es, was diese zerbrechliche Bewegung zusammenhielt. Ohne sie würde der Widerstand unter den Kanonen der Ersten Ordnung auseinanderfallen.

Ihre Leute – denn genau das waren sie, *ihre* Leute – sahen sich der größten Herausforderung ihres Lebens gegenüber. Falls sie nicht den Mut verlieren wollten, mussten sie Leia sehen, Leia hören. Und Leia musste stark erscheinen und entschlossen klingen. Keiner von ihnen durfte merken, dass sie sich niedergeschmettert und allein fühlte, denn andernfalls würden auch sie zerbrechen.

Es kam ihr grausam vor, aber wie sie selbst nur zu gut wusste, war die Galaxis oft grausam.

Also war sie auf das Landefeld zurückgekehrt, wo sie sich zuvor vom *Millennium Falken* verabschiedet hatte. War der ramponierte untertassenförmige Frachter nicht selbst eine schmerzhafte Erinnerung daran gewesen, was sie verloren hatte? Langsam und getragen hatte sie die Namen der Piloten verlesen, die nicht von der Starkiller-Basis zurückgekehrt waren. Und dann war sie, gefolgt von den anderen, zum Rand des Dschungels geschritten, wo der zweite Teil der von Ackbar angeordneten Zeremonie stattfinden sollte.

Ein Mitglied ihres Gefolges – ein dürrer Protokolldroide mit goldglänzendem Chassis – gebärdete sich lebhafter als die anderen, oder vielleicht konnte er es auch nur nicht so gut verbergen wie die restlichen Anwesenden. Leia nickte C-3PO zu, der das Signal seinerseits an einen alten Kameradroiden weitergab.

Die schwebende Einheit begleitete Leia, als sie vor die Menge trat, ein Objekt zwischen die Wurzeln eines ausladenden Baumes legte, und darauf hinabstarrte. Die Sensoren des Droiden folgten ihrem Blick, und seine Linse fokussierte die grobe, von unerfahrener Hand angefertigte Holzfigur.

Han hatte diese Figur am Vorabend der Schlacht von Endor geschnitzt, während Leia sich in einer Ewok-Hütte an seine Schulter gelehnt hatte. Eigentlich sollte die Schnitzerei sie darstellen, gekleidet in ein primitives Kleid, mit einem Speer in der Hand, aber das hatte er ihr nicht gesagt, und so hatte sie unschuldig gefragt, ob es einer ihrer Ewok-Gastgeber sein sollte, woraufhin Han die Figur verlegen beiseitewarf. Doch sie hatte sie später an sich genommen, und sie hatte sie in ihrer Tasche getragen, als der zweite Todesstern am Himmel über ihnen explodierte.

Es war ein ziemlich erbärmliches Denkmal. Aber andererseits hatte Han auf seinen Reisen nie ein Vermächtnis hinterlassen wollen. Sie erinnerte sich noch, wie sie während der Reise nach Yavin 4 das erste Mal in die Hauptkabine des *Falken* getreten war. Sie hatte verstehen wollen, wie jemand gleichzeitig so charmant und so provokativ sein konnte, aber alles, was sie vorgefunden hatte, war ein chaotisches Durcheinander: abgetragene Raumfahrerkleidung, übereinandergestapelte Handbücher und Ausrüstungsteile, die ihr einen ersten Eindruck von den zahllosen Fehlfunktionen des *Falken* vermittelten. Das Einzige an Bord des gesamten Schiffes mit so etwas wie einer persönlichen Note war das Paar goldener Würfel, das im Cockpit hing.

Leia drehte sich zu den Mitgliedern des Widerstands herum, und aus Gewohnheit wartete sie auf das Surren des Kameradroiden, während er vor ihr in Position schwebte. Anschließend starrte sie mit ruhigem Blick in seine Linse.

»Han würde diese Zeremonie hassen«, sagte sie, ihre Stimme ebenso klar und fest, wie sie es schon bei zahllosen Senatssitzungen gewesen war. »Er hatte nicht viel übrig für Ansprachen und Trauerfeiern. Wie nicht anders zu erwarten bei einem Mann, der allergisch auf Politik reagierte und keiner Ideologie über den Weg traute.«

Sie sah, wie sich ein Lächeln auf General Ematts Gesicht stahl. Das war immerhin etwas. Ematt hatte während der Tage der Rebellion an Hans Seite gekämpft, ebenso wie Admiral Ackbar und Nien Nunb. Andere, wie Commander D'Acy und Lieutenant Connix, kannten Han hingegen nur durch seine Verbindung zu ihr – eine Verbindung, die vor mehreren Jahren durchtrennt worden war. Sie waren nur ihretwegen hier und warteten mit versteinerten Mienen.

»Ich habe Han einmal gesagt, er tue immer erst dann das Richtige, wenn alle anderen Alternativen ausgeschöpft waren«, fuhr sie fort. »Aber früher oder später tat er es doch. Denn Han hasste Unterdrückung und Ungerechtigkeit und Grausamkeit. Und wenn er mit diesen Dingen konfrontiert wurde, dann konnte er nicht einfach nur daneben stehen. So war es schon während seiner Jugend auf Corellia, und so war es auf Yavin und auf Endor und auf der Starkiller-Basis.«

In der Ferne hörte sie das Heulen eines Speeders, der schweres Gerät transportierte – sie hatte sich nur zu der Rede bereit erklärt, weil Ackbar seinerseits zugestimmt hatte, dass die Evakuierungsvorbereitungen auch während der Zeremonie weitergehen würden. Sie waren beide sicher, dass die Erste Ordnung den Widerstand hierher nach D'Qar zurückverfolgt hatte. Und das bedeutete, dass ihre Kriegsschiffe schon bald hier sein würden.

»Han bezeichnete sich selbst gerne als Schurke«, sagte Leia, und bei dem letzten Wort musste sie lächeln. »Aber das war er nicht. Er liebte die Freiheit – seine eigene, und auch die aller anderen Wesen in der Galaxis. Mal um Mal war er bereit, für diese Freiheit zu kämpfen. Dabei interessierte ihn nicht, wie gut oder schlecht seine Chancen standen – denn in seinem Kopf stand bereits fest, dass er Erfolg haben würde. Und Mal um Mal hatte er Erfolg.«

C-3PO drehte ihr sein goldenes Gesicht zu, und kurz befürchtete sie, dass er eine Anekdote über eine von Captain Solos besonders leichtsinnigen Taten einstreuen würde. Obwohl er auf Etikette und Protokollaufgaben programmiert war, hatte C-3PO ein beispiellos schlechtes Gefühl für Diplomatie. Also sprach Leia rasch weiter, bevor der Droide seinen Vokabulator aktivieren konnte.

»Han scherte sich nicht um die Erfolgschancen, als er und Chewbacca zum ersten Todesstern zurückflogen, um meinen Bruder Luke zu retten ... und die letzte Hoffnung für unsere Allianz am Leben zu erhalten«, erklärte sie. »Und auch nicht, als er den Rang eines Generals annahm, um den Bodenangriff auf Endor zu leiten. Oder als er für die Freiheit von Kashyyyk kämpfte. Und erst recht nicht, als er einen Weg fand, die Schilde der Ersten Ordnung zu durchbrechen und in die Starkiller-Basis einzudringen.«

Oder, als er sich bereit erklärte, mit unserem Sohn zu sprechen, fügte sie in Gedanken hinzu. *Um ihn von der dunklen Seite zurückzuholen.*

Doch sie sprach es nicht laut aus. Leia hatte alles für Alderaan gegeben und dann für die Allianz, für die Neue Republik und nun für den Widerstand – aber dieses Detail gehörte ihr allein.

Sie spürte Ematts Blick auf ihrem Gesicht, und erst da wurde ihr bewusst, dass ihre Unterlippe zitterte und sie wiederholt blinzelte. Leia zwang sich, tief ein- und auszuatmen, bis sie, von jahrelanger Erfahrung zehrend, sicher sein konnte, dass sie wieder gefasst und ruhig wirkte.

Du hast es fast geschafft.

Ein Transporter erhob sich über der Widerstandsbasis in den Himmel, und als seine Ionendüsen die Baumwipfel erzittern ließen, stob ein Schwarm Sonarschwalben mit protestierendem Gekreische in die Luft hoch. Die Gesichter ringsum blickten dem Schiff nach, bis es in der Ferne zusammengeschrumpft war, dann richteten sie sich wieder auf Leia, und sie spürte, wie die alte Wut zurückkehrte. Sie alle wussten, wie wenig Zeit ihnen blieb und wie viel Arbeit noch vor ihnen lag. Und doch würde keiner von ihnen es wagen, sie zu unterbrechen, selbst wenn sie den Rest des Tages hierstand und redete, verzehrt von Trauer und Verlust. Sie würden hier stehen bleiben und ihr zuhören, selbst wenn eine Salve der Ersten Ordnung sie für immer zum Verstummen bringen würde.

Leia war entsetzt gewesen, als man den Widerstand einen Personenkult genannt hatte – das war einer der Lieblingsausdrücke ihrer Kritiker in der Neuen Republik, die sie als Kriegstreiberin und Relikt der Vergangenheit darstellen wollten. Sie hatten sich in fast allen Punkten geirrt, aber diesem Argument wohnte ein Körnchen Wahrheit inne. Leia und die anderen Anführer des Widerstands versuchten, das zu ändern, aber noch fehlten ihnen die Zeit und die Mittel.

Ja, so schnell wird sich daran nichts ändern. Aber was soll's? Alle meine Kritiker sind schließlich tot.

»So viele von Ihnen haben Ihr Beileid ausgedrückt, und ich danke Ihnen für Ihre Güte«, sagte Leia. »Aber nun bitte ich Sie, Ihre Aufmerksamkeit einmal mehr auf die Sache zu richten, der wir uns alle verschrieben haben.«

Sie nickten. Gut. Die Zeremonie dauerte schon viel zu lange. Je früher Leia sie beendete, desto eher konnte sie die endlose Parade von Fragen und Bitten hinter sich bringen und zumindest ein wenig mit ihrer privaten Trauer allein sein.

»Uns steht unsere größte Herausforderung bevor. Die Neue Republik ist führungslos, die Erste Ordnung auf dem Vormarsch. Ich weiß nicht, wie unsere Chancen stehen, aber ich brauche es auch gar nicht zu wissen. Denn nichts kann meine Gewissheit erschüttern. Wir alle wissen, was wir jetzt zu tun haben.«

Sie schwieg einen Moment, damit die Versammelten Zeit hatten, über ihre Worte nachzudenken.

»Wir müssen weiterkämpfen«, fuhr sie dann fort. »Wir werden kämpfen, weil wir an Gerechtigkeit und Freiheit glauben – wie Han. Und weil wir keine Galaxis akzeptieren können, die von Grausamkeit beherrscht wird. Wir werden für diese Ideale kämpfen. Wir werden füreinander kämpfen, für die Bande, die wir im Kampf Seite an Seite geschmiedet haben. Und wir werden für all die Bürger der Galaxis kämpfen, die selbst nicht kämpfen können – die uns brauchen. In ihrem Schrecken und ihrer Trauer wenden sie sich an uns, und es ist unsere Pflicht, ihrem Ruf zu folgen.«

Leia nickte den umstehenden Offizieren zu, dann dem Kameradroiden und all jenen, die die Übertragung verfolgten.

»Jeder von uns hat jemanden verloren«, erklärte sie. »Und wir werden sie niemals vergessen. Wenn der richtige Moment gekommen ist, werden wir ihrer auf angemessenere Weise gedenken. Aber fürs Erste muss das warten. Es muss warten, bis der Kampf gewonnen ist. Denn jetzt ... steht uns erst einmal eine große Aufgabe bevor.«

2. Kapitel

Auf einem frostigen Planeten am Äußeren Rand der Galaxis kauerten sich zwei Schwestern in einer Kapsel zusammen, die eigentlich nur für eine Person entworfen war.

Der Landeplatz auf Refnu wurde von zahlreichen Mitgliedern des Widerstands bevölkert, die Karren mit schwarzen, runden Magno-Ladungen hin und her schoben, schwerfällig stampfende Verladedroiden zu Aufladebuchsen dirigierten und die Diagnosesysteme der acht Sternenfestungsbomber überprüften, welche schon bald aus ihren Landebuchten starten würden.

Von der runden Geschützkapsel des Bombers *Cobalt Hammer* aus hatten Paige und Rose Tico einen ausgezeichneten Blick auf das Treiben ringsum. Aber die durchsichtige Kuppel sperrte sämtliche Geräusche aus und verwandelte die Vorbereitungen des Widerstands in eine Pantomime. Zumindest während dieser letzten, kostbaren Minuten konnten die Schwestern so tun, als wären sie allein. »Ich hasse es, dass du ohne mich fliegst«, sagte Rose, wobei sie zu Paige aufblickte. »Was, falls du vergisst, wie die Kanone funktioniert?«

Paige lachte und tätschelte den Zielbildschirm ihres Geschützes.

»Du hast sie doch gerade überprüft«, erwiderte sie, dann gähnte sie und streckte sich, soweit das in der engen Kapsel möglich war. »Ich drücke einfach nur diese beiden Abzüge, und die bösen Kerle verschwinden.«

Die Zwillingskanonen, die aus der Kuppel ragten, waren im Moment eingerastet, weswegen sie sich bei der Berührung nicht bewegten; aber das goldene, tränenförmige Medaillon, das vom Zielbildschirm hing, schwang hin und her. Rose hörte das Klirren, mit dem der Anhänger gegen die Verschalung prallte, und griff zum Kragen ihres Overalls, wo ein ganz ähnliches Medaillon an einem Band um ihren Hals hing. Kombiniert stellten sie das Emblem des Otomok-Systems dar – ihrer Heimat.

Paige blickte zu ihr herüber und stieß sie mit der Schulter an, um sie aus ihren Gedanken zu reißen.

»Außerdem hast du selbst eine Aufgabe zu erledigen«, sagte sie. »Falls deine Energieumleiter dafür sorgen können, dass unsere Schiffe nicht entdeckt werden, könnte das gegen die Erste Ordnung ein großer Vorteil sein.«

Rose schlug verlegen die Augen nieder. »Die Umleiter tarnen nur die Triebwerksemissionen, mehr nicht. Jeder hätte sie entwerfen können. Und vermutlich wären sie sogar besser geworden als meine Version.«

»Nicht schon wieder. Du weißt, dass das nicht stimmt.«

»Vielleicht. Aber ich möchte trotzdem mit dir fliegen.«

»Du wirst bei mir sein.« Mit einem Lächeln hob Paige den Arm und tippte ihr Medaillon an.

Rose blickte auf, die Hand um ihren eigenen Anhänger geschlossen. »Das ist nicht dasselbe.«

»Vielleicht. Aber wir werden nicht lange getrennt sein. Nur bis die Evakuierung von D'Qar beendet ist und wir an Bord der *Raddus* sind.«

»Ja«, murmelte Rose und schloss die Finger noch fester um das Medaillon. Sie spürte, wie sich Tränen in ihren Augenwinkeln sammelten und über ihre Wangen zu rinnen drohten.

»Rose«, sagte Paige und nahm ihre Hand. »Mir passiert schon nichts.«

»Ich weiß, Pae-Pae«, erwiderte Rose leise. Dieser Spitzname für ihre Schwester war das einzige Überbleibsel ihrer verlorenen Kindheit. »Du bist schließlich die beste Kanonierin des gesamten Widerstands.«

Paige lächelte nur, und Rose schloss die Augen. Sie versuchte, in der vertrauten Wärme des Körpers ihrer Schwester Trost zu finden. Ihr beider Atem war in denselben Rhythmus verfallen, und ihre Schultern hoben und senkten sich im Einklang.

Während ihrer ersten Mission an Bord der *Cobalt Hammer* hatte Rose ihren Posten in der Ingenieursstation verlassen, sobald sie in den Hyperraum gesprungen waren, um die Leiter vom Hauptdeck hinunterzuklettern und sich zu ihrer Schwester in die Geschützkuppel an der Unterseite des Bombers zu quetschen. Stundenlang hatten sie in die wirbelnde blau-weiße Endlosigkeit hinausgestarrt und über all die Dinge gesprochen, die sie tun wollten, wenn erst wieder Friede in der Galaxis herrschte – welche Planeten sie besuchen würden; welche Tiere sie großziehen würden; das Zuhause, das sie sich aufbauen würden, irgendwo auf einer Welt mit warmer Sonne, sanftem Wind und grünem Gras.

Dem Rest der Mannschaft mochte es zunächst seltsam vorgekommen sein, aber sie gewöhnten sich schnell daran, dass die Tico-Schwestern durch ein Band verbunden waren, wie es selbst zwischen Zwillingen nicht enger sein konnte.

Seit Roses Geburt waren die beiden nur selten mehr als ein paar Tage voneinander getrennt gewesen – nicht während ihrer Kindheit auf Hays-Minor im Otomok-System und auch nicht, nachdem sie vor der Invasion der Ersten Ordnung aus ihrer Heimat geflohen waren und sich dem Widerstand angeschlossen hatten.

Doch nun würde sich das ändern.

Es gab auf Refnu keinen Landeplatz, der groß genug für die *Ninka* war, darum wartete die Fregatte in einem niedrigen Orbit – ein schillernder Stern im tiefvioletten, endlosen Zwielicht des Planeten. Rose hatte einen Platz auf dem übernächsten Transporter, der zur Fregatte hochflog, und kurz danach würden die Bomber starten, neu betankt und bestückt, um gemeinsam mit der *Ninka* den Sprung in den Hyperraum anzutreten. Paige würde die Reise nach D'Qar hier in ihrer Geschützkuppel verbringen, festgeschnallt in einer winzigen Blase, umgeben von unvorstellbaren kosmischen Kräften. Rose würde am liebsten bei ihr bleiben, aber dafür war es zu spät – sie hatte bereits zugestimmt, an Bord der *Ninka* zu fliegen und den Technikern dort ihren Energieumleiter zu erklären. Falls alles glattlief, sollte sich die Technologie auch auf anderen Schiffstypen zum Einsatz bringen lassen.

»Was hat den Ausschlag gegeben? Warum hast du Ja gesagt?«, fragte Paige, wohl um sie aus ihren brütenden Gedanken zu reißen.

»Ich wollte einen neuen Fliegeranzug«, antwortete sie.

Das entlockte ihrer Schwester ein Lachen, genau wie Rose es gehofft hatte. Aber so war Paige nun einmal – die Ruhe in Person. Selbst wenn sie nur mit einem Triebwerk flogen, das Ruder den Geist aufgegeben hatte und der Raum ringsum von Turbolaserfeuer erhellt wurde, analysierte sie die Situation kühl und fand dann ruhig und logisch eine Lösung. Rose wusste nicht, in welcher genetischen Lotterie Paige diese Gelassenheit gewonnen hatte, aber sie selbst war dabei leer ausgegangen. Bei jeder Schlacht bekam sie es mit der Angst zu tun, und Stunden des Wartens vor einem Einsatz verwandelten ihren Magen regelmäßig in einen kalten, harten Klumpen.

Darum bist du eine Heldin des Widerstands und ich eine Wartungstechnikerin, dachte Rose. Beinahe hätte sie es laut ausgesprochen, aber es würde nichts bringen, außerdem war keine Zeit dafür. Stattdessen begann sie, über Tapferkeit und Verantwortung zu sprechen – zumindest bis sie sich selbst reden hörte, dann brach sie ab und gestand den Grund ein, warum sie diesen neuen Auftrag tatsächlich angenommen hatte.

»Ich dachte, du willst, dass ich gehe«, sagte sie. »Dass ich selbst Verantwortung übernehme.«

»Ich möchte, dass du du selbst bist«, erwiderte Paige. »Aber das bedeutet natürlich auch, dass du meine Schwester bist.«

Sie streckte die Hand aus, ihre Bewegungen so präzise und effizient wie eh und je, und löste das Otomok-Medaillon vom Zielbildschirm der Kanone, um es sich selbst um den Hals zu legen.

»Daran kann niemand etwas ändern«, erklärte Paige. »Wir sind miteinander verbunden und mit unserer Heimat, egal ob wir nun am selben Ort sind oder eben nicht.«

Die Schwestern umarmten einander – es war Zeit zu gehen, und sie beide wussten es. »Wir sehen uns nach der Evakuierung«, sagte Rose. Welche Macht das Universum auch kontrollierte, das Mädchen flehte sie an, diese plumpe Aussage in eine felsenfeste Garantie zu verwandeln.

»Bis dann, Rose«, erwiderte Paige. Das sagte sie immer, wenn sie zu einer Mission aufbrachen – ein bewusst beiläufiger Abschied, in dem Rose inzwischen so etwas wie einen persönlichen Glücksbringer sah; solange sie diese Worte sagte, konnte ihnen nichts geschehen.

Rose kletterte aus der Kuppel, wobei sie darauf achtete, nicht auf ihre Schwester zu treten oder den Zielbildschirm der Kanone zu beschädigen. Über ihr lag nun die lange Bauchflosse des Bombers – die die Mannschaft das Magazin nannte. Die Geschützpforten neben ihr standen offen, und eine Leiter führte hoch zum Hauptdeck über ihr, vorbei an Reihen und Reihen von Magno-Ladungen, insgesamt mehr als eintausend. Genug, um die Kruste eines Planeten zu knacken oder die Schilde eines Schlachtschiffes zu dezimieren und seine Hülle aufzusprengen. Viele der Ladungen waren mit hastig aufgemalten Sprüchen verziert – mal elegante Schlagwörter des Widerstands, mal obszöne Beleidigungen, die den Anführern der Ersten Ordnung galten.

Rose zählte von unten nach oben sechs Reihen ab und blickte dann an den Magno-Ladungen entlang nach hinten, bis sie die schwarze Kugel entdeckte, welche sie und Paige beschriftet hatten. Die Ticos hatten eine denkbar einfache Botschaft gewählt: Gerechtigkeit für Otomok.

Rose hörte das Heulen eines startenden Shuttles. Das bedeutete, dass ihr Transporter jede Minute landen würde. Sie rutschte durch die Geschützpforte nach draußen auf den Boden hinab und blickte noch einmal zu ihrer Schwester in der Geschützkuppel hoch. Paige ging gerade noch einmal die Kontrollliste durch, und der Datenblock tauchte ihr Gesicht in fahles weißes Licht. Während sie den Schirm studierte, strich sie sich mit der Hand eine widerborstige Strähne schwarzen Haares unter ihre gepolsterte Kappe.

Diese Geste – vertraut und unbewusst – traf Rose tiefer als ihre Unterhaltung, und sie blickte sich panisch auf der Landefläche nach der silberhäutigen Masse von Fossil um, der titanenhaften Kommandantin der Bomberstaffel. Sie würde Fossil sagen, dass alles ein großer Fehler gewesen war; dass sie doch an Bord der *Cobalt Hammer* fliegen würde, egal ob als Ersatz-Bordingenieurin oder in irgendeiner anderen Funktion. Aber sie würde Paige nicht verlassen.

Und falls Fossil Nein sagte? Dann würde Rose warten, bis sie anderweitig beschäftigt war, und sich durch die Geschützpforte zurückschleichen. Ja, sie würde sich in einem Wartungsschrank verstecken, bis sie den Sprung in den Hyperraum gemacht hatten und es zu spät war, um sie noch von Bord zu schicken.

Aber da drehte Paige den Kopf, sodass sie ihre Schwester sehen konnte, lächelte und winkte Rose zu. Als wäre alles in Ordnung. Als bestünde überhaupt keine Gefahr.

Rose zwang sich zurückzuwinken, während der Shuttle, der sie mitnehmen würde, vom Himmel herabsank.

Bis dann, Paige.

3. Kapitel

Obwohl sie auf dem Landefeld vor der Widerstandsbasis stand, konnte Kadel Ko Connix genau sagen, wann die Kriegsschiffe der Ersten Ordnung über dem Planeten aus dem Hyperraum auftauchten.

Jedes Kommlink in der Nähe erwachte zu schnatterndem, quietschendem Leben – ein Chor drängender Stimmen, der sie auf seltsame Weise an die nächtlichen Rufe der schillernden Baumechsen hier auf D'Qar erinnerte.

Neben ihr glühten PZ-4COs Augen auf. Der hellblaue Protokolldroide scharrte mit den Füßen und blickte, begleitet vom Surren der Servomotoren in seinem überlangen Hals, auf Connix hinab.

»Komm- und Scanberichte melden drei Sternzerstörer der Resurgent-Klasse und ein noch größeres Schlachtschiff«, intonierte PZ-4CO, seine Stimme so kühl und angenehm wie immer. »Klasse unbekannt, entspricht in seiner Größe einem Dreadnought-Kreuzer. Vorläufig geschätzte Länge siebentausendfünfhundert Meter.«

Connix verzog das Gesicht. Der Widerstand hatte gewusst, dass die Erste Ordnung in den Unbekannten Regionen, jenseits der galaktischen Grenze, neue Kriegsschiffe baute und Armeen aufstellte. General Organa hatte immer wieder Holobilder und Geheimdienstdaten mit Beweisen für dieses Treiben an die Senatoren der Neuen Republik geschickt, in der Hoffnung, sie könnte die galaktische Regierung von ihrer sturköpfigen Überzeugung abbringen, dass Berichte über eine Aufrüstung der Ersten Ordnung lediglich Organas reger Fantasie entsprangen oder zumindest maßlos übertrieben waren. Aber ein Schlachtschiff dieser Größe? Das überstieg die schlimmsten Befürchtungen der Analytiker.

Genau wie die Starkiller-Basis. Was hat Snoke dort draußen sonst noch vor uns versteckt?

»Die offensichtlichen Lücken in unseren Datenbanken beunruhigen mich«, fügte PZ-4CO hinzu.

Connix musste lachen.

»Mich beunruhigt dieser Tage so einiges, Pezett. Zum Beispiel der Gedanke, dass diese Stelle, auf der wir gerade stehen, nur noch ein Einschlagskrater sein wird, wenn die Erste Ordnung den Planeten erreicht. Was steht noch auf unserer Aufgabenliste?«

Im selben Moment, als PZ-4COs Augen erneut aufleuchteten, sah Connix Flugoffizier Jones, der über das Landefeld auf sie zuhastete.

»Ungefähr dreißig Prozent der Treibstoffreserven müssen noch abgepumpt werden«, verkündete der Droide, während Jones um Atem ringend stehen blieb. »Die Datenlöschung bei den zurückbleibenden Computerterminals ist noch nicht abgeschlossen, und die Vorräte aus den unteren Lagerebenen werden noch immer verladen.«

»Da sind noch dreißig Paletten Geschützmunition in Bunker C«, fügte Jones an.

Großartig. Ein weiterer Punkt auf der Liste.

»Wie lange wird das dauern?«, wollte Connix wissen, und ihr Blick huschte von den Transportern, die noch auf dem Landefeld standen, zu den Widerstandstechnikern und den Droiden, die vor den Eingängen der unterirdischen Basis hin und her eilten.

»Ungefähr neunzig Minuten«, antwortete PZ-4CO.

»Wir haben keine neunzig Minuten. Vermutlich haben wir nicht mal neun.«

Bleib ruhig und denk nach. Panik löst keine Probleme; sie schafft nur neue.

General Organa hatte ihr das eingebläut – das und noch einiges mehr.

»Vergessen Sie die Munition und die übrigen Vorräte. Wir haben keine Zeit«, erklärte Connix. »Alles, was noch auf der Oberfläche ist, bleibt auf der Oberfläche.«

»Quartiermeister Prindel wird sehr verärgert über diese Entscheidung sein«, kommentierte PZ-4CO.

»Dann soll Bollie sich bei Snoke beschweren. Gib den Befehl, Pezett.«

Der Kopf des Droiden schwenkte herum, und Connix wusste, dass er die neuen Instruktionen übermittelte. Sie biss sich auf die Unterlippe, aber sie konnte der Versuchung nicht widerstehen, zum Himmel hochzublicken, während sie über die verbleibenden Aufgaben nachdachte.

Die Schiffe des Widerstands, die General Organas Bitte um Unterstützung gefolgt und hierhergekommen waren, hatten nicht mehr viel Treibstoff an Bord – jeder Tropfen aus den Reserven hier in der Basis könnte überlebenswichtig sein. Doch diese Reserven abzupumpen und zu verladen war ein quälend langwieriger Prozess.

Keine einfache Entscheidung.

Dann waren da noch die Computer und die darin gespeicherten Daten; falls sie nicht gründlich gelöscht wurden, könnte der Feind sie rekonstruieren. Sicher, vielleicht würde die Erste Ordnung die Basis aus dem Orbit bombardieren und ihnen die Arbeit abnehmen; aber ebenso gut könnten sie Hacker und Datensammler-Droiden auf die Oberfläche schicken, um die Datenbanken zu durchkämmen. Und sollten sie etwas finden, dann würde das alle in Gefahr bringen – von den Verbündeten des Widerstands in anderen Teilen der Galaxis bis hin zu den Familien derer, die sich ihrer Sache verschrieben hatten.

Auch keine einfache Entscheidung.

Was würde General Organa jetzt tun? Zum Glück kannte Connix die Antwort.

Sie würde sagen, dass lückenlose Informationen ein Luxus sind, der einem nur selten vergönnt ist. Meistens bleibt einem nur, die verfügbaren Daten zu studieren und davon ausgehend die beste Entscheidung zu treffen.

»Jones, sag den Datenteams, sie sollen die Computer für Zielübungen benutzen und dann schnellstmöglich von dort verschwinden«, befahl Connix. »Pezett, die Verladung des Treibstoffs hat absolute Priorität. Aber ich will, dass der Tanker und alle verbleibenden Transporter innerhalb von zehn Minuten in der Luft sind.«

»Angesichts der Treibstoffmenge werden zehn Minuten nicht reichen, um ...«, widersprach PZ-4CO.

»Wir müssen die Flotte in den Hyperraum schaffen«, beharrte Connix. »Sobald wir den Sprung gemacht haben, wird die Erste Ordnung uns nicht mehr orten können; dann müssen sie mit ihrer Suche wieder ganz von vorne anfangen. Das sollte uns genug Zeit verschaffen, um zu überlegen, wie wir unseren Treibstoffvorrat aufstocken.«

»Diese Entscheidung ...«

»Ist endgültig«, erklärte Connix hart. »Gib jetzt den Befehl, Pezett.«

Die *Raddus* war das Flaggschiff des Widerstands, ein knolliger MC85-Sternkreuzer von Mon Calamari, benannt nach einem lange toten Rebellenadmiral und bestückt mit Dutzenden Kanonen und verstärkten Schildprojektoren. Sie maß knapp dreitausendfünfhundert Meter von ihrem spitz zulaufenden Bug bis zu der Ansammlung von Triebwerksdüsen am Heck, und sogar zu der Zeit, als Imperator Palpatine das Imperium in einen nie da gewesenen militärisch-industriellen Komplex verwandelt hatte, wäre sie ein beeindruckendes Schlachtschiff gewesen.

Doch im Vergleich zu dem monströsen Dreadnought der Ersten Ordnung, der gemeinsam mit drei Sternzerstörern durch das All auf D'Qar zupflügte, nahm sich selbst die *Raddus* bescheiden aus. Auf der Brücke des Kreuzers strich Admiral Ackbar seine Barteln, während er die Situation über dem Planeten auf einem Hologrammtisch betrachtete. Neben ihm standen Leia, der Sternjägerpilot Poe Dameron und C-3PO.

Die drei übrigen Kriegsschiffe des Widerstands – die *Anodyne*, die *Ninka* und die *Vigil* – verließen gerade ihren niedrigen Orbit, nachdem sie den Großteil der Transporter mit den Flüchtlingen und der Ausrüstung von D'Qar an Bord genommen hatten. Doch die Neuankömmlinge von der Ersten Ordnung kamen schnell näher.

»Sie haben uns entdeckt«, teilte ein Techniker des Widerstands mit.

»Wir wussten, dass es nur eine Frage der Zeit ist«, meinte Poe, und sein Blick wanderte von dem Holotisch zu einem Monitor. »Connix, ist die Basis inzwischen evakuiert?«

»Wir beladen noch immer die letzten Transporter«, erklang die Antwort. »Wir brauchen mehr Zeit.«

Poe wandte sich Leia zu, aber der General schien bereits zu wissen, was er sagen wollte.

»Sie haben einen Vorschlag«, erklärte sie mit einem widerwilligen Seufzen. »Und er wird mir nicht gefallen.«

Poe öffnete den Mund, um seinen Plan zu erläutern, und er hoffte, dass er dabei zumindest halbwegs eloquent sein würde. Doch Leia schien ihm noch immer einen Schritt voraus zu sein. »Gehen Sie«, sagte sie.

General Armitage Hux stand auf der Brücke des Sternzerstörers *Finalizer* der Ersten Ordnung und starrte dem blaugrünen Planeten entgegen, der vor ihm im All prangte.

Vier Schiffe hingen in einem Orbit zwischen der Welt und ihren Asteroidenringen – da war ein aufgedunsener Mon-Calamari-Kreuzer, eine kantige Fregatte, ein Frachtschiff mit abgerundeter Nase und gezacktem Heck und ein kleineres Schiff mit einem übergroßen Bug, der an einen abgebrochenen Sichelmond erinnerte.

Nach all den Jahren seiner Ausbildung machte Hux automatisch Bestandsaufnahme und katalogisierte die Flotte des Widerstands. Den Mon-Calamari-Kreuzer kannte er bereits: Das war die *Raddus*, die Leia Organas Gesindel als Flaggschiff und mobile Kommandozentrale diente. Bei dem zweitgrößten Schiff handelte es sich um eine Nebulon-C-Fregatte, ein Modell, das kurz nach Ende des Krieges mit dem Imperium für die Neue Republik gebaut worden war. Der Frachter mit der abgerundeten Nase schien ebenfalls eine Fregatte zu sein, wenn auch stark modifiziert. Was das Schiff mit dem Sichelbug anging, war das ein Bautyp, den Hux nicht einordnen konnte, aber es handelte sich augenscheinlich um ein Schlachtschiff mit zahlreichen Kanonen und Geschützkapseln.

In ein paar Minuten würden diese Überlegungen freilich rein akademischer Natur sein; länger sollte es nicht dauern, die vier Schiffe in Weltraumstaub zu verwandeln.

Die schwarz glänzende Brücke der *Finalizer* war der Inbegriff von Effizienz, während die Techniker und Offiziere mit knappen Worten die aktuellen Daten von den Computer- und Sensorschirmen des Sternzerstörers weitergaben. Bei dem Gedanken, dass er im Zentrum all dieser Aktivität stand, musste Hux lächeln. Er war eine schlanke, würdevolle Erscheinung, gekleidet in eine schwarze makellose Uniform, die Arme hinter dem Rücken verschränkt, die Beine gespreizt.

»Wir haben sie mitten in ihrer Evakuierung erwischt«, sagte Peavey, der Captain der *Finalizer*. »Der gesamte Widerstand auf dem Silbertablett.«

Hux unterdrückte eine Woge der Verärgerung. Edrison Peavey war alt – ein Veteran, der unter dem Imperium und unter Armitages verstorbenem Vater gedient hatte. Gemeinsam mit einer Handvoll anderer imperialer Loyalisten war es ihm geglückt, den Jägern der Neuen Republik zu entgehen, indem sie sich in die unerforschten Sternsysteme der Unbekannten Regionen zurückgezogen hatten.

Es ließ sich nicht bestreiten, dass diese Männer und Frauen zu ihrer Zeit einen Nutzen gehabt hatten. Aber diese Zeit war inzwischen vorbei – spätestens seit die Erste Ordnung die Führungsriege der Neuen Republik mit einer einzigen Demonstration ihrer technologischen Macht enthauptet hatte.

Zugegeben, die Starkiller-Basis war inzwischen zerstört, aber in Hux' Augen war das lediglich ein bedauernswerter

Rückschlag – weniger eine militärische Niederlage, sondern vielmehr das Ergebnis von Inkompetenz und Verrat innerhalb der Ersten Ordnung. Er hatte dafür gesorgt, dass sich diese Fehler nicht noch einmal wiederholen würden: Die meisten derer, die ihn und den Obersten Anführer Snoke enttäuscht hatten, waren gemeinsam mit der Basis explodiert; und auch jene, die ihrer Strafe bislang entgangen waren, würden schon bald bekommen, was sie verdient hatten.

Hux lächelte schmallippig. Nicht dass es wichtig war. Der Senat der Neuen Republik war Asche, das Herz ihrer Flotte war ausgelöscht, und das Ungeziefer des Widerstands, das sich erdreistet hatte, die Starkiller-Basis zu zerstören, war sorglos genug gewesen, eine Spur zu hinterlassen, die geradewegs zu ihrem Stützpunkt führte. Sobald diese letzten Aufständischen ausgemerzt wären, würde niemand in der gesamten Galaxis es noch wagen, die Herrschaft der Ersten Ordnung anzufechten. Dann könnte Hux ein Dutzend neue Starkiller-Basen bauen – oder einhundert.

Und auch bis dahin würde die Erste Ordnung nicht an einem Mangel an Waffen leiden – sie hatten Projekte in der Hinterhand, von denen imperiale Kommandanten wie Peavey zu ihrer Zeit nur hatten träumen können.

Genau das war der Punkt, dachte Hux. Peavey und die ältere Generation sah im bevorstehenden Triumph der Ersten Ordnung ein Wiederaufleben des Imperiums, ohne zu merken, dass sie dadurch nur bewiesen, wie verzichtbar sie waren. Sie konnten nicht begreifen, dass das Regime, welchem sie gedient hatten, Vergangenheit war. Mehr noch, es war obsolet, ersetzt durch die Erste Ordnung – die Erfüllung all dessen, wonach das Imperium gestrebt hatte. Sie hatten seine Stärken destilliert und perfektioniert und gleichzeitig all seine Schwächen eliminiert.

Oder zumindest die *meisten* seiner Schwächen, wie Hux mit einem Blick in Peaveys Richtung überlegte. Aber die Zeit für eine weitere Ausdünnung der Reihen würde schon bald kommen. In der Zwischenzeit sollte es reichen, Peavey an seine Position zu erinnern.

»Ausgezeichnet«, sagte Hux. »Ich habe meine Befehle vom Obersten Anführer Snoke persönlich. Wir werden jetzt den Widerstand auslöschen, ein für alle Mal. Sagen Sie Captain Canady, er soll sein Schlachtschiff vorbereiten. Wir brennen ihre Basis nieder, zerstören ihre Transporter und vernichten ihre Flotte.«

Der Befehl wurde weitergeleitet und von Moden Canady an Bord der *Fulminatrix* – des gewaltigen Belagerungsschiffes der Mandator-IV-Klasse, das im Herzen ihrer Formation flog – bestätigt. Auf Canadys Anweisung hin schwenkten die beiden riesigen Kanonen am Bauch des Schiffes langsam herum und nahmen den Brennpunkt der feindlichen Kommübertragungen und Energieemissionen ins Visier, den die Sensormannschaften auf der Planetenoberfläche entdeckt hatten.

Canadys Stellvertreter Bascus betrachtete die Bewegung der Kanonen auf dem holografischen Schirm, und ein Ausdruck, der an Verzückung erinnerte, lag auf seinen Zügen. Canady zog die Brauen zusammen. Der Großteil seiner Mannschaft war halb so alt wie er und hatte abgesehen von Schlachtsimulationen kaum echte Erfahrung. Natürlich konnte er ihnen ihre Unerfahrenheit nicht zum Vorwurf machen; ihre Arroganz und Disziplinlosigkeit hingegen schon.

»Die oberen Batterien neu auf die Flotte des Widerstands ausrichten«, ordnete er an. »Und die Sternjägergeschwader sollen sich startbereit machen.«

»General Hux hat keinen Sternjägereinsatz befohlen«, widersprach Bascus. »Er ist der Ansicht, eine Demonstration unserer …«

»Muss ich Ihnen den Unterschied zwischen ›startbereit‹ und ›gestartet‹ erklären?«, fragte Canady.

»Captain!«, rief da ein Offizier aus der Mannschaftsgrube. Seine Konsole war rot beleuchtet, um während der Schlacht optimale Sichtverhältnisse zu schaffen. »Ein Schiff des Widerstands im Anflug. Ein einzelner X-Flügler. Waffen und Schilde im Angriffsmodus.«

Das Rufzeichen des X-Flüglers lautete *Schwarz Eins*, passend zu seinem schwarzen Leitwerk mit den auffälligen orangefarbenen Linien. Doch soweit es Poe anging, waren diese Einsprengsel lange nicht grell genug. Sein geliebter Sternjäger hatte bei der Starkiller-Basis zahlreiche dunkle Brandspuren davongetragen, außerdem war das Feuerkontrollsystem beschädigt, und es gab noch eine Vielzahl weiterer kleiner Blessuren. Goss Toowers, der ewig grimmige Leiter der Wartungsmannschaft für die Sternjäger, hatte die Maschine kurz gemustert und Poe vor eine Wahl gestellt: Seine überbelasteten Techniker konnten entweder die Schäden der Schlacht reparieren oder das experimentelle Stück Ausrüstung einbauen, nach dem er verlangt hatte – ein System, das nicht rechtzeitig für den Angriff auf die Starkiller-Basis fertig geworden war.

Poe hatte sich für das experimentelle System entschieden und war dabei geblieben, obwohl Goss ihn mit freudlosem Blick an das nicht unbeträchtliche Risiko erinnert hatte, dass der Sternjäger explodieren könnte, sobald er das System aktivierte.

Andererseits wusste jeder, dass Goss nur eines weniger

mochte als Piloten, und das waren Piloten, die Spaß am Fliegen hatten.

Nicht dass Poe im Augenblick Spaß hatte – allein auf drei Großkampfschiffe der Ersten Ordnung zuzurasen, schien sogar ihm eine überaus schlechte Idee zu sein.

Einen Sternjäger zu steuern war physisch und psychisch auslaugend, selbst wenn man mit einer Staffel flog. Der Stress, die G-Kräfte und die wechselnde Schwerkraft setzten dem Körper schwer zu, außerdem musste man ständig die Lage ringsum im Auge behalten, mehrere Aufgaben gleichzeitig erledigen und improvisieren; das verlangte dem Gehirn alles ab. Es war gleichzeitig ein sich immerzu wandelndes Puzzle und ein Ausdauertest, bei dem selbst der kleinste Fehler fatale Folgen hatte.

Aber zumindest hatte Poe hinter dem Steuerknüppel etwas zu tun. Das war ihm deutlich lieber, als auf der Brücke der *Raddus* herumzustehen, wo er nur Däumchen drehen konnte und den anderen im Weg stand. Natürlich würde er das niemals zugeben, nicht mal Leia gegenüber, aber wenn er in einem Sternjäger saß, machte die Galaxis für ihn mehr Sinn, als sie es sonst tat.

BB-8 schien das offenbar anders zu sehen. Sein wehleidiges Piepsen ertönte von dem Droidensockel hinter dem Cockpit des X-Flüglers.

»Hast du auch fröhliche Piepser für mich, Kumpel?«, murmelte Poe. »Wir haben schon Verrückteres abgezogen.«

BB-8 würdigte die Bemerkung keiner Antwort.

»Fröhliche Piepser«, wiederholte er, auch wenn er die Worte diesmal lediglich vor sich hin sagte.

»Nur, damit das klar ist, in diesem Fall stimme ich dem Droiden zu«, meldete sich Leia über den Kommkanal.

Beinahe hätte Poe gelacht. »Danke für die Unterstützung, General.«

»Ein einzelner leichter Jäger?«, fragte Hux ungläubig, während er in die Schwärze des tiefen Raums hinausstarrte. »Was geht da vor sich?«

Die Brückenmannschaft blieb ihm eine Antwort schuldig. Hux blickte von einer Seite auf die andere, aber die emotionslosen Gesichter ringsum machten ihn nur wütend.

»Na, dann ... schießen Sie ihn ab!«

Bevor die Kanoniere den Befehl ausführen konnten, drang eine knisternde Schiff-zu-Schiff-Übertragung aus den Lautsprechern der *Finalizer*.

»Achtung, hier spricht Commander Poe Dameron von der Flotte der Republik«, erklärte eine Stimme. »Ich habe eine wichtige Nachricht für General Hux.«

Hux spürte, wie sich alle Augen auf ihn richteten, und kurz drohten seine Wangen zu erröten. Er kannte den Namen dieses Piloten nur allzu gut – Dameron hatte den Schuss abgegeben, der die Starkiller-Basis vernichtete; und auch davor war er schon lange ein Ärgernis gewesen. Hux hatte sich geschworen, dass dieser Pilot eines Tages auf einem Folterstuhl der Ersten Ordnung enden würde – und dann würde Hux sich persönlich um das Verhör kümmern. Wo Kylo Ren und seine magische Macht versagt hatten, würde er mit seiner Technologie Erfolg haben.

»Stellen Sie ihn durch«, schnappte er. »Hier spricht General Hux von der Ersten Ordnung. Die Republik existiert nicht mehr. Ihre Flotte besteht aus dreckigen Rebellen und Kriegsverbrechern. Sagen Sie Ihrer teuren Prinzessin, es wird nicht verhandelt, und eine Kapitulation wird nicht akzeptiert.«

Auf diesen letzten Satz war er besonders stolz, und er machte sich eine mentale Notiz, ihn zu wiederholen, wenn der Prozess gegen Organa über das HoloNetz in die gesamte Galaxis übertragen würde. Doch zu seiner Überraschung reagierte Dameron nicht auf seine Worte.

»Hallo, ich warte auf General Hux«, sagte der Pilot nach einer kurzen Pause.

»Hier *ist* Hux. Sie und Ihre Freunde sind verloren. Wir werden euch vernichten, euch aus der Galaxis fegen.«

Eine weitere Pause, dann: »Alles klar, ich warte.«

»Was?« Hux sah sich konsterniert um. »Hallo?«

»Hallo? Ja, ich bin noch dran?«

Er warf dem Kommunikationsoffizier einen vernichtenden Blick zu. »Kann er mich hören?«

Der Mann nickte rasch.

Hux fiel auf, dass die offensichtliche Fehlfunktion ihrer Kurzstreckenkommunikation Peavey nicht zu interessieren schien; stattdessen überprüfte der Captain auf einem Bildschirm die Entfernung zwischen dem einsamen X-Flügler und der Schlachtlinie der Ersten Ordnung – eine Entfernung, die stetig schrumpfte.

»Hux – mit einem *X*!«, sagte Dameron. »Dürres Kerlchen, ziemlich blass …«

»Nein, nein, ich kann Sie hören. Können Sie mich hören?«, fragte Hux.

»Ich kann nicht ewig dranbleiben«, erklärte Dameron in ungeduldigem Tonfall. »Wenn Sie ihn erreichen, richten Sie ihm aus, Leia habe eine dringende Botschaft für ihn. Es geht um seine Mutter.«

Hux konnte etwas Leises im Hintergrund der Übertragung hören – es klang wie ein elektronisches Kichern.

»Ich glaube, er hält Sie zum Narren, Sir«, sagte Peavey.

Hux spießte den Captain der *Finalizer* mit einem Blick auf, aber das Gesicht des Mannes blieb eine ausdruckslose Maske – ebenso wie das Gesicht jedes anderen Offiziers auf der Brücke.

»Feuer! Sofort!«, brüllte er und schlug mit der Faust auf die nächststehende Konsole. Es tat schrecklich weh, aber zum Glück waren alle Augen bereits auf das Geflecht von Turbolaserstrahlen gerichtet, das die Leere des Weltalls durchschnitt und dem X-Flügler mit seinem unverschämten Piloten entgegenzuckte.

Sobald die Energieanzeige volle Ladung signalisierte, rief Poe BB-8 zu, maximal zu beschleunigen. *Schwarz Eins* bäumte sich auf, als hätte jemand der Maschine einen Tritt verpasst, dann raste sie los, so schnell, wie der experimentelle Triebwerksverstärker es zuließ, der auf das Heck des Sternjägers montiert worden war.

Einen Moment lang befürchtete Poe, er würde ohnmächtig werden; noch nie hatte er hinter dem Steuerknüppel so brutale G-Kräfte erlebt. Doch dann erwachten die Beschleunigungskompensatoren zum Leben, und sein Blickfeld klärte sich wieder. Vor sich sah er nun den gigantischen Belagerungs-Dreadnought der Ersten Ordnung – und das Laserfeuer, das von Turbolaserkanonen auf der Oberseite ihres Rumpfs hochblitzte.

»Wuuhuu – was für ein Ritt!«, rief Poe, als sein X-Flügler über die Nase des keilförmigen Schlachtschiffes hinwegbrauste.

Die Geschütze der *Fulminatrix* waren speziell zur Abwehr feindlicher Sternjäger entworfen, aber die *Schwarz Eins* bewegte sich mit einer Geschwindigkeit, bei der keine noch so erfahrene Kanoniermannschaft mithalten konnte. Poe raste in wildem Zickzack dicht über der Hülle des Dreadnought dahin, und allmählich bekam er ein Gefühl dafür, wie er zielen musste, um die Geschütze bei diesem Tempo zu treffen. Sobald er den Dreh raushatte, verwandelte er in einem einzigen Überflug vier Kanonen in rauchende Trümmerhaufen. Während er wendete, um den nächsten Angriffsflug zu beginnen, aktivierte er sein Kommlink und schaltete auf den offenen Kanal des Widerstands um.

»Alles klar, ich schalte jetzt die Geschütze aus – Bomber, Zielanflug beginnen!«

An Bord der *Fulminatrix* beobachtete Canady mit verkniffener Miene, wie der X-Flügler eine Kanone nach der anderen zerlegte und die Verteidigung seines Schiffes dezimierte. Da erschien ein flackerndes Hologramm von Hux vor ihm.

»Captain Canady, warum pusten Sie dieses mickrige Schiff nicht weg?«, schnappte der General der Ersten Ordnung.

Wer es wie Canady beim Imperium zu einer langen und erfolgreichen Dienstzeit gebracht hatte, wusste, wie wichtig die Befehlskette war – und wie leicht eine Karriere durch einen verärgerten Vorgesetzten zerstört werden konnte. Aber sich von einem arroganten Kind schulmeistern zu lassen – noch dazu von einem, das große Gesten für wichtiger hielt als grundlegende militärische Strategie –, das ging sogar ihm zu weit.

»Dieses mickrige Schiff ist zu winzig und zu nahe dran«, erklärte er Hux in gereiztem Tonfall. »Wir müssen unsere Jäger starten.«

Während Hux noch darüber nachdachte, wandte Canady sich von dem Hologramm ab. »Wie wir es eigentlich schon vor fünf Minuten hätten tun sollen«, grollte er.

»Der durchdringt niemals unsere Panzerung«, warf Goneril ein, die dem näher kommenden X-Flügler auf dem Bildschirm verächtlich entgegenblickte.

Canady gab sich einen Moment der Vorstellung hin, die Adjutantin aus der nächstbesten Luftschleuse zu werfen.

»Er will nicht unsere Panzerung durchdringen – er will unsere Geschütztürme ausschalten«, sagte er frostig.

Unter anderen Umständen hätte er den Ausdruck verletzter Ungläubigkeit auf dem Gesicht seiner Adjutantin genossen. Aber nicht heute – nicht, wo er eine genaue Vorstellung davon hatte, was als Nächstes geschehen würde.

»Captain!«, rief Bascus. »Widerstandsbomber im Anflug!«

»War zu erwarten«, brummte Canady.

4. Kapitel

Die Bombermannschaften der Kobalt- und der Karminstaffel hatten stundenlang kampfbereit auf den Startbefehl von der Brücke der *Raddus* gewartet. Er war nicht gekommen, als das Kommgeplapper über Verladen und Evakuierung plötzlich panisch wurde; auch nicht, als die TIEs der Ersten Ordnung begannen, die Flotte des Widerstands zu beharken; oder als die Sensoroffiziere erschrocken durcheinanderriefen, dass sich mehrere Schlachtschiffe ihrer Position näherten. An Bord der Bomber hatte jeder einen verspannten Rücken, eine volle Blase und zum Zerreißen gespannte Nerven.

Doch all das war vergessen, als das Kommsystem knackte und Fossil das Kommando zum Starten gab.

Eingeschlossen in der runden Geschützkuppel unter dem Bombenmagazin der *Cobalt Hammer*, spürte Paige nur vage, wie Leitungen und Schläuche gelöst wurden. Sie blickte zum Boden des Hangars hinab, der sich nur einen Meter unter dem so zerbrechlich wirkenden Glas der Kuppel erstreckte, und wie immer wurde ihr mulmig zumute. Falls die Repulsorlifte jetzt aussetzten, würde sie zwischen dem Deck und dem Gewicht des Schiffes über ihr zerquetscht werden.

Aber Finch Darrow war ein fähiger Pilot; er würde seinen Job machen, genauso wie sie ihren machen würde.

Ein Ruck lief durch die *Cobalt Hammer*, und Paige konnte nicht anders, als zum Kragen ihres Fliegeranzugs zu greifen und das Medaillon zwischen ihre Finger zu nehmen.

Einen Moment später war plötzlich nichts mehr unter ihr außer schwarzer endloser Leere. Jeder Muskel in Paiges Körper spannte sich während dieses kurzen Sekundenbruchteils an, bis ihr Gehirn erkannte, dass sie nicht in die Tiefe stürzte. Anschließend beschleunigte die *Cobalt Hammer* auf Angriffsgeschwindigkeit, und sie wurde in ihren Sitz gedrückt.

»Waffensperre ist gelöst«, meldete Finch aus Paiges Headset. »Spennie, Paige, die Geschütze gehören euch.«

Paige schwenkte ihre Zwillingslaserkanone hin und her – nach links, rechts, oben, unten –, und das Summen der Kardanaufhängung ließ sie zufrieden nicken.

»Kanonen feuerbereit, alle Systeme grün«, meldete Spennie mit kühler Stimme vom hinteren Geschütz.

»Ebenfalls bereit«, fügte Paige an. Ihr Blick huschte von den Bombern auf beiden Seiten der *Cobalt Hammer* zu der grünen Kugel von D'Qar und den X- und A-Flüglern hinter ihnen. Roses Energieumleiter konnten die Bomber während eines Angriffsflugs nicht tarnen, darum hatten sie die Systeme ausgebaut. Nun mussten sie sich ganz auf den Schutz ihrer Sternjägereskorte verlassen. Weit voraus konnte Paige drei besonders helle Sterne erkennen, und sie wusste, das waren die Angreifer der Ersten Ordnung.

»Ich habe keine Jäger auf dem Schirm«, sagte Spennie. »Wo sind die TIEs?«

»Was ist los? Fühlst du dich einsam, Spen?«, fragte Nix Jerd, der Kanonier der *Cobalt Hammer*.

»Spart euch die Sprüche«, unterbrach Finch die beiden. »Wir werden gleich mehr Gesellschaft haben, als uns lieb sein kann.«

Paiges Headset knisterte, und eine neue Stimme erklang in ihrem Ohr – die von Tallie Lintra, der Kommandantin ihrer Begleitstaffel.

»Bomber, dicht zusammenbleiben«, warnte sie. »Jäger, beschützt die Bomber. Lasst euch nicht in Einzelkämpfe verwickeln. Und jetzt bestätigt das bitte laut und deutlich.«

»Macht so zwar keinen Spaß, aber verstanden«, antwortete Stomeroni Starck, Tallies Flügelmann.

»Also gut. Dann legt mal los. Verschaffen wir unserer Flotte etwas Zeit.«

Paiges Geschützkuppel war gerade groß genug für sie selbst; da gab es keinen Platz für Holodisplays, wie man sie auf der Brücke von Kriegsschiffen oder in Kommandozentralen fand, mit computergenerierten Schlachtdarstellungen, auf denen jedes einzelne Schiff zu sehen war. Aber zum Glück brauchte Paige so etwas auch überhaupt nicht. Sie wusste genau, welche Formation ihre Staffel für den Angriff eingenommen hatte – sie hatte diese Formation während der Einsatzbesprechung auf Refnu und während des Hyperraumfluges nach D'Qar mehrfach studiert.

Die Punkte der Feindschiffe wurden größer und heller. Paige zwang sich, langsam und tief zu atmen. Im Moment flogen die Bomber und ihre Begleitjäger direkt auf die Erste Ordnung zu, ihre Formation felsenfest und noch nicht durch Feindfeuer auseinandergetrieben.

Die Ereignislosigkeit zerrte an ihren Nerven – denn Paige wusste, dass jeden Moment die Hölle losbrechen würde.

An Bord der *Raddus* betrachtete Ackbar die holografische Darstellung, die Paige Tico nur in ihrem Kopf sah.

Früher hätte Ackbar einen Holotisch auf der Brücke als Hilfsmittel für unkonzentrierte Kommandanten rundheraus abgelehnt. Aber seine Augen waren nicht mehr so gut wie früher, und während der letzten Jahre war ihm aufgefallen, dass er auch Informationen nicht mehr so blitzschnell und messerscharf analysieren konnte, wie es ihm einst selbstverständlich erschienen war.

Ackbar gab es nur ungern zu, aber es leugnen zu wollen, wäre unsinnig: Er war alt geworden.

In einer besseren Galaxis hätte er sich inzwischen vermutlich in eine Grotte oder eine warme Lagune auf Mon Cala zurückgezogen, umgeben von Schwärmen von Nachkommen, die sich dabei abwechselten, so zu tun, als würden sie seine Kriegsgeschichten interessant finden. Aber er lebte nicht in einer solchen Galaxis. Diese hier war voller Überraschungen, die meisten davon unangenehm, und sein Volk brauchte ihn noch immer, egal ob die Ränder seines Blickfeldes verschwammen oder er Details nicht mehr so leicht einordnen konnte.

Selbstmitleid ist etwas für Menschen. Du kannst später in deinem eigenen Gezeitenbecken treiben. Jetzt heißt es erst mal, Flossen hochklappen und Zähne zeigen.

Die *Raddus* und die drei anderen Großkampfschiffe des Widerstands hatten nach der Schlacht bei der Starkiller-Basis schnellstmöglich auf den Notruf von D'Qar reagiert und Bomber und Sternjäger abgesetzt, um die Evakuierung zu schützen. Jetzt befand sich die *Raddus* am hinteren Ende der Verteidigungsformation, wo sie die kleineren Transporter mit ihren Schilden vor den Angreifern der Ersten Ordnung abschirmen konnte.

Die Bomber und Sternjäger hatten ihren schützenden Schirm längst passiert und rasten mit Höchstgeschwindigkeit auf den Belagerungs-Dreadnought zu – das gefährlichste Schiff auf dem Schlachtfeld. Sobald die Evakuierung abgeschlossen war, würden sie diese Bomber und Jäger schnellstmöglich zurückrufen, damit die Flotte in den Hyperraum flüchten konnte.

Mit ein wenig Glück würde es nicht mehr lange dauern – diese acht Sternenfestungen waren die einzigen Bomber, die der Widerstand noch hatte. Beim Überfall auf die Starkiller-Basis waren sie nicht einsatzbereit gewesen, sodass Ackbar und die anderen Anführer des Widerstandes gezwungen gewesen waren, zu improvisieren und die Verteidigung der Ersten Ordnung mit Sternjägern und einer kleinen Gruppe am Boden zu knacken. Der Plan war aufgegangen, aber es war eine knappe Sache gewesen, und Ackbar wollte nicht noch einmal auf eine glückliche Fügung des Schicksals angewiesen sein. Die Transporter hatten überlebenswichtige Ausrüstung und Personal an Bord, und sie brauchten die Bomber, um ihnen bei der Flucht von D'Qar die nötige Zeit zu verschaffen – so einfach war das. Ackbar sah keinen Grund, die Sache durch Gedanken an eine Zukunft zu verkomplizieren, die sie vielleicht nie erleben würden.

Wie viel Zeit brauchten sie wohl noch? Er streckte die Hand aus und tippte die Kontrollen des Holotisches an, um auf die Datenbanken von PZ-4CO zuzugreifen, anschließend strich er sich über die Kinnbarteln und versuchte, anhand der Daten des Droiden eine grobe Schätzung anzustellen. Bollie Prindel hätte die Zahlen viel schneller im Kopf überschlagen, aber der Quartiermeister war gerade damit beschäftigt, das Verstauen der Vorräte von D'Qar zu überwachen.

Während er über die Informationen von PZ-4CO nachdachte, lauschte Ackbar den jüngeren Offizieren – den Kaulquappen, wie er sie zu General Organas großer Belustigung nannte. Sie spekulierten darüber, warum die Erste Ordnung noch keine Jägerstaffeln entsandt hatte, sondern sich damit begnügte, ihre Großkampfschiffe über D'Qar in Position zu bringen.

Es war die richtige Frage, aber Ackbar wusste, dass die Kaulquappen zur falschen Schlussfolgerung gelangen würden. Wie so oft diskutierte die junge Generation über Taktik, ohne dabei Persönlichkeiten in Betracht zu ziehen. Hux' Hauptziel war nicht, eine Schlacht zu gewinnen, sondern vor den Augen eines galaktischen Publikums die Macht der Ersten Ordnung zu demonstrieren. Er wollte, dass sein gewaltiger Dreadnought wie beiläufig den Widerstand aus dem Orbit brannte – ein Spektakel, welches all jenen Welten zu denken geben würde, die nicht schon nach der Zerstörung von Hosnian Prime das Knie gebeugt hatten.

Ackbar blies missbilligend seinen Kehlsack auf, und das gurgelnde Geräusch ließ einen der jungen Menschen überrascht herüberblicken. Hux war ein hinterhältiger kleiner Squig, aber noch waren ihm keine Zähne gewachsen – er hatte die Skrupellosigkeit des Alters, aber was ihm fehlte, war die dazugehörende Weisheit. Ein abgebrühter Kommandant kämpfte, um zu siegen, nicht um einem Publikum eine Show zu bieten. Die Geschichte einer Schlacht war viel leichter zu kontrollieren als die Schlacht selbst; man konnte später in Ruhe und wohlüberlegt zurechtrücken, was die Leute sich erzählen würden.

Hux war ein Narr – nur leider ein Narr mit einer haushoch überlegenen Streitmacht unter seinem Kommando.

Das Datenfenster von D'Qar blinkte. Ackbar tippte es an,

und als er von dem Display aufblickte, gestattete er sich ein kleines bisschen Stolz, weil er als Erster gute Neuigkeiten zu verkünden hatte.

»Die letzten Transporter sind in der Luft«, sagte er.

Leia Organas Augen – so winzig und so unfähig, im Dunkeln zu sehen oder andere, intensivere Wellenlängen wahrzunehmen – zuckten in seine Richtung, dann sprach sie hastig in ihr Komm. »Poe, die Evakuierung ist beinahe abgeschlossen. Lenken Sie sie nur noch ein klein wenig länger ab.«

Während sie sprach, tauchten mehrere Lichtpunkte rings um die Schiffe der Ersten Ordnung auf.

»Nur noch ein Geschütz übrig«, meldete Poe. »Und da kommt das Empfangskomitee.«

Der Dreadnought hatte zu guter Letzt seine Sternjäger gestartet.

Dutzende TIE-Jäger schwärmten um den Belagerungs-Dreadnought herum, aber nur drei von ihnen wichen von ihrem ursprünglichen Flugvektor ab, um Poe über die Oberseite des Schlachtschiffes hinweg zu verfolgen. Seine erste Reaktion war Erleichterung, aber daraus wurde schnell Besorgnis, denn die anderen TIEs hielten direkt auf die näher kommenden Bomber zu, die viel verwundbarer waren als sein X-Flügler.

Konzentrier dich auf dein Ziel, ermahnte er sich. Falls er den Bombern helfen wollte, musste er diese letzte Kanone ausschalten; das würde zehnmal mehr bringen, als jetzt hinter den anderen TIEs herzuhetzen, während das Geschütz ungestört weiter vor sich hin feuerte. Nur noch ein paar Sekunden, und er sollte es im Visier haben.

Poe neigte seine *Schwarz Eins* leicht auf die Seite, um die

Kanone im optimalen Winkel anzufliegen, aber der Anführer des TIE-Trios hatte damit gerechnet, und nun jaulten die drei Sternjäger von hinten heran. Rote Lichter blinkten auf seiner Konsole auf, als sie das Feuer auf ihn eröffneten.

»Verdammt, BB-8! Waffensysteme ausgefallen. Wir müssen diesen letzten Turm ausschalten, oder unsere Bomber sind verloren. Fang an zu zaubern, Kumpel!«

Auf dem Droidensockel hinter ihm war BB-8 bereits dabei, die lange Liste von größtenteils irrelevanten Alarmmeldungen aus dem Zentralcomputer von *Schwarz Eins* abzuarbeiten. Das war für ihn nichts Neues: Jeder Astromech des Widerstands wusste, dass X-Flügler eitle, empfindliche Maschinen waren.

Der Sternjäger hatte gerade seinen ersten Prozessorzyklus absolviert, als BB-8 sich in den Droidenanschluss eingeklinkt hatte, und sie waren gestartet, ohne die obligatorische Vorflug-Checkliste abzuarbeiten. BB-8 hatte den entsprechenden Sicherheitsalarm deaktiviert, aber nun musste er feststellen, dass *Schwarz Eins* achtundzwanzig weitere Wartungsalarme anzeigte. Der Droide ging sie ihrer Priorität nach durch, angefangen mit dem Triebwerk und dem Schildgenerator, aber die Problemmeldungen tauchten sofort wieder auf der Liste auf. Die neuen Punkte, die von unten nachrückten, ignorierte BB-8 geflissentlich – das waren nur die Beschwerden von *Schwarz Eins*, weil der Astromech den Zentralcomputer mit grober Gewalt aus der Wartungs-Subroutine ausgesperrt hatte.

Mit einem elektronischen Seufzen fuhr BB-8 mehrere Metallarme aus seinen sechs Werkzeugklappen aus, von Magnetometern bis hin zu Impulssuchern, um die Quellen der individuellen Alarme zu finden. Da blendete *Schwarz Eins* einen weiteren Alarm ein; der Sternjäger hielt es für wichtig, ihn auf potenzielle Gefahren durch Sonneneruptionen hinzuweisen.

Sonneneruptionen? Im Ernst?

Unter den Astromechdroiden galt *Schwarz Eins* als Sternjäger mit hoher Kommunikationsfrequenz, und als BB-8 seinen Speicher nach einem organischen Äquivalent dieser Bezeichnung durchsuchte, stieß er schnell auf den passenden Begriff:

Schwarze Eins war eine *Nervensäge.*

Poe ahnte natürlich nichts von alledem – anderenfalls wäre BB-8 ein schlechter Astromech gewesen. Der Pilot war in einen Spiralflug übergegangen und steuerte den X-Flügler durch immer engere und schwindelerregendere Drehungen, um seine Verfolger abzuschütteln, während er sich für den Schuss auf die letzte Kanone in Position brachte.

»Tallie, Achtung!«, rief er.

In ihrem A-Flügler sah Tallie die TIEs, die ihr in Angriffsformation entgegenrasten, und sie schnitt eine Grimasse.

»Da kommen sie!«, rief sie. »Bordschützen, bereithalten!«

Und dann pflügten die schwarzen Sternjäger auch schon durch die feindliche Formation wie Blutwölfe durch ein Rudel Whellays auf ihrer Heimatwelt Pippip 3. Ein X-Flügler aus Kaiden Scorbos Gruppe wurde von Laserfeuer durchbohrt, und der Schrei des Piloten brach gnädigerweise ab, als die Maschine auseinanderbarst. Zanyo Araks Piloten erwiderten das Feuer auf die Jagdmaschinen der Ersten Ordnung, während die Geschütze an der Unterseite und am Heck der Bomber ein Muster aus Laserfeuer in das Vakuum zeichneten.

»Sie sind überall!«, schrie Jayrics Tubbs mit hörbarer Panik in seiner Stimme. »Ich kann …«

Seine Übertragung ging in statischem Rauschen unter.

Ein TIE setzte sich hinter C'ai Threnallis X-Flügler und zwang den Abednedo, aus der Formation auszubrechen und die linke Flanke der Kobaltstaffel ungeschützt zu lassen. Tallie zog hinüber, um die Lücke zu schließen, und sie stellte zufrieden fest, dass Starck dem Manöver in perfektem Gleichklang folgte. Die Kanonen ihres A-Flüglers zerfetzten die Solarflügel eines X-Flüglers, sodass er sich unkontrolliert überschlug und dem Tode geweiht von den Bombern fortwirbelte.

»Wir halten hier draußen nicht ewig durch, Poe!«, sagte sie. »Du hast besser gute Neuigkeiten für uns!«

»Negativ«, antwortete Poe. »Haltet durch. Beebee-Acht, wir müssen diese letzte Kanone ausschalten! Ich brauche meine Kanonen!«

Er ging tiefer, bis sein X-Flügler nur ein paar Meter über der Hülle des Dreadnought dahinsauste. Eine neue Reihe von rot blinkenden Warnlämpchen erwachte zum Leben, die er aber geflissentlich ignorierte. Seine Hoffnung war, dass die TIE-Piloten nicht den Nerv hatten, ihm zu folgen.

BB-8 zwitscherte frustriert und löschte sechs weitere Kollisionswarnungen von der Alarmliste des Sternjägers, dann drehte er den Kopf zu einer anderen Nische seines Droidensockels. *Da* lag das Problem – ein rauchender Verteilerkasten in dem schmalen Spalt zwischen Reaktions-Fixiereinheit und Ionisierungskammer. Zum Glück sollte es nur ein paar Sekunden dauern, das in Ordnung zu bringen. BB-8 setzte seinen Schweißarm ein, aber da stoben Funken aus weiteren Schaltkreisen, und egal wie viele weitere Arme er ausfuhr, die Fehlfunktionen breiteten sich schneller aus, als er sie reparieren konnte.

Der Astromech stieß ein frustriertes Trillern aus.

Auf der Brücke der *Fulminatrix* hatte Canady die Hände hinter dem Rücken verschränkt, während er mit leicht gespreizten Beinen dastand und die Pirouetten der winzigen Bomber und Sternjäger verfolgte. Auf dem Holodisplay wurde die Schlacht zu einem Ballett aus Winkeln und Flugvektoren reduziert, dessen Schönheit ihn jedes Mal wieder faszinierte. So völlig vom echten Kampfgeschehen losgelöst, wirkten die Luftduelle wie eine blutlose, sich immer wieder neu definierende Stilübung in Geometrie und Anmut.

Viele Kommandanten ließen sich von diesem Anblick hypnotisieren, aber Canady wusste, dass es nur eine Illusion war. Dort draußen starben Piloten – seine Piloten. Je schneller sie die Schlacht beendeten, desto mehr von ihnen würden wieder zurückkehren.

»Sind die Hauptgeschütze bereit?«

»Bereit zum Feuern«, meldete Goneril.

»Worauf warten wir dann noch? Auf den Stützpunkt feuern.«

Die *Fulminatrix* erzitterte unter Canadys Füßen, als die gewaltigen Turbolaser aufheulten. Im Vergleich zu diesen Geschützen wirkten sämtliche Kaliber, die er in der imperialen Sternenflotte zur Verfügung gehabt hatte, wie Spielzeuge. Diese Waffen waren gemacht, um ganze Welten zu entvölkern. Ein einzelner Schuss konnte planetare Schilde durchschlagen und danach noch die oberen hundert Meter Kruste in Dampf und Schlacke verwandeln.

»Orbitalansicht«, befahl Canady.

Ein Techniker passte die Darstellung auf dem Display an, und nun konnten sie eine feurige Wolke sehen, die sich brodelnd über der Oberfläche von D'Qar ausbreitete, ein winziger Wirbelsturm der Vernichtung. An den Rändern der Wolke stand der Dschungel in Flammen, und neue Brände entstanden in einer Kettenreaktion, als die glühende Schockwelle von der Explosionszone fortrollte. Die Basis des Widerstands existierte nicht länger.

Goneril stand wie erstarrt und blickte ehrfurchtsvoll auf das Display.

An Bord der *Raddus* ignorierte Ackbar die entsetzten Ausrufe der Kaulquappen, als die Erste Ordnung das Feuer auf D'Qar eröffnete. Die Basis hatte dem Widerstand gute Dienste geleistet, aber jetzt war sie nicht länger wichtig – Ackbars Aufmerksamkeit galt allein den Frachttransportern, die gerade den Haupthangar der *Raddus* anflogen. Vier Schiffe waren noch nicht in Sicherheit. Dann zwei. Und schließlich – endlich – waren sie alle an Bord.

»Das war's«, verkündete er. »Die Evakuierung ist abgeschlossen.«

»Gut gemacht, Poe«, sagte Leia in ihr Headset. »Kehren Sie jetzt mit Ihrer Staffel zurück, damit wir hier endlich verschwinden können.«

»Nein! General, wir kriegen das hin. Das ist die Gelegenheit, einen Dreadnought auszuschalten.«

Ackbar gurgelte missbilligend. Das war typisch Dameron – ganz gleich, wie gut er als Pilot war, ganz gleich, wie viel Potenzial er als Anführer hatte, er war und blieb ein impulsiver Heißsporn, der in seinem jugendlichen Übereifer noch immer zu viele Fehler machte. In diesem Fall hielt er sich für das Raubtier, obwohl er eigentlich die Beute war.

Ackbars alte Freundin Leia Organa hingegen hatte schon früh alles Jugendliche abgelegt; oder besser, es war ihr entrissen worden, ersetzt durch eine Verantwortung, die schmerzhaft auf ihr lastete.

»Wir müssen die Flotte von hier fortbringen«, erklärte sie dem rebellischen Piloten.

»Dieses Ding kann eine ganze Flotte vernichten. Es darf nicht entwischen!«, entgegnete Poe.

»Angriff sofort abbrechen, Commander. Das ist ein Befehl …«

Ein blinkendes Licht zeigte an, dass Dameron die Verbindung unterbrochen hatte. Auf dem Holodisplay beschrieb sein winziger X-Flügler eine scharfe Wende, ehe er ein weiteres Mal auf das letzte verbliebene Geschütz des Dreadnought zuraste.

Ackbar schwenkte seinen Sessel zu Leia herum. Sämtliche Offiziere auf der Brücke wirkten wie gebannt von der kalten Verärgerung auf ihrem Gesicht.

Als Leia sich dieser Aufmerksamkeit bewusst wurde, starrte sie den goldenen Protokolldroiden an, der neben ihr stand.

»Hör sofort auf, so ein besorgtes Gesicht zu machen, Dreipeo!«, wies sie ihn an.

Der Droide tat sein Bestes, dem Befehl nachzukommen.

Poe und Tallie sahen die zweite Welle heranrasender TIEs im gleichen Moment. Ein weiterer X-Flügler wurde in Fetzen gerissen, und dann platzte einer der Bomber unter dem Laserfeuer auseinander. Als Tallie die anderen warnte, lag echte Furcht in ihrer Stimme – selbst wenn die Bomber den umherschwirrenden TIE-Jägern entgehen sollten, waren sie zu träge und langsam, um den Nahverteidigungskanonen des Dreadnought zu entgehen. Und auch wenn nur noch ein Geschütz übrig war, konnte es die Sternenfestungen eine nach der anderen vom Himmel holen.

»Los geht's, Beebee-Acht. Jetzt oder nie!«

BB-8 hatte die Aufzugplattform, mit deren Hilfe er normalerweise seinen Platz im Droidensockel einnahm, halb gesenkt, um in den Bauch des Schiffes zu gelangen, möglichst nahe an den funkensprühenden Verteiler heran. Es war ein aus Verzweiflung geborener Einfall gewesen, und er hatte dazu drei Operationsroutinen im Computer von *Schwarz Eins* löschen müssen.

Er ignorierte die protestierenden Alarme der anderen Systeme und fuhr seinen Schweißarm aus, anschließend entpolarisierte er die magnetischen Felder, die seinen Kopf auf seinem runden Körper hielten, und benutzte den Arm, um seinen Kopf nach unten zu bringen – wie ein Mensch, der seinen Hut abnimmt. Als sein Kopf gegen den Verteilerkasten donnerte, ließ die elektronische Rückkopplung seinen primären Fotorezeptor flackern.

Poe sah, dass die Waffensysteme wieder zum Leben erwachten, und sofort drückte er den Feuerknopf. Die Flügel seiner Maschine klappten auf, und die letzte Geschützstellung des Dreadnought verging in einer Säule aus Flammen. Poe riss den Steuerknüppel nach hinten, die Füße auf die Pedale gedrückt, und sein Gesicht verzerrte sich, während die G-Kräfte ihn in seinen Sitz pressten.

Nach Beendigung des Manövers hatte er drei TIEs direkt vor seiner Nase, aber nur einen Moment lang, dann waren da nur noch glühende Pünktchen aus Weltraumstaub.

»Ja-haa! Alles klar! Wird Zeit für die Bomben.«

»Das musst du uns nicht zweimal sagen«, erwiderte Tallie. »Los geht's!«

Verärgert stellte Canady fest, dass Bascus noch immer die Zerstörung auf D'Qar bewunderte – zugegeben, es war ein beeindruckender Anblick, aber nunmehr auch ein vollkommen irrelevanter –, obwohl sich die Bomber des Widerstands der nunmehr schutzlosen Oberseite der *Fulminatrix* näherten.

Canady befahl der zweiten Welle TIEs, zurückzukehren und das Schiff zu verteidigen, anschließend gab er Befehl, die Autokanonen aufzuladen und das Flaggschiff des Widerstands anzuvisieren.

Falls das Hux' sorgsam geplanter Machtdemonstration zuwiderlief, würde er später die Konsequenzen akzeptieren.

Jetzt musste er erst mal sein Schiff retten.

In der unteren Geschützkuppel der *Cobalt Hammer* schloss Paige die Hände um die beiden Abzughebel und schickte Laserstrahl um Laserstrahl ins All hinaus.

Jeder Schuss ließ die Glaskugel um sie herum erzittern – als wären die zahllosen Beinahetreffer der angreifenden TIE-Jäger nicht schon schlimm genug. Sie hatte sich inzwischen öfter auf die Zunge gebissen, als sie zählen konnte, außerdem wurde es in der Kuppel immer heißer, und der Schweiß tropfte ihr von der Stirn in die Augen. Paige wollte nichts lieber, als sich mit der Hand über das Gesicht zu fahren, aber sie wagte es nicht, die Abzüge loszulassen.

Eine MG-100-Sternenfestung flog sich wie ein träger Asteroid, weswegen jeder Bomber auf den Schutz seiner Nachbarn angewiesen war. Nur indem sie eng nebeneinander flogen, konnten die Kanoniere an den Geschützen ein lückenloses überlappendes Schussfeld schaffen.

Doch wie Fossil ihr beigebracht hatte: Ein Plan funktionierte nur so lange, bis der Feind einem auf die Nase schlug. Drei Bomber waren bereits zerstört, die Kobalt- und die Karminstaffel waren gezwungen, ihre Positionen zu verlagern. Immer mehr TIEs kamen ihnen entgegen, und die

X-Flügler und A-Flügler rasten in Kreisen und Spiralen um die Bomber herum, um sie sie vor dem gnadenlosen Ansturm der Ersten Ordnung zu schützen.

Ein TIE-Jäger rammte den Magazinschacht eines Bombers der Kobaltstaffel, woraufhin dessen Ladung im Innern explodierte, und der Feuerball verschlang in einer verheerenden Kettenreaktion auch die beiden benachbarten Schiffe.

Über den offenen Kommkanal der Staffel stieß C'ai Threnalli eine gekeuchte Warnung auf Abnedisch aus: Sie konnten die Angreifer nicht länger zurückhalten.

»O doch, wir können!«, entgegnete Poe, der in seinem X-Flügler auf die Jägerschlacht zuraste. »Bleibt dicht bei den Bombern!«

Paige feuerte mehrere Laserstrahlen auf einen TIE ab, der durch ihr Schussfeld raste, und das Geschütz drehte sich geschmeidig, um dem Flugvektor des feindlichen Schiffes zu folgen. Ein Schuss durchbohrte das Cockpit, dann trudelten die Solarflügel in unterschiedliche Richtungen davon.

Rose hätte diesen Treffer sicher bejubelt – seit ihrer ersten Bombenmission musste Fossil sie immer wieder belehren, dass sie sich auf ihre Aufgaben als Bordingenieurin konzentrieren musste, nicht auf die Schießkünste ihrer Schwester. Aber diesmal gratulierte Paige niemand, und sie hatte auch keine Zeit, sich über den Abschuss zu freuen – ein weiterer TIE kam im Zickzack auf sie zu. Smaragdgrünes Laserfeuer leckte der *Cobalt Hammer* entgegen.

Vor ihnen kam die Nase des Dreadnought immer näher, wie die Küstenlinie eines Meeres.

»Wir sind fast da!«, sagte Tallie. »Bombenschützen, Abwurfsequenz einleiten.«

Auf dem Hauptdeck über Paige war Nix Jerd sicher schon

damit beschäftigt, die nötigen Befehle am Pult des Kanoniers einzugeben. Danach musste er den Abwurf nur noch mithilfe seiner Fernbedienung aktivieren, und schon würden mehr als tausend Magno-Ladungen aus den Bombenschächten der *Cobalt Hammer* auf ihr Ziel herabregnen. Paige würde ihren Flug bis ganz nach unten verfolgen können, durchgeschüttelt vom vertrauten Beben des Schiffes, wenn es vom Gewicht der Protonenbomben befreit wurde.

Falls sie es bis zu ihrem Ziel schafften.

Grellweißes Licht loderte rechts neben der *Cobalt Hammer* auf, dann wurden sie jäh zur Seite geschleudert, und der Rumpf ächzte unter der Belastung. Paige hatte instinktiv die Hände hochgerissen, um ihr Gesicht zu schützen; nun griff sie hastig wieder nach den Abzugbügeln, während sie versuchte, die bunten Farbpunkte in ihrem Blickfeld fortzublinzeln.

Die Piloten der Ersten Ordnung nutzten ihre kurze Panikreaktion gnadenlos aus, und Dutzende Beinahetreffer erschütterten die *Cobalt Hammer*. Paige erwiderte den Beschuss und schwenkte das Geschütz zur Seite, um die Position der anderen Bomber zu überprüfen.

Doch es gab keine anderen Bomber mehr.

Die *Cobalt Hammer* war die einzige verbliebene Sternenfestung.

»Geschütze ausgerichtet«, meldete Bascus.

»Vierzig Sekunden bis zur vollen Aufladung«, fügte Goneril an.

Canady wollte seinem Sensoroffizier schon Befehl geben, die Baupläne des Flaggschiffs des Widerstands zu konsultieren und seine Schwachpunkte zu berechnen, aber dann hielt er sich zurück. Es war nicht wichtig, wo sie ihr Ziel trafen – die Kanonen der *Fulminatrix* würden das feindliche Kriegsschiff binnen eines Herzschlags in Fetzen reißen.

Canady verzog das Gesicht. Er dachte wie Bascus. Oder Hux. Sein Blick richtete sich wieder auf das Holodisplay und den einsamen Bomber, der noch immer über der Hülle seines Dreadnought dahinflog, eingehüllt in einen rasch kleiner werdenden Schwarm von Begleitjägern.

»Zerstört diesen letzten Bomber«, sagte er.

Ein schwarzer X-Flügler sauste unter Paiges Geschütz vorbei, nahe genug, dass sie den Astromech in seinem Droidensockel sehen konnte.

»Warum ist euer Waffenschacht geschlossen?«, fragte Poe Damerons Stimme. »Paige, melde dich!«

Zu ihrem Schrecken sah Paige, dass die Luken an der Unterseite des Bombenschachtes tatsächlich geschlossen waren. Sie rief nach Nix, dann nach den anderen, aber niemand antwortete ihr.

Wann hatte sie das letzte Mal von den restlichen Mannschaftsmitgliedern gehört? Und warum feuerte Spennie nicht mehr?

Unter ihr erstreckte sich die Hülle des Dreadnought wie eine zerklüftete Ebene.

Kurz entschlossen löste sie die magnetisch versiegelte Luke der Geschützkuppel und kletterte in den Bombenschacht hoch. Durch dichte Rauchfahnen sah sie Nix, der über ihr auf dem Laufsteg lag, die Fernbedienung in seiner reglosen Hand.

»Nix!«, schrie sie. »Nix!«

»Bomben sofort abwerfen!«, rief Poe in ihr Ohr.

Paige kletterte hastig die Leiter zum Hauptdeck hoch. Ein Blick genügte, um zu erkennen, dass Nix tot war. Sie hatte gerade die Fernbedienung aus seinen starren Fingern gezerrt, als eine weitere Erschütterung die *Cobalt Hammer* erfasste. Ihr Fuß glitt ab, und sie ließ die Fernbedienung fallen, um sich am Rand des Laufstegs festzuhalten – aber sie griff daneben.

Paige stürzte zehn Meter auf das Deck am unteren Ende des Bombenschachtes hinab. Durch den Aufprall wurde ihr schwarz vor Augen, und und ihre Augenlider flatterten, während sie versuchte, sich zu bewegen. Aber ihre Beine wollten sich nicht rühren. Hoch über sich konnte sie verschwommen die Fernbedienung ausmachen, die am äußersten Rand des Laufstegs gelandet war.

Alles tat ihr weh. Paige wollte schlafen, aber sie kämpfte gegen die Ohnmacht an und zwang ihren Fuß vom Boden hoch. Dann rammte sie ihn gegen die Leiter. Der Laufsteg schepperte. Die Fernbedienung ruckte ein Stück auf die Kante des Stegs zu.

»Geschütze vollständig aufgeladen!«, sagte Bascus, wobei er sich erwartungsvoll vorbeugte.

»Feuer!«, rief Canady.

Paige donnerte den Fuß erneut gegen die Leiter, und Schmerzen brandeten durch ihr Bein. Hatte die Fernbedienung sich bewegt? Sie konnte es nicht erkennen. Ihr Bein zitterte immer stärker, aber sie zwang sich zu einem letzten Tritt gegen die unterste Sprosse der Leiter.

Das Gerät rutschte über den Rand und fiel vom Laufsteg herunter. Paige hob die bebende Hand, versuchte der Flugbahn der Fernbedienung zu folgen, während sie immer wieder von den Magno-Ladungen abprallte.

Dann landete sie wie durch ein Wunder in Paiges Hand.

Klick.

Die Sicherungen der Bombenaufhängungen lösten sich. Paiges Hand tastete sich an ihrem Fliegeranzug entlang nach oben zu ihrem Kragen. Sie fanden das Otomok-Medaillon um ihren Hals im selben Moment, als die Magno-Ladungen links und rechts von ihr in die Tiefe trudelten wie schwarze Regentropfen; ihre magnetische Ladung zog sie unaufhaltsam auf die Metalllandschaft des Dreadnought hinab. Und während ihre Finger sich fest um den Anhänger schlossen, bäumte die *Cobalt Hammer* sich ein letztes Mal auf, bevor ihre Systeme den Geist aufgaben und sie in das Inferno aus Feuer und Zerstörung unter ihr hinabstürzte.

Als der Dreadnought auseinanderbrach, drehten die Sternjäger des Widerstands ab und rasten zurück in Richtung *Raddus*, weiterhin verfolgt von den TIEs.

Poe jubelte triumphierend und gab vollen Schub, während die Widerstandsflotte vor ihm heranwuchs.

»Springt in den Hyperraum!«, schrie er.

Die Sternzerstörer hinter ihm spien gleißende Lichtblitze, und Poe beschloss, BB-8s protestierendes Trillern und die roten Lichter seiner Flugkonsole zu ignorieren. Anstatt abzubremsen, brauste er mit voller Geschwindigkeit in den Hangar der *Raddus* hinein.

Einen Moment später waren die Schiffe des Widerstands auch schon verschwunden, und alles, was das Laserfeuer der Ersten Ordnung durchbohrte, war die Leere des Weltraums.

Auf der Brücke der *Finalizer* ersetzte schockierte Stille die Siegesgewissheit. Hux stand wortlos da und starrte auf den leeren Raum, wo sich eben noch die Flotte des Feindes befunden hatte. Dann drehte er den Kopf und betrachtete die brennenden Überreste von Canadys zerstörtem Dreadnought.

»General, der Oberste Anführer Snoke meldet sich von seinem Schiff«, rief eine Kommunikationsoffizierin.

Hux zwang sich zu einem unbeeindruckten Gesichtsausdruck, nicht sicher, ob ihm dies auch gelang, aber unwillig, darüber nachzudenken.

»Ausgezeichnet«, sagte er. »Ich spreche mit ihm in meinem Quartier.«

Da erschien unvermittelt ein Hologramm von Snokes Kopf auf der Brücke. Das Oberhaupt der Ersten Ordnung ragte hoch über Hux auf, und seine stechenden blauen Augen schienen förmlich in Flammen zu stehen.

»Ah, gut. Oberster Anführer …«, begann der General, ehe eine unsichtbare Kraft ihn zu Boden schleuderte und mehrere Meter über den polierten schwarzen Boden der Brücke fegte.

»General Hux«, sagte Snoke. »Meine Enttäuschung über Ihre Leistung kann kaum in Worte gefasst werden.«

Hux stemmte sich hastig auf die Beine hoch, um zumindest einen Teil seiner Würde zu wahren.

»Sie können nicht entkommen, Oberster Anführer!«, versicherte er Snoke. »Die Schlinge zieht sich immer weiter zu.«

Finn schoss beim Erwachen in die Höhe, Reys Namen auf seinen Lippen – und prompt stieß er sich den Kopf an.

Panisch blickte er sich um, in der Erwartung, noch immer in dem verschneiten Wald auf dem Planeten zu liegen, den die Erste Ordnung ausgehöhlt hatte, um ihn in die Starkiller-Basis zu verwandeln. Das war das Letzte, woran er sich erinnerte: Reys schlanke Gestalt, die sich im Schnee einem blutverschmierten Kylo Ren entgegenstellte, während sein karmesinrotes Lichtschwert zischte und knisterte.

Dasselbe Lichtschwert hatte Finn von hinten getroffen und jeden Nerv in seinem Leib vor Qualen aufschreien lassen. Sein Körper hatte sich gekrümmt, dann war er zusammengebrochen, eingehüllt in den Geruch seines eigenen verbrannten Fleisches. Er hatte versucht, seine Arme und Beine zu bewegen, um sich wieder aufzurichten.

Wie es sich für einen Soldaten gehörte.

Nein, wie es sich für einen Freund gehörte.

Nun blickte Finn sich verwirrt um. Dieser Teil des Waldes sah seltsam aus. Alles war noch immer von Schnee bedeckt, aber es war wärmer, und die Büsche und Sträucher wirkten seltsam rechteckig. Moment mal.

Das war überhaupt kein Wald.

Er war von Weiß umgeben, aber dabei handelte es sich nicht um Schnee, sondern um die Wände und die Decke eines Raumes. Er lag ausgestreckt auf einer Liege, einen durchsichtigen medizinischen Kokon um seinen Kopf, und ringsum standen aufgestapelte Kisten und Ausrüstung.

Von Rey war nichts zu sehen.

Finn schob die Kokonblase zur Seite. Bei der Bewegung knirschte sein Arm auf seltsame Weise, und dann ließ ein starker Geruch – salzig wie Meerwasser – seine Nasenflügel beben. Erst jetzt erkannte er, dass er einen Bacta-Anzug aus durchsichtigem Flexpoly trug, aus dem an mehreren Stellen Schläuche ragten. Es war ein alter Anzug – bei der Ersten Ordnung wäre er längst in einem Recycler gelandet und durch ein neues Modell ersetzt worden.

Doch Finn war nicht mehr bei der Ersten Ordnung. Er hatte sein Leben als FN-2187 hinter sich gelassen, um Rey von Jakku nach Takodana zu folgen. Und anschließend zur Starkiller-Basis – ja, um sie vor Kylo Ren zu retten, war er ins Herz der Kriegsmaschine der Ersten Ordnung zurückgekehrt. Nur um festzustellen, dass Rey sich bereits selbst gerettet hatte.

Aber hatte sie sich noch einmal gerettet, nachdem Finn im Schnee ohnmächtig geworden war? Hatte sie ihn gerettet? Es war durchaus möglich – Rey war impulsiv, stur und temperamentvoll, aber auch selbstbewusst und einfallsreich.

Falls es so gewesen war, dann war sie vielleicht in der Nähe.

Finn versuchte aufzustehen und landete prompt auf dem Boden. Als es ihm schließlich gelang, sich in die Höhe zu stemmen, sprudelte an mehreren Stellen Bacta-Flüssigkeit aus seinem Anzug. Ein dumpfer Schmerz erfüllte seinen Rücken, und sein Kopf war wie in Watte eingepackt.

Unbeholfen stolperte er zu einem Fenster, durch das blaues Licht hereinfiel – die unverkennbare Signatur des Hyperraums. Das beantwortete zumindest eine Frage: Er befand sich an Bord eines Raumschiffs.

Finn versuchte, sich zu konzentrieren und wandte sich auf der Suche nach einer Tür von dem Fenster ab. Als er sie gefunden hatte, schlurfte er hinüber, klatschte die Hand auf die Kontrollen und trat dann in den Korridor hinaus. Soldaten in den flickenübersäten Uniformen des Widerstands eilten an ihm vorbei, aber bevor er in seinem wirren Geist eine Frage formulieren konnte, waren sie bereits den Gang hinab verschwunden. Keiner von ihnen hatte ihm auch nur die geringste Beachtung geschenkt.

Finn folgte ihnen, so schnell er konnte, und rief Reys Namen.

Im selben Moment, als *Schwarz Eins* auf dem Deck des Jägerhangars aufsetzte, begann der X-Flügler, BB-8 mit Aufforderungen zu bombardieren, die der Droide gefälligst sofort an eine kompetente Reparaturmannschaft weiterleiten sollte.

Der Astromech lud die hundertsechs Punkte der Reparaturliste kurzerhand in die Sternjäger-Wartungsdatenbank hoch. Sollte sich Goss Toowers mit dem temperamentvollen X-Flügler herumärgern. Vielleicht würde er ja sogar Zeit finden, um den Speicher des Jägers zu löschen. Das wäre wirklich mal bitter nötig.

Die Cockpithaube klappte hoch, und ein müder Poe nahm seinen Helm ab.

»Gut gemacht, Kumpel«, lobte er BB-8.

Als Poe aus seinem X-Flügler kletterte, begann der Droide, die Verbindungen zu lösen. Aber *Schwarz Eins* war noch nicht fertig mit ihm. Dieser Triebwerksverstärker war offensichtlich ein gefährliches, schlecht zusammengeschraubtes Nachrüstteil, das man niemals hätte einbauen dürfen, aber da es nun mal da war: Hatte BB-8 während der gerade überstandenen Schlacht zufällig ihre Höchstgeschwindigkeit gemessen? Und stellte diese Geschwindigkeit womöglich einen neuen Rekordwert für einen T-70-X-Flügler dar?

BB-8 musste zugeben, dass die Frage ihn selbst ein wenig neugierig machte. Die Antwort der taktischen Datenbank der *Raddus* war ebenso schnell wie eindeutig – ja. Er gab die Neuigkeit an *Schwarz Eins* weiter, und sofort hatte der Sternjäger die nächste Frage an ihn auf Lager. Typisch … War es vielleicht sogar die höchste Geschwindigkeit, die jemals bei einem Sternjäger gemessen worden war?

Das war eine kompliziertere Frage, und BB-8 entschied,

dass das nur eine Verschwendung seiner Prozessorkapazität wäre. Das Flaggschiff des Widerstands hatte Wichtigeres zu tun. Also versicherte der Astromech *Schwarz Eins* einfach, dass es in der Tat ein neuer Rekord wäre.

Falls es tatsächlich stimmte, schön für den X-Flügler. Falls nicht? Nun, *Schwarz Eins* hatte schon lange eine Lektion in Demut verdient.

BB-8s visuelle Sensoren meldeten ihm etwas Seltsames auf dem Korridor jenseits der Hangartür. Er analysierte die Daten und pfiff anschließend verwirrt Poe zu.

»Finn?«, fragte Poe. »Nackt? Undichter Beutel? Hast du einen Schaltkreiskollaps?«

Doch ein genauerer Blick zeigte, dass es tatsächlich Finn war, mehr oder weniger nackt und auslaufend wie ein undichter Beutel, während er an der Hangartür vorbeischlurfte. Bacta-Flüssigkeit floss aus den zahlreichen Anschlüssen an seinem Anzug. Poe eilte sofort zu ihm.

»Finn, alter Freund!«, rief er. »Wir sollten dir mal was anziehen. Komm mit. Du musst unendlich viele Fragen haben.«

Doch als Finn Poe endlich erkannte, gab es nur eine Frage, die über seine Lippen kam. »Wo ist Rey?«

TEIL II

5. Kapitel

Die Treppe aus uraltem Stein war rissig und von zahllosen Füßen ausgetreten. Sie erhob sich vom Rand des Meeres bis hoch zu dem Gipfel über Reys Kopf, eine schwarze Linie vor dem grünen Hintergrund, hie und da durch geisterhafte Wolkenfetzen verborgen.

Rey nahm ihren Stab in die andere Hand und rückte die Tasche zurecht, die über ihrer Schulter hing, beschwert durch das Gewicht des Lichtschwerts in ihrem Inneren – jener mysteriösen alten Waffe, die im Keller unter Maz Kanatas Schloss nach Rey gerufen hatte. Und die sie nun hierher gebracht hatte, auf diesen stürmischen Planeten, wo grüne Inseln ein endloses graues Meer sprenkelten.

Ein Planet, den BB-8s Karte als das legendäre Ahch-To identifiziert hatten.

Rey beäugte die erste der breiten Steinstufen – der Anfang des Endes einer langen Reise, die im Sand von Jakku begonnen hatte –, dann blickte sie über die Schulter zu dem verbeulten untertassenförmigen *Millennium Falken*, der hinter ihr auf seinen Landefüßen stand. Das Schiff hatte gerade so auf einer flachen Wiese Platz gefunden, dicht über den Wellen des Meeres.

Chewbacca stand am Fuß der Rampe, neben ihm der Astromechdroide R2-D2. Der Wookiee rief Rey aufmunternd zu, während R2-D2 pfiff und auf seinen beiden stummeligen Beinen hin- und herwackelte.

Nicht, dass es nötig wäre. Rey war nicht Tausende Lichtjahre gereist, um hier den Mut zu verlieren. Sie begann, die Treppe hochzusteigen, während der Wind ihr das dunkle Haar ins Gesicht blies.

Nach einem Leben auf Jakku wirkte Ahch-To geradezu paradiesisch. Die Luft war feucht, erfüllt von einem salzigen Aroma, und die steilen Hügel der Insel zeigten ein tiefes, üppiges Grün. Vor ein paar Tagen noch war Grün eine Farbe gewesen, die Rey nur in ihren Träumen sah – jetzt war sie davon umgeben, in vielen unterschiedlichen Nuancen, vom smaragdgrünen Gras bis zum graugrünen Moos, das sich auf den Felsbrocken festklammerte.

Auch das Meer war eine Ansammlung scheinbar unmöglicher Farben, die sich immerzu änderten und ineinander übergingen. An einer Stelle sah das Wasser schwarz oder grau aus, an einer anderen grün oder blau, und überall gab es gelbe und weiße Einsprengsel, wo das reflektierte Licht der Sonne schillerte oder Gischt die Wellen krönte. Als Rey den *Falken* verlassen hatte, hatte ihr Gehirn das Meer unwillkürlich als feste Oberfläche interpretiert, und die Tatsache, dass diese Oberfläche einfach nicht stillhalten wollte, hatte ihr den Magen umgestülpt. Doch jetzt, wo sie ein paar Minuten in der Nähe des Meeres verbracht hatte, erkannte sie, dass sie nur die oberste Schicht von etwas viel Tieferem sah, das in ständiger, endloser Bewegung war. Und auch ihr erster Gedanke, dass die Insel ein winziger Fleck inmitten des Wassers wäre, hatte sich als falsch entpuppt. Die Insel war der Gipfel eines Berges, der aus der Dunkelheit unter ihnen – aus den Knochen des Planeten selbst – nach oben ragte.

Als sie noch einmal zurückblickte, war sie überrascht, wie klein der Frachter bereits wirkte – und amüsiert, weil Chewbacca ihr zuwinkte. Der Wookiee hatte sich geweigert mitzukommen; stattdessen hatte er erklärt, dass sich im *Falken* über mehrere Jahre Fehlfunktionen und Systemausfälle angehäuft hatten, ganz zu schweigen von schlecht durchdachten Modifikationen, und die wollte er schnellstmöglich korrigieren.

R2-D2 war da schon hilfsbereiter gewesen, aber er hatte es nur bis zur ersten Stufe geschafft, ehe er sich mit einem elektronischen Seufzen zurückziehen musste.

Die Hänge rings um Rey waren voller Leben. Insekten, die aussahen wie Grashalme, musterten sie, während sie sich im Wind wiegten, Vögel flatterten hoch über ihrem Kopf dahin, und viele der Felsvorsprünge, an denen sie vorbeikam, schienen kleinen, rundlichen Flugtieren als Brutplätze zu dienen. Diese Kreaturen spähten aus großen, feuchten Augen zu dem Eindringling hoch und versuchten, sie mit einer Kakofonie von Kreischlauten zu vertreiben. Die Art, wie sie flogen, schien mehr mit Entschlossenheit als mit Talent zu tun zu haben – sie sahen aus wie Steine, die jemand von den Klippen geworfen hatte, und ihre kleinen, stummeligen Flügel fingen sie erst wenige Zentimeter über den Wellen ab.

Rey blieb stehen, um durchzuatmen – sie war daran gewöhnt, in den titanischen Wracks von Sternzerstörern herumzuklettern, aber vor ihr lag noch ein langer Weg. Der Falke war ein schmutzig weißer Kreis tief unter ihr, und über ihr verliefen die Stufen in einer welligen Linie den Hang hinauf.

Sie versuchte, sich auf den Aufstieg zu konzentrieren und nicht daran zu denken, was sie dort oben erwartete, aber das war natürlich unmöglich. Wäre es nicht ein grausamer kosmischer Scherz, falls sie entdeckte, dass Jedi-Meister Luke Skywalker – der Mann, den sie so lange für eine Legende gehalten hatte – seine Sachen gepackt und Ahch-To verlassen hätte? Aber aus irgendeinem Grund glaubte sie das nicht. Aus irgendeinem Grund war sie sicher, dass er hier war – es war ein flüchtiges Gefühl, wie etwas, das sie nur aus den Augenwinkeln erhaschen konnte, oder ein Kribbeln zwischen ihren Schulterblättern, wenn jemand hinter ihr stand.

Es war ihr bestimmt gewesen, auf diesen Planeten zu reisen, auf dieser Insel zu landen, diese Stufen hochzusteigen. Sie wusste es einfach. Ihr gesamtes Leben – all diese freudlosen Jahre in der Hitze und im Staub von Jakku, all diese einsamen Nächte in der Kälte – hatte hierher, zu diesem Punkt geführt.

Auf einer Seite der Treppe erhob sich eine Felswand, und dort, wo die Stufen einen Bogen durch eine unbewachsene Stelle an ihrer nackten Flanke beschrieben, standen mehrere bescheidene Steinhütten; kegelförmige Bauten aus mühsam übereinandergestapelten Steinen, uralt, aber gepflegt, mit schmalen Eingängen, von denen manche offen standen und leere Räume enthüllten, während andere durch Türen aus verwittertem grauem Holz verschlossen waren. Nur an einer Hütte befand sich eine Tür aus pockennarbigem, rostigem Metall, verziert durch zwei verblasste rote Streifen.

Rey blickte sich zwischen den Hütten um, aber sie wusste, dass sie ihr Ziel nicht erreicht hatte – noch nicht.

Sie folgte weiter den Stufen, einen grasbewachsenen

Hang hoch, bis die Treppe an einer Senke zwischen zwei hohen Felstürmen endete. Eine Gestalt in einem schmucklosen Mantel stand am Rand der Klippe, mit dem Rücken zu ihr, und starrte auf das endlose Meer hinaus.

Nach einem kurzen Moment hob die Gestalt den Kopf und drehte sich langsam herum, um sie unter dem Rand ihrer Kapuze anzublicken. Das Gesicht über dem ergrauenden Bart war faltig und wettergegerbt, gezeichnet von extremen Klimaverhältnissen, aber die Augen strahlten in einem hellen Blau.

Rey trat auf Luke Skywalker zu, und er schob seine Kapuze nach hinten. Seine linke Hand war aus Fleisch und Knochen, die rechte hingegen bestand aus Metall und Drähten. Er starrte sie direkt und durchdringend an, mit einem seltsamen Ausdruck auf seinen Zügen, den sie nicht einordnen konnte. War das Zorn oder Verzweiflung oder Sehnsucht?

Ohne den Blickkontakt mit dem Mann zu unterbrechen, für den sie diese lange Reise unternommen hatte, hängte Rey sich ihren Stab über die Schulter, anschließend griff sie in die Tasche, holte das Lichtschwert hervor und hielt es ihm hin.

Ein Angebot. Eine Bitte.

Emotionen huschten über das Gesicht des Jedi-Meisters, als würden sie einander jagen. Nach mehreren Sekunden machte er einen zögerlichen Schritt nach vorne, dann noch einen. Und dann streckte er die Hand aus und nahm das Lichtschwert.

Rey trat zurück, den Atem angehalten, während Luke die uralte Waffe betrachtete. Schließlich sah er wieder auf, und sie zwang sich, diesem durchdringenden Blick standzuhalten und nicht die Augen niederzuschlagen.

Bis Luke das Lichtschwert über die Klippe warf.

Reys schreckgeweitete Augen folgten dem Bogen, den die Waffe beschrieb, dann kehrten sie zu Luke zurück.

Aber er ging bereits mit weiten, entschlossenen Schritten an ihr vorbei, ohne auch nur ein Wort zu sagen.

»Äh, Meister Skywalker?« Als sie die Worte endlich hervorbrachte, war er bereits die Treppe hinab verschwunden.

Rey zögerte kurz, dann eilte sie hinter ihm her zu dem Platz mit den Hütten. Sie kam gerade rechtzeitig dort an, um zu sehen, wie die rostige Metalltür zugeworfen wurde, dann war sie wieder allein mit den kreischenden Flugwesen.

Zögerlich näherte sie sich der Tür und klopfte.

»Meister Skywalker, ich bin vom Widerstand«, sagte sie. »Eure Schwester Leia schickt mich. Wir brauchen Eure Hilfe.«

Keine Reaktion.

»Meister Skywalker?«, versuchte sie es noch einmal. »Hallo?«

Das konnte nicht wahr sein. Nicht nach allem, was sie durchgemacht hatte, um hierherzukommen. Sie fühlte sich, als wäre sie in einem schlechten Traum gefangen, einem, in dem sie sprach, aber niemand ihre Stimme hören konnte. Nach ein paar weiteren Sekunden der Stille begann sie, gegen die Tür zu hämmern.

»*Hallo*?«

Rey fand das Lichtschwert im Gras, tief unter der Klippe, von der Luke es geworfen hatte. Mehrere der bizarren bauchigen Vogelkreaturen inspizierten die Waffe und quiekten einander währenddessen verwirrt zu. Sie verscheuchte die Tiere und hob das Lichtschwert auf, dann rieb sie sich die Knöchel, die geschwollen waren, nachdem sie minutenlang vergeblich gegen die Tür des Jedi-Meisters getrommelt hatte.

Sie befand sich oberhalb einer kleinen Bucht, und unter den Wellen war ein Umriss auszumachen, zu kantig, als dass er natürlichen Ursprungs sein könnte. Es dauerte einen Moment, aber dann erkannte sie darin einen X-Flügler, halb zerfallen nach der langen Zeit im Salzwasser.

Rey widmete sich wieder dem Lichtschwert. Zu ihrer Erleichterung schien es unbeschädigt zu sein, also legte sie es vorsichtig in ihre Tasche, und ihre Gedanken kehrten zu dem Jedi-Meister zurück, der oben auf dem Berg in seiner Hütte schmollte. Hatte sie etwas Falsches getan? Hatte sie ihn auf irgendeine Weise beleidigt? Gab es vielleicht ein geheimes Jedi-Begrüßungsritual, von dem ihr niemand erzählt hatte?

Sie wusste es nicht. Ebenso wenig wusste sie, wie sie die Sache in Ordnung bringen sollte, und der Weg zurück den Berg hinauf war zu lang, falls sie dann doch nur wieder ignoriert wurde.

Mürrisch blickte sie zu dem versunkenen X-Flügler hinab. Daher stammte also die Tür von Skywalkers Hütte – er hatte einen der Flügel zweckentfremdet. Ob er wohl sonst noch etwas ausgebaut hatte? Ihr geübtes Auge suchte die Stellen, wo sich bei diesem Sternjägertyp die Kommantennen, die Manövrier-Repulsoren und die statischen Entladungskupplungen befanden – Systeme, die sie in ihrem alten Leben geborgen und gegen Rationen eingetauscht hätte.

Ich glaube nicht, dass da noch was zu retten ist. Null Rationen.

Sie stellte sich vor, wie Unkar Plutt wohl auf einen Sternjäger reagieren würde, der mehr Riff als Vehikel war, und ein leises Lächeln umspielte ihre Lippen. Der Reaktor gab sicher noch immer Restwärme ab, doch das brachte außer den Fischen und Krustentieren in der Umgebung niemandem etwas. Vielleicht hatten ein paar Energieleitungen und -kupplungen in ihren schützenden Isolierungen überlebt, aber der Rest? Der Rest war Schrott.

Was natürlich nicht bedeutete, dass man den Jäger nicht aufpolieren und als funktionstüchtig hinstellen könnte – zahlreiche skrupellose Händler am Niima-Außenposten hatten sich auf diese Weise ihr Geld verdient. Man musste nur aufpassen, dass man schon weit weg war, wenn der Betrug aufflog und das Ding auseinanderbrach.

Auseinanderbrechen, hm.

Falls Meister Skywalker nicht mit ihr reden wollte, dann würde sie eben ein Treffen mit jemandem arrangieren, den er nicht so einfach ignorieren konnte.

Entschlossen marschierte sie in Richtung *Falke* davon.

Diesmal folgte zumindest eine Reaktion auf ihr Klopfen – eine verärgerte Aufforderung zu verschwinden.

Einen Moment später war die Tür bereits aus ihren Angeln gerissen und prallte von der hinteren Wand der Hütte ab, während ein wütender Wookiee brüllend und knurrend ins Innere stürmte.

Rey folgte Chewbacca, und sie konnte nicht leugnen, dass es befriedigend war, als sie hinter dem Kopiloten des *Falken* hervorspähte und den schockierten Ausdruck auf Lukes Gesicht sah. Ihr fiel auf, dass Skywalker sich umgezogen hatte und nun grobmaschige Wollkleidung trug.

»Chewie? Was machst du denn hier?«

Chewbacca war noch immer wütend, und er bedachte Luke mit einer weiteren Runde lauten Grollens.

»Er sagt, Ihr kommt mit uns mit«, übersetzte Rey.

Luke warf ihr einen verärgerten Blick zu.

»Ich habe ihn verstanden«, brummte er, ehe er sich wieder dem Wookiee zuwandte. »Du solltest nicht hier sein.«

Chewbacca knurrte ungehalten.

»Wie habt ihr mich gefunden?«, wollte Luke wissen. Er verhielt sich noch immer so, als wäre Rey überhaupt nicht da.

»Lange Geschichte«, erwiderte sie. »Ich erzähl sie Euch im *Falken.*«

»Im *Falken*? Warte ...«

In diesem Moment erkannte er, dass etwas nicht stimmte.

»Wo ist Han?«, fragte er Chewbacca.

Die Wut des Wookiee löste sich schlagartig auf, und er ließ mit einem mitleiderregenden Heulen die Schultern hängen. Rey zögerte einen Moment, dann trat sie vor. Chewie diesen Teil abzunehmen, war das Mindeste, was sie tun konnte. Auch wenn es bedeutete, dass es nun an ihr lag, Luke von Han Solos Tod zu berichten.

6. Kapitel

Die Türen des Turbolifts glitten zu, und General Hux zupfte an den Ärmeln seiner Uniform, obwohl sie perfekt saß. Er versuchte, nicht darüber nachzudenken, wie lange es her war, seit der Oberste Anführer Snoke ihn das letzte Mal in seinen Thronraum an Bord des gewaltigen Schlachtschiffes *Supremacy* bestellt hatte.

Die *Supremacy* glich einer titanischen, fliegenden Pfeilspitze und maß knapp sechzig Kilometer von Flügelspitze zu Flügelspitze. Ihre Schöpfer hatten sie den ersten Sternzerstörer der Mega-Klasse getauft, aber Hux hielt derlei Kategorisierungen für vollkommen bedeutungslos. Sicher, die *Supremacy* hatte mehr zerstörerische Kraft als eine ganze Flotte, aber das war eine viel zu eng gefasste Grundlage, um ihre Fähigkeiten zu beurteilen. Innerhalb des gepanzerten Rumpfes befanden sich Produktionsanlagen, die von Sturmtruppenrüstungen bis hin zu gewöhnlichen Sternzerstörern so ziemlich alles herstellen konnten, was die Erste Ordnung brauchte, außerdem Labore für Forschung und Entwicklung und Ausbildungszentren für Kadetten. Das war das wirklich Beeindruckende: Die industriellen Kapazitäten der *Supremacy* konnte mit denen kleinerer Sonnensysteme wetteifern, außerdem hatte sie genug Vorräte an Bord – Nahrung wie Rohstoffe –, um jahrelang unabhängig operieren zu können, ehe sie wieder einen Planeten ansteuern musste.

Und das war kein Zufall. Snoke hatte sich ganz bewusst geweigert, einen Planeten zur Hauptwelt der Ersten Ordnung zu erklären; stattdessen hatte er in frostigem Tonfall erklärt, dass er weit größere Pläne für sein Regime hatte als nur über eine Handvoll Sektoren am Äußeren Rand zu herrschen und vielleicht ein paar Welten jenseits ihrer Grenzen zu kolonisieren.

Wäre das ihr Ziel, wäre die Erste Ordnung nicht anders als die diversen unabhängigen Bündnisse, die in Folge des galaktischen Bürgerkriegs entstanden waren. Oder die isolierten Königreiche in den Unbekannten Regionen, von denen die Erste Ordnung während ihres geheimen Aufstiegs viele unterworfen oder zerstört hatte. Nein, Snoke strebte nach etwas Höherem: Die Erste Ordnung sollte all das wiederherstellen, was dem Imperium geraubt worden war, um dann von dieser erneuerten Basis aus weiterzuwachsen.

Bis dieses Versprechen erfüllt war, würde der Hauptsitz der Ersten Ordnung mobil bleiben, hier, an Bord der *Supremacy*.

Hux hatte selbst mitgeholfen, diese Strategie auszuformulieren. Die *Supremacy* konnte nicht von irgendwelchen Versorgungslinien abgeschnitten werden, weil sie nicht von außen versorgt werden musste. Er wusste, welche Gefahren eine feste Hauptwelt barg: Sie besaß eine ganz eigene Schwerkraft, die alles Mögliche anzog, von Händlern und Intellektuellen bis hin zu Kriminellen. Eine Zentralwelt war ein kulturelles Zentrum, aber auch ein Sündenpfuhl – und vor allem war sie verwundbar.

Hosnian Prime war das perfekte Beispiel dafür, dachte Hux mit einem Lächeln um die Mundwinkel. Die einstige Hauptwelt der Neuen Republik war jetzt ein Friedhof; ein zerschmetterter Planetenkern, der langsam in Ringe aus Asche und Staub zerfiel, während er um die verglühten Trümmer eines Sterns kreiste. Selbst in Tausenden Jahren noch würde das Hosnian-System als Mahnmal an jenen Tag erinnern, da die Erste Ordnung die Schwäche und die Lügen der Republik hinfortgefegt hatte. Den Tag, an dem das alte Prinzip der Herrschaft durch Stärke und Disziplin in die Galaxis zurückgekehrt war.

Aber auch an den Namen Armitage Hux würde man sich erinnern, da war er sicher. Man würde ihn als Schöpfer der Armeen der Ersten Ordnung preisen, als Architekten ihrer technologischen Revolution, als Scharfrichter der Neuen Republik.

Und als den Zerstörer des Widerstands.

Dadurch würde er gewiss in noch höhere Sphären aufsteigen, dachte er.

Kommandant der *Supremacy* – das wäre ein vortrefflicher Titel … beinahe so klangvoll wie Oberster Anführer Hux.

Um ein Haar hätte er diese drei Worte laut ausgesprochen, aber er hielt sich gerade noch rechtzeitig zurück. Snoke hatte überall in der Ersten Ordnung Spione, viele von ihnen elektronisch, und sicher ließ er auch den Turbolift überwachen, der zu seinen Privatgemächern im Herzen der *Supremacy* führte.

Die Türen glitten auf, und Hux schritt hinaus in das innerste Heiligtum. Snoke persönlich gegenübertreten zu dürfen, war ein Privileg, das nur wenigen vergönnt war. Der Oberste Anführer der Ersten Ordnung saß auf seinem

Thron, flankiert von acht Mitgliedern seiner blutrot gekleideten Prätorianergarde. Banner mit dem Emblem des Regimes hingen über ihren Köpfen, und sie spiegelten sich auf dem schwarz glänzenden Boden unter ihren Füßen. Rote Vorhänge verbargen die Aussichtsfenster, und in den Schatten des Thronraums entdeckte Hux mehrere Droiden, die sich stumm ihren Pflichten widmeten. Außerdem waren da noch ein paar der violett gekleideten Nichtmenschen, die der Ersten Ordnung geholfen hatten, in den Unbekannten Regionen Hyperraumrouten zu erschließen.

Kaum, dass Hux auf ein Knie hinabgesunken war, spürte er Snokes blaue Augen, die aus den Überresten seines Gesichts auf ihn herabfunkelten.

»General, ich gab Ihnen einen Kriegshammer, und Sie haben eine Fliegenklatsche daraus gemacht«, sagte er.

»Wie ich bereits erklärte, Oberster Anführer, es ist nur ein kurzzeitiger Rückschlag«, verteidigte sich Hux.

Snoke musterte ihn abschätzig. Der Oberste Anführer war nicht die titanische Gestalt, als die er in seinen holografischen Übertragungen erschien, aber er überragte dennoch die meisten Menschen. Sein Gesicht war asymmetrisch, sein Körper vornübergebeugt, und doch strahlte er Macht aus. Eine bösartige Energie, die ihm aus allen Poren zu quellen schien, und Hux wäre nicht überrascht gewesen, wenn diese Energie ihre forschenden Tentakel bis in sein Gehirn ausstreckte.

Er wusste, dass die Macht real war; sein Körper schmerzte noch immer von seinem Sturz auf das Deck der *Finalizer*. Aber diese Art von Magie war das letzte Echo eines verblassenden Kapitels in der galaktischen Geschichte – unzuverlässig und unberechenbar, wo Technologie Gewissheit und Sicherheit bot. Snoke kommandierte keine Legionen von

Machtbenutzern, wie die Jedi es einst gewesen waren. Er riss keine Kinder aus dem Sturmtruppenprogramm der Ersten Ordnung, wenn sie außergewöhnliche Fähigkeiten an den Tag legten. Nein, er und sein verachtungswürdiger Handlanger Kylo Ren waren die Letzten ihrer Art.

Und natürlich Skywalker, nach dem Snoke und Ren so eifrig suchten, obwohl es etliche wichtigere Dinge gab, die ihrer Aufmerksamkeit bedurften.

»Nach Ihrem Versagen heute, General, erfüllen mich Ihre Versprechungen nicht wirklich mit Zuversicht«, erklärte Snoke.

Hux' Schultern verspannten sich, als er den frostigen Zorn in der Stimme des Obersten Anführers hörte, aber er zwang sich, keine Reaktion zu zeigen. Falls Snoke ihn tot sehen wollte, hätte er keine Zeit verschwendet, um ihn hierher zu rufen, und sich seiner im Stillen entledigt. Nein, dann hätte er ihn an Bord der *Finalizer* umgebracht, wo sein Ende den anderen als Exempel dienen konnte.

»Sie sagen, Sie können die Flotte des Widerstands selbst nach ihrer Flucht in den Hyperraum verfolgen – etwas, was in der gesamten Geschichte der Galaxis noch keiner Streitmacht gelungen ist«, fuhr Snoke fort, aber das war ein Gebiet, auf dem Hux sich behaupten konnte.

»Keine andere Streitmacht in der Geschichte hatte Zugang zu der Technologie, die wir entwickelt haben, Oberster Anführer.«

»Es gibt eine Million Sonnensysteme, in der die Widerstandsflotte sich inzwischen verkrochen haben könnte«, beharrte Snoke. »Und ich habe nicht vor, sie alle abzusuchen, General.«

»Wir müssen sie nicht alle absuchen, Oberster Anführer. Das Computernetzwerk unseres Peilsystems enthält Hunderttausende von Daten: jeden Einsatzbericht aus der Zeit des Imperiums und noch mal so viele von den Schutztruppen der Republik und diversen planetaren Sicherheitsdiensten. Es enthält Astro-Navigationsberichte, Informationen von Kundschaftern und Handelsgilden, Geheimdienstdaten der Separatisten …«

»Langweilen Sie mich nicht mit einer vollständigen Aufzählung«, unterbrach ihn Snoke grollend.

Hux senkte den Kopf. »Gewiss, Oberster Anführer. Unsere Sensoren haben den letzten Flugvektor des Feindes erfasst, und die Computer gleichen ihn mit den Daten unseres Peilsystems ab. Durch Analyse reduzieren sie eine Million möglicher Zufluchtsorte zu ein paar Hundert, dann zu ein paar Dutzend – bis nur noch ein Ort übrig bleibt.«

»Wieso sind wir dann nicht bereits unterwegs zu diesem einen, garantierten Zielort?«

»Wir führen gegenwärtig noch eine Gegenprobe zu unserer ursprünglichen Analyse durch, Oberster Anführer«, sagte Hux. »Die finalen Berechnungen sollten innerhalb der nächsten Minuten abgeschlossen sein.«

Snoke lehnte sich nachdenklich auf seinem Thron zurück. Seine Wachen in ihren alles verhüllenden roten Rüstungen standen reglos an den Wänden, und die nichtmenschlichen Navigatoren hinter ihm setzten wortlos ihre rätselhafte Arbeit fort.

»Dann ist Ihre Lösung dieses uralten Problems also kein konzeptioneller Durchbruch«, schlussfolgerte Snoke. »Ihr System ist nicht das Produkt von Genialität, sondern von grober Gewalt.«

»Grobe Gewalt wird gerne unterschätzt, Oberster Anführer«, erklärte Hux mit einem Lächeln. »Die Heimatflotte der Neuen Republik ist zerstört, und die überlebenden Senatoren haben die verbliebenen Streitkräfte auseinandergerissen, um ihre Heimatwelten zu schützen. Ihre Spaltung macht sie wehrlos. Keine Macht der Galaxis kann jetzt noch gegen uns bestehen, Oberster Anführer.«

Sein Kommlink stieß ein drängendes Piepsen aus – eine Nachricht von höchster Prioritätsstufe.

»Falls Ihr gestattet, Oberster Anführer?«, fragte Hux, und sein Meister nickte. Wie sich herausstellte, war es genau die Meldung, auf die Hux gehofft hatte.

»Wir haben die Koordinaten der Widerstandsflotte, Oberster Anführer. Wahrscheinlichkeit fünfundneunzig Prozent.«

»Dann los, General. Sie haben erklärt, wie Ihre Erfindung funktioniert – jetzt zeigen Sie mir, *dass* sie es tut. Jagen Sie Organas Gesindel zur Hölle.«

Während Hux sich wieder aufrichtete, öffnete sich der Turbolift hinter ihm, und Kylo Ren betrat den Thronsaal, sein Gesicht unter der schwarz-silbernen Maske verborgen. Armitage konnte sich ein abfälliges Grinsen nicht verkneifen.

»Hux' neues Spielzeug scheint zu funktionieren«, wandte Snoke sich an Ren. »Der Widerstand wird uns schon bald in die Hände fallen.«

»Danke sehr, Oberster Anführer«, sagte Hux noch, ehe er in die Liftkabine trat.

Snoke hatte ihn zu sich beordert, um ihn für sein Versagen zu rügen, aber er verabschiedete ihn mit Lob für seinen Einfallsreichtum. Hux wusste, dass Kylo Ren keine derartigen Erfolgsmeldungen mitbrachte, die den Zorn des Obersten Anführers mildern könnten – man hatte ihn von der Starkiller-Basis retten müssen, als sie auseinanderbrach, und seitdem hatte er den Großteil seiner Zeit damit verbracht, sich von den Medidroiden wieder zusammenflicken zu lassen.

Snoke hatte die Erste Ordnung durch ihre frühen Jahre in der Wildnis der Unbekannten Regionen geführt und eine Bande imperialer Flüchtlinge in eine Waffe verwandelt – geschmiedet, um die Galaxis zurückzuerobern. Dafür war ihm ein Platz in den Geschichtsbüchern sicher. Aber Hux wusste, dass die Zukunft nach einer anderen Art von Anführer verlangte – jemanden, der die galaktischen Industrien lenken und Innovation fördern konnte, jemand, dem der bedingungslose Respekt seiner Untertanen sicher war.

Snoke war nicht dieser Anführer. Und Ren war es ebenso wenig.

Kylo Ren bemühte sich, Hux zu ignorieren, als der schwarz uniformierte General aus dem Thronsaal stolzierte. Aber sein selbstgefälliges Grinsen konnte er nicht ignorieren. Wut kochte in ihm hoch – ein Zorn, der Snoke nicht verborgen blieb.

»Du fragst dich, warum ich einen tollwütigen Köter in einer so machtvollen Position dulde«, sagte er, als sie allein waren. »Die Schwäche eines Köters kann, entsprechend eingesetzt, zu einem scharfen Werkzeug werden.«

Kylo war nicht in der Stimmung für Snokes Belehrungen; nicht nach alldem, was geschehen war.

»Was macht deine Wunde?«, erkundigte sich Snoke, ohne den Spott in seiner Frage zu verbergen.

»Unbedeutend«, erklärte Kylo.

Tatsächlich hatte man den Lichtschwertschnitt in seinem Gesicht mit Mikrogewebe verschließen müssen, und er würde den Rest seines Lebens eine Narbe tragen. Ganz abgesehen von der schmerzenden Wunde an seinem Bauch, wo ihn Chewbaccas Bogenspanner erwischt hatte – ein Treffer, der ihn vermutlich das Leben gekostet hätte, hätte er nicht instinktiv alle zur Verfügung stehende Energie der Macht zusammengezogen.

»Der mächtige Kylo Ren«, brummte Snoke, während er seinen Schüler betrachtete. »Als ich dich fand, sah ich, wonach jeder Meister sucht. Rohe, ungezähmte Kraft. Und darüber hinaus etwas wahrlich Besonderes: das Potenzial deiner Blutlinie. Ein neuer Vader. Jetzt fürchte ich, ich befand mich im Irrtum.«

Unter seinem Helm starrte Kylo die hochgewachsene Gestalt in ihrer goldenen Khalatrobe finster an.

»Ich habe Euch alles gegeben, was ich habe – Euch und der dunklen Seite.« Seine Stimme wurde durch die Maske verzerrt. »Alles!«

»Nimm dieses lächerliche Ding ab«, verlangte Snoke, und Verachtung troff aus jedem Wort.

Einen Moment lang war Kylo vor Schreck wie erstarrt, dann hob er langsam die Hände und nahm den Helm ab. Als sein vernarbtes Gesicht zum Vorschein kam, stand Snoke von seinem Thron auf, und das leichte Schlurfen seiner Füße verriet den Schmerz, der jeden seiner Schritte plagte. Kylo blieb mit versteinerter Miene stehen, während der Oberste Anführer auf ihn zukam und den Finger nach seiner Wange ausstreckte.

Anschließend wanderte die Fingerspitze nach oben und zeichnete Kylos Augenlid nach. Dabei verwischte sie den Tropfen Feuchtigkeit, der sich dort gebildet hatte.

»Ja«, sagte Snoke. »Das ist es. Es steckt zu viel von deinem Vater in dir, junger Solo.«

Kylos zorniger Blick ruckte zu Snokes Augen hoch. »Ich

habe Han Solo getötet. Ich habe meinen … Als der Moment kam, habe ich ihn aufgespießt. Ich habe nicht gezögert.«

»Das beweist nur Launenhaftigkeit, nicht Stärke.« Snoke verzog die Lippen. »Und jetzt sieh dich an. Diese Tat hat dich bis ins Mark erschüttert. Du warst nie im Gleichgewicht, wurdest geschlagen von einem Mädchen, das noch nie ein Lichtschwert hielt. Du hast *versagt.*«

Der Zorn in Kylos Brust explodierte und verwandelte sich in ein Inferno, das nach einem Ventil verlangte.

Doch auch damit hatte Snoke gerechnet. Kylo machte nur einen winzigen Schritt auf seinen Meister zu, da züngelten bereits Blitze von den Fingern des Obersten Anführers, und Ren wurde, von Schmerzen gekrümmt, nach hinten geschleudert. Die prätorianischen Gardisten gingen ruckartig in Kampfhaltung, ihre gesichtslosen Helme auf Kylo gerichtet.

Eine wegwerfende Handbewegung Snokes reichte, um sie wieder stramm Haltung annehmen zu lassen, aber ihre misstrauischen Blicke verharrten weiter auf der schwarz gewandeten Gestalt auf dem Boden.

»Skywalker lebt!«, fuhr Snoke Ren an. »Die Saat des Jedi-Ordens lebt. Und solange sie am Leben ist, lebt auch die Hoffnung in der Galaxis!«

Er bedachte seinen Schüler mit einem verächtlichen Blick. »Ich dachte, dass du derjenige sein würdest, der sie vernichtet. Doch leider bist du kein Vader. Du bist nur ein Kind mit einer Maske.«

Kylo stand auf, wobei er Snoke den Rücken zuwandte, damit das Feuer seines Zorns nicht außer Kontrolle geriet – so entging ihm das grausame Lächeln, das die Lippen des Obersten Anführers verzerrte.

Nachdem sich die Türen des Turbolifts hinter ihm geschlossen hatten, starrte er auf den Helm in seinen Händen hinab. Diesmal brach die Wut sich ohne jede Vorwarnung Bahn, wie ein lebendes, wildes Ding, so brennend heiß, als würde sie sein Fleisch versengen. Kylo donnerte die Maske gegen die Wand. Die Macht brüllte in ihm, verlieh ihm die Kraft, um den Helm wieder und wieder in das Metall zu rammen, bis nur noch ein schwarz-silberner Klumpen davon übrig war.

Die Türen glitten auf, und zwei erschrockene Offiziere wichen instinktiv vor dem schnaubenden Mann in Schwarz zurück.

»Macht mein Schiff startklar«, schnappte Kylo.

7. Kapitel

Es war später Nachmittag, und die Sonnen, die tief über den Inseln von Ahch-To hingen, schufen lange Schatten vor die alten Steinhütten. Unter ihnen ächzte die Brandung, ein rhythmisches Geräusch wie statisches Rauschen. Luke Skywalker saß auf einer Bank vor seiner bescheidenen Behausung, neben ihm ein missmutiger Chewbacca. Rey ging in der Nähe auf und ab, unwillig, die beiden alten Freunde in ihrer Trauer zu stören.

Aber schließlich konnte sie nicht länger warten.

»Han Solo war mein Freund«, sagte sie. »Es ist nichts Gutes mehr in Kylo Ren. Er wird nur immer stärker.«

Allein die Erwähnung des Namens schien Luke durch Mark und Bein zu gehen, und als er neben Chewie noch weiter in sich zusammensank, wirkte er plötzlich alt und gebrochen, all der Stärke beraubt, die er einst besessen hatte. Rey fühlte sich wie ein Eindringling in diesem Moment seiner Trauer.

Aber die Galaxis brauchte diesen Mann – er musste das Leid und die Unzufriedenheit überwinden, die ihn in sein selbstgewähltes Exil getrieben hatten. Reys Mission war es gewesen, Skywalker zu finden, und sie hatte ihn gefunden.

Nun musste sie zu ihm durchdringen und ihm verständlich machen, dass das Schicksal der Galaxis auf Messers Schneide stand.

»Leia hat mir Schätzungen über die militärische Stärke der Ersten Ordnung gezeigt«, fuhr sie fort. »Ihre Armee ist riesig. Und jetzt, wo die Republik zerstört ist, gibt es niemanden mehr, der sie aufhalten kann. In Kürze werden sie alle größeren Systeme unter ihre Kontrolle bringen. Sie werden den Widerstand vernichten und Finn und alle anderen, die mir etwas bedeuten. Wir *brauchen* Eure Hilfe. Und den Orden der Jedi ebenfalls. Wir brauchen Luke Skywalker.«

Lukes Augen waren kalt und hart.

»Nein.«

»Was?«

»Ihr braucht Luke Skywalker nicht.«

»Habt Ihr mir eben überhaupt zugehört? Wir brauchen Euch *wirklich.*«

Er schnitt eine Grimasse. »Was erwartest du? Dass ich da rausmarschiere, mit einem Lichtschwert, und mich der ganzen Ersten Ordnung stelle? Und was, falls ihr Jedi auf eurer Seite hättet – ein paar Dutzend Ritter in ihren Roben ... Was, glaubst du, könnten sie bewirken?«

Rey blickte ihn ungläubig an. Versuchte er tatsächlich, eine strategische Debatte mit ihr zu führen? Begriff er wirklich nicht, wie viel die Jedi dieser bedrohten Galaxis bedeuten würden?

»Sie würden das ... das Gleichgewicht von ...«

Lukes Blick wirkte beinahe mitleidig, während sie nach einer Antwort suchte – aber da war auch Wut in seinen Augen.

»Was hast du denn erwartet, was hier passieren würde?«, fragte er. »Denkst du, ich weiß nicht, dass meine Freunde leiden? Hast du gedacht, ich wäre an diesen unauffindbarsten Ort der Galaxis gegangen, wenn ich keinen triftigen Grund gehabt hätte?«

Jetzt war Rey diejenige, die wütend wurde. Das Problem war nicht, dass er nicht begriff – es war ihm einfach nur egal.

»Warum seid Ihr *denn* hergekommen?«, schnappte sie.

Anstatt ihr zu antworten, stand Luke auf und blickte traurig zu Chewbacca hinüber.

»Es tut mir leid, alter Freund«, sagte er. »Aber ich komme nicht zurück.«

Chewie reagierte nicht – sein Zorn auf Luke schien verraucht zu sein –, aber Rey trat energisch vor die Bank.

»Ich werde nicht ohne Euch gehen«, drohte sie.

»Dann machst du es dir besser gemütlich«, erwiderte Skywalker, bevor er sich in seine Hütte zurückzog. Die eingetretene Tür lehnte er hinter sich gegen den Stein, um den Eingang zu versperren.

Rey trat vor die Tür, die Hände in den Hüften, und starrte trotzig durch eine Lücke ins Innere. Falls er glaubte, dass sie aufgeben würde, stand ihm eine große Überraschung bevor. Das Leben auf Jakku hatte sie zwei Dinge gelehrt, die sie besser beherrschte als jeder andere.

Eines davon war, kaputte Dinge auszuschlachten.

Das andere war zu warten.

Leia saß allein in ihrer Kabine an Bord der *Raddus* und starrte in den blau-weißen Tunnel des Hyperraums hinaus.

Die Treibstoffvorräte der Widerstandsflotte waren beinahe erschöpft – während der Evakuierung hatten sie lediglich einen Bruchteil der auf D'Qar gelagerten Reserven zu den Schiffen im Orbit transportieren können. Ackbar machte sich deswegen keine allzu großen Sorgen, zumal der Flotte die Flucht in den Hyperraum gelungen war. Sein Plan war es, einen kurzen Sprung zu einem Punkt im tiefen Raum zu absolvieren, den einst die Allianz für geheime Treffen benutzt hatte, und dort in Ruhe die Situation zu analysieren.

Leia begann automatisch, eine Liste der zu erledigenden Aufgaben zusammenzustellen. Zunächst einmal mussten sie die Bürger der Galaxis wissen lassen, dass der Widerstand überlebt hatte und weiter gegen Snoke und seine Erste Ordnung kämpfen würde. Zweitens mussten sie sich auf ihren verschlüsselten Kanälen mit Knacks Wexley, Jess Pava und den anderen Piloten in Verbindung setzen, die Leia ausgesandt hatte, um die überlebenden Führungsmitglieder der Neuen Republik in Sicherheit zu bringen. Darüber hinaus mussten sie am Äußeren Rand neue Verbündete rekrutieren – die Senatoren und planetaren Regierungen, die Schutz vor der Ersten Ordnung suchten, die militärischen Truppen, die nach dem Angriff auf Hosnian Prime führerlos zurückgeblieben waren. Oh, und natürlich mussten sie C-3POs Netzwerk von Droidenspionen reaktivieren.

Es war eine einschüchternd lange Liste, aber Leia fand Trost in dem Gedanken, dass es zumindest im Moment nichts für sie zu tun gab. Fürs Erste lag alles bei Ackbar und seiner Brückenmannschaft.

Endlich ein wenig Zeit für sich zu haben, war jedoch nicht so entspannend, wie sie gehofft hatte, ebenso wenig wie das verstärkte Licht der zahllosen Sterne, die an ihr vorbeirasten. Die Galaxis befand sich einmal mehr im Krieg, und jeder Stern, der ihren Weg erhellte, war ein potenzielles Schlachtfeld, fruchtbarer Boden für eine Saat aus

Leid und Trauer, die schon bald tragische Früchte tragen könnte.

Sie hatte zu viele Tragödien auf zu vielen Welten erlebt – den Verlust von Familien, Freunden, Waffenbrüdern, Verbündeten, Unschuldigen –, und der Gedanke daran, wie viele mehr sterben könnten, lag als bleiernes Gewicht auf ihr. Es gab keinen Ort in der Galaxis, wo sie nicht von Geistern umgeben war.

Das Licht der Hoffnung strahlt selbst in der tiefsten Finsternis – aber nur wir können es am Leben erhalten.

Ihre Mutter hatte das gesagt, Breha Organa, Königin von Alderaan.

Breha, die vom Imperium ermordet worden war, gemeinsam mit all den Leuten, die ihre Schutzbefohlenen waren.

Aber würde sie wollen, dass ich sie so in Erinnerung behalte? Sie und alle anderen? Als Opfer des Imperiums und sonst nichts?

Nach Endor hatte Leia gelernt, sich der Macht zu öffnen und dieses mysteriöse Energiefeld wahrzunehmen, das den Kosmos erfüllte. Luke hatte ihr erklärt, dass sie ihr ganzes Leben schon von der Macht gezehrt hatte, ohne es zu merken – nicht nur, als sie über der Wolkenstadt seinen verzweifelten Hilferuf gehört hatte, sondern bereits während der Senatssitzungen und strategischen Besprechungen der Allianz. Die Macht hatte ihr geholfen, die Stimmung innerhalb eines Raums einzuschätzen und politische Strömungen zu erkennen. Sie hatte ihren Aufrufen zur Rebellion mehr Nachdruck verliehen, ihr Auftrieb verliehen, wenn die Bürden ihres Amtes sie unter sich zu erdrücken drohten. Er hatte vorgehabt, ihr beizubringen, wie sie bewusst mit der Macht in Verbindung treten konnte; was sie mit dieser Fähigkeit anfangen wollte, läge dann bei ihr.

Nun, an Bord der *Raddus*, schloss Leia die Augen und ergab sich ihren Erinnerungen.

Versuch, deine Gefühle auszudehnen, hatte Luke sie aufgefordert.

Er hatte erklärt, dass die Macht durch Leben entstand und gedieh. Nach den Lektionen von Obi-Wan Kenobi und Yoda hatte er begonnen, als schillernde Woge von ihr zu denken. Sie brandete über die Grenzen des Körpers hinaus, welchem sie entsprang, und verband alles Leben zu einem Netz aus Energie, das die gesamte Galaxis umfasste.

Wenn ein Jedi lernte, Ruhe und inneren Frieden zu erreichen, so hatte er gesagt, dann konnte er diese Energie rings um sich wahrnehmen, diese stetig wechselnden Strömungen – die Gezeiten des Lebens. Und wenn Leia sich der Macht öffnete, könnte auch sie auf diesen Wogen segeln und außergewöhnliche Dinge vollbringen. Aber alles fußte auf dem grundlegenden Verständnis, dass die Macht eine Schöpfung des Lebens war – und ein Jedi nur ein kurzzeitiges Gefäß für ihren Willen. Lebende Wesen erzeugten die Macht, aber die Energie wohnte ihnen nicht inne; sie strömte aus ihnen heraus, bis sie alles durchdrang. Der Gedanke an die individuelle Präsenz wurde dadurch geradezu bedeutungslos.

Leia atmete tief ein und aus, während sie sich bildlich vorstellte, wie sie all ihre Ängste und Sorgen ablegte, eine nach der anderen.

Ihre Atmung verlangsamte sich, und sie ließ ihre Sinne umherstreifen, als wären sie völlig losgelöst von ihrem Körper. Ihr Bewusstsein dehnte sich über die Grenzen ihrer Kabine hinweg aus, bis sie die gesamte *Raddus* in ihrem rasenden Flug durch den Hyperraum spüren konnte.

Leia fühlte die Macht, die Wesen, die sie erzeugten, und die Kakofonie ihrer Emotionen.

Da war Erleichterung über ihre gelungene Flucht und grimmige Vorfreude auf den Kampf, aber auch Sorge angesichts ihrer unsicheren Situation und die Furcht, dass sie versagen könnte. Die Macht war erfüllt von Wut und dem Wunsch nach Rache, und sie krümmte sich unter dem Leid derer, die Freunde und Geliebte verloren hatten.

Leia ließ all das zunächst über sich hinwegschwappen, während die Strömungen sie hierhin und dorthin trugen, dann streckte sie ihre Sinne nach den Wesen aus, zu denen sie eine echte emotionale Verbindung hatte.

Was das anging, unterschieden sich Lukes Ansichten von den Lehren der Jedi. Der Orden hatte emotionale Bindungen untersagt, weil sie einen Jedi anfällig machten für die Verlockungen der dunklen Seite. Und tatsächlich war es Liebe gewesen, verzerrt zu Eifersucht und Besitzgier, die ihren Vater, Anakin Skywalker, zu Finsternis und Verzweiflung getrieben hatten.

Doch im Gegensatz zu Yoda hatte Luke nicht akzeptiert, dass alles Gute aus Anakin gewichen war. Er war überzeugt gewesen, dass die emotionalen Verstrickungen, die Anakin zu Darth Vader gemacht hatten, ihn auch wieder zurück zum Licht führen könnten – Verstrickungen wie die unauslöschliche Liebe zwischen einem Vater und einem Sohn, die den jeweils anderen für verloren gehalten hatte.

Luke hatte recht behalten – indem er seine Lehrmeister ignorierte, hatte er Anakin gerettet und ganz nebenbei auch die Allianz und die Galaxis.

Leia dehnte ihre Sinne aus. Ackbar war müde, aber stoisch, während er mit der für ihn typischen Präzision ihre Probleme sezierte. Connix rang mit Erschöpfung und Zweifeln. Und Fossils Trauer um die toten Bombermannschaften war so offen und intensiv, dass Leia instinktiv zurückschreckte.

Zu ihrer Überraschung spürte sie auch Finns Präsenz. Der Deserteur von der Ersten Ordnung war in ein Koma versetzt worden, damit er sich von seinen Wunden erholen konnte, aber offensichtlich war er nun wieder wach, ein wandelndes Bündel von Anspannung und Verwirrung. In Leias Wahrnehmung war er eng mit Poe Dameron verbunden, wobei dessen Emotionen zwischen Stolz und Zweifeln pendelten.

Zu viel Stolz und längst nicht genug Zweifel, dachte sie, aber dann ließ sie ihren Geist weiterschweifen. Sie würde sich noch früh genug um Poe kümmern.

Ihr Bewusstsein glitt nun von der *Raddus* fort, weiter und weiter, bis sie die schwache Berührung anderer Wesen spürte, draußen auf den Welten, an denen sie im Hyperraum vorbeirasten – es war ein beständiges Summen von Emotionen und Hoffnungen, Träumen und Ängsten. Sie dehnte ihre Sinne noch weiter, auf der Suche nach einer ganz bestimmten Signatur, einer Aura, die strahlend hell in der Macht glühen würde.

Aber sie konnte sie nicht finden.

Früher war sie in der Lage gewesen, Lukes Bewusstsein selbst durch die halbe Galaxis hindurch zu spüren, und sei es nur als leichtes Kräuseln in der Macht. Aber inzwischen war es Jahre her, seit sie seine Präsenz das letzte Mal wahrgenommen hatte.

Als ihre eigene Familie von Verrat zerrissen worden war, hatten Lukes Qualen und Schuldgefühle die Macht aufgepeitscht wie ein stürmisches Meer. Sie hatte seine brodelnden Emotionen selbst dann noch spüren können, als er sich abwandte und sie in ihrer verzweifeltsten Stunde alleinließ. Überwältigt von ihrem eigenen Zorn und ihrer Trauer hatte Leia ihn ziehen lassen – mehr noch, eine Zeitlang hatte sie gewollt, dass er sich so weit wie möglich von ihr fernhielt.

Und genau so war es gekommen. Ihre Verbindung zu ihrem Bruder war schwächer geworden, erst ein Echo, dann ein Wispern, und nun war sie völlig verhallt.

Leia wusste nicht, wieso, und auch nicht, was es bedeutete. Vielleicht hatte Rey es ja herausgefunden – vielleicht war sie gerade mit der Antwort auf dem Weg zurück zu ihr. Oder vielleicht sogar mit Luke.

Leia tastete nach dem Objekt, das sie um ihr Handgelenk trug, aber dann hielt sie ihre Hand zurück und senkte sie wieder. Sie würde es mit ihren Sinnen versuchen. Falls sie sie noch einmal ausdehnte …

Einen Moment später flogen ihre Augen auf, und ein Schwindelgefühl überkam sie. Die Macht war von Gefahr erfüllt. Einer Gefahr, die es auf sie abgesehen hatte – auf sie und den gesamten Widerstand.

Vor dem Fenster ihrer Kabine verschwand das Wirbeln des Hyperraums, ersetzt durch die Leere des Weltraums. Leia stand auf und eilte zur Brücke.

Poe hatte Finn in seine Kabine gebracht, damit er sich die schleimigen Bacta-Reste vom Leib waschen und eine von Poes Widerstandsuniformen anziehen konnte, während Dameron seine Frage beantwortete.

Aber diese Antwort machte den jungen Mann nur noch unruhiger.

»Ihr habt also die Starkiller-Basis in die Luft gejagt, Rey hat Kylo besiegt, und der Widerstand hat die Karte gefunden?«, fasste Finn zusammen. »Ihr habt gewonnen, richtig? Warum fühlt sich das hier dann nicht an, als wärt ihr die Sieger?«

Sie waren wieder draußen auf dem Korridor, und BB-8 zwitscherte betrübt, während er neben ihnen herrollte – der Astromech teilte Finns Ansicht offenbar.

»Wir mussten uns aus unserem Versteck wagen, um die Starkiller-Basis anzugreifen«, erklärte Poe. Er klemmte sich das Bündel unter den Arm, das er aus dem Spind in seiner Kabine genommen hatte. »Die Erste Ordnung brauchte nicht lange, um unsere Basis zu finden.«

Finn konnte sehen, dass sein Freund in Gedanken an einem weit entfernten Ort weilte. Er zögerte; einerseits wusste er, was er sagen musste, andererseits war er nicht sicher, wie er es ausdrücken sollte.

»Hör zu, Poe«, begann er. »Ich weiß, was ihr hier tut, ist gut und richtig. Aber ich habe mich dieser Armee nicht angeschlossen. Ich bin nur Rey hierher gefolgt. Und ich möchte nicht, dass du mich für etwas hältst, was ich nicht bin.«

»Was das angeht, mach dir keine Sorgen«, sagte Poe nur. »Du bist da, wo du hingehörst.«

Diese Reaktion verstärkte Finns schlechtes Gewissen nur noch. Dameron begriff nicht, dass er sich nicht am Angriff auf die Starkiller-Basis beteiligt hatte, um dem Widerstand zu helfen. Alles, was er gewollt hatte, war, Rey zu retten. Er hatte sich schon überlegt, wie er sie überzeugen könnte, mit ihm an einen Ort irgendwo in der Wildnis des Äußeren Randes zu fliehen, wo die Erste Ordnung sie niemals finden würde. Das hatte er damals für ihre beste Option gehalten, und er tat es auch jetzt noch. Die Erste Ordnung würde nicht aufhören, Jagd auf den Widerstand zu machen, bis er zerstört war, aber zwei Flüchtlinge konnten vielleicht unbemerkt entkommen und auf einer ruhigen, entlegenen Welt ein neues Leben beginnen.

Finn kratzte sich an der Seite – es war eine Erleichterung,

nicht mehr mit Bacta verschmiert zu sein, aber sein Körper juckte noch immer – und merkte deshalb nicht gleich, dass Poe ihm das Bündel hinhielt, welches er aus seiner Kabine mitgenommen hatte.

Es war die alte Jacke des Piloten – die Jacke, die Finn auf Jakku aus ihrem abgestürzten TIE geborgen hatte; die Jacke, die Kylo Ren während ihrer Konfrontation auf der Starkiller-Basis aufgeschlitzt hatte. Der Riss an ihrer Rückseite war von augenscheinlich unerfahrener Hand wieder geflickt worden.

»Ich bin nicht wirklich gut mit Nadel und Faden«, entschuldigte sich Poe. »Außerdem musste ich nebenbei noch die Flotte retten, weißt du?«

Finns Herz schlug schwerer. Es war eine gütige Geste, was ihn eigentlich nicht überraschen sollte; Poe war von Beginn an gütig zu ihm gewesen. Sonnen, er war sogar derjenige, der ihm einen Namen gegeben hatte. Aber das bedeutete nur, dass Dameron noch enttäuschter sein würde, wenn er erkannte, wie sehr er sich in ihm getäuscht hatte.

Finn blickte seinen Freund unsicher an, während er versuchte, den nötigen Mut zusammenzunehmen und ihm alles zu erklären. Doch bevor er den Mund öffnen konnte, eilte ein goldener Protokolldroide um die Ecke vor ihnen, und um ein Haar wären sie zusammengestoßen.

»Commander Dameron, Prinzessin Leia erwünscht umgehend Ihre Gegenwart auf der Brücke«, verkündete C-3PO. »Ihre Wortwahl war allerdings weniger höflich als meine.«

8. Kapitel

Poe konnte sich nicht an eine Zeit erinnern, als er Leia Organa noch nicht gekannt hatte. Sie war die Mentorin seiner Eltern gewesen, Kes Dameron und Shara Bey, die beide mit ihr in der Allianz gekämpft hatten. Sie hatte ihn im Auge behalten, während er aufwuchs und lernte, Sternjäger bis an ihre Belastungsgrenze zu treiben – und manchmal auch darüber hinaus. Und sie hatte ihn überzeugt, die Neue Republik zu verlassen und sich ihrem Widerstand anzuschließen.

Er kannte sie also gut genug, um den kalten Zorn in ihrem Gesicht zu erkennen, als er gefolgt von Finn und BB-8 die Brücke der *Raddus* betrat.

Ein wütender General Organa war eine Naturgewalt, vor der man sich in Acht nehmen musste – und eine, vor der Poe eine gesunde Portion Respekt hatte. Aber er war sicher, dass er sie beruhigen konnte; das war ihm bislang noch jedes Mal gelungen. Sie kannten und verstanden einander. Leia wusste, dass er impulsiv und leichtsinnig sein konnte, aber genau das erwartete sie auch von ihm. Als sie ihn rekrutiert hatte, hatte sie es selbst gesagt: Der Widerstand konnte ein wenig Impulsivität gebrauchen. Und die Grenze zwischen Leichtsinn und Leidenschaft war oft nur hauchdünn. Poe hatte diese Worte stets im Kopf behalten, und er wusste, dass Leia sie auch nicht vergessen hatte.

Umso schockierter war er, als sie ihm eine schallende Ohrfeige verpasste.

»Sie sind degradiert«, erklärte sie, ohne auf die überraschten Gesichter ringsum zu achten.

»Was?«, protestierte er. Seine Wange brannte. »Moment mal. Wir haben gerade ein Schlachtschiff zerstört!«

»Zu welchem Preis? Sie sind mit Ihrem Kopf immer nur im Cockpit!«

»Startet man einen Angriff, zieht man ihn auch durch!«, verteidigte sich Poe.

»Es gibt Dinge, die kann man nicht regeln, indem man in einen X-Flügler springt und … irgendwas wegpustet. Das sollten Sie unbedingt lernen.«

»Dieser Erfolg wurde von Helden gewährleistet«, sagte er, unwillig, sich geschlagen zu geben.

»Toten Helden«, schnappte Leia. »Keine Anführer.«

Die Stille, die auf diese Worte folgte, war unbehaglich, und sie dauerte eine gefühlte Ewigkeit an, ehe Finn sie gnädigerweise unterbrach.

»Wir sind wirklich mitten im Nirgendwo«, stellte er fest. »Wie soll Rey uns jetzt finden?«

Die Flotte war an einem alten Treffpunkt der Allianz aus dem Hyperraum zurückgefallen, bei dem es sich um wenig mehr als willkürlich gewählte Koordinaten im tiefen Raum handelte, und Finn starrte eine holografische Karte ihrer Position an. Seine Besorgnis war ihm deutlich auf dem Gesicht abzulesen.

Etwas an dem flehenden Klang seiner Stimme berührte Leia. Der frühere Sturmtruppler war tapfer und talentiert, aber gleichzeitig hatte er etwas Kindliches an sich – etwas

Offenes, geradezu Unschuldiges. Und in einer von Krieg zerrütteten Galaxis war Unschuld etwas, das man schützen und nicht bestrafen sollte.

Mit einem Lächeln zog Leia den Ärmel zurück, sodass darunter ein Band mit einer schwach glühenden Kugel zum Vorschein kam.

Sie wollte Finn schon erklären, was er da vor sich hatte, aber das erwies sich als unnötig – er erkannte das Objekt.

»Ein getarnter Binärsender.«

Sie nickte. »So findet sie nach Hause.«

»Gut«, sagte Finn. »Und bis sie wieder hier ist – wie lautet der Plan?«

»Wir suchen uns einen neuen Stützpunkt«, antwortete Leia.

Commander D'Acy nickte. »Einen mit genug Energie, um unseren Verbündeten, die am Äußeren Rand verstreut sind, ein Notsignal zu senden.«

»Und das Wichtigste ist, dass wir dorthin gelangen, ohne entdeckt zu werden«, fügte Leia an.

Als wäre das ein Stichwort gewesen, heulte plötzlich eine Sirene auf der Brücke los.

»Annäherungsalarm!«, entfuhr es einem verdutzt dreinblickenden Ackbar.

»Das ist völlig unmöglich«, stammelte Poe.

Doch ein Blick auf das Holodisplay der *Raddus* zeigte, dass es nicht nur möglich, sondern Fakt war. Ein riesiges Schlachtschiff war aus dem Hyperraum aufgetaucht, begleitet von mehr als zwei Dutzend Sternzerstörern.

Poe war einer der wenigen Offiziere des Widerstands, der dieses titanische Schiff erkannte; Geheimdienstberichte hatten seine Existenz erst kurz vor der Evakuierung von D'Qar ans Licht gebracht. Bislang hatte er gehofft, die Informationen wären vielleicht falsch, aber was seine Augen ihm zeigten, ließ keinen Widerspruch zu.

»Das ist Snokes Schiff«, sagte er. »Das glaub ich einfach nicht. Können wir auf Lichtgeschwindigkeit gehen?«

»Der Treibstoff reicht nur für einen weiteren Sprung«, erklärte Connix grimmig, ihr Gesicht leichenblass.

»Dann tun Sie's – wir müssen von hier verschwinden!«

Leia hob die Hand.

»Wartet«, rief sie, und eine grimmige Erkenntnis spiegelte sich auf ihren Zügen wider. »Die haben uns durch den Hyperraum aufgespürt.«

»Das ist unmöglich«, entgegnete Poe.

»Ja. Aber so ist es.«

Einmal mehr war es Finn, der die bestürzte Stille unterbrach:

»Schalten wir auf Lichtgeschwindigkeit, finden sie uns erneut, und uns geht der Treibstoff aus«, brachte er ihr Dilemma auf den Punkt. »Dann haben sie uns.«

Die Worte rissen Poe aus seiner Trance.

»Nein, noch haben sie uns nicht«, erklärte er, anschließend wirbelte er zu Leia herum und zog eine Augenbraue hoch. »Erlaubnis, in einen X-Flügler zu springen und etwas wegzupusten?«

»Erlaubnis erteilt.«

Der Pilot eilte von der Brücke, seltsam erleichtert, dass er sich wieder in die Schlacht stürzen konnte. Leia war wirklich wütend auf ihn gewesen, und er nahm sich vor, bei Gelegenheit in sich zu gehen und ernsthaft über ihre Worte nachzudenken.

Aber Leia hatte auch ein Eingeständnis gemacht: Manchmal brauchte sie ihn impulsiv und tollkühn.

Jetzt zum Beispiel.

Die Sirene im Bereitschaftsraum neben dem Jägerhangar der *Raddus* plärrte los, und Tallie schreckte aus ihrem Nickerchen hoch.

Jägerpiloten lernten schnell zu schlafen, wann und wo immer sie konnten – vorausgesetzt, es war erlaubt, natürlich –, aber Tallies Schlummer war unruhig und launenhaft gewesen. Immer wieder hatte sie sich in demselben Traum wiedergefunden; einem, in dem sie Bomber des Widerstands beschützen sollte, die aber nicht auf ihrem Schirm auftauchten; sie konnte sie nur anhand der Schreie ihrer Piloten lokalisieren, wenn sie abgeschossen wurden.

Nun sah sie sich verwirrt um, und ihr Blick fiel auf Starck, der sich in der benachbarten Koje aufgesetzt hatte und ebenso verwirrt wirkte wie sie.

Unvermittelt erwachte das Holodisplay des Bereitschaftsraums zum Leben, und beide Piloten starrten erst die Darstellung an, dann einander.

»Das ist ja eine ganze Sternenflotte«, hauchte Tallie.

»Und zwei dieser Schiffe sind dieselben, die uns bei D'Qar gejagt haben«, fügte Starck an. »Das kann nicht stimmen. Ein Computerfehler vielleicht?«

Rote Punkte füllten die Leere um das feindliche Flaggschiff.

»Dein Computerfehler hat gerade eine Staffel TIE-Jäger abgesetzt«, sagte Tallie.

Sie schlüpfte in ihre Stiefel und ihre Fliegerweste, und ihre Hände zogen mit geübten Bewegungen die Riemen straff, bis alles perfekt saß. Als sie nach ihrem Helm griff, hüpfte Starck noch immer auf einem Bein herum, um seinen zweiten Stiefel anzuziehen.

»Ich weiß nicht, was das für ein Tanz sein soll, aber den kannst du später üben – jetzt müssen wir erst mal fliegen«, rief sie noch über die Schulter, dann aktivierte sie ihr Kommlink und schaltete es auf den Geschwaderkanal.

»Boss, siehst du das auch?«, fragte sie, über das Hangardeck sprintend, wobei sie immer wieder trillernden BB-Einheiten und gehetzt dreinblickenden Technikern ausweichen musste, die gerade eben noch ihren routinemäßigen Wartungsaufgaben nachgegangen waren.

»Ich hab's gesehen – bin schon auf dem Weg«, erklang Poes atemlose Antwort.

Die *Raddus* erbebte, als Tallie ihren A-Flügler erreichte und den sullustanischen Techniker fortwinkte, der gerade eine Leiter an ihr Schiff heranrollen wollte; stattdessen kletterte sie auf den Flügel des Jägers und sprang von dort ins Cockpit. Hinter sich hörte sie Starck, der abwechselnd seinem Astromech zurief, er solle sich einklinken, und die Bodenmannschaft drängte, die Treibstoffschläuche zu lösen. Sie machte sich eine mentale Notiz, ihn darauf hinzuweisen, dass er das beim nächsten Mal bleiben lassen sollte. Die Techniker wussten, was sie taten, und sie arbeiteten so schnell es nur ging – sie anzubrüllen, half niemandem weiter.

Einmal mehr bäumte die *Raddus* sich auf. Tallie startete die Triebwerke, ohne sie warm laufen zu lassen. Die kleine Jagdmaschine grollte kurz, dann begann sie zu vibrieren, als könnte sie es gar nicht erwarten, ins All hinauszurasen und den Feind zu stellen. *Schwarz Eins* war noch immer unbemannt, aber die Bodenmannschaft machte das Beste daraus, indem sie mit hektischer Geschwindigkeit Schläuche abschraubte und die Zugangsklappen des X-Flüglers verriegelte.

Die Piloten meldeten sich bereits einer nach dem anderen startbereit, als Tallie endlich Poes orangefleckigen Astromech erspähte, der aus dem Hauptkorridor in den Hangar rollte. Der Staffelführer sprintete hinter dem Droiden her, den Blick fest auf seinen X-Flügler geheftet.

Plötzlich blinkte einer der Sensoren in Tallies A-Flügler rot auf, und ein schriller Warnton erklang.

Eine feindliche Rakete hat uns erfasst? Wir sind doch noch im Hangar. Das muss wirklich ein Computerfehler sein.

Tallie streckte die Hand aus, um den Alarm zu unterbrechen, aber bevor sie das Plärren abwürgen konnte, löste sich ihre Welt in Hitze und Licht auf.

Eine Kanonade vom Kampfverband der Ersten Ordnung brannte sich in die *Vigil* und riss die Fregatte in zwei Teile. Während die Hälften des Kriegsschiffes noch in einer Wolke aus glänzenden Fragmenten vergingen, brauste bereits die erste Staffel TIE-Jäger heran, um die Hülle der *Raddus* mit Laserfeuer zu beharken. Einen Moment später ächzte und schüttelte sich der Kreuzer unter einem schweren Treffer.

»Torpedo!«, rief ein Sensoroffizier. »Direkter Treffer am Jägerhangar!«

Leia hatte keine Zeit, über die Verluste nachzudenken, die sie an diesem ohnehin schon unerträglichen Tag erlitten hatten, und auch nicht, um sich zu fragen, ob Poe den Hangar wohl vor dem Einschlag erreicht hatte.

»Volle Kraft voraus«, befahl sie, und ihre Worte schnitten laut und klar durch das Stimmengewirr auf der Brücke. »Wenn wir erst außer Reichweite der Sternzerstörer sind, dann werden ihre Jäger kehrtmachen.«

»Alle Schiffe, volle Energie«, sagte Ackbar. »Hintere Schilde verstärken.«

Leia nickte. Die *Raddus* befand sich am Ende der Widerstandsflotte, und ihre Schilde sollten die drei vorderen

Schiffe vor ihren Verfolgern von der Ersten Ordnung abschütteln.

Doch dann versteifte sie sich. Ihre Augen wurden groß, und sie tastete nach einem Sessel, auf den sie sich fallen lassen konnte. Die Gesichter mehrerer besorgter Widerstandsoffiziere drehten sich in ihre Richtung.

Leias Geist hatte eine vertraute Präsenz in der Macht gespürt – eine Präsenz, die sie nur zu gut kannte. Einst war sie strahlend hell gewesen, aber dann hatte sie sich verdunkelt, und nun war sie so schwarz wie das All selbst, ein lautloser Schrei aus Zorn und Gier.

Sie erkannte sofort, dass ihr Sohn, Ben Solo, dort draußen war.

Leia versuchte, nicht ihren Erinnerungen nachzugeben, aber sie wusste bereits, dass es nicht funktionieren würde.

Ben in ihrem Bauch, der sich auf der Suche nach einer gemütlichen Position drehte, ein beständig zunehmendes Glühen in der Macht – aber durchzogen von einer Ader der Dunkelheit. Luke hatte ihr versichert, dass das normal war: Je heller das Licht, desto dunkler wirkten die Schatten. Sie hatte verzweifelt gehofft, dass er recht hatte.

Ben als Baby, sein Gesicht rot und rund. Sein Haar war von Geburt an schwarz gewesen, unglaublich fein und seidig. Leia glaubte nicht, dass sie je etwas Weicheres berührt hatte.

Ben als Kleinkind, das Han überallhin folgte und die Würfel aus dem *Millennium Falken* mit sich herumtrug – die, die sein Vater benutzt hatte, um seinen geliebten ramponierten Frachter zu gewinnen. Und er hatte jedem, der ihm lange genug zuhörte, versichert, dass er eines Tages ein Pilot werden würde, genau wie sein Papa.

Ben als Jugendlicher, sein Gesicht über dem kräftigen

Kinn nun schmal, ein Junge, der stets allein zu sein schien, und ein brodelnder Sturm in der Macht. Sein Zorn hatte begonnen, sich in Form von Fehlfunktionen und Ausfällen zu manifestieren, in Objekten, die von Regalen fielen und zerbrachen, obwohl niemand in der Nähe war.

Ben, ihr Sohn, der ihr und Han geraubt worden war – durch Snokes Hinterlist, durch Lukes Fehler und durch seinen eigenen Zorn. Der Kylo Ren geworden war, Champion der Ersten Ordnung – und Mörder seines Vaters.

Ben führte diese TIE-Staffel an. Er hatte den Torpedo abgefeuert, der ihre Piloten ausgelöscht hatte, und jetzt kam er zurück, um sie und alle anderen zu töten.

Kylo zog seinen Sternjäger – einen TIE-Silencer-Prototyp mit nachtschwarzer Außenhaut – von den Überresten des Hangars fort, und seine Staffelkameraden folgten dem Manöver.

Die Flotte des Widerstands war nur noch mit viel gutem Willen als solche zu bezeichnen. Schon mit dem ersten Angriff seiner Jäger hatte er sie auf einen schweren Mon-Calamari-Kreuzer und zwei kleinere Schiffe reduziert, wobei Letztere kaum seine Beachtung verdienten. Der schwere Kreuzer hatte seine hinteren Schilde verstärkt, um dem Turbolaserbeschuss der Großkampfschiffe der Ersten Ordnung standzuhalten, die sein Heck beharkten. Das war eine logische Strategie, aber sie machte den Kreuzer verwundbar für die schnellen TIEs – und Kylo hatte gerade sichergestellt, dass sie so bald keine Sternjäger absetzen konnten.

»Nehmt die Hauptbrücke unter Beschuss«, befahl er.

Seine Mutter würde dort sein, das wusste er. Leia Organa versteckte sich nicht vor einer Gefahr, und das Ziel, dem sie sich verschrieben hatte – welches immer das gerade sein mochte –, war ihr wichtiger als ihr eigenes Wohl. So war es schon immer gewesen.

Einen Moment lang dachte er an die besorgten Unterhaltungen seiner Eltern zurück. Sie hatten geglaubt, er würde nichts davon merken, nur weil sie hinter geschlossener Türe stattfanden, aber er hatte genau gewusst, dass es um den Zorn und die Verachtung ging, die im jungen Ben hochkochten. In diesen Unterhaltungen hatten sie von ihm gesprochen, als wäre er nicht ihr Sohn, sondern eine Art Monster.

Sie hatten Angst vor ihm, das war ihm schon bald klar geworden. Also hatten sie sich seiner entledigt, indem sie ihn zu seinem Onkel Luke schickten – nur damit dieser ihn auf noch viel schlimmere Weise betrog.

Aber Ben Solo existierte nicht länger – Kylo hatte diese kindliche Identität und ihre erbärmliche Schwäche längst abgestreift. Han Solo würde niemanden mehr hintergehen und enttäuschen. Die Neue Republik war zerstört. Und nun würde der Widerstand – die letzte ideologische Bastion ihrer Mutter – dieses Schicksal teilen.

Die Brücke des schweren Kreuzers befand sich genau in Kylos Visier. Er warf einen kurzen Blick auf seine Instrumente, vergewisserte sich, dass die Torpedos scharf und abschussbereit waren.

Ja, seine Mutter war hier. Er konnte ihre vertraute Gegenwart in der Macht spüren, ebenso wie ihre Entschlossenheit … und eine tiefe Müdigkeit. Und Sorge. Und Trauer.

Dafür ist es jetzt zu spät, Mutter. Obwohl du guten Grund hast, dir Sorgen zu machen.

Sein Daumen schwebte über dem Feuerknopf, während seine Sinne die Eindrücke der Macht in sich aufsogen. Die Panik auf der Brücke war wie eine Flutwelle, die sich an der ruhigen Konzentration seiner Mutter brach. Leias Anspannung pulsierte in der Macht, aber obwohl sie wusste, dass dies der letzte Moment vor ihrem Tod war, hatte sie keine Angst.

Sie war in Sorge *um* ihn, nicht seinetwegen. Und sie war nicht wütend. Sie sehnte sich nur danach, dass er zu ihr zurückkehrte.

Kylo berührte den Feuerknopf, nicht fest genug, um abzudrücken ...

... dann zog er den Daumen zurück.

Er konnte es nicht tun.

Einen Moment später eröffnete sein Flügelmann das Feuer.

Der Torpedo pflügte durch die Brücke der *Raddus* und explodierte. Innerhalb einer Nanosekunde verwandelte er sich in das Zentrum einer Überdruckwelle, die sich rasend schnell ausbreitete und Mannschaftsmitglieder und Konsolen in alle Richtungen davonschleuderte, die Aussichtsfenster sprengte und die Wände zerfetzte. Einen Herzschlag später verwandelte die Sprengladung aus überhitztem Plasma alles zu Staub, was die Druckwelle nicht bereits ins All hinausgefegt hatte. Zurück blieb eine Ruine aus geschwärztem verbogenem Metall, das im Vakuum des Alls rasch abkühlte.

Die Explosion schüttelte Kylo in seinem Cockpit durch. Hätte er damit gerechnet, hätte er den Torpedo aufhalten können – er hätte ihn allein mit seinen Gedanken zum Stillstand gebracht. Aber er war überrascht worden, und nun konnte er seine Mutter nicht länger spüren – der Schreck hatte seine Konzentration gebrochen, und er keuchte schwer, während er den Steuerknüppel seines Jägers umklammerte.

»Ren, der Widerstand ist außer Reichweite«, meldete sich Hux über das Kommlink. »Auf diese Distanz können wir Ihnen keine Deckung geben. Kehren Sie zur Flotte zurück.«

»Nein!«

Er wendete seinen TIE wieder in Richtung *Raddus*, entschlossen, den Kreuzer und den Rest der Widerstandsflotte ein für alle Mal vom Angesicht der Galaxis zu tilgen. Die Nahverteidigungskanonen des Mon-Calamari-Kreuzers spien seinen Sternjägern Laserblitze entgegen, und die Maschine links neben ihm verschwand in einem Feuerball.

»Der Befehl kommt von Snoke«, ermahnte Hux ihn. »Der Rest des Widerstands wird nicht lange vor uns davonrennen können, wenn sie weiter so ihren Treibstoff verbrennen. Es ist nur eine Frage der Zeit.«

Hux klang geduldig, als würde er mit einem uneinsichtigen Kind sprechen. Kylo würde dem arroganten General zeigen, dass das ein tödlicher Fehler war.

Die Kanonen der *Raddus* zerfetzten einen weiteren TIE.

Mit knirschenden Zähnen brach Kylo den Angriff ab und flog den fernen Schiffen der Ersten Ordnung entgegen.

Leia Organa trieb durch die Leere, die Arme erhoben, als würde sie beten.

Sie konnte spüren, wie die Feuchtigkeit in ihren Augen und ihrem Mund gefror, wie ihre Lunge nach Luft rang, die nicht länger da war. Rings um sich sah sie Trümmer – und die Mitglieder der Brückenmannschaft. Die Toten. Und die Sterbenden.

Auch die TIE-Jäger der Ersten Ordnung konnte sie sehen, die in der Ferne zusammenschmolzen. Ihr verlorener Sohn flog zurück zu seinem Meister, der auf einem der hellen Lichtpunkte in der Ferne wartete. Diese Punkte waren

Sternzerstörer, und sie würden gnadenlos weiter Jagd auf ihre dezimierte kleine Flotte machen.

Leia könnte sich der Leere hingeben, und alles wäre vorbei. Dann hätte sie endlich Frieden.

Sie bemerkte einen weiteren Lichtpunkt, dieser viel näher, zwischen den Trümmern der Brücke. Es war Reys Binärsender – der, den das Mädchen brauchen würde, um den Weg zurückzufinden. Irgendwie musste er sich von Leias Handgelenk gelöst haben.

Ihre Hand schloss sich um das sanfte Leuchten. Nein, sie konnte nicht aufgeben, noch nicht. Sie musste weitermachen – für Rey und die anderen an Bord der *Raddus*. Für all jene, die die Erste Ordnung in Unglück und Verzweiflung stürzen würden.

Leia schloss die Augen und senkte den Kopf. Ihre erhobenen Hände spannten sich an, während sie sich konzentrierte.

Fühle die Macht um dich. Leben erzeugt sie und lässt sie wachsen.

Sie dehnte ihre Sinne aus. Ringsum waren die Überreste der Schlacht, aber auch schwache Echos des Lebens, erzeugt von den winzigen Mikroorganismen, die unbemerkt in jedem Körper lebten. Ihre Machtenergie ebbte ab, als sie starben oder in Kältestarre verfielen, aber noch bildete sie eine brüchige Leiter zu dem Kriegsschiff hinter ihr.

Leia beschwor die Macht, ihr beim Erklimmen dieser Leiter zu helfen, sie auf die zerstörte Brücke der *Raddus* zu tragen. Dort oben, jenseits der automatisch versiegelten Luftschleuse, konnte sie mehrere Mannschaftsmitglieder im Korridor ausmachen.

Ihre Sinne begannen, in Finsternis zu versinken, aber ihr Körper schwebte dem klaffenden Schlund der Brücke entgegen, dann weiter, zwischen den Trümmern hindurch und in die Luftschleuse. Leias Finger streiften die Sichtscheibe der inneren Luke, während die äußere sich hinter ihr schloss.

Einen Moment später schnappte die innere Luke auf, und die winzige Kammer füllte sich mit Licht und Luft und Leben. Vage, wie aus großer Entfernung, hörte sie sich widersprechende Befehle und verunsicherte Fragen. Furcht durchdrang die Macht wie ein Netz dorniger Ranken.

Leia wollte ihren Rettern sagen, dass sie in Ordnung war, dass sie sich lieber um die Flotte kümmern sollten. Aber allein der Gedanke an die Anstrengung, die für diese Worte nötig wäre, überforderte sie. Sie ergab sich ihrer Schwäche und ließ ihr Bewusstsein in die Dunkelheit davontreiben.

TEIL III

9. Kapitel

Bei Tagesanbruch trat der Jedi-Meister aus seiner Hütte. Der Herbst hatte die Insel erreicht, und der Morgen war grau, geschwängert von dem Versprechen noch schlechteren Wetters.

Rey stand bereits auf ihren Kampfstab gelehnt vor seiner – inzwischen reparierten – Tür.

»Guten Morgen«, sagte sie.

Luke ignorierte sie, warf sich lediglich seinen Rucksack über die Schulter und stieg die Treppe hoch.

Rey hatte auch gar nicht erwartet, dass er so einfach nachgeben würde. Sie folgte ihm, weiter und weiter, während er den Hügel hochwanderte, und sie erreichten die gezackte Spitze der Insel gerade, als Ahch-Tos zweite Sonne über dem Horizont emporstieg.

»Wurde hier der erste Jedi-Tempel erbaut?«, fragte Rey. »Wie lange ist das her?«

»Verschwinde«, sagte Luke.

Er hatte gesprochen! Sie beschloss, das als Fortschritt zu werten, und lächelte, während sie ihm den ausgetretenen Pfad auf der anderen Seite der Insel nach unten folgte. Schließlich erreichten sie die felsigen Klippen und kleinen

Buchten entlang der Küste. Meeresvögel kreischten über ihren Köpfen, und die Seeluft stach in Reys Nase. An einem schmalen Strand fläzten sich große Meeressäuger in Gezeitentümpeln, während sie darauf warteten, dass die Sonne ihre faltige Haut aufwärmte.

Luke nahm eine Flasche aus seinem Rucksack, anschließend beugte er sich über den Bauch einer der Kreaturen und drückte grüne Milch aus ihrem geschwollenen Euter. Als er fertig war, nahm er einen Schluck und hob dann mit einem grünen Streifen auf der Oberlippe den Kopf.

Obwohl Übelkeit sie erfüllte, wandte Ray den Blick nicht ab. Der Meeressäuger musterte sie träge.

»Tut Ihr jetzt so, als würdet Ihr mich ignorieren, während Ihr mir tatsächlich eine Lektion erteilt?«, fragte Rey.

»Nein«, entgegnete Luke.

Es war der nächste Morgen, und erneut wartete sie auf ihn, als er seine Tür öffnete.

»Ich habe noch nie in meinem Leben so viel Wasser gesehen«, erklärte sie.

»Mir egal«, brummte Skywalker, während er zu seinem Rundgang aufbrach.

Sie unterdrückte ein Lächeln. Heute hatte er gleich mit ihr gesprochen. Wenn das so weiterging, würden sie in ein paar Monaten eine richtige Unterhaltung führen können.

Auf der Südseite der Insel klaffte eine keilförmige Einbuchtung in der Hügelflanke. Der Fels fiel dort auf beiden Seiten ein Dutzend Meter steil ab, ehe er im schäumenden Wasser verschwand. Ein langer Stab lehnte am Rand der Klippe, ihr Ende tief unten zwischen den Felsen verkeilt. Luke packte den Stab und benutzte ihn wie einen Hebel, um sich über den Abgrund zu schwingen.

»Vorsicht!«, schrie Rey.

Skywalker landete leichtfüßig auf einem schmalen Sims auf der anderen Seite und bedachte sie mit einem wütenden Blick. Anschließend beugte er sich vor und hob den Stab, sodass er vollständig zwischen den Felsen hervorglitt. Rey spähte in die Kluft hinab, und sie sah, dass das Ende des Stabs, das nun über dem gischtweißen Wasser schwebte, eine scharfkantige Spitze besaß.

Luke wartete völlig reglos, bis ihn irgendetwas veranlasste, den Stab ruckartig durch die Wellen zu stoßen. Als er ihn anschließend wieder hochzog, zuckte ein gut und gerne ein Meter langer Fisch aufgespießt an seinem Ende.

»Wie habt Ihr das gemacht?«, fragte Rey. »Mithilfe der Macht?«

»Nein.«

Es regnete Bindfäden, als sie zu der Senke zwischen den beiden Felstürmen auf der Spitze der Insel zurückkehrten. Luke trug den großen Fisch über seiner Schulter, und Rey stapfte ein paar Schritte hinter ihm her, wobei sie im auffrischenden Wind zu seinem Rücken hochblickte. Sie wollte sichergehen, dass sie nahe genug wäre, um zu hören, falls er zu ihr sprach.

Was er aber natürlich nicht tat.

Der kalte Regen setzte sich den Großteil der Nacht hindurch fort, aber als Lukes Tür sich am nächsten Morgen öffnete, war Rey zur Stelle – sie mochte durchnässt und durchgefroren sein, aber sie war da. Skywalker zögerte einen Moment, aber dann schob er sich an ihr vorbei und stieg die ausgetretenen Stufen hoch, die sich über ihnen im Nebel verloren.

Rey folgte ihm, die Hand so fest um ihren Stab geschlossen, dass die Knöchel weiß hervortraten. Sie begann zu sprechen, erst nur um sich warm zu halten, dann um dem Murmeln des Meeres und dem Gekreische der Vögel etwas entgegensetzen zu können. Sie rekapitulierte ihre gesamte Lebensgeschichte: die Jahre des Schrottsammelns auf Jakku, das Treffen mit BB-8, der erste Flug mit dem *Falken*, die wundersam grüne Landschaft von Takodana, die Entführung auf die Starkiller-Basis, der Aufbruch von D'Qar, um gemeinsam mit ihrem Wookiee-Kopiloten einer uralten Karte zu folgen.

All das erzählte sie Lukes Rücken, in der Hoffnung, dass der Jedi-Meister die Wichtigkeit ihrer Aufgabe begreifen und aufhören würde, sie wie einen Eindringling zu behandeln, wenn er all die Details kannte. Und falls nicht ... nun, dann hätte sie zumindest die Befriedigung, ihn geärgert zu haben.

Sie war gerade mitten in einem Satz, als sie abrupt verstummte.

Etwas rief nach ihr – ein süßer Klang, der durch den Nebel hindurch ihren Namen flüsterte. Sie wandte sich von Luke ab und machte wortlos ein paar Schritte in die entgegengesetzte Richtung, den Blick starr geradeaus gerichtet.

Skywalker blieb stehen und drehte sich um. Den Kopf neugierig schräg gelegt, blickte er ihr nach.

Der Unetibaum war einst riesig gewesen, aber alles, was nun noch davon übrig war, war eine uralte, moosbewachsene Hülle. Auf einer Seite klaffte eine Öffnung, von Wetter und Zeit in seine Ringe gefressen.

Im Innern war es warm und trocken. Zwischen den Spalten in dem uralten Stamm fiel Licht durch eine Einbuchtung im Holz, wo eine Reihe von ungefähr zehn sehr alt aussehenden Büchern stand. Rey ging langsam zu ihnen hinüber, und als sie näher kam, schienen sie schwach zu glühen. Die Luft vibrierte vor Energie.

Sie war wie hypnotisiert. Die Bücher riefen nach ihr, aber im Gegensatz zu dem Lichtschwert auf Takodana klang ihr Ruf nicht wie eine Drohung. Vielmehr wirkte es wie ein Versprechen, vor langer Zeit gegeben, das nun bereit war, eingelöst zu werden.

Sie streckte die Hand aus, um die Bücher zu berühren.

»Wer bist du?«, fragte Luke. Er war ihr gefolgt und starrte sie nun an, als würde er sie zum ersten Mal sehen.

Rey war von den Büchern wie in Bann geschlagen, und ihr fiel kaum auf, dass Luke sie endlich zur Kenntnis genommen hatte.

»Ich kenne diesen Ort«, murmelte sie. »Das ist eine Bibliothek.«

Luke schob sich an ihr vorbei und nahm eines der Bücher aus der Nische. Als er es aufschlug, konnte Rey die uralten Runen auf seinen Seiten nicht entziffern, wohl aber ihre Macht spüren.

»Sie wurde vor tausend Generationen angelegt, um diese Werke zu verwahren – die Originale der Jedi-Schriften«, erklärte Luke. »Das Aionomikum, das Rammahgon, ein Dutzend weiterer, mystisch klingender, frei erfundener Namen – der Grundstock des alten Glaubens. Genau wie ich gehören sie zu den letzten Überbleibseln der Jedi-Religion.«

Er sah von dem Buch auf, und seine Augen suchten Reys Gesicht. Nachdem sie tagelang versucht hatte, seine Aufmerksamkeit zu gewinnen, fühlte es sich nun ein wenig beunruhigend an, seinen durchdringenden Blick auf sich zu spüren.

»Du hast diesen Ort gesehen«, sagte Luke. »«Du hast diese Insel gesehen.«

»Nur in meinen Träumen«, murmelte sie.

Er musterte sie erneut und wiederholte seine Frage von eben: »Wer bist du?«

»Habt Ihr mir nicht zugehört? Ich habe Euch meine ganze Geschichte erzählt!«

»Ich habe nicht wirklich aufgepasst.«

Es erschien ihr falsch, vor diesen Gründertexten des Jedi-Glaubens die Augen zu verdrehen, also beherrschte sie sich.

»Der Widerstand hat mich geschickt«, erklärte sie erneut.

»Sie schicken dich? Warum ausgerechnet dich? Entstammst du einer Jedi-Blutslinie? Einem Adelshaus?« Nichts davon traf auf Rey zu, und nach einem kurzen Moment schien auch Luke das zu erkennen.

»Eine Waise«, sagte er grimmig. »Das ist der Stoff, aus dem meine Albträume sind. Tausend Möchtegern-Jedis tauchen an meiner Türschwelle auf, weil sie glauben, Sie wären auserwählt, und verlangen, dass ich ihnen zeige, wie man Steine schweben lässt.«

Sie wartete darauf, dass er weitersprach. Aber er starrte sie nur an.

»Woher kommst du?«, fragte er plötzlich.

Rey dachte an endlose Tage voller Hitze und Sand zurück. »Von nirgendwo.«

»Niemand kommt von nirgendwo.«

»Jakku.«

Luke zog eine Augenbraue nach oben. »Na schön, das ist so ziemlich nirgendwo. Warum bist du hier, Rey von Nirgendwo?«

»Der Widerstand schickt mich. Wir brauchen Eure Hilfe. Die Erste Ordnung ist …«

Aber da war bereits wieder dieser kalte Ausdruck in Lukes Augen zurückgekehrt. »Du bist jung, du hast etwas, wofür du kämpfen willst, und du willst eine ganze Galaxis erforschen«, brummte er. »Also, warum bist du hier? Hier gibt es nur alte Knochen und alte Legenden. Lass sie sterben, Rey von Nirgendwo. Finde deinen eigenen Weg.«

»Das ist nicht … das hier *ist* mein Weg.«

Am liebsten hätte sie sich vor seinem Blick verkrochen. Stattdessen atmete sie tief ein und neigte bittend den Kopf.

»Da ist etwas in mir. Es war schon immer da, aber jetzt ist es erwacht. Und ich habe Angst. Ich habe keine Ahnung, was es ist oder was ich damit machen soll. Und ich brauche Hilfe.«

»Du brauchst einen Lehrer. Ich kann dich nicht unterrichten.«

»Warum nicht? Ich habe Euren Tagesablauf gesehen – Ihr habt nicht viel zu tun.«

»Ich werde niemals eine weitere Generation von Jedi ausbilden«, sagte Skywalker entschlossen. »Du hast mich gefragt, warum ich herkam. Ich kam auf diese Insel, um zu sterben – und um diese Bibliothek niederzubrennen, damit der Jedi-Orden gemeinsam mit mir stirbt. Das ist die einzige Wahrheit, die ich für dich habe: Es ist Zeit, dass die Ära der Jedi endet.«

Die Worte schienen in ihrem Kopf widerzuhallen, schrecklich und endgültig.

»Warum?«, fragte sie.

»Das kannst du nicht verstehen.« Luke winkte ab, abweisend, aber auch ein wenig traurig.

»Dann erklärt es mir«, verlangte Rey. »Leia schickte mich voller Hoffnung hierher. Falls sie sich geirrt hat, verdient sie zu erfahren, wieso. Genau wie wir anderen.«

Das war alles zu viel für sie. Er hatte die Verbindung zwischen ihr und den Büchern gesehen, er hatte aufgehört, sie zu ignorieren – nur, damit er sie jetzt wieder abwies. Und nicht nur sie. Auch seine Schwester und all jene, die verzweifelt auf seine Hilfe hofften.

Luke drehte sich um und ging zum Ausgang der Bibliothek, um wieder in die Einsamkeit zurückzukehren, auf die er so großen Wert zu legen schien.

10. Kapitel

In einem Korridor tief im Bauch der *Raddus* saß Finn einsam und allein auf einer Frachtkiste und blickte auf den leuchtenden Sender in seiner Hand hinab.

General Organa hatte ihn in der Hand gehalten, als sich die Luke der Luftschleuse geöffnet hatte. Während sich Sanitäter und Mannschaftsmitglieder um die schwer verletzte Anführerin des Widerstands geschart hatten, war die kleine Kugel über das Deck davongerollt, direkt vor Finns Füße. Er hatte sie aufgehoben und war dann schnell zurückgetreten, damit die Medidroiden die Generalin auf einer Bahre davontragen konnten.

Jetzt ließ er das kleine Gerät von einer Hand in die andere und wieder zurück rollen. Rey war irgendwo dort draußen, und wenn sie zurückkehrte, würde sie die Koordinaten dieses Senders als Ziel wählen.

Finn stand auf. Er wusste, was er tun musste, auch wenn Poe und seine anderen Freunde beim Widerstand es niemals verstehen könnten.

Er hoffte nur, dass er diese Entscheidung nicht den Rest seines Lebens bereuen würde.

Rose Tico saß ebenfalls allein in einem Korridor der *Raddus*. Tränen rollten über ihre Wangen und fielen in ihren Schoß. Hin und wieder griff sie nach dem Kragen ihres Overalls, um das tränenförmige Medaillon von Otomok um ihren Hals zu betasten.

Sie hatte den Flug nach D'Qar damit verbracht, den Technikern der *Ninka* ihr behelfsmäßiges System zur Zerstreuung von Energiesignaturen zu erklären, mit welchem sie die Ionentriebwerke der Bomber getarnt hatten. Nach ihrer Ankunft hatte man sie auf die *Raddus* geschickt, ohne dass sie Paige noch einmal zu Gesicht bekam. Von einem Bereitschaftsraum aus hatte sie mitverfolgen müssen, wie die *Cobalt Hammer* ihre Ladung über dem Dreadnought der Ersten Ordnung abwarf und dann selbst im Flammenmeer des gigantischen Schlachtschiffs verschwand.

Paige hatte Rose erklärt, dass sie miteinander verbunden waren, und mit ihrer Heimat, egal ob sie sich gerade am selben Ort aufhielten oder nicht. Doch nun war Roses Verbindung zu ihrer Schwester auf brutale Weise durchtrennt worden, und bereits jetzt, nach nur ein paar Tagen, graute ihr vor der Aussicht auf ein endloses, klaffend leeres Dasein ohne Paige.

Sie hatte keine Ahnung, wie sie das überleben sollte – oder ob sie es überhaupt wollte.

Die Techniker an Bord der *Raddus* hatten nicht gewusst, was sie mit ihr anfangen sollten, und sie waren zu beschäftigt damit, den Kreuzer am Laufen zu halten, um sich mit ihr zu beschäftigen. Also hatten sie ihr einen Overall von der Logistikdivision in die Hand gedrückt und sie mit einer Aufgabe betraut, die normalerweise Droiden erledigten – sie sollte die Sicherheitstüren und Datenkabel auf den unteren Decks überprüfen.

Vermutlich hätte sie empört sein sollen – immerhin war sie eine Bordingenieurin der Bomberstaffel. Paige hätte sicher einen Wutanfall bekommen; sie hatte sich schon immer für Rose eingesetzt. Als sie gerade erst zum Widerstand gestoßen waren, hatte sie sich beispielsweise geweigert zu fliegen, falls Rose nicht ebenfalls in ihre Bombermannschaft aufgenommen würde.

Doch jetzt hatte der Widerstand keine Bomber mehr, und Paige war tot.

Der Droidenjob entpuppte sich letztlich aber als unerwarteter Segen, denn hier unten in den Eingeweiden der *Raddus* war sie zumindest die meiste Zeit allein. Sie hatte sich kurz mit Fossil getroffen – für die es jetzt ebenfalls keine echte Aufgabe mehr gab; sie war die Kommandantin einer Staffel, die nicht länger existierte –, und sie hatte Rose einen Ring mit dem Logo der Rebellenallianz gegeben. Ein Andenken an Paiges Opfer für den Widerstand, wie sie gesagt hatte.

Die Trauer der hünenhaften Martigrade hatte Roses eigenes Elend nur noch vergrößert; da war es besser, hier ihre Arbeit schlafwandlerisch zu erledigen, begleitet allein vom Summen der Luftumwälzungssysteme.

Dann war der schwere Kreuzer angegriffen worden. Rose hatte den Torpedoeinschlag auf der Brücke als Schaudern und Beben wahrgenommen, gefolgt von einem tiefen, unheimlichen Ächzen, das durch die gesamte Hülle zu vibrieren schien. Es dauerte nicht lange, bis die ersten Gerüchte die Runde machten, und sie hatten Rose eingeholt, als sie auf dem Rückweg zu ihrem Schlafsaal in der Messe haltgemacht hatte. General Organa war tot, so hieß es. Der Widerstand und die Erste Ordnung handelten bereits die Details einer Kapitulation aus, wurde gemunkelt. Die Erste Ordnung hatte eine weitere Superwaffe und damit bereits die nächsten Welten der Neuen Republik ins Visier genommen, so sagte man.

Als sie am nächsten Morgen zu ihrer Schicht angetreten war, hatte Rose einen Schockstab und einen grimmigen neuen Befehl erhalten: jeden zu betäuben, der versuchte, die Rettungskapseln der *Raddus* zu betreten.

Sie hatte sich bereit erklärt, ohne zu zögern. Ihre Schwester war gestorben, um dieses Schiff zu retten – um die gesamte Flotte des Widerstands zu retten –, und nun wollten Deserteure dieses Opfer entehren.

Rose hörte eine Bewegung ein Stück den Korridor hinab. Als sie von dem Ring aufblickte, den Fossil ihr gegeben hatte, sah sie einen Mann mit einer Stofftasche über der Schulter. Er schlich den Gang entlang und schien so auf seine Schritte konzentriert, dass er Rose nicht einmal bemerkte.

Neugierig wischte sie sich mit dem Ärmel über die Nase und folgte ihm. Er war hochgewachsen und dunkelhäutig – gut aussehend, dachte sie, ohne etwas dabei zu empfinden –, gekleidet in eine Jacke des Widerstands mit einem Riss auf der Rückseite. Jemand hatte versucht, diesen Riss zu flicken, aber entweder war es ein Droide mit einer Fehlfunktion gewesen oder jemand, dessen Erfahrung mit Nadel und Faden rein theoretischer Natur war.

»Was soll das denn werden?«, fragte sie.

Sie war nur ein paar Meter entfernt, und der Klang ihrer Stimme ließ den Mann erschrocken zusammenzucken, sodass er sich den Kopf an der Luke einer Rettungskapsel anstieß.

»He!«, entfuhr es ihm, dann begann er zu stammeln. Rose war nicht sicher, was er ihr zu sagen versuchte.

Einen Moment später erkannte sie, wen sie da vor sich hatte.

»Du bist Finn! *Der* Finn!«, rief sie.

Das klang nicht gerade erwachsen. Sie zwang sich, ihre Aufregung hinunterzuschlucken.

»Entschuldige, ich mache den ganzen Tag Wartungsarbeiten«, sagte sie, um Schadensbegrenzung bemüht. Aber irgendwie brachte sie das nur noch mehr durcheinander. »Mit Helden des Widerstands zu reden, ist nicht gerade meine Stärke.« Das klang schrecklich. Sie schnitt eine Grimasse. »Oder überhaupt zu reden. Ich bin Rose.«

»Ruhig durchatmen«, riet Finn ihr, und sie versuchte es. Das half ein wenig.

»Also, ich bin kein Held des Widerstands«, erklärte Finn. »Aber es war nett, mit dir zu reden, Rose. Möge die Macht mit dir sein.«

»Wahnsinn«, brachte sie hervor. »Mit dir auch.«

Sie kapierte schon – er hatte Wichtigeres zu tun. Jeder an Bord der *Raddus* hatte Wichtigeres zu tun. Außer ihr. Offenbar gab es irgendetwas, das man ihr verschwieg. Aber was? Gab es ein Strahlungsleck? Hatten sie Saboteure an Bord?

Rose war bereits mehrere Schritte den Korridor hinabgegangen, als sie entschied, dass sie es nicht dabei belassen wollte. Was immer los war, sie würde helfen. Und auch wenn sie ihn nicht kannte – Finn schien ein wenig Hilfe gebrauchen zu können.

»Aber du *bist* ein Held«, sagte sie, nachdem sie zu der offenen Luke der Rettungskapsel zurückgeeilt war, wo er noch immer stand. »Du hast die Erste Ordnung verlassen, und was du auf der Starkiller-Basis getan hast …«

»Hör zu …«, begann Finn, aber Rose sprach einfach weiter, in der Hoffnung, dass ihre Worte ihn überzeugen würden.

»Als wir das hörten, meinte meine Schwester Paige zu mir: Rose, das ist ein wahrer Held. ›Erkenne Recht und Unrecht und lauf nicht weg, wenn's schwierig wird‹, sagte sie.«

»Aha.«

»Stell dir vor, allein heute Morgen musste ich drei Leute betäuben, die sich in diesen Rettungskapseln absetzen wollten«, schob sie nach. »Die wollten weglaufen.«

Nur darüber nachzudenken, erfüllte sie aufs Neue mit Wut.

»Absolut skandalös«, kommentierte Finn.

»Ich weiß.«

»Wie auch immer, ich sollte jetzt weitermachen«, erklärte er mit einem breiten Lächeln. »Also …«

»Was hast du denn gemacht?«, wollte Rose wissen.

»Ich mach nur … ein paar Kontrollen. Die, äh … ich kontrolliere.«

Roses Blick huschte von seinem Gesicht zu der Tasche, die neben der offenen Rettungskapsel auf dem Deck stand.

Ich bin die größte Idiotin in der Geschichte großer Idioten.

»Du kontrollierst die Rettungskapseln …«, sagte sie leise.

»Das sind Routinekontrollen«, verteidigte sich Finn.

»… indem du eine betrittst. Mit 'ner gepackten Tasche.«

»Also gut, hör zu …«, begann er, aber sie hatte genug gehört. Mit einer inzwischen eingeübten Bewegung löste sie den Schockstab von ihrem Gürtel und betäubte ihn.

Poe stritt sich gerade mit Vober Dand darüber, wie man die verbliebenen Sternjäger der Flotte am besten formieren könnte, um die *Raddus* zu schützen, als sie in den Versammlungsraum gerufen wurden. Normalerweise wäre es eine freundschaftliche Diskussion gewesen, aber ihre Nerven waren zum Zerreißen gespannt, und beide waren ernsthaft wütend auf den jeweils anderen, während sie in frostigem Schweigen mit dem Turbolift nach oben fuhren. Sie ignorierten BB-8s quengeliges Piepsen, und als die Türen sich öffneten, mischten sie sich möglichst weit voneinander entfernt unter die Menge von Offizieren, die bereits in dem großen Raum neben der Notfallbrücke der *Raddus* versammelt waren.

Poe setzte sich neben C'ai Threnalli und blickte zu D'Acy und Connix hinüber – die beiden gehörten zu den wenigen Kommandooffizieren, die während des Angriffs der Ersten Ordnung nicht auf der Hauptbrücke gewesen waren.

Das allgemeine Stimmengewirr verstummte, als D'Acy vortrat.

»General Organa – Leia – ist ohne Bewusstsein, aber sie erholt sich«, verkündete sie. »Das ist die einzig gute Nachricht, die ich habe. Admiral Ackbar, unsere gesamte Führung… alle tot. Leia ist die einzige Überlebende von der Brückenmannschaft.«

Poe wusste das bereits, trotzdem fühlte es sich an wie ein Schlag in die Magengrube.

»Oje, oje«, seufzte C-3PO.

D'Acy fuhr fort: »Wenn sie jetzt hier wäre, würde sie sagen: ›Zum Trauern ist keine Zeit, erst nach dem Kampf.‹ In diesem Sinne: Die Rangordnung definiert eindeutig, wer ihren Platz einnehmen wird. Jemand, dem sie stets ihr vollstes Vertrauen geschenkt hat.«

Poe überlegte, wer nach General Organa der Nächste in der offiziellen Rangfolge war. Ackbar vermutlich, aber der alte Veteran der Rebellenallianz war tot.

Also, wer…

Nein, das kann nicht sein.

Oder vielleicht doch? Eine Beförderung vom Sternjägerkorps an die Spitze der Befehlskette war unkonventionell, aber hatte Leia Persönlichkeit nicht stets mehr geschätzt als militärische Rangordnungen?

Einen Augenblick lang war er überzeugt, dass D'Acy ihn anblickte. Doch dann nannte sie den Namen von Vizeadmiral Amilyn Holdo, und Poe konnte nicht wirklich sagen, ob er erleichtert oder enttäuscht war, als die hochgewachsene Frau vortrat.

Falls Holdo die unsicheren Blicke der Anwesenden bemerkte, ließ sie es sich nicht anmerken.

»Danke, Commander«, sagte sie, ein bittersüßes Halblächeln auf dem Gesicht. Ihr Haar war von einem glänzenden Purpur, und sie trug ein gleichfarbiges langes Kleid. »Sehen Sie sich um. Vierhundert von uns und drei Schiffe – fort. Wir sind der letzte Rest des Widerstands. Aber wir sind nicht allein. In jeder Ecke der Galaxis kennen die Geknechteten und Versklavten unser Symbol, und sie setzen ihre Hoffnung darauf.«

Während sie sprach, musterte Poe die anderen Offiziere. Sie wirkten skeptisch, fand er. Oder vielleicht standen sie einfach immer noch unter Schock.

»Wir sind der Funke, der das Feuer entfachen wird. Das Feuer, das die Republik wiederauferstehen lässt«, fuhr Holdo fort. »Dieser Funke, dieser Widerstand, muss überleben. Das ist unsere Mission. Und jetzt alle auf ihre Stationen. Möge die Macht mit uns sein.«

»Das ist Admiral Holdo?«, fragte Poe C'ai. »Die Schlacht-vom-Chyron-Gürtel-Admiralin-Holdo?«

Der Abednedo zog die Schultern hoch und brummte etwas in seiner Muttersprache.

»Hatte was anderes erwartet«, murmelte Poe.

Als die Menge sich auflöste, trat er auf Holdo zu. Ihre Ansprache hatte viel Rhetorik, aber wenig Fakten enthalten, außerdem stand sie in dem Ruf, ein wenig unkonventionell zu sein – manche Leute würden auch sagen, exzentrisch. Aber er wusste, dass sie eine von Leias ältesten Vertrauenspersonen war. Für Organa war sie sogar eine Freundin gewesen, mehr als die meisten anderen. Das allein war Grund genug für Poe, ihr zu helfen, wie und wo er nur konnte.

»Vizeadmiral?«, sagte er, nicht sicher, ob sie einander schon offiziell vorgestellt worden waren. »Commander Dameron.«

Holdo musterte ihn mit einem Glänzen in den Augen, das er am ehesten als gerissen bezeichnet hätte.

»Admiral, bei unserem gegenwärtigen Treibstoffverbrauch können wir uns nur noch sehr begrenzte Zeit aus der Reichweite dieser Sternzerstörer fernhalten«, erklärte er.

»Sehr freundlich, dass sie mich darauf hinweisen«, erwiderte Holdo.

»Und wir müssen sie abschütteln, bevor wir uns einen neuen Stützpunkt suchen. Also? Wie lautet unser Plan?«

»Unser Plan? Captain ... das ist doch richtig, oder? Nicht mehr *Commander*. Soweit ich mich erinnere, hat Leia sie degradiert. Wegen Ihres Schlachtschiffplans, der uns unsere gesamte Bomberstaffel gekostet hat.«

Kurz war Poe sprachlos. Wie sollte er sich verteidigen? »Captain, Commander – Sie können mich nennen, wie Sie wollen. Ich will nur wissen, wie es weitergeht.«

Aber Holdo war noch nicht fertig. Ihre Augen bohrten sich in die seinen.

»Natürlich wollen Sie das. Ich verstehe. Ich hatte schon mit vielen schießwütigen Fliegerassen wie Ihnen zu tun. Sie sind impulsiv. Gefährlich. Und das Letzte, was wir gerade brauchen. Also bleiben Sie auf Ihrem Posten und befolgen Sie meine Befehle.«

Mit diesen Worten wandte sich das neue Oberhaupt des Widerstandes ab und marschierte davon, während ein perplexes Fliegerass hinter ihr zurückblieb.

11. Kapitel

Chewbacca saß am Feuer, der *Millennium Falke* ein dunkler Schatten hinter ihm.

Das Lagerfeuer zu entzünden, war zeitaufwendiger gewesen, als er erwartet hatte; es gab kaum Bäume auf der Insel, nur widerborstiges Gestrüpp, das vom unablässigen Wind zu Boden gedrückt wurde. Zumindest waren die moppeligen Flugtiere der Insel – Luke nannte sie Porgs – leicht zu fangen gewesen. Chewbacca hatte eine der Kreaturen erlegt und briet sie nun auf einem Spieß über den Flammen, begierig, etwas anderes zu kosten als die faden Schiffsrationen.

Der Wookiee drehte den Spieß und schnüffelte.

Fertig. Schön durchgebraten, und das Holz hatte ein angenehm würziges Aroma hinzugefügt.

Das war gut. Und besser noch, es gab jede Menge Porgs für zukünftige Mahlzeiten. Auf der Insel wimmelte es regelrecht von ihnen, und sie schienen keine Scheu vor Zweibeinern zu haben.

Chewie wollte gerade den ersten Bissen nehmen, als ihm etwas ins Auge stach. Es war ein Porg, der wie gebannt am Rand des Feuerkreises stand.

Ein besonders rundlicher und saftig aussehender Porg, wie der Wookiee befand. Er überlegte, ob er sein Mahl vielleicht ein paar Minuten verschieben sollte, um dieses Tier ebenfalls auf seinen Spieß zu stecken.

Der Porg starrte ihn aus großen, glasigen Augen an, und nach kurzem Zögern beschloss Chewie, dass es falsch wäre, ihn zu essen. Sein Magen knurrte, und er wandte sich von der Kreatur ab, irritiert von seinem so traurig wirkenden Blick.

Auf der anderen Seite des Feuers hatte sich eine ganze Familie von Porgs zusammengedrängt und blickte zu ihm hoch.

Der Wookiee brüllte, und die Tierchen stoben in die Finsternis davon. Er vergewisserte sich, dass keine Nachzügler zurückgeblieben waren, dann wandte er sich wieder seinem Abendessen zu – doch nur, um festzustellen, dass er den Appetit verloren hatte. Etwas an der Art, wie die Porgs ihn angestarrt hatten, bereitete ihm ein schlechtes Gewissen. Dabei war er doch bloß hungrig gewesen.

Er war zu sehr mit diesen Gedanken beschäftigt, um die dunkle Gestalt zu bemerken, die hinter ihm durchs Mondlicht huschte und die Rampe ins Innere des Frachters hochstieg.

Luke fühlte sich wie ein Geist, während er durch den Korridor des *Falken* schritt. Das Echo seiner Sohlen auf dem Deck war schmerzhaft vertraut, ebenso der Geruch – diese unverkennbare Mischung aus Treibstoff und Kühlflüssigkeit, mit einem Hauch verbrannter Schaltkreise. Gab es irgendein System an Bord, das nicht schon mal durchgeschmort war?

Seit dem Moment, als Rey so aufgeregt von ihren Flügen mit Han Solos Schiff erzählt hatte, waren Lukes Gedanken immer wieder zu dem Frachter zurückgekehrt, der am Fuß der Insel auf einer Felsplatte stand, bis er der Versuchung schließlich nicht länger widerstehen konnte. Der *Falke* hatte ihn vor vielen, vielen Jahren von Tatooine fortgebracht. Ein traumatisierter Farmjunge wurde in einen galaktischen Bürgerkrieg hineingezogen, der bis dahin so unendlich weit von ihm, seinen Stiefeltern und seinen Freunden entfernt gewesen war.

Er fragte sich, was dieser Junge wohl von dem alten Mann halten würde, zu dem er geworden war.

Luke betrat das Cockpit und blieb hinter dem Pilotensessel stehen, der für Han einem Zuhause am nächsten gekommen war. Das Mondlicht schimmerte auf den Würfeln, die von der Decke hingen, und er nahm sie vorsichtig von ihrem Haken, um sie zwischen seinen mechanischen Fingern zu drehen.

Der Hauptfrachtraum war dunkel und still. Lukes Blick schweifte über den Holoschachtisch und verharrte auf einem alten Helm mit heruntergeklapptem Schutzvisier. Er hatte ihn während seiner ersten Lektion mit dem Lichtschwert getragen, damals, als er versucht hatte, Ben Kenobis Anweisung zu befolgen und seine Wahrnehmung auszudehnen, verfolgt vom Summen eines Trainingsdroiden, den er nicht sehen konnte.

Von seinen Erinnerungen überwältigt, setzte er sich an den Spieltisch. Genau auf diesem Platz hatte er gesessen, nachdem Ben verschwunden war, anscheinend entzweigeschnitten von Darth Vaders Lichtschwert, und Leia hatte versucht, ihn in seinem Schockzustand zu trösten. Ben war für ihn gleichzeitig seine letzte Verbindung zu Tatooine gewesen und der Lehrer, der ihm half, sich seiner Zukunft zu öffnen. Ohne ihn hatte Luke sich verloren und antriebslos gefühlt.

Eine Reihe vertrauter fragender Piepslaute drang aus den Schatten.

»Erzwo?«, fragte er, von plötzlicher Freude erfüllt. Einen Moment später rollte der blau-weiße Astromech zu ihm herüber und stieß einen Schwall weiterer Pfeif- und Trillerlaute aus.

»Ja«, sagte Luke. Während der Jahre ihrer gemeinsamen Missionen hatte er gelernt, die Droidensprache zu verstehen, und die Auflistung von Anschuldigungen, die R2-D2 ihm nun entgegenschmetterte, war ebenso lang wie spezifisch. »Nein, ich … ja, du hast recht.«

R2 stieß ein weiteres abfälliges Zwitschern aus.

»He, das ist eine heilige Insel«, unterbrach Luke ihn. »Achte auf deine Ausdrucksweise.«

Der Droide reagierte mit einem klagenden Piepsen.

»Alter Freund, ich wünschte, ich könnte es dir begreiflich machen, aber für mich gibt es keine Rückkehr. Nichts und niemand wird mich umstimmen.«

Er legte die Hand auf R2-D2s Kuppel, aber anstatt seine Worte zu akzeptieren, aktivierte der Droide seinen Holoprojektor.

Luke stockte der Atem, als er seine Schwester sah – so, wie er sie das allererste Mal gesehen hatte, in einer weißen Robe, während sie Obi-Wan um Hilfe ersuchte.

»Was für ein billiger Trick«, tadelte er den Astromech, der daraufhin nur leise zirpte.

Die Aufzeichnung verblasste, und Luke und R2-D2 waren wieder allein. Der kleine Droide rührte sich nicht, während sein einstiger Meister ins Nichts starrte. Und er rührte sich auch nicht, als Luke aufstand, mit langsamen, nachdenklichen Schritten durch den Korridor davonging und wieder die Rampe hinunterstieg.

Rey wachte ruckartig auf. Sie war dazu übergegangen, auf einer Steinbank zwischen den Hütten zu schlafen, damit sie Luke leichter vor seinen morgendlichen Rundgängen abfangen konnte. Aber nun stand er über ihr, und sein Gesicht wirkte im Mondlicht ausgezehrt und blass.

»Morgen bei Sonnenaufgang«, sagte er. »Drei Lektionen. Ich werde dich mit der Kraft der Jedi vertraut machen – und dir zeigen, warum ihre Ära enden muss.«

TEIL IV

12. Kapitel

Zum wiederholten Mal binnen weniger Tage wachte Finn in einem Zustand völliger Verwirrung auf.

Diesmal lag er auf dem Rücken, aber aus irgendeinem Grund schien die Welt an ihm vorbeizugleiten.

Er hob den Kopf, was dumpfe Schmerzen in seinen Schläfen auflodern ließ, und sah die Rückseite von Roses Overall. Sie hatte ihn auf einen Frachtkarren gehievt und zog ihn nun durch einen der Korridore der *Raddus.*

»Das kann doch nicht wahr sein«, wollte Finn sagen, aber seine Zunge und seine Lippen hatten Mühe, die Worte zu formen. »Ich kann mich nicht bewegen! Was ist passiert?«

Dann kehrte die Erinnerung zurück.

»Du hast mich betäubt!«, lallte er anklagend. »Mit so einem … *Betäubungsding*! Oh, mein Gott, du bist vollkommen verrückt! Hilfe!«

Rose warf ihm einen Blick zu, der anzeigte, dass er vielleicht nicht zum letzten Mal Bekanntschaft mit dem Betäubungsdingens gemacht hatte.

»Ich bring dich zu den Arrestzellen und lass dich einsperren«, klärte sie ihn auf.

»Wieso?«

»Weil du vorhattest zu desertieren.«

»Nein!«, protestierte Finn.

Sie blieb stehen und beugte sich so tief herab, dass ihre Nasenspitze fast seine berührte.

»Meine Schwester ist beim Einsatz für die Flotte gestorben«, erklärte sie. »Ich habe gehört, was du auf der Starkiller-Basis getan hast. Alle haben von dir gesprochen. Du warst ein Held des Widerstands! Und jetzt willst du weglaufen?«

»Das tut mir leid«, sagte Finn. »Aber ich habe das alles getan, um einer Freundin zu helfen, nicht weil ich mich irgendeiner Armee angeschlossen habe.«

Noch während er den Satz aussprach, sah er, dass es ein Fehler war. Roses Enttäuschung war deutlich sichtbar, ebenso wie ihr Zorn. Finn erkannte, dass er schnell etwas sagen musste. Und diesmal fand er besser die richtigen Worte, andernfalls würde sein nächstes Erwachen in einer Arrestzelle stattfinden, und dann wäre es zu spät, um noch irgendetwas zu unternehmen.

»Ich weiß nicht, wie viel du weißt, aber diese Flotte ist verloren«, sagte er. »Und falls meine Freundin zurückkommt, ist sie es ebenfalls. Ich muss diesen Sender weit von hier wegbringen, dann wird sie mich finden und ist in Sicherheit.«

»Du bist ein selbstsüchtiger Verräter«, schnappte Rose.

»Hör zu«, beschwor Finn sie. »Falls ich Rey retten könnte, indem ich die Widerstandsflotte rette, dann würde ich es versuchen. Aber das ist unmöglich. Niemand kann die Flotte noch retten.«

»Ja, klar«, brummte Rose abweisend.

»Wir können der Ersten Ordnung nicht entfliehen«, schob Finn nach.

»Wir können auf Lichtgeschwindigkeit gehen.«

»Die können uns trotz Lichtgeschwindigkeit erfassen.«

Das ließ Rose innehalten. »Die können uns trotz Lichtgeschwindigkeit erfassen?«

Sie hatte es nicht gewusst? Finn stöhnte. *Natürlich* hatte sie es nicht gewusst. Er hatte selbst schon Schicht um Schicht auf den unteren Decks eines Schlachtschiffes verbracht und Droidenarbeit verrichtet. Da unten sagte einem niemand irgendwas.

Aber zumindest hatte Rose sich nicht in einem Körperanzug und einer Rüstung halb zu Tode schwitzen müssen.

»Ja, die tauchen nach dreißig Sekunden auf, und wir haben eine Tonne Treibstoff verpulvert – von dem leider nur noch ganz wenig da ist.«

Rose schien noch immer mit dieser jüngsten Enthüllung zu ringen. »Sie können uns trotz Lichtgeschwindigkeit erfassen«, wiederholte sie erneut, in Gedanken weit entfernt.

»Ja, und sie könnten ...« Er hielt inne. »Ich kann meine Zähne nicht fühlen? Womit hast du auf mich geschossen?«

»Aktive Erfassung«, sagte Rose.

Finn hatte gerade mit der Zunge überprüft, ob seine Zähne noch alle da waren, aber jetzt blickte er abrupt auf. »Wie war das?«

»Hyperraumerfassung ist neu, aber im Prinzip funktioniert sie wie jede andere Form von aktiver Erfassung«, sinnierte Rose. »Ich habe an solchen Ortungsgeräten schon Wartungsarbeiten durchgeführt. Es gibt immer nur ein Signal, um Interferenzen zu vermeiden. Ein Signal, ein Gerät. Also ...«

Finn erkannte, worauf sie hinauswollte, und vervollständigte den Satz gemeinsam mit ihr.

»... orten sie uns nur vom Führungsschiff aus.«

Rose nickte, aber er konnte sehen, dass ihre ganze Aufmerksamkeit nach innen gerichtet war, während sie weiter über das Problem nachdachte.

»Hyperraumerfassung erfordert ziemlich viel Rechenleistung«, murmelte sie. »Die gesamte Flotte müsste aus Computern bestehen. Es sei denn ...«

»Es sei denn, was?«, fragte Finn zögerlich.

»Ein statischer Hyperraum-Feldgenerator«, entfuhr es Rose. »So funktioniert ihr System!«

»Ein was?«

Sie biss sich auf die Lippe; sie schien völlig vergessen zu haben, dass er überhaupt da war.

»Normalerweise wären Hunderte Computer und Tausende Verarbeitungszyklen für so etwas nötig«, erklärte sie. »Aber das kann man umgehen, indem man einen Zentralcomputer mit einem Hyperraum-Feldgenerator umgibt. So lassen sich die Berechnungen um das Millionenfache beschleunigen ... sofern nichts schmilzt oder geradewegs durch die Hülle des Schiffes beschleunigt wird. Natürlich ist das alles rein theoretisch – aber falls jemand es in die Realität umsetzen kann, dann die Erste Ordnung.«

»Sie haben dieses System also zum Laufen gebracht, schön. Und wie sorgen wir dafür, dass es nicht mehr läuft?«

Rose öffnete den Mund, um etwas zu sagen, aber dann unterbrach sie sich und blickte ihn nachdenklich an. Finn legte den Kopf schräg.

»›Aber‹? Das wolltest du doch gerade sagen, oder? Du hast diesen Aber-Ausdruck im Gesicht.«

»Aber«, begann Rose, und ihre Stirn legte sich in Falten, »wir kommen an das Ortungsgerät nicht ran. Das ist ein Klasse-A-Prozess. Den kontrollieren sie sicher von der Brücke aus.«

»Nein«, entgegnete Finn, was ihm einen weiteren dieser stechenden Blicke einbrachte. »Ich meine, ja, aber für jeden A-Klasse-Prozess gibt es einen …«

Diesmal war sie es, die den Gedanken zu seinem logischen Schlusspunkt verfolgte und den Rest des Satzes gleichzeitig mit ihm aussprach: »… einen separaten Unterbrecher der Energieversorgung.«

Sie blickten einander an. Finn konnte seine Zähne inzwischen wieder spüren – sie taten höllisch weh. Bedeutete das nun, dass es ihm besser ging – oder schlechter?

»Aber wer weiß schon, wo auf einem Sternzerstörer der Versorgungsraum ist?«, fragte Rose.

Er tippte sich an die Brust. »Ich hab da früher immer durchgewischt. Tief im Sublicht-Triebwerkskomplex. Falls ich uns da reinkriege …«

Nun tippte Rose sich an die Brust. »… könnten wir die Energieversorgung ausschalten.«

»Jawohl! Rose! Wir müssen mit diesem Plan zu jemandem, dem wir vertrauen können.«

»He, Moment mal«, protestierte sie. »Wenn ich sage, ›wir‹, dann meine ich damit nicht ›uns‹.«

»Das kann nicht dein Ernst sein – wir könnten die Flotte retten!«

Rose schüttelte den Kopf. »Du bist ein verrückter Deserteur. Ich verrichte Wartungsarbeiten. Nein. Ich werde den Plan einreichen.«

»Poe!«, entfuhr es Finn. Kurz hatte er Angst, dass sie ihn wieder betäuben würde.

»Ich bin Rose, schon vergessen?«, erwiderte sie gereizt.

»Nein, Rose. *Poe.* Bring mich zu Poe Dameron, und wir können ihm von unserem Plan erzählen. Poe, Rose. *Bitte!*«

»Poe Dameron? Der hat sicher Besseres zu tun.«

»Er wird sich Zeit für mich nehmen«, versicherte Finn ihr. »Held des Widerstands, schon vergessen?«

Das war sein nächster Fehler. Roses Hand schob sich auf ihren Gürtel zu, wo der Stab mit den gemeingefährlichen Zacken hing.

»Wir erklären ihm einfach nur den Plan«, sagte Finn hastig. »Falls er Nein sagt, kannst du mich betäuben. Mit dem Betäubungsding.«

»Glaub nicht, dass ich es nicht tun werde.«

Daran zweifelte Finn nicht. Er beobachtete Rose, während sie sich zu einer Entscheidung durchrang.

»Ich weiß nicht, warum ich dir vertraue«, stöhnte sie schließlich.

»Es ist mein unschuldiges Gesicht«, erwiderte Finn. »Fluch und Segen gleichermaßen.«

»Gut, erklär's mir noch mal«, sagte Poe. »Aber einfacher.«

Rose und Finn hatten ihn in General Organas Kabine angetroffen, welche in ein behelfsmäßiges Medizentrum umgewandelt worden war. Die Anführerin des Widerstands lag reglos auf einem Krankenbett, umgeben von Instrumenten und umsorgt von MD-15-Medidroiden mit weißer Lackierung. C-3PO stakste nervös in einer Ecke auf und ab, und BB-8 kreiste mit traurigem Piepsen durch den Raum.

Rose beobachtete, wie Finn sich eine Zusammenfassung des Plans zurechtlegte – eines Plans, der vielleicht gar nicht so schlecht war, wie sie widerwillig zugeben musste.

Sie wünschte sich, Paige könnte hier sein – ihre kleine Schwester, die Wartungstechnikerin, in einem Raum mit dem besten Jägerpiloten des Widerstands und dem galaktischen Helden, den Paige eines Tages zu treffen gehofft hatte. Sie hätte das hier alles so aufregend gefunden … nun, abgesehen davon, dass Rose ihren Helden dabei erwischt hatte, wie er sich in eine Rettungskapsel schleichen wollte.

Finn war gut aussehend – das musste Rose zugeben. Zu schade nur, dass er ein Verräter war. Und dann diese bizarre Fixierung auf seine komische Freundin. Wer immer Rey war, sie musste wirklich was Besonderes an sich haben, wenn sie einen dazu bringen konnte, all seine Kameraden und seine Ideale zu verraten.

Doch dann fiel Rose wieder ein, dass Finn einer der unglücksseligen Waisen gewesen war, die in den Ausbildungszentren der Ersten Ordnung aufwuchsen und Nummern anstelle von Namen bekamen. Vielleicht war er deshalb so besessen von Rey; außer ihr gab es vermutlich nicht viele Personen, die je gut zu ihm gewesen waren. Ein deprimierender Gedanke.

»Also, die Erste Ordnung ortet uns nur von einem Zerstörer aus – dem Führungsschiff«, erklärte Finn.

»Super, dann pusten wir es weg«, sagte Poe übereifrig, und Rose musste sich zusammenreißen, um nicht die Augen zu verdrehen. Jägerpiloten waren wirklich alle gleich, selbst die besten unter ihnen.

»Gute Herangehensweise, aber nein. Dann würden sie uns von einem anderen Zerstörer aus orten«, erwiderte Finn.

Rose hatte den Holoprojektor entdeckt, der in Leias Schreibtisch eingebaut war. Als sie ihn aktivierte, zeigte er die schematische Darstellung eines Mega-Sternzerstörers; Poe musste das feindliche Schiff studiert haben, bevor sie hereingekommen waren.

»Aber«, sagte sie.

»Aber wenn wir uns an Bord des Führungsschiffes schleichen und das Ortungsgerät deaktivieren, ohne dass sie es bemerken, dann ...«, fuhr Finn fort.

»Sie werden es einen Systemzyklus lang nicht bemerken«, warf Rose ein. »Ungefähr sechs Minuten.«

»Das verschafft der Widerstandsflotte ein kleines Fenster für einen Hyperraumsprung, den die Erste Ordnung nicht verfolgen kann«, schloss Finn.

»Eine Fluchtmöglichkeit!«, entfuhr es C-3PO. »Brillant!«

Finn zählte die einzelnen Schritte des Plans an seinen Fingern ab. »Wir schleichen an Bord. Wir deaktivieren das Ortungsgerät. Unsere Flotte entkommt, bevor die es mitkriegen.«

Poe überlegte angestrengt, und Rose konnte sehen, dass er versuchte, ihre Erfolgschancen zu berechnen. BB-8 schien da weit weniger skeptisch – der kleine Droide piepste aufgeregt.

»Niemand hat dich nach deiner Meinung gefragt«, sagte Poe, dann wandte er sich zu Rose um. »Was denkst du?«

»Irgendwie muss wohl untergegangen sein, dass dieser ganze Plan meine Idee war«, erwiderte sie. »Falls er es schafft, uns zu dem Ortungsgerät zu bringen, kann ich es ausschalten. Ganz sicher.«

Poe überlegte, und sein Blick huschte zwischen den beiden hin und her.

»Wie habt ihr euch getroffen?«, fragt er neugierig.

Der panische Ausdruck auf Finns Gesicht war unbezahlbar.

»Durch Zufall«, sagte Rose nur.

»Ja? Glücklicher Zufall?«

»Weiß ich noch nicht.«

Poe biss sich nachdenklich auf die Lippen, und er ging zu Leia hinüber, die bewusstlos auf ihrem Krankenbett lag.

»Poe, wir müssen das machen«, beschwor Finn den Piloten. »Es würde die Flotte retten, und außerdem Rey.«

Rey, Rey, Rey. Rose hatte nicht übel Lust, ihn noch mal zu betäuben.

»Warum muss ausgerechnet ich die Stimme der Vernunft sein?«, jammerte C-3PO. »Admiral Holdo wird diesem Plan niemals zustimmen. Mehr noch, diese Art unüberlegten Draufgängertums würde sie nur noch wütender machen.«

Das ließ Poe breit grinsen. »Du hast recht, Dreipeo. Dieser Plan ist nur für einen kleinen Kreis bestimmt, und sie gehört nicht dazu.«

»Das war nicht unbedingt, was ...«, protestierte der Droide, aber BB-8 unterbrach ihn mit euphorischem Trillern.

»Alles klar«, sagte Poe. »Ihr schaltet das Ortungsgerät aus. Ich bleibe hier und geh dann auf Lichtgeschwindigkeit. Die Frage ist nur, wie kriegen wir euch beide unbemerkt auf Snokes Zerstörer?«

»Wir stehlen einen Shuttle der Ersten Ordnung«, schlug Rose vor.

Finn machte ein langes Gesicht. »Ohne Zugangscodes bringt uns das nichts.«

Rose verzog die Mundwinkel. Jemand, der sich mit den Sicherheitsmaßnahmen der Ersten Ordnung auskannte, hätte so ein Problem eigentlich schon viel früher erwähnen sollen.

»Dann stehlen wir Zugangscodes«, erwiderte sie, aber Finn schüttelte bereits den Kopf.

»Nein, die sind biohexakryptisch und werden stündlich erneuert. Wir schaffen es nicht unentdeckt durch ihre Sicherheitsschilde. Das schafft keiner.«

Poe und Rose blickten ihn niedergeschlagen an. Doch dann fiel Finn jemand ein, der ihn vielleicht eines Besseren belehren konnte.

Maz Kanata war mehr als tausend Jahre alt. Während dieser Zeit war sie siebenundsechzigmal verwundet worden, und zweiundzwanzig dieser Verletzungen hätten sie beinahe das Leben gekostet. Sie war in Dutzenden Litern Bacta getrieben, mit Metern an Medipflastern verbunden worden, hatte Dutzende Medidroiden auf Trab gehalten und sich ebenso oft selbst behandelt, wobei sie es manchmal nur ihrer zähen Konstitution und dem Willen der Macht verdankt hatte, dass sie nicht eins mit selbiger geworden war.

Die Bredouille, in der sie sich gegenwärtig wiederfand, sollte keine Narben zurücklassen, vorausgesetzt, es geschah kein unvorhersehbares Unglück – und zugegeben, das Unglück, das einen schlussendlich unter die Erde brachte, war meistens unvorhersehbar. Aber alles in allem rangierte dieser aktuelle Konflikt auf ihrer Skala irgendwo zwischen einem Missverständnis und einem Zornausbruch – eine Situation, die gerade so weit außer Kontrolle geraten war, dass die eine Seite ihr angekratztes Ego massieren musste, indem sie das Feuer auf die andere Seite eröffnete.

So etwas kam vor. Maz kannte alle Beteiligten, und sie war sicher, dass die Überlebenden in ein paar Wochen schon wieder in einer Cantina zusammensitzen und mit ihren Gläsern anstoßen würden, während sie die Narben ihrer Blasterverbrennungen verglichen und auf das Gedenken der unglücklichen Opfer anstießen.

Doch bis dahin war es das Beste, dafür zu sorgen, dass sie gefälligst nicht erschossen wurde.

Maz duckte sich unter einem Laserstrahl hinweg, der ein wenig zu nahe an ihr vorbeizischte, dann feuerte sie mit ihrer Pistole in die Richtung, aus der der Schuss gekommen war, um ihre Missbilligung zum Ausdruck zu bringen. Erst dann richtete sie die Augen hinter ihrer Schutzbrille wieder auf den Holotransmitter und die vier Gestalten, die über dem blauen Übertragungsfeld schimmerten.

Einer von ihnen war Finn, der junge Deserteur, der auf Takodana ihr Interesse erregt hatte – kurz bevor seine früheren Kameraden von der Ersten Ordnung aufgetaucht waren und ihr Geschäft ruiniert hatten. Damals war ihr etwas Interessantes in seinen Augen aufgefallen, und sie war neugierig zu sehen, was sich jetzt darin widerspiegelte. Hatte er in der Zwischenzeit vielleicht ein wenig Geduld gelernt?

Maz bezweifelte es. Finn war schließlich nur ein Mensch, und die Lebensdauer dieser Spezies war leider ein paar Jahrhunderte zu kurz, als dass Geduld von einer Tugend zu einer Gewohnheit werden konnte.

Zwei der anderen Gestalten erkannte Maz ebenfalls. Poe Dameron sah aus, als wäre er gerade aus einem von Leia Organas Rekrutierungsplakaten geklettert, aber Kriegshelden gab es wie Sand am Meer. Er musste erst noch ein paarmal versagen, um wirklich interessant zu werden. Und dann war da noch Leias Protokolldroide. Was ihn betraf… nun, man hatte ihm nie erlaubt, die logischen Eigenheiten und Schrullen zu entwickeln, die nötig wären, damit er etwas Bedeutsames beitragen könnte – egal in welcher der sieben Millionen Sprachen, mit denen er sich ständig brüstete. Aber immerhin hatte er im Gegensatz zu den anderen kein Verfallsdatum. Und wer weiß, in ein paar Milliarden Prozessorzyklen könnte er vielleicht sogar einen unterhaltsamen Kompagnon abgeben – vorausgesetzt, sein Speicher wurde in der Zwischenzeit nicht gelöscht.

Die vierte Person in dem Hologramm war eine junge Frau in einem schrecklich langweilig aussehenden Overall. Sie kannte Maz noch nicht. Die Macht umgab sie mit einer

Aura der Trauer und Verwirrung, aber da war auch Stärke in ihr, und Zähigkeit. Maz machte sich eine mentale Notiz, diese Rose im Gedächtnis zu behalten und ihr bei Gelegenheit mal in die Augen zu blicken. Es wäre sicher interessant zu sehen, was sich darin verbarg, und in wessen Leben sie diesen Augen schon früher begegnet war.

Doch jetzt war dafür keine Zeit – nicht, wo die Galaxis es wieder mal so eilig hatte. Außerdem wollten diese vier etwas von ihr. Was war es gleich noch mal?

Ach ja, richtig. Eine simple Bitte – und eine, die sie unter anderen Umständen sofort erfüllt hätte, nur um zu sehen, welche Strömungen dadurch in Finns und Roses potenzieller Zukunft in Gang gesetzt würden. Aber so, wie die Dinge gerade standen, würden die beiden selbst ein wenig Initiative zeigen müssen, anstatt sich ganz auf die gute alte Maz verlassen zu können.

»Ob ich es schaffe?«, fragte Maz. »Natürlich schaffe ich es. Aber jetzt nicht. Ich bin gerade ein wenig beschäftigt.«

All das Blasterfeuer, das rings um sie knisterte, schien Finn mehr zu beunruhigen, als es sich für einen ehemaligen Sturmtruppler gehörte. Aber vielleicht war genau das der Grund, warum er kein Truppler mehr war.

»Maz, was geht da vor?«, wollte er wissen.

»Gewerkschaftsdisput – davon wollt ihr bestimmt nichts wissen«, antwortete sie. »Aber ihr habt Glück. Da gibt es jemanden, dem ich vertraue und der diese Sicherheitssysteme knacken kann. Er ist ein Meister-Codeknacker. Ein Soldat und Freiheitskämpfer. Ein Spitzenpilot. Ein Poet mit dem Blaster. Und der zweitbeste Schmuggler, dem ich begegnet bin.«

»Du meine Güte!«, entfuhr es C-3PO. »Das klingt, als könnte dieser Codeknacker wirklich alles.«

»O ja, das kann er«, nickte Maz, und sie musste lachen, als sie an einige der erfolgreicheren Beutezüge zurückdachte, die sie mit seiner Hilfe durchgezogen hatte. Er war wirklich eines ihrer liebsten Wesen in der Galaxis, obwohl sie wusste, dass seine häufigen Anflüge von Leichtsinn ihn das Leben kosten würden, bevor er wirklich interessant werden konnte. Und wenn nicht sein Leichtsinn, dann sein aufgeblasenes Ego.

Doch das waren beides Eigenschaften, an die man sich gewöhnen musste, wenn man mit Menschen zu tun hatte. Maz hatte schon vor langer Zeit gelernt, dass sie ihre Gegenwart genießen musste, solange sie da waren.

Ein lautes Zischen und der Geruch von verbrannter Luft riss sie aus ihren Gedanken. »*Und* er ist der Sache des Widerstands wohlwollend gesonnen«, schob sie nach. »Ihr findet ihn im Casino von Canto Bight auf Cantonica.«

»Cantonica?«, wiederholte Poe. »Nein, nein, nein ... Maz, gibt's irgendeine Möglichkeit, dass wir das auch allein schaffen?«

Wie ungeduldig er ist. Wenn er nicht in einem Sternjäger sitzt, ist er völlig verloren. Wirklich schade – sein Kinn gefällt mir.

Maz blickte sich auf dem Schlachtfeld um und erkannte, dass sie ihre Position aufgeben musste, wenn sie nicht überrannt werden wollte. Das wäre wirklich ärgerlich.

»Tut mir leid, Kleiner«, sagte sie. »Das ist anspruchsvolles Codeknacken. Falls ihr auf diesen Zerstörer wollt, gibt's nur eine Lösung: Findet den Meister-Codeknacker. Ihr erkennt ihn an einer roten Plomblüte am Revers.«

Mit derselben Bewegung, mit der sie das Jetpack auf ihrem Rücken aktivierte, unterbrach sie die Verbindung. Während sie in den Himmel hochschoss, überlegte Maz, ob ihre Freunde den Codeknacker wohl finden würden. Sie stellte keine Spekulationen an, denn sie wusste, dass das sinnlos war. Mit dieser Sache verhielt es sich wie mit allem anderen in der Galaxis: Ob sie nun Erfolg haben oder scheitern würden – oder feststellten, dass ihr Schicksal irgendwo zwischen diesen Definitionen lag –, hing einzig vom Willen der Macht ab.

Aber Glück wünschen konnte Maz ihnen trotzdem.

13. Kapitel

Der Morgen brach über Ahch-To an und fand die Insel in Nebel gehüllt vor, erhellt vom feurigen Rot der aufgehenden Sonnen.

Im Vertrauen darauf, dass Luke sein Versprechen halten und sie bei Tagesanbruch mit dem Training beginnen würden, hatte Rey ihre Mahnwache vor seiner Tür beendet und stattdessen in einer der leeren Hütten geschlafen – obwohl die Steinliege im Innern des Gebäudes nicht wirklich bequemer war als die Bank draußen.

Sie richtete sich auf, blinzelte gegen das frühe Sonnenlicht an, das durch ihr schmales Fenster fiel ... und erstarrte.

Einen Moment lang glaubte sie, jemanden in der Hütte zu sehen, eine hochgewachsene blasse Gestalt, die reglos vor der Wand saß, während ein rundes Ding über ihrer Schulter schwebte und ihr Gesicht berührte.

Mehr noch, sie hatte fast das Gefühl, als könnte sie die Berührung spüren, als würde etwas an ihrer eigenen Wange zupfen und an ihrem Kinn entlang eine Linie nachfahren.

Rey hob den Kopf, und ihre Augen weiteten sich. Kylo Ren saß vor ihr, seine Wange von einer tiefroten Narbe gespalten – die Wunde, die sie ihm im Schnee der Starkiller-Basis zugefügt hatte. Der obere Teil war noch immer mit Nähten verschlossen.

Erschrocken tastete Rey nach dem Blaster, den sie in ihrem Holster trug, dann riss sie die Waffe hoch und feuerte. Sie glaubte, Kylo zusammenzucken zu sehen, als der Energiestrahl in seine Richtung zuckte und der Schuss dröhnend laut in der Enge der Hütte widerhallte.

Doch Kylo Ren war nicht da.

Rey ließ mit zitternder Hand die Pistole sinken und starrte das rauchende Loch an, das sie in die Steinwand gesprengt hatte.

Von ihrem Todfeind fehlte jede Spur. Die dunkle, bedrohliche Gestalt, die sie auf Takodana gefangen genommen und auf die Starkiller-Basis entführt hatte, die Han Solo und beinahe auch Finn ermordet hatte, war verschwunden. Aber Rey wusste, dass sie es sich nicht nur eingebildet hatte. Er war hier gewesen.

Sie stürmte aus der Hütte und blickte sich in alle Richtungen um. Nichts. Nur die morgendliche Kälte und die Schreie der Porgs, die sich in Gruppen von den Klippen auf die Fischschwärme in der Brandung stürzten.

Und dann war Kylo plötzlich wieder da. Diesmal wusste sie, dass er sie auch sah. Er hob die Hand, starrte sie an, und sie konnte sogar seine Stimme hören, als er sprach.

»Du wirst Luke Skywalker zu mir bringen«, sagte er.

Aber anders als auf der Starkiller-Basis bohrten sich diesmal keine unsichtbaren Finger in Reys Gehirn, um ihre Gedanken und Geheimnisse zu durchwühlen. Und anders als auf Takodana gehorchte ihr Körper weiterhin ihrem Willen, nicht seinem. Es waren nur Worte, und er hatte keinerlei Macht über sie.

Rey lächelte, und Kylo senkte überrascht die Hand.

»Das wirst du nicht tun. Die Anstrengung würde dich töten.«

Die Art, wie er sie nun anblickte, wirkte regelrecht neugierig.

»Kannst du meine Umgebung sehen?«

Er klang wie ein Schüler, der über eine interessante Problemstellung nachdachte – und erwartete, dass sie ihm bei der Lösung des Rätsels half. Das machte sie wütend.

»Du wirst für deine Taten bezahlen!«, zischte sie, aber er ignorierte sie.

»Ich kann deine nicht sehen, nur dich«, sagte er. »Nein, das muss etwas anderes sein.«

In diesem Moment tauchte Luke aus seiner Hütte auf und blinzelte zum Morgenhimmel hoch. Rey wirbelte zu dem Jedi-Meister herum, und Panik beschleunigte ihren Herzschlag. Würde Kylo Luke sehen? Würde er wissen, wo sich der Jedi aufhielt? Hatte sie etwas Falsches getan, irgendein Portal geöffnet, das hätte geschlossen bleiben müssen?

Als sie den Kopf wieder drehte, verriet ihr Kylos Miene sofort, dass er vielleicht Luke nicht gesehen hatte, dafür aber ihre Reaktion – und dass er deren Bedeutung erkannte.

»Luke?«, fragte er, sein Blick hungrig und scharf wie der eines Raubtiers, das die Witterung seiner Beute aufnimmt.

»Was soll das da?«, rief Skywalker.

Reys Augen kehrten zum Gesicht des Jedi Meisters zurück. Sie erwartete, Wut zu sehen, Enttäuschung, einen Ausdruck des Verraten-worden-Seins, aber Luke wirkte nur verwirrt. Dann deutete er zu ihrem Schrecken an ihr vorbei, genau zu der Stelle, wo die seltsame Vision stand.

Sie zwang sich, seinem ausgestreckten Finger zu folgen, aber Kylo war fort.

Luke deutete lediglich auf das Loch in der Wand der Hütte.

Doch obwohl Kylo fort war, stellte Rey fest, dass sie und Skywalker nicht allein waren. Ein halbes Dutzend humanoider Kreaturen war aus dem Nebel aufgetaucht und schlurfte zwischen den Hütten umher. Eine von ihnen inspizierte unglücklich die beschädigte Wand.

Rey wusste sofort, dass diese Neuankömmlinge echt waren – und dass sie keine Bedrohung darstellten. Sie hatten breite Gesichter und dreizehige Füße, der Rest ihrer stämmigen Körper war unter schlichten weißen und beigen Roben verborgen. Auf gewisse Weise erinnerten sie Rey an die Anachoreten von Jakku, die die trostlose Wüste für den idealen Ort gehalten hatten, um ein simples, asketisches, religiös geprägtes Dasein zu führen.

Sie merkte, dass Luke noch immer auf eine Antwort wartete – ebenso wie die Gruppe kleingewachsener Kreaturen.

Ihr erster Instinkt war, die Wahrheit zu sagen; vielleicht könnte Skywalker ihr ja helfen, diese unerwünschte Verbindung zu Kylo Ren zu unterbrechen, bevor sie noch gefährlicher wurde. Aber etwas sagte ihr, dass das ein Fehler wäre. Luke hatte aufgehört, sie zu ignorieren, aber ihre Beziehung war noch immer zerbrechlich und unsicher. Der kleinste Fehltritt, und er würde sie verstoßen, noch ehe sie mit ihrer ersten Lektion begonnen hätte, dessen war sie absolut sicher.

Nein, sie musste ihm etwas anderes erzählen.

»Ich habe meinen Blaster gereinigt«, log sie. »Und … und er ging los.«

Luke wirkte nach ihrer Erklärung ebenso verwirrt wie davor, aber die weiß gewandeten Kreaturen schienen sie zu akzeptieren, wenn auch mit hörbarem Murren. Binnen weniger Sekunden waren sie dabei, Fische aus ihren Körben zu nehmen, Messer zu wetzen und die losen Steine aus der beschädigten Mauer zu entfernen.

Luke nickte in Richtung der Stufen, die den Berg hochführten, aber als Rey Anstalten machte, ihm zu folgen, spürte sie den wütenden Blick einer der Kreaturen auf sich. Das Wesen funkelte sie an, dann wandte es sich Skywalker zu.

»*Choo-Chigga Chupa*?«, rief sie … oder etwas in der Art.

»*Croopy*«, erwiderte Luke.

Die Kreatur wirkte alles andere als beschwichtigt.

Rey war sicher, dass sie einen miserablen ersten Eindruck gemacht hatte. Sie wartete, bis sie die gewundene Treppe weit genug hochgestiegen waren, dass die geschäftigen Wesen bei den Hütten sie nicht mehr hören konnten, dann fragte sie:

»Was sind das für Wesen?«

»Hüter«, antwortete Luke. »Ureinwohner der Insel. Sie kümmern sich um die Gebäude der Jedi, seit sie erbaut wurden.«

»Was habt Ihr ihnen über mich gesagt?«, wollte sie wissen.

Luke lächelte schmal. »Dass du meine Nichte wärst.«

»Oh. Ich glaube nicht, dass sie mich mögen.«

»Kann mir gar nicht vorstellen, warum.«

Rey folgte Luke über den grasbewachsenen Hang jenseits der Hütten; von dort stiegen sie eine weitere Treppe nach oben, die sich hoch über der Insel und dem Meer an einem Felsvorhang entlangzog.

In Gedanken war sie noch immer mit der Manifestation Kylo Rens beschäftigt – ausgerechnet an diesem Ort, den sie als Lukes Refugium betrachtete, wenn auch nicht als ihr eigenes.

Nachdem er sie auf Takodana überwältigt hatte, hatte er sie auf die Starkiller-Basis gebracht, um die Erinnerung an

Lukes Karte aus ihrem Kopf herauszuholen. Er war in ihre Gedanken eingedrungen, hatte sie durchsucht und so vieles gesehen, was sie vor ihm – und auch vor allen anderen – geheim halten wollte.

Die verzweifelte Hoffnung, dass ihre Eltern sie nicht freiwillig auf Jakku zurückgelassen hatten, oder dass es keine andere Möglichkeit gegeben hatte und sie eines Tages zu ihr zurückkehren würden, wenn sie nur lange und geduldig genug wartete. Die schreckliche Angst, dass sie sich nur etwas vormachte und den Rest ihrer Tage in Einsamkeit verbringen würde, bis sie schließlich als namenloses Skelett im Sand endete. Die Träume von einer Insel inmitten eines grenzenlosen Ozeans – dieselbe Insel, auf der sie sich nun wiederfand.

Kylo hatte all diese Wünsche und Sorgen durchwühlt, auf die er kein Anrecht hatte. Doch dann hatte sich etwas während seiner Suche verändert. Je tiefer er in ihren Geist eindrang, desto mehr gab er von seinem eigenen preis. Rey hatte seinen Zorn und seinen Hass gespürt – einen zerstörerischen Sturm, der seinen Kopf ausfüllte – und seinen Wunsch, jene zu dominieren und zu demütigen, die ihm Unrecht getan hatten. Doch gleichzeitig hatte sie auch seinen Schmerz gespürt, seine Einsamkeit und die Furcht, dass er niemals so stark sein würde wie Darth Vader, dieser Geist, der ihn in seinen Träumen heimsuchte.

Kylo hatte sich schnell zurückgezogen, als er Rey in seinem Kopf spürte – er war regelrecht geflohen. Aber das war nicht das Ende dieser seltsamen plötzlichen Verbindung gewesen. Sie hatte noch mehr gesehen, viel mehr. Obwohl sie seine Kräfte nicht begreifen konnte, hatte sie instinktiv gespürt, wie er sie einsetzte. Seine Ausbildung war zu ihrer Ausbildung geworden, während sie die Türen in seinem Verstand eine nach der anderen entriegelte und aufstieß.

Doch nun konnte sie diese Türen nicht mehr schließen – und der Gedanke an das, was sie womöglich freigesetzt hatte, machte ihr höllische Angst.

Kylo hatte sie gedrängt, ihn als ihren Lehrer zu akzeptieren – er hatte sie regelrecht darum angefleht. Natürlich hatte sie ihn zurückgewiesen … nur um dann ihrerseits von Luke Skywalker zurückgewiesen zu werden.

Aber heute Morgen würde sich das ändern.

Rey war durch die halbe Galaxis geflogen, damit Luke jenen zu Hilfe käme, die ihn so dringend brauchten – Leia, Finn, der Widerstand, die Bürger der Galaxis. Aber sie hoffte, dass er auch ihr helfen würde.

Rose war gleichzeitig verärgert und amüsiert, als Poe darauf bestand, den Plan ein weiteres Mal durchzugehen. Zu diesem Zweck rief er sie und Finn in einen Besprechungsraum neben dem Hangar.

»Du könntest einfach mit uns kommen«, sagte sie gereizt.

Poes Mundwinkel sanken nach unten, und plötzlich tat er ihr leid. Er wollte genau das tun, was sie vorgeschlagen hatte, aber er konnte nicht, und das machte ihn wahnsinnig.

»Jemand muss hierbleiben und die Situation im Auge behalten«, sagte er. »Und Leia Organa.«

»Dreipeo könnte das erledigen«, warf Finn ein.

»Aber könnte Dreipeo auch Holdo auf die Finger schauen?«, entgegnete der Pilot.

Während Finn über diese Worte nachdachte, kratzte er sich am Kinn, und Rose sah das Glühen des Senders um sein Handgelenk – ein exaktes Gegenstück des Gerätes, das Rey mit sich in die Unbekannten Regionen genommen hatte.

Poe sah es ebenfalls.

»Den lässt du besser hier bei mir, Kumpel«, sagte er und streckte erwartungsvoll die Hand aus.

Finn zog instinktiv den Arm zurück. Sein ursprüngliches Ziel war es gewesen, den Sender möglichst weit von der Flotte fortzubringen und von der Gefahr, die hier drohte. Doch nun verlangte man von ihm, dieses Ziel aufgeben.

»Der General hat deine Freundin geschickt, um Skywalker zurückzuholen, damit er uns helfen kann«, schob Poe nach. »Es wird dem Widerstand nichts bringen, wenn er in Canto Bight auftaucht.«

Rose wusste genau, was Finn gerade dachte – der ehemalige Sturmtruppler hätte einen schrecklichen Sabacc-Spieler abgegeben.

»Jetzt gib Poe das Ding schon«, drängte sie. »Du willst Rey retten? Dann rette die Flotte. Darum geht es hier, schon vergessen?«

Ein überraschter Ausdruck huschte über Poes Gesicht, gefolgt von plötzlichem Verständnis, als die Puzzleteile an ihren Platz fielen.

»Ich will nur, dass sie in Sicherheit ist«, seufzte Finn unglücklich.

»Ich auch«, erwiderte Poe, und seine Stimme klang überraschend sanft. »Aber diese Sache ist größer als Rey. Oder du oder ich. Es geht um alle Wesen in der Galaxis. Also komm schon – gib mir den Sender. Ich verspreche, ich werde ihn nicht aus den Augen lassen.«

Einen Moment lang befürchtete Rose, dass Finn sich weigern würde, aber dann löste er den Binärsender von seinem Handgelenk und legte ihn in die Hand des Piloten.

»Siehst du?«, sagte Rose, »war doch ganz einfach.«

Doch Finns Gesichtsausdruck zeigte ihr, dass es ganz und gar nicht einfach gewesen war.

Während sie hinter Luke die Steinstufen hochstieg, sah Rey, dass die Treppe an einer Höhle auf der Seite des Berggipfels endete.

Sie folgte dem Jedi-Meister ins Innere, wo in der Mitte des Steinbodens noch immer die Überreste eines uralten Steinmosaiks zu erkennen waren. Doch dies war nicht ihr Ziel – Luke führte sie weiter, zu zwei nebeneinanderliegenden Simsen am anderen Ende der Höhle, einer höher gelegen, der andere tiefer. Von dort aus hatte man einen schwindelerregenden Ausblick auf die Insel, die ringsum in das endlose Meer abfiel.

Luke beobachtete sie einen Moment, wobei er ein langes Schilfrohr in seiner Hand hin und her drehte, und Rey fragte sich, ob er vielleicht glaubte, dass sie an Höhenangst litt. Tat sie aber nicht – ganz im Gegenteil; sie war schon als kleines Mädchen in die Kontrolltürme von Sternzerstörerwracks hochgeklettert.

»Also?«, fragte sie.

»Also.«

Sie versuchte, nicht das Gesicht zu verziehen. Dies sollte der Morgen sein, an dem er sie in die Künste der Jedi einwies, aber bislang hatte er sich kaum von den Tagen unterschieden, an denen Skywalker nicht mal mit ihr reden wollte.

»Dann fange ich eben an«, brummte sie. »Ihr müsst unbedingt die Jedi zurückbringen, denn in Kylo Ren ist die dunkle Seite der Macht stark. Ohne die Jedi werden wir keine Chance gegen ihn haben.«

Halb erwartete sie, dass Luke in die Höhle zurückkehren und wieder die Treppe nach unten steigen würde, während sie hier zurückblieb und sich wunderte, was sie diesmal falsch gemacht hatte. Doch er blickte sie nur durchdringend an.

»Was weißt du über die Macht?«, fragte er.

»Es ist eine besondere Fähigkeit der Jedi. Mit ihrer Hilfe kann man Leute manipulieren und Dinge … schweben lassen.«

Einen Augenblick lang waren die Schreie der Meeresvögel und das Heulen des Windes die einzigen Geräusche um sie.

»Beeindruckend«, sagte Luke dann. »Jedes Wort in diesem Satz war falsch. Lektion Nummer 1. Setz dich hier hin und hör mir zu.«

Rey setzte sich auf den höheren der beiden Simse und faltete ihre Beine unbeholfen im Schneidersitz übereinander.

»Die Macht ist keine Fähigkeit, die man besitzt«, erläuterte Luke. »Es geht nicht darum, Steine hochzuheben. Es ist ein Energiefeld zwischen allen Dingen. Eine Spannung. Ein Gleichgewicht, das die Galaxis zusammenhält.«

»Alles klar. Worum geht es dann?«

»Schließ die Augen. Atme. Jetzt fühle.«

Rey tat, wie ihr geheißen und streckte zögerlich ihren Arm aus.

Nichts geschah. Sollte sie etwas spüren? Vielleicht dauerte es eine Weile. Oder testete er gerade ihre Geduld? Auf Jakku hatten die Teedos einen von der Sonne verbrannten Einheimischen verehrt, der den ganzen Tag reglos auf einer Steinsäule saß. Rey hatte gehofft, dass die Wege der Jedi keine derartigen Geduldsproben erfordern würden, aber offenbar hatte sie sich geirrt.

Dann spürte sie plötzlich etwas, ein leichtes Kitzeln an ihrer Hand.

»Ah!«, entfuhr es ihr aufgeregt. »Ich fühle etwas!«

»Du fühlst sie?«

»Ja! Ich fühle sie!«

»Das ist die Macht.«

»Wirklich?«, keuchte Rey. Sie konnte nicht anders, als stolz auf sich zu sein. Sie hatte höchstens ein paar Sekunden ihre Sinne ausgestreckt, und schon …

»Toll, sie muss überaus stark in dir sein.«

Sie fragte sich, warum ihr schneller Durchbruch Luke so zu amüsieren schien, da biss ein peitschender Schmerz in ihre ausgestreckte Hand. Mit einem leisen Schrei öffnete sie die Augen, und nun erkannte sie, dass Skywalker ihr das Schilfrohr über die Knöchel gezogen hatte – dasselbe Schilfrohr, mit dem er zuvor ihre Finger gekitzelt hatte.

Rey hoffte, dass ihr Gesicht nicht vor Scham rot angelaufen war. Sie hob die Hand vor ihr Herz.

»Ich verstehe. Ihr meintet, fühlen mit … Ich versuch's noch mal.«

Sie schloss die Augen und spürte, wie Luke seine eigenen, schwieligen Finger um ihre Hände schloss und sie nach unten zog, bis sie den Fels des Simses berührten.

»Atme«, sagte er. »Einfach atmen. Lass dich von deinen Gefühlen leiten. Was siehst du?«

Das Bild erschien beinahe sofort vor ihr, und es war beruhigend, vertraut: die Insel, betrachtet aus dem Blickwinkel der Meeresvögel über ihren Köpfen – genau so wie sie in ihren Träumen auf Jakku ausgesehen hatte.

Und da war noch mehr. Die Bilder wechselten sich in schneller Folge ab, lebhaft, intensiv, fast schon halluzinatorisch. Später konnte Rey nicht sicher sein, ob sie diese Dinge nur vor ihrem geistigen Auge heraufbeschwor, oder ob sie sie wirklich, tatsächlich sah, während ihr Geist sich über die Grenzen ihres Körpers hinweg ausdehnte, weiter und weiter, bis er die gesamte Insel einschloss.

Das Erste, was sie fühlte, war Leben – Leben, überall um sie herum. Da waren natürlich die Hüterinnen, die in der

Nähe der Hütte herumschlenderten, aber das war nur der Anfang. Sie spürte die Präsenz von Blumen und Gras und Büschen, von Vögeln und Insekten und Fischen, von Kreaturen, so klein, dass man sie mit bloßem Auge nicht einmal sehen konnte. All das und mehr vermochte sie wahrzunehmen, und es versetzte sie in einen Zustand, so tief und intensiv, dass sie einen Moment lang glaubte, sie würde darin ertrinken. Was natürlich nicht möglich war, schließlich war sie selbst Teil dieses Lebens.

Doch da waren auch Tod und Verfall: totes Fleisch und verrottende Biomasse, Knochen und Zweige vergangener Jahreszeiten, die unter der Erde begraben lagen. Rey schreckte zunächst vor diesen neuen Eindrücken zurück, aber dann erkannte sie, dass es nichts war, wovor man sich fürchten musste. Tod und Verfall waren die Quelle neuen Lebens; das, was zuvor gewesen war, gebar, was in Zukunft sein würde.

Sie konnte die Wärme der Sonnen wahrnehmen, nicht nur auf ihrem Gesicht, sondern auch auf den Felsen und der Oberfläche der rastlosen Wellen. Und sie spürte die Kälte der dunklen Orte, wo die Wurzeln der Insel und des Meeresbodens verschmolzen. Da war Frieden – Porg-Mütter mit ihren Eiern, behütet und sicher in ihren grasgepolsterten Felsnischen –, und da war Gewalt, die in zerstörten Nestern und zerbrochenen Eierschalen endete.

Und all diese Dinge, die ihre Sinne ihr zeigten … das war nur ein Moment. Ein Moment von Billionen, Teil eines nie endenden Zyklus, der Äonen vor ihrer Geburt begonnen hatte, und der sich noch Äonen nach ihrem Tod fortsetzen würde – und der selbst Teil von etwas noch Größerem war; so groß, dass es ihr Fassungsvermögen überstieg. Eine Unermesslichkeit, in der selbst die Sterne nur Staubkörner waren.

Rey hielt die Augen weiter geschlossen und versuchte, Luke zu beschreiben, was sie eben erlebt hatte – Wärme, Kälte, Frieden, Gewalt –, aber es war frustrierend, wie klein und unzureichend ihre Worte wirkten.

»Und was ist dazwischen?«, hörte sie ihn fragen.

»Gleichgewicht. Eine Energie.« Sie wollte lachen. »Eine *Macht.*«

»Und in dir?«

»Was in mir ist? Dieselbe Macht.«

Sie schlug die Augen auf und war fast ein wenig überrascht, dass Luke noch genauso dastand wie vorhin – ein vom Wetter gezeichneter Mann mit grauem Bart, gekleidet in schlichte Roben, die vor Sonne, Salz und Wind schützen sollten.

»Und das ist die Lektion«, erläuterte er. »Diese Macht ist nicht das Eigentum der Jedi. Zu sagen, sterben die Jedi, stirbt auch das Gute, wäre Eitelkeit. Kannst du das verstehen? Kannst du das fühlen?«

Ja, das konnte sie. Doch gleichzeitig fühlte sie eine neue Gegenwart, die sich ihren gerade erwachten Sinnen entgegenstreckte.

»Hier ist etwas«, hauchte sie. »Genau *hier.* Ein helles Licht. Es blendet mich.«

»Der erste Jedi-Tempel«, nickte Luke. »Eine Konzentration von heller Energie.«

Sie wunderte sich, wie die ersten Jedi dieses Licht wohl gefunden hatten, damals, vor langer Zeit. Vermutlich, überlegte sie, waren sie einem Wispern in der Macht gefolgt, ganz im Vertrauen darauf, dass es sie sicher ans Ziel führen würde. Rey konnte sich nicht vorstellen, wie viel Mut und Überzeugung nötig gewesen waren, um zu einer solchen Reise durch die noch unergründeten Weiten der Galaxis aufzubrechen.

Unvermittelt wurde sie auf etwas Neues aufmerksam. »Da ist noch etwas anderes«, sagte sie. »Unterhalb der Insel. Ein Ort, erfüllt von *Dunkelheit.*«

Sie konnte es nun vor ihrem geistigen Auge sehen: flache Felsen am Rand des Meeres, unheilvoll und dunkel, und in ihrer Mitte prangte ein schwarzes Loch …

»Gleichgewicht«, erklärte Luke mit einem Anflug von Besorgnis in der Stimme. »Machterfülltes Licht – machterfüllte Dunkelheit.«

»Es ist kalt. Es ruft nach mir.«

Der Sims erzitterte unter ihr, und ringsum stürzten Felsen und Staub von den Klippen ins Meer hinab.

»Widersetze dich!«, drängte Skywalker sie. »Rey, kämpf dagegen an!«

Vage hörte sie seine Stimme, während er ihren Namen rief, aber sie wurde immer schwächer, und schließlich erfüllte nur noch das Tosen von Wellen ihre Ohren. Sie stand in der kalten, felsigen Bucht aus ihrer Vision und bewegte sich wie hypnotisiert auf das dunkle Loch zu – die Quelle dieses Lärms. Das Geräusch wurde lauter und lauter, und dann schoss mit einem donnernden Crescendo ein Geysir aus Wasser in die Höhe.

Plötzlich war sie wieder auf dem Sims, Luke über ihr, den Arm erhoben; er musste sie geohrfeigt haben. Sie rang keuchend nach Atem, als hätte man sie gerade aus tiefem Wasser gezogen.

Ihr Gesicht war nass. Im ersten Moment glaubte sie, dass sie es sich nur einbildete, aber da tropfte tatsächlich Wasser von ihrem Haar, und sie konnte Salz auf ihrer Zunge schmecken.

Der argwöhnische Blick des Jedi-Meisters brannte sich in ihre Augen.

»Dieser Ort hat versucht, mir etwas zu zeigen«, brachte Rey zustande. »Er wollte mir etwas zeigen.«

»Er machte dir ein Angebot«, korrigierte Skywalker. »Und du hast nicht mal versucht, dem zu widerstehen.«

Der Jedi-Meister wandte ihr den Rücken zu, aber sie streckte eine zitternde Hand aus, um ihn zurückzuhalten. Ihr war nämlich etwas aufgefallen – etwas, von dem sie wusste, dass Luke es vor ihr geheim halten wollte.

»Ich habe alles gesehen«, wisperte sie. »Die Insel und jenseits davon das Singen der Sterne. Ich dachte, mein Herz würde explodieren. Aber *Euch* habe ich nicht gesehen. Gar nichts von Euch ... Ihr habt Euch von der Macht abgewandt, nicht wahr?«

Luke starrte sie an, sein Gesicht blass und ausgezehrt.

»Ich sah solch rohe, ungezügelte Kraft nur ein Mal zuvor, in Ben Solo«, brummte er. »Damals hat es mir nicht genug Angst gemacht. Jetzt schon.«

Der Ausdruck in seinen Augen ließ Rey zurückschrecken, und sie war beinahe erleichtert, als Luke sich umdrehte und in der Dunkelheit des uralten Tempels verschwand.

14. Kapitel

Während Poe am Ausgang der sekundären Brücke der *Raddus* stand und Holdo beobachtete, suchte sein Gehirn unermüdlich nach einem Vorwand, um sich Rose und Finn anzuschließen, und er musste sich zusammenreißen, um nicht wieder nach unten in den Hangar zu marschieren.

Alles war bereit oder sollte zumindest bereit sein. Er hatte viele Freunde auf dem Schiff, und nicht wenige von ihnen teilten seine Vorbehalte gegenüber der neuen Kommandantin. Darum war es ganz einfach gewesen, den Start eines kleinen Shuttles zu autorisieren, diesen Start dann aus den stündlich aktualisierten Flugplänen zu entfernen und die resultierende Fehlermeldung zu löschen. Jeder Logistiktechniker mit einem gesunden Selbsterhaltungstrieb hielt sich eine Hintertür ins System offen, um gewappnet zu sein, falls der Computer eine Fehlfunktion hatte oder der Zugriff aus einem anderen Grund blockiert wurde.

Poe verlagerte das Gewicht von einem Fuß auf den anderen. Wäre er selbst am Steuer des Shuttles gesessen, hätte er sich natürlich besser gefühlt, aber Rose und Finn würden mit dem leichten Transporter klarkommen. Na gut, Finn offiziell nicht. Aber Rose hatte die nötige Fluglizenz. Nicht dass viel Talent nötig war – vermutlich könnte sogar C-3PO einen leichten Shuttle fliegen.

Davon abgesehen: Wäre etwas schiefgegangen, hätte BB-8 ihn sicher darüber informiert.

Das hieß … Wo steckte BB-8 eigentlich?

Kommt schon, Leute, startet endlich, bevor die Rancor-Lady auf die Idee kommt, eine Inspektion durchzuführen.

Doch obwohl er darauf gewartet hatte, wäre Poe beinahe durch das Aussichtsfenster gesprungen, als ein Alarmton von der Kontrollkonsole erklang.

Holdo hob den Kopf. »Was war das?«

»Gar nichts, Admiral«, antwortete Connix. »Nur Weltraumschrott.«

Der Vizeadmiral schien zufriedengestellt, und als sie sich wieder ihrer Arbeit widmete, blickte Connix kurz auf und teilte ein verschwörerisches Nicken mit Poe. Der Shuttle war gestartet.

»Den kleineren Schiffen wird zuerst der Treibstoff ausgehen«, sagte Holdo. »Wir müssen ihre Mannschaften auf das Flaggschiff evakuieren – angefangen mit der Lazarettfregatte.«

Poe ließ den Blick über die Brückenoffiziere schweifen. Connix war nicht die Einzige, die Zweifel zu haben schien. Er sah steife Rücken, Augen, die starr auf Monitore blickten. Es gehörte zu den Aufgaben eines Kommandanten, so etwas zu spüren, die Stimmung auf der Brücke und innerhalb der Mannschaft einzuschätzen. Aber Holdo war entweder nicht fähig oder nicht bereit dazu.

Das Ganze machte Poe wütend. Leia hatte den Widerstand mühsam aufgebaut, unbeirrt von der Apathie der Neuen Republik, der Sabotage der Ersten Ordnung und einem chronischen Mangel an Credits, Ausrüstung und

Personal. Und Holdo – jemand, dem Leia *vertraut* hatte – schien nun entschlossen, all diese harte Arbeit zu ruinieren.

»Wir sollen die *Anodyne* aufgeben?«, fragte Poe laut. »Und was dann, Admiral? Was, wenn es keine Schiffe mehr gibt, die wir zurücklassen können?«

Holdo fixierte ihn mit einem stechenden Blick.

»Ich verstehe«, sagte sie. »Sie wünschen sich einen wagemutigen Plan. Eine tollkühne Heldentat, bei der Sie am besten persönlich die Lage retten. Das ist es doch, was Sie möchten, oder?«

»Ich möchte nur wissen, wie der Plan aussieht«, erwiderte er hilflos. »Ich glaube, das möchten wir alle.«

»Wenn der richtige Moment gekommen ist, werden Sie es erfahren«, erklärte Holdo. »Aber, nur damit wir uns verstehen: Unter *meinem* Kommando wird es keine törichten Einzelaktionen und selbstmörderischen Angriffe geben.«

Poes Frustration kochte über. »Sie werden alles zerstören, was Leia aufgebaut hat.«

»Captain Dameron, falls Sie hier sind, um einer Prinzessin zu helfen, können Sie gern den Bettpfannendienst übernehmen«, konterte Holdo. »Falls Sie hingegen hier sind, um dem Widerstand zu helfen, dann befolgen Sie meine Befehle. Irgendjemand muss diese Flotte ja vor ihren Helden retten.«

Mit diesen Worten drehte sie sich wieder zu ihrem Monitor herum. Das Gespräch war beendet. Poe sah sich fassungslos auf der Sekundärbrücke um, aber keiner der Offiziere wollte seinen Blick erwidern.

Roses und Finns Shuttle fiel über dem Wüstenplaneten Cantonica aus dem Hyperraum zurück – eine braune Kugel, fast ganz ohne landschaftliche Merkmale, wenn man von dem einen blauen Meer absah, welches Rose auf unheimliche Weise an ein riesiges ins All starrendes Auge erinnerte.

»Und das soll ein todschicker Ort sein?«, fragte Finn. »Sieht nicht schick aus. Nur beige.«

»Der beige Teil ist unwichtig – niemand lebt dort«, erklärte Rose gereizt, während sie versuchte, sich aufs Fliegen zu konzentrieren. »Die Stadt liegt an dem blauen Wasser.«

»Kennst du diese Stadt? Canto Bight?«

»Aus Erzählungen«, antwortete sie. »Es ist ein furchtbarer Ort, an dem sich die schlimmsten Leute der Galaxis herumtreiben.«

Paige hätte jetzt vermutlich gesagt, dass diese Beurteilung nicht ganz fair war – dass man den Leuten, die hierherkamen, nicht verübeln konnte, dass sie sich ein wenig amüsieren wollten. Doch auf Rose wirkte der Gedanke an schicke Kleider und Glücksspiel, während die Galaxis in Flammen stand, einfach nur obszön.

»Warum können solche Leute sich nie an einem netten Ort verstecken?«, klagte Finn. »Die Flotte hat nicht mehr viel Treibstoff – wir beeilen uns besser.«

Rose löste die Sicherheitsgurte des Pilotensessels.

»Ich werde nach hinten gehen und die Außenlichter abschalten«, sagte sie. »Fass nichts an.«

Finn blickte sie beleidigt an. »Ich hatte nicht vor, irgendwas anzufassen.«

Doch kaum, dass Rose das Cockpit verlassen hatte, lehnte er sich mit dem Arm auf eine Instrumententafel – eine Tafel, die auf den ersten Blick weit von den Reglern und Knöpfen entfernt schien, welche Rose zum Steuern benutzt hatte –, und der Shuttle legte sich ruckartig auf die Seite.

Hastig zog er den Arm zurück, woraufhin das Schiff wieder auf seinen ursprünglichen Kurs zurückkehrte. Aber es war bereits zu spät: Hinter ihm erklang lautes Klirren und Klappern in der Kabine.

»Ich hab etwas angefasst«, gestand er. »Das war ich.«

Rose schob den Kopf durch die Cockpittür, einen frustrierten Ausdruck auf dem Gesicht. »Du wirst uns noch beide umbringen, wenn du nicht übst. Also gut, ich werde dir beibringen, wie man einen Shuttle landet.«

»Ich bin kein Pilot«, entgegnete Finn.

»Na, dann ist es höchste Zeit, dass du was lernst. Übrigens, der Kugeldroide wurde in die Toilette geschleudert.«

Erschrocken schob Finn sich an ihr vorbei und spähte in die winzige Kabine. BB-8 war tatsächlich in der Bordtoilette gelandet, und er begrüßte Finn mit einer Kanonade von Piepslauten. Bildete er sich das nur ein, oder hatte sich sein Fotorezeptor wütend zusammengezogen?

»Jetzt komm schon zurück«, rief Rose aus dem Cockpit.

Finn tat, wie ihm geheißen, wobei BB-8 hinter ihm herrollte; anschließend beobachtete er, wie Rose der Reihe nach auf mehrere Dinge zeigte.

»Kontrolltafel, Steuerknüppel, Schubregler, Bremsdüsen.«

»Warum muss alles so kompliziert sein?«, murmelte Finn.

»Es ist nicht komplizierter als eine durchschnittliche Rettungskapsel«, entgegnete Rose mit einem Schmunzeln. »Und wie man die fliegt, weißt du ja auch.«

»Autsch«, sagte Finn. Seine Wangen fühlten sich heiß an.

Rose zog eine Augenbraue hoch, und er hob mit einem Seufzen die Arme. »Also gut. Kontrollding. Schubregler. Bremsdüsen. Verstanden. Jetzt zeig mir den Rest.«

Sirenen und Schreie erfüllten die Korridore der *Anodyne*.

Poe half zwei jungen Sanitätern, einen tragbaren Bacta-

Tank den Gang hinabzurollen. In seinem Inneren trieb ein verwundeter Pilot des Widerstands, der versuchte, sich an den Glaswänden abzustützen, während die Flüssigkeit hin und her schwappte.

Sie hatten den Hangar des Lazarettschiffes fast schon erreicht – aber die Evakuierung dauerte viel zu lang.

Die *Anodyne* verfügte nur noch über letzte Treibstoffreserven, falls überhaupt, und sie war bereits hinter die anderen Schiffe der Flotte des Widerstands zurückgefallen, sodass sie nicht mehr von den mächtigen Schilden der *Raddus* geschützt wurde. Es war nur noch eine Frage von Sekunden, bis ihre Verfolger von der Ersten Ordnung auf Schussweite herankamen.

Poe drehte sich um und winkte der nächsten Gruppe von Sanitätern, sich zu beeilen.

Die *Anodyne* erzitterte, und eine Explosion erfüllte den Korridor hinter Poe mit Flammen.

Doch es gab nichts, was er tun konnte, außer weiterzueilen und zu versuchen, den Tank in der Eile nicht umzukippen.

Im Hangar voraus stand der Sternjägerpilot C'ai Threnalli an der Rampe eines Transporters. Wie die meisten Piloten der Flotte – einschließlich Poe selbst – hatte der Abednedo Erfahrung darin, Transporter und Shuttles zu fliegen, um andere Widerstandsmitglieder aus brenzligen Situationen zu retten.

Die *Anodyne* bäumte sich erneut auf, als die Turbolaser der Ersten Ordnung auf ihre Schilde einschlugen.

C'ai trieb Poe mit wedelnden Armen zur Eile an.

Auf der Brücke der *Supremacy* starrte Hux mit gebannter Miene auf das Holodisplay. Der Kampfverband der Ersten

Ordnung nahm die linke Seite der Darstellung ein, während auf der rechten Seite die *Raddus* hinter den beiden kleineren Schiffen des Widerstands herflog.

»Der Hauptkreuzer bleibt weiter außer Reichweite, aber ihrem Lazarettschiff ist der Treibstoff ausgegangen, und es fällt zurück«, meldete Captain Peavey.

»Der Anfang von ihrem Ende«, sagte Hux. »Vernichtet es.«

Der Befehl wurde weitergegeben, und die Turbolaser am Bug der *Supremacy* eröffneten das Feuer. Peavey sah, wie die bereits geschwächten Schilde der *Anodyne* flackerten und dann zusammenbrachen. Das Trommelfeuer des Laserfeuers hämmerte auf den Rumpf der Fregatte ein und brach das Schiff in zwei Hälften. Sekunden später waren nur noch Gase und Klumpen glühenden Metalls übrig.

»Ziel ausgeschaltet«, meldete Captain Yago ein wenig steif.

»Gute Arbeit«, sagte Peavey mit einem leicht entschuldigenden Nicken in Richtung Yago. Die *Supremacy* war Yagos Schiff gewesen, bis Hux die Genehmigung erhalten hatte, sein Kommando von der *Finalizer* auf das Flaggschiff zu verlegen – woraufhin er Peavey brüsk darauf hingewiesen hatte, dass er ebenfalls versetzt werden würde.

Das musste Peavey dem jungen General lassen: Er hatte gewusst, dass er einen erfahrenen Captain an seiner Seite brauchen würde, falls er sich keine Blöße geben wollte; und er hatte auch gewusst, dass Yago ihm nur widerwillig – falls überhaupt – helfen würde, nachdem er ihn so nonchalant seines Kommandos beraubt hatte.

Wie Peavey war auch Yago ein Veteran der imperialen Sternenflotte. Er hatte die Eindringlinge auf seiner Brücke mit steifer Förmlichkeit begrüßt, sein Auftreten frostig, aber stets korrekt; geschäftsmäßig, aber nie vorschriftswidrig.

Das war das Ergebnis jahrelanger Ausbildung und jahrzehntelangen Dienstes. Die Art von Erfahrung, die Hux' Vater geschätzt hätte – egal wie verrückt er gewesen sein mochte –, wohingegen sein Sohn sie voller Geringschätzung abtat.

Yago würde Hux dulden, genauso wie Peavey es tat – weil sie beide wussten, dass der General sich nicht lange halten würde. Sicher, er würde die Überbleibsel des Widerstands vernichten und sich eine Weile im Ruhm dieses Erfolges sonnen können. Doch danach würde die echte Herausforderung beginnen. Die Erste Ordnung musste eine widerspenstige Galaxis zähmen, die ins Chaos zu stürzen drohte. Und früher oder später würde Hux scheitern. Jeder würde sehen, was für ein inkompetenter Offizier und überheblicher Anführer er war.

Peavey gestattete sich ein verstohlenes Lächeln. Hux war ein Revolutionär, voller Inbrunst und Eifer, aber Revolutionäre erfüllten nur kurze Zeit ihren Zweck.

Er warf einen Blick durch das Aussichtsfenster hinter ihnen: Die verbliebenen Schiffe des Widerstands hielten sich weiterhin knapp außer Reichweite ihrer Kanonen. Hätte die Wahrscheinlichkeit bestanden, dass die flüchtende Flotte nur auf Zeit spielte, bis Verstärkung eintraf, hätte Peavey vorgeschlagen, Sternjäger zu entsenden, um ihre Triebwerke lahmzulegen und diese Treibjagd zu beenden. Doch die Daten der Ersten Ordnung zeigten, dass der Widerstand keine Unterstützung erhalten würde.

Folglich gab es keinen Grund, TIE-Piloten einem solchen Risiko auszusetzen, solange die feindliche Flotte ihnen nicht entkommen konnte. In diesem Punkt hatte Hux recht – für den Widerstand war dies der Anfang vom Ende.

Was bedeutete, dass Hux' eigenes Ende ebenfalls näher rückte.

Tief unter der Brücke der *Supremacy* stand Captain Phasma in der Mitte eines gewaltigen Hangars. Der Raum erinnerte an eine Höhle und war größer als so manches Großkampfschiff, aber hier an Bord des titanischen Flaggschiffs der Ersten Ordnung war er nur einer von vielen Hangars.

Phasma ließ ihren Blick über die Reihen der TIEs schweifen; über die Angriffsschiffe samt den darunter eingehakten Kampfläufern und über die Legionen von Sturmtruppen und die schwarz gekleideten Piloten, die in Reih und Glied vor ihr standen – allesamt bereit, sich auf die Überreste des Widerstands zu stürzen, sobald deren Anführer die Hoffnungslosigkeit ihrer Situation erkannten und versuchten, auf einem Planeten Schutz zu finden.

Nicht dass es ihnen etwas bringen würde. Phasmas Truppen würden ebenso wenig Mitleid mit ihnen haben wie Hux' Kanonen.

Die meisten Wesen in der Galaxis waren weich – sie wuchsen sicher und behütet auf und verbrachten den Rest ihres Lebens in selbst gewählter Unwissenheit und Unterwürfigkeit. Phasma hingegen war hart – bereits als sie ihre ersten Schritte gemacht hatte, war ihr klar gewesen, dass Sicherheit eine Illusion war. Wer überleben wollte, musste kämpfen, vom Tag seiner Geburt bis zum Tag seines Todes.

Sie neigte den chromglänzenden Helm in Richtung ihres Stellvertreters. »Höchste Alarmbereitschaft, Commander«, sagte sie. »Sie halten nicht mehr lange durch. Unser großer Moment naht.«

Poes Transporter hatte die *Anodyne* gerade verlassen, als die Kanonen der Ersten Ordnung die Schilde überlasteten und die hilflose Fregatte in Sekundenschnelle auseinanderbrach.

Die Explosion schüttelte den Transporter durch und erhellte die Gesichter der Mannschaftsmitglieder, die sie gerettet hatten. Einige waren schwer verwundet, und man hatte es nur riskiert, sie zu bewegen, weil sie andernfalls sowieso gestorben wären. Sie lagen und saßen stumm da, Männer und Frauen, teils betäubt von den Schmerz- und Beruhigungsmitteln der Droiden, teils mit zusammengebissenen Zähnen gegen ihre zweifelsohne schrecklichen Qualen ankämpfend.

Doch die Mannschaftsmitglieder und Soldaten, die nicht verletzt waren, schwiegen ebenfalls und starrten bedrückt auf ihre Stiefel.

Sie glauben nicht, dass es noch Hoffnung gibt. Weil Holdo ihnen keine gibt.

Die Schiffe des Widerstands setzten ihre Flucht fort, aber Poe fragte sich, ob der Geist der Bewegung vielleicht schon gebrochen war.

15. Kapitel

Rey stieg die rissigen, ausgetretenen Stufen hinab, sorgsam darauf bedacht, im strömenden Regen nicht auszurutschen. Nach allem, was sie durchgemacht hatte, wäre es eine bittere Ironie, wenn sie bei einem Sturz auf einer nassen Treppe sterben sollte.

Sie traf Chewbacca im Cockpit des *Falken* an, wo er am Hyperempfänger des Frachters herumbastelte.

»Immer noch kein Kontakt zum Widerstand?«, fragte sie.

Der Wookiee knurrte frustriert.

»Versuch's weiter«, sagte Rey in ermutigendem Ton. »Wenn du durchkommst, überprüf ihren Status, und … frag nach Finn.«

Chewbacca versprach, sein Bestes zu tun, und Rey kehrte zur Rampe zurück, wobei sie sich den Regen von der Stirn wischte.

Sie überlegte, ob sie ihn nach dem Dutzend Porgs hätte fragen sollen, die auf dem Instrumentenpult kauerten und dem Wookiee bei der Arbeit zusahen – oder dem einen, der gesellig auf seiner haarigen Schulter saß.

Vermutlich, fuhr es ihr durch den Kopf, waren diese Porgs Chewies nächstes Abendessen, und er benutzt den *Falken* nur als Vorratskammer. Es erschien ihr ein wenig komisch, dass er sein Essen wie Haustiere behandelte, aber andererseits lebten sie in einer großen Galaxis, und jede Spezies hatte ein Anrecht auf ihre kleinen Sonderheiten.

Es regnete inzwischen noch stärker, und Rey blieb unter dem *Falken* stehen. Lediglich ihre Hand schob sie vor, bis sie spüren konnte, wie die Topfen auf ihre Handfläche klatschten. Auf Jakku war Wasser ein kostbarer Schatz gewesen, der getauscht und gesammelt wurde, für den man kämpfte und tötete; dass es hier einen solchen Überfluss davon gab, erschien ihr noch immer wie ein Wunder. Sie wusste, dass die Hüterinnen den Regen in Tonnen sammelten und die Wurzeln des Grases und der Büsche so viel davon aufsaugten, wie sie nur konnten.

Sie spürte etwas, ein Prickeln am Rand ihrer Wahrnehmung, und als sie sich dem grauen Meer zuwandte, machte ihre Freude Grauen Platz. Noch ehe sie sich ganz umgedreht hatte, wusste sie bereits, was sie sehen würde.

Kylo Ren starrte sie an.

»Mörderische Schlange!«, zischte sie, als ihre Blicke sich trafen.

Er kam näher, und Rey zuckte zusammen, aber sie wich nicht zurück.

»Du bist nicht wirklich hier du kannst mich nicht berühren«, sagte sie. »Ich bin sicher.«

»Für jemanden, der sicher ist, bist du schrecklich verängstigt«, erwiderte Kylo. Er musterte sie, seine Augen dunkel in seinem blassen Gesicht, und ihr wurde klar, dass er die Gischt sehen konnte, die von den Klippen hochspritzte und ihr Gesicht traf.

»Du kommst zu spät«, erklärte sie, entschlossen, diesen

Ausdruck distanzierter Neugier von seinen Zügen zu wischen. »Du hast verloren. Ich habe Skywalker gefunden.«

»Hat er dir erzählt, was passiert ist?«, fragte Kylo amüsiert, doch dann blitzten seine Augen auf. »In der Nacht, als ich den Tempel zerstörte? Sagte er dir, warum ich es tat?«

»Ich weiß alles über dich, was ich wissen muss«, konterte sie verwirrt.

»Tust du das?«, fragte er und fixierte sie mit einem weiteren durchdringenden Blick. »Oh, du tust es. Du hast diesen Ausdruck in deinen Augen. Wie in dem Wald. Als du mich Monster genannt hast.«

Er war jetzt nur noch ein, zwei Meter von Rey entfernt, und sie wunderte sich, was wohl geschehen würde, falls sie weiter stehen blieb und sie beide sich berührten. Würde sie wieder in seinen Geist eintauchen und seine Gegenwart in ihrem eigenen dulden müssen? Oder konnten sie sich vielleicht wirklich berühren, auch wenn eine halbe Galaxis sie voneinander trennte?

»Du *bist* ein Monster«, zischte sie. Sie erinnerte sich an ihre schreckliche Angst, als er sie auf Takodana gelähmt hatte.

Wütend begegnete sie seinem Blick, nur um festzustellen, dass seine Augen voller Trauer waren. Trauer … und Konflikt.

»Ja, das bin ich«, sagte Kylo, aber da war nichts Bedrohliches in seiner Stimme – nur Elend.

Einen Moment später war er verschwunden, und Rey starrte auf die Wellen hinaus, die sich am Strand brachen. Ihre Blicke suchten das wogende Meer ab, nicht sicher, wonach sie eigentlich Ausschau hielt, dann spürte sie das Echo einer weiteren Gegenwart. Sie drehte sich um und blickte an der Flanke der Insel hoch, dorthin, wo Luke im Regen stand und auf sie wartete.

Kylo stand im metallenen Herzen der *Supremacy* und starrte auf die Stelle, wo eben noch Rey gewesen war. Er spürte etwas Seltsames und blickte auf seine behandschuhte Linke hinab.

Da war Wasser in seiner Handfläche.

Eine Weile betrachtete er die Tropfen, dann ballte er die Faust, um sie nicht länger sehen zu müssen.

16. Kapitel

Finn verliebte sich in Canto Bight, noch während er auf die Stadt zuflog.

Mit ungläubigen Augen starrte er auf das Meer hinab, das mit schlanken Yachten gesprenkelt war, und auf die anmutige sichelförmige Wölbung der Bucht, wo sich imposante Hotels aneinanderreihten. Die Stadt jenseits davon war wie ein schillerndes Juwel. Ihre breiten Alleen führten strahlenförmig auf einen modernen Komplex aus Stein und schwarzem Glas zu, gebadet in schimmerndes, buntes Scheinwerferlicht. Hinter diesem Gebäude erstreckte sich ein komplexes Gewirr niedriger Steingebäude, durchzogen von schmalen, hell erleuchteten Straßen.

Rose hatte Angst gehabt, dass man ihren Shuttle als Schiff des Widerstands enttarnen würde, falls sie im Raumhafen landeten, darum waren sie tief über dem Meer herangeflogen. Jetzt sahen sie Pärchen, die über Promenaden schlenderten und den Sonnenuntergang bewunderten, während Kinder am Strand dahinrannten, um zu sehen, wer sich am weitesten an die Wellen heranwagte, ehe sie wieder zu ihren Eltern zurückrannten.

Finn war so damit beschäftigt, nach vorne zu starren, dass

er ganz vergaß, darauf zu achten, was unter ihm lag. Der Shuttle bohrte sich mit der Nase voran in den Sand, sodass BB-8 quer durch das Cockpit flog und Finn und Rose in ihre Sicherheitsgurte gedrückt wurden, ehe das Schiff mit einem letzten Zittern zum Stillstand kam. Finn blickte schuldbewusst zu Rose auf, während sie sich mit schmerzverzerrtem Gesicht aus dem Sitz des Kopiloten schälte. Sie hatte sich die Lippe blutig gebissen, und er war ziemlich sicher, dass die Gurte tiefe Striemen auf ihren Schultern hinterlassen hatten.

»Was?«, fragte er. »Wir sind in einem Stück angekommen, oder etwa nicht?«

BB-8 piepste wütend. Rose schüttelte nur den Kopf.

»Ich halte es noch immer für eine schlechte Idee, das Schiff am Strand zu lassen«, sagte Finn.

»Wir können uns keine Landebucht leisten, schon vergessen? Ganz zu schweigen davon, dass man uns vielleicht enttarnen würde. Außerdem … Hättest du im Raumhafen so eine Landung hingelegt, wären wir jetzt auf einer Krankenstation … oder würden in einem Krater stecken.«

»Aber …«

»Kein Aber. Komm mit. Die Flotte braucht uns.«

Sie eilten den Strand hoch zu der Promenade und dann weiter, den Lichtern des Canto-Casinos entgegen. Als sie den baumgesäumten Platz vor dem großen Komplex überquerten, wäre Finn um ein Haar von zwei luxuriösen Speedern mit leistungsstarken Maschinen überfahren worden. Die Chauffeure lehnten sich aus den Fenstern und machten äußerst unhöfliche Bemerkungen, ehe sie zum Eingang des Casinos weiterfuhren.

Rose rief den beiden einen Vorschlag zu, der extreme anatomische Verrenkungen erfordert hätte und BB-8 ein bewunderndes Zwitschern entlockte.

»Gibt es in dieser Stadt denn keine Droiden-Speeder?«, fragte Finn. Er war sicher, dass seine Wangen glühten.

Rose sah ihn überrascht an. »Jeder Tourist kann sich eine Fahrt mit einem Droiden leisten«, erläuterte sie geduldig. »Aber falls du reich bist und es zeigen willst, mietest du einen Fahrer aus Fleisch und Blut.«

»Daran hatte ich gar nicht gedacht«, murmelte ein verlegener Finn, während sie zum Casino hinübergingen und dabei einen Bogen um die warnend blinkenden Diebstahlschutzfelder der geparkten Gleiter machten.

Finn wich einem dahineilenden Hotelbediensteten aus und ließ den Blick von den duftenden Pflanzen am Eingang zu den Holoschrifttafeln wandern, die Gäste des Casinos willkommen hießen.

»Hier gibt es ein Luxushotel, eine Rennbahn und ein Einkaufszentrum«, staunte er. »*Und* zweiundzwanzig Restaurants. Wie sollen wir da den Meister-Codeknacker finden?«

»Vielleicht findet er ja uns«, entgegnete Rose, während sie an livrierten Angestellten vorbei durch die Doppeltür trat. »Er muss nur nach den beiden Trampeln Ausschau halten, die aussehen wie ungewaschene Frachterpiloten.«

Finn sah sofort, was sie damit meinte. Die Humanoiden und Nichthumanoiden um sie herum entstammten allen nur erdenklichen Spezies, von kleinen Chadra-Fans bis zu hünenhaften, langarmigen Dor Namethianern – aber sie alle waren makellos gekleidet. Finns Blick huschte über seidige Tschadors und ausladende Kleider, über elegante Anzüge und bunte Fracks mit langen Schößen, die von Dienern gehalten wurden. Diademe saßen auf Köpfen; Augen spähten durch Lorgnetten, die nicht von Händen, sondern von kleinen Repulsorliften an Ort und Stelle gehalten wurden; Ohren, Nasen und andere Körperteile, die Finn nicht benennen konnte, waren mit Juwelen in allen Farben des Regenbogens behangen; an Armen und Beinen glänzten Ketten und Ringe; und Füße und Tentakel steckten in Schuhen, die gefährlich hoch oder breit oder beides waren.

Die üppigen Farben und der zur Schau gestellte Luxus waren so überwältigend, dass selbst die exzentrischsten Kleider darin unterzugehen schienen – aber als die anderen Gäste Finns schmutzige Jacke und Roses Wartungsoverall sahen, ruckten alle Köpfe in ihre Richtung. Finn wäre am liebsten im Boden versunken, aber Rose blickte sich gleichgültig um und winkte den Hotelbediensteten fort, der fragte, ob er ihnen behilflich sein könnte. Anschließend straffte sie die Schultern und marschierte durch die Eingangshalle. Finn beeilte sich, ihr zu folgen.

Zu seiner Überraschung behandelten die Angestellten sie mit derselben höflichen Unterwürfigkeit, die sie den Gästen in den teuren Kleidern zuteilwerden ließen. Arme winkten einladend, Köpfe verbeugten sich, und sie wurden in allen Sprachen des Äußeren Randes gegrüßt, als sie den Hauptraum des Casinos betraten. BB-8 rollte pfeifend hinter ihnen her.

»Dieser Laden ist großartig!«, entfuhr es Finn.

»Nein, ist er nicht«, murmelte Rose.

»Machst du Witze. Sieh dir nur … Sieh dir nur … *Sieh einfach nur*!«

Rose blickte finster zu den langen Reihen der Spieltische hinüber, wo Gäste lachend Stapel von Canto-Chips verwetteten. Da gab es alles, von Savareen-Whist über kuarisches Zindibbel bis hin zu Jubelrädern und Hasardwerfen. Links und rechts davon saßen Wesen mit glänzenden Eimern vor schwebenden golden und schwarz funkelnden Spielautomaten mit sich drehenden Anzeigen an der Vorderseite. Barmänner schenkten Cocktails aus; Kartengeber mit grünen Fezen auf dem Kopf und farblich passenden Westen gratulierten Gewinnern und munterten Verlierer auf; Servierdroiden staksten vorsichtig durch die Menge und neigten höflich die Köpfe, während sie ihre Getränketabletts hierhin und dorthin schwenkten, damit jeder etwas zu trinken bekam und niemand ein leeres Glas zu lange in der Hand halten musste.

»Los, suchen wir diesen Meister-Codeknacker, und dann nichts wie weg«, sagte Rose.

Während sie ihre Blicke über die Menge schweifen ließen, wankte ein kleiner, dunkeläugiger Nichtmensch in Abendrobe auf BB-8 zu und schob eine Münze in den Diagnoseschlitz an der Werkzeugklappe des Droiden. Verwirrt und ein wenig pikiert wich BB-8 von dem betrunkenen Glücksspieler fort, aber dieser kniff nur kurz die Augen zusammen, ehe er eine weitere Münze in den Schlitz warf.

»Ich wünschte, Rey könnte das sehen«, sagte Finn, während Rose sich durch die Menge schob und an jedem Tisch nach dem hellen Farbfleck einer roten Plomblüte Ausschau hielt. Als ihre Frustration wuchs, sprang sie schließlich auf einen Tisch, um den gesamten Raum absuchen zu können.

»Was tust du da?«, fragte Finn nervös. Ihm waren ein paar Nichtmenschen in schwarzer Kleidung aufgefallen, die in ständiger Bewegung waren und niemals lächelten, und er war ziemlich sicher, dass es sich dabei um den Sicherheitsdienst handelte.

»Hast du unsere Mission etwa schon vergessen? Hör auf, die Szenerie zu bewundern und Rey hinterherzuschmachten, und mach dich nützlich.«

»Ich hab nicht geschmachtet«, verteidigte sich Finn.

Rose warf ihm einen höhnischen Blick zu. »Oh, und *wie*

du geschmachtet hast. Du warst ja sogar bereit, den Widerstand im Stich zu lassen, nur um ihr zu helfen. Wie kann dir eine Person wichtiger sein als unsere Sache?«

Finn wandte sich von einem Trio vergnügter Suertons ab – keine rote Plomblüte weit und breit – und starrte Rose verärgert an.

»Ich bin in einer Armee groß geworden, die für eine *Sache* kämpft«, erwiderte er. »Dann traf ich Rey. Und zum ersten Mal kämpfte ich für eine Person, für jemanden, der mir etwas bedeutet.«

Er erwartete eine beißende Entgegnung, aber Roses Züge wurden weicher.

»Wenn sie zurückkommt, wird sie dann eine Jedi sein, wie in den Geschichten?«, fragte sie. »Braune Robe, kleiner Zopf.«

Jetzt musste Finn lachen. »Nein. Rey, eine Jedi? Nie im Leben.«

Er überlegte, wo ein eierbeladener Xi'Dec wohl eine rote Plomblüte tragen könnte, und gab schnell wieder auf.

»Aber sie wird sich verändert haben«, meinte Rose.

»Nein«, beharrte er. Rey würde immer Rey sein, da war er sicher, und es ärgerte ihn ein wenig, dass Rose das nicht einsehen wollte.

Seine Begleiterin musterte ihn skeptisch, ehe sie sich wieder den wohlhabenden Glücksspielern ringsum zuwandte.

»Sie beschreitet jetzt ihren eigenen Pfad«, erklärte sie. »Und du musst deinen finden.«

»Ich danke Euch, weise Meisterin Rose.«

»Gern geschehen, Jüngling.«

»Wenn ich sie wiedersehe, wird sie dieselbe Rey sein wie früher.«

Er lächelte zu Rose hoch, die den Kopf schüttelte und

dann nach weiteren reichen Wesen Ausschau hielt, die sie finster anstarren konnte.

BB-8 stand ein Stück entfernt stocksteif zwischen den Spielautomaten und piepste ermutigend. Der betrunkene Casinogast schob eine weitere Münze in seinen Diagnoseschlitz, woraufhin der Droide fröhlich trillerte und die Kontrolllämpchen an seinem Kopf blinken ließ. Nach ein paar Sekunden deaktivierte er sie wieder und pfiff traurig.

Frustriert griff der Nichtmensch in seinen Eimer und fischte eine weitere Münze heraus.

Rose hatte sich an eine Bar jenseits der Spieltische zurückgezogen, wo von einem Balkon die frische Abendbrise hereinwehte. Ein Barmann mit Schnurrhaaren und grünweißer Uniform bereitete hier Cocktails zu, während die Glücksspieler in den Schatten saßen und auf kleine Zettel hinabstarrten.

Als zwei der Gäste abfällige Bemerkungen machten, die offensichtlich ihrem Overall galten, bedachte Rose sie mit einem finsteren Blick.

Finn trat zu ihr. »Wir haben das ganze Casino abgesucht. Keine rote Plomblüte. Wo steckt dieser Kerl?«

Plötzlich erfüllten ein Wirbelwind und lautes Donnern den Bereich hinter der Bar, und die Gläser und Flaschen klirrten.

»War das etwa das, was ich denke?«, fragte Rose aufgeregt.

Sie eilte auf den Balkon hinaus, und Finn folgte ihr.

»He, ich dachte, wir sollten uns auf die Mission konzentrieren«, sagte er.

Der Balkon befand sich über einer ovalen Rennbahn, die sich an das Casino anschloss. Unter ihnen feuerten die Zuschauer die zwölf Jockeys auf der Strecke an, die in schillernden Anzügen auf gewaltigen Tieren mit lohfarbenem Fell, langen Ohren und geschwungenen Schwänzen ritten.

»Was sind das für Dinger?«, fragte Finn. Er bewunderte, wie die Ohren und Schwänze der Tiere durch die Luft schnitten. Sie sahen aus wie ein exotisches Sternjägermodell auf Beinen.

»Fathiere!« Rose war wie verzaubert. »Das waren die Lieblingstiere meiner Schwester, als wir noch Kinder waren. Ich hab noch nie ein echtes gesehen. Sie sind so wundervoll …«

»Dieser gesamte Ort ist wundervoll«, erwiderte Finn. »Ich meine, komm schon. Warum hasst du das hier so sehr?«

»Sieh genauer hin«, forderte Rose ihn auf.

Finn entdeckt ein Elektrofernrohr, das auf dem Geländer des Balkons befestigt war, und er spähte hindurch. Die Fathiere waren inzwischen auf der Zielgeraden, und er sah Funken sprühen, als die Jockeys mit Elektrogerten auf ihre Flanken einschlugen, harte, brutale Schläge, um ihre erschöpften Reittiere zu noch höherem Tempo anzutreiben.

Ohne die Augen von den Fathieren zu nehmen, hob Rose die Hand zum Kragen ihres Overalls und zog ein Medaillon hervor, das sie an einer Kordel um den Hals trug.

»Meine Schwester und ich wuchsen in einem armen Bergbausystem auf«, erzählte sie. »Die Erste Ordnung plünderte unser Erz, um ihre Armeen zu finanzieren. Dann haben sie ihre Waffen an uns getestet. Sie nahmen uns alles, was wir hatten.«

Finn blickte von dem Fernrohr auf und stellte fest, dass Rose das Medaillon fest umklammert hielt. Ihr Gesicht war blass vor Zorn, während sie zu den jubelnden Glücksspielern auf den Rängen unter ihnen deutete.

»Und was glaubst du, wer diese Leute hier sind?«, fragte sie ihn. »Es gibt nur ein Geschäft in der Galaxis, mit dem man so reich wird.«

»Krieg«, murmelte Finn.

»Indem man Waffen an die Erste Ordnung verkauft«, nickte Rose. »Ich wünschte, ich könnte mit meiner Faust diese elende wunderschöne Stadt zerschlagen.«

Finn wusste nicht, was er sagen sollte. Während er nach den richtigen Worten suchte, rollte plötzlich BB-8 herbei. Sein runder Körper ratterte seltsam, und er piepste hektisch.

»Eine rote Plomblüte?«, rief Rose aus. »Wo?«

17. Kapitel

Rey stand vor einer Felsnadel und übte mit ihrem Stab.

Auf Jakku hatte sie beinahe jeden Tag trainiert – schließlich hatte sie in der Lage sein müssen, sich gegen Gefahren zu verteidigen, gegen plündernde Teedos oder andere Schrottsammler, die für ein wertvolles Fundstück über Leichen gingen. Seitdem sie auf der Insel angekommen war, hatte sie ihre Übungen jedoch vernachlässigt, und jetzt wünschte sie, sie hätte mehr Disziplin gezeigt.

Zum einen war sie eingerostet. Zum anderen war die Anstrengung ein gutes Ventil für die Frustration, die sich wie ein dichter Nebel über sie gelegt hatte. Sie musste nicht über abfällige Bemerkungen von Jedi-Meistern und unheilvolle Visionen nachdenken, konnte sich ganz darauf konzentrieren, ihren Stab zu wirbeln und zu schwingen.

Rey gestattete sich keine Verschnaufpause, bis sie schweißgebadet war und ihre Arme und Schultern schmerzten. Erst dann lehnte sie sich auf ihren Stab und sah zu den Porgs hoch, die neugierig über ihr kreisten. Als sie den Kopf wieder senkte, fiel ihr Blick auf Lukes Lichtschwert, das aus ihrem Rucksack hervorlugte.

Sollte sie …?

Natürlich sollte sie!

Das Lichtschwert fühlte sich seltsam in ihren Händen an. Es war schwerer, und es gab kein Gegengewicht wie bei ihrem Stab, das ihren Bewegungen mehr Schwung verlieh. Aber grundsätzlich waren die Unterschiede gar nicht so groß. Außerdem hatte sie das Gefühl, als würde das Lichtschwert zwischen ihren Fingern zum Leben erwachen – als wäre da etwas in seinem Inneren, das gleichzeitig ihre Kraft fokussierte und ihre Stöße und Parademanöver lenkte. Sie nahm die Energie um sich herum mit einem Mal viel intensiver wahr, und das Surren der Klinge schien im Einklang mit den Gezeiten der Macht an- und abzuschwellen.

Sie merkte nicht mal mehr, dass ihr der Schweiß über das Gesicht lief und sich das Gewicht der Erschöpfung auf ihre Arme und Beine legte. Da waren nur die Bewegungen ihres Körpers und des Lichtschwerts. Ein Stoß, ein Hieb, eine Parade, dann wirbelte sie die Klinge im Kreis und begann von Neuem. Nach ein paar Minuten vermochte sie nicht mehr zu sagen, wo sie endete und das Lichtschwert begann.

»Beeindruckend«, sagte Luke Skywalker.

Seine Stimme riss Rey aus ihrer Trance. Sie drehte sich halb herum, stolperte, und ihr letzter Hieb schnitt nicht durch leere Luft, sondern durch den Felsen vor ihr.

Die Klinge teilte die Felsnadel, die ihr als regloser Sparringspartner gedient hatte, in zwei Hälften, und die Spitze kippte über den Rand der Klippe. Splitter und Staub wirbelten hoch, gemeinsam mit Grasbüscheln und aufgeschreckten Porgs.

Während Luke sie amüsiert beobachtete, deaktivierte Rey hastig die Waffe und spähte über die Klippe. Der Gesteinsbrocken hatten eine Schneise über den Inselhang gezogen, bis hinab zum Meer, und dabei auch eine Schubkarre der Hüterinnen zermalmt. Zwei der Kreaturen standen vor den traurigen Überresten und riefen empört durcheinander, dann hoben sie die Blicke und starrten missbilligend zu Rey hoch.

Die Sonnen neigten sich dem Horizont entgegen, als Rey und Luke den Jedi-Tempel betraten und sich einander in der Mitte des uralten Raumes gegenübersetzten.

»Also?«, fragte Rey.

»Also.«

Sie schüttelte den Kopf. »Nein, diesmal fangt Ihr an.«

»Ich habe dir gezeigt, dass man keine Jedi braucht, um die Macht zu benutzen«, sagte Luke. »Wieso also willst du den Jedi-Orden zurückbringen?«

Rey musterte ihn. Sicher war das ein weiterer Test. Sie hatte Geschichten über die Großtaten gehört, welche er mithilfe der Macht vollbracht hatte. Sie hatte mit eigenen Augen gesehen, wozu Kylo Ren diese Energie genutzt hatte. Und sie spürte – mit einer Mischung aus Furcht und Vorfreude –, wozu ihre eigenen wachsenden Kräfte eines Tages in der Lage sein könnten.

Doch eine Person allein war nicht genug, um eine Armee wie die der Ersten Ordnung aufzuhalten, ganz gleich, wie mächtig sie auch sein mochte.

»Um gegen die wachsende Dunkelheit zu kämpfen«, antwortete sie. »Die Jedi haben tausend Generationen lang den Frieden gesichert und das Licht in der Galaxis beschützt … aber Eure Miene verrät mir, dass alles, was ich gerade gesagt habe, falsch war.«

Luke lächelte und betrachtete das Mosaik auf dem Boden. Rey fragte sich, wann es wohl erschaffen worden war. Und von wem.

»Nun, der Teil mit den ›tausend Generationen‹ stimmt zumindest«, erwiderte er. »Also gut. Lektion zwei. Jetzt, da sie ausgerottet sind, werden die Jedi romantisiert. Mystifiziert. Lässt man die Mythen aber beiseite und betrachtet ihre Taten, ist das Vermächtnis der Jedi Versagen. Heuchelei. Überheblichkeit.«

»Das ist nicht wahr!«, protestierte sie, während sie ihn schockiert anstarrte. Falls er das letzte lebende Mitglied des Ordens war, dann brauchte die Galaxis ihn als Hüter und Erhalter dieses Wissens. Es gab schon genug andere, die an den Jedi zweifelten und sie begraben und vergessen wollten.

Aber dies war kein Test.

»Auf dem Höhepunkt ihrer Macht erlaubten sie Darth Sidious, sich zu erheben, ein Imperium auszurufen und sie zu vernichten«, fuhr Luke fort. »Es war ein Jedi-Meister, der verantwortlich war für die Ausbildung und die Erschaffung von Darth Vader.«

»Und durch einen Jedi ist er gerettet worden!«, konterte Rey. »Der meistgehasst Mann der Galaxis – doch Ihr habt den Konflikt in ihm gefühlt. Ihr habt an das Gute in ihm geglaubt. Daran, dass er bekehrt werden könnte!«

Sie konnte es einfach nicht verstehen. Es war schlimm genug, dass Luke das Erbe der Jedi abgelehnt hatte; aber was immer geschehen war, es hatte ihn dazu gebracht, auch sein eigenes Erbe abzulehnen. Nicht zum ersten Mal wunderte sie sich, ob er während der Jahre seines Exils vielleicht in den Wahnsinn abgeglitten war.

Doch die bärtige Gestalt in dem großen Wollmantel wirkte nicht wahnsinnig, nur traurig – sehr, sehr traurig.

»Und ich wurde zu einer Legende«, seufzte Luke. »Viele Jahre gab es ein Gleichgewicht. Doch dann sah ich Ben, meinen Neffen – mit diesem mächtigen Skywalker-Blut. Überheblich, wie ich war, dachte ich, ich könnte ihn ausbilden, meine Stärken an ihn weitergeben. Damit ich nicht der letzte Jedi wäre.«

Sein Blick war abwesend, auf einen anderen Ort in einer anderen Zeit gerichtet. Durchlebte er diese dunklen Momente jeden Tag aufs Neue, während er oben auf der Insel vor sich hin brütete, wie damals, als Rey ihm zum ersten Mal gegenübergetreten war? Oder hatte er diese Dinge vielleicht längst verdrängt? Hatte erst ihre Ankunft ihn gezwungen, sich wieder mit den Ereignissen auseinanderzusetzen, die ihn fort von Familie und Freunden ins Exil getrieben hatten?

»Han ... hatte wie üblich ein ganz mieses Gefühl«, sagte Skywalker. »Aber Leia vertraute mir ihren Sohn an. Ich nahm ihn und ein Dutzend Schüler und gründete einen Ausbildungstempel. Als mir klar wurde, dass ich keine Chance hatte gegen die Dunkelheit, die in ihm wuchs, war es zu spät.«

»Was ist passiert?«, fragte Rey vorsichtig.

Ben Solo – nicht länger ein Kind, aber auch noch kein Mann – blickt erschrocken auf. Sein Onkel Luke ist des Nachts in seine Stube getreten, und jetzt steht er über ihm. Es gibt keinen Grund, alarmiert zu sein – Luke ist nicht bewaffnet –, aber sein Gesicht liegt in tiefen Falten, und die Macht brodelt vor drohender Gefahr.

Bens Hand zuckt hoch, nicht zu Luke, sondern zu den Steinen der Decke über ihm. Er unterwirft diese Steine seinem Willen, dann lässt er die gesamte Decke auf seinen Lehrmeister herabstürzen, um ihn darunter zu begraben.

»Er muss gedacht haben, ich wäre tot«, sagte Luke. »Als ich wieder zu mir kam, stand der Tempel in Flammen. Er verschwand mit einer Handvoll meiner Schüler – die übrigen hatte er abgeschlachtet. Leia gab Snoke die Schuld daran. Aber es war meine. Ich hatte versagt. Und das, weil ich Luke Skywalker war. Der Jedi-Meister. Die Legende.«

Dieses letzte Wort sprach er aus, als wäre es etwas Schreckliches – eine Last und ein Fluch –, aber Rey blickte ihm offen in die Augen.

»Die Galaxis braucht vielleicht eine Legende. Ich brauche jemanden, der mir meinen Platz in alldem zeigt. Und Ihr habt Kylo nicht hintergangen. Er hat *Euch* hintergangen. Ich werde das nicht tun.«

Luke musterte sie ernst, und als er sprach, war seine Stimme kaum mehr als ein Flüstern.

»Ich weiß nicht, was gefährlicher ist: der Schüler, der mich zerstören will, oder der Schüler, der wie ich werden will.«

Einen langen Augenblick war nur der Wind zu hören. Dann spürte Rey es: Etwas nahte. Sie trat auf den Meditationssims hoch über dem Meer hinaus und spähte zum Horizont hinüber. Sechs Boote – krude Konstruktionen aus Holz und Metall – segelten in Pfeilformation auf die Insel zu.

Reys Schultern verspannten sich. Man hatte sie entdeckt.

»Das ist ein Stamm von einer benachbarten Insel«, sagte Luke hinter ihr.

Erleichtert atmete sie auf.

»Sie kommen einmal im Monat her und nehmen sich aus dem Dorf der Hüterinnen, was sie wollen«, fügte der Jedi-Meister hinzu.

Plünderer! Rey eilte an den Rand des Simses, und als sie dem Kurs der Boote mit ihren Augen folgte, begann ihr Herz schneller zu schlagen. Die Fremden hielten tatsächlich auf eine Stelle leicht nördlich von ihrer Position zu – genau auf die Bucht, in der die dicht zusammengedrängten Hütten der Hüterinnen über dem Meer aufragten.

»Worauf warten wir dann noch!«, drängte sie Luke. »Wir müssen sie aufhalten!«

Doch Luke blieb ruhig auf dem Sims stehen und blickte den Booten auf dem Meer nachdenklich entgegen. Rey starrte ihn ungläubig an.

»Kommt schon!«, rief sie.

»Weißt du, was ein wahrer Jedi jetzt tun würde?«, fragte Luke, als hätten sie alle Zeit der Welt. »Nichts.«

»*Was*? Das ist keine Lektion – den Hüterinnen droht Gefahr! Wir müssen ihnen helfen!«

»Falls du ihnen mit Gewalt begegnest, werden sie nächsten Monat trotzdem wiederkommen – dann aber mit doppelt so vielen Schiffen. Und was ist mit dir? Wirst *du* nächsten Monat noch hier sein?«

Frustriert beobachtete Rey die Boote, während sie durch die Wellen schnitten. Mit jeder Sekunde kamen sie dem hilflosen Dorf näher. Ihre Sinne loderten und bombardierten sie mit Bildern: geborstene Eier, sich brechende Wellen, zersplitterte Knochen, lodernde Flammen in der Nacht.

»Dieses Feuer in dir – die Gedanken daran, was diese Leute tun werden?«, sagte Luke. »Die Schriften der Jedi in der Bibliothek verlangen, dass man sie ignoriert. Man soll nur handeln, wenn man das Gleichgewicht wahren kann. Selbst wenn dadurch andere zu Schaden kommen.«

Oh, wirklich? Na, dann zur Hölle mit diesen alten Büchern.

Rey schob sich an Luke vorbei durch den Tempeleingang und eilte die uralte Treppe hinunter.

»Warte!«, hörte sie den Jedi-Meister rufen. »Rey!«

Doch sie hatte schon viel zu lange gewartet.

Der Meister-Codeknacker sah genau so aus, wie Finn ihn sich vorgestellt hatte: ein junger Mensch mit einer auffälligen weißen Strähne in seinem Haar und einem schmalen, perfekt geölten Schnurrbart. Gekleidet war er in einen makellosen Anzug aus Gaberwolle mit einem ledernen Kummerbund, einem Platinring und … ja, und einer Anstecknadel am Revers, die wie eine rote Blume aussah.

Er stand am Ende eines Spieltisches, umgeben von faszinierten Zuschauern, und schüttelte zwei Würfel in seiner geschlossenen Hand. Eine hochgewachsene Frau schmiegte sich an ihn, deren geometrisches rotes Haar über dem komplexen Gittermuster ihres Kleides zu schweben schien.

Der Meister-Codeknacker zwinkerte der Frau zu und warf die Würfel. Sie rollten über den Tisch, und die Zuschauer brachen in lauten Jubel aus.

Die Zeit schien sich zu dehnen, während Finn sich mit den Ellbogen durch die Menge vorarbeitete, dicht gefolgt von dem ratternden BB-8. Er wusste nicht, warum, aber er war sicher, dass alles klappen würde. Sicher, sie hatten nicht mehr viel Zeit – die Flotte würde sich nur noch mit ihren letzten Treibstoffreserven dahinschleppen, wenn sie zurückkehrten –, aber alles würde gut werden.

Ein Abednedo mit säuerlicher Miene stellte sich ihm in den Weg. Finn war mehr überrascht als verärgert und versuchte, einen Bogen um das Wesen zu machen.

»Ja, das sind die Kerle«, krächzte der Abednedo.

Bevor Finn etwas sagen oder auch nur begreifen konnte, was eigentlich geschah, traten zwei Sicherheitsbeamte vor. Sie sagten irgendetwas von Falschparken – oder vielleicht auch von Abfallverstreuen. Er achtete nicht mehr auf ihre Worte, als sie ihre Betäubungsstäbe vom Gürtel nahmen und sie auf ihn richteten.

Das passiert in letzter Zeit entschieden zu oft, dachte er, einen Moment, bevor eine Ladung Elektrizität durch seinen Körper schoss. Die Welt um ihn schrumpfte zu einem kleinen Tunnel zusammen, dann wurde alles schwarz.

Der Weg die Stufen hinab war zu lang, also schlitterte Rey kurzerhand den Hang unterhalb des Tempels hinab und rannte dann über die Insel, wobei sie nistende Porgs aufscheuchte und in ihrer Tasche nach Lukes Lichtschwert kramte.

Sie sprintete an dem Baum vorbei, in dem die Jedi-Schriften verborgen waren, und erreicht den gewundenen Pfad, der zum Dorf der Hüterinnen führte. Es wurde bereits dunkel, und sie atmete schwer, als sie unter sich die Lichter erblickte – und die Umrisse der Boote, die sich durch die herabfallende Finsternis der Felsküste näherten.

Furcht beschleunigte Reys Schritte. Furcht und Zorn. Luke hatte gesagt, diese Fremden kamen jeden Monat, das bedeutete, dass es während seiner Zeit im Exil schon Dutzende solcher Überfälle gegeben haben musste. Wie oft hatte er nachts brütend auf der Spitze der Insel gestanden, während jene, die ihm dienten, dem Zorn der Plünderer ausgeliefert waren?

Es wollte ihr nicht in den Kopf, warum er so etwas tun würde – und sie schwor sich, diesem Treiben ein Ende zu machen. Sie hatte den Untergang des Hosnian-Systems mit angesehen, und sie wusste, solange die Erste Ordnung auf dem Vormarsch war, drohte zahlreichen anderen Welten das gleiche Schicksal. Aber dieses eine Dorf würde sicher sein. Zumindest in diesem entlegenen Winkel der Galaxis sollte es Gerechtigkeit geben.

Rey sprang über einen Gezeitentümpel hinweg, und endlich ertasteten ihre Finger das Lichtschwert. Die Klinge färbte das Wasser neben ihr blau, als die Jedi-Waffe mit einem ungeduldigen Summen zum Leben erwachte, und das Gewicht des Griffes fühlte sich in ihrer Hand an wie das Versprechen von Vergeltung.

Lose Steine kullerten unter ihren Füßen davon, als sie sich dem Dorf näherte, von wo inzwischen Schreie und Rufe zu hören waren. Rey schnitt ein Loch in ein Tor aus Treibholz, hob das Lichtschwert über ihren Kopf...

... und blieb mitten in der Bewegung stehen.

Tische ächzten unter dem Gewicht aufgetürmter Teller voller Fisch und gewürzter Algen, und die Hüterinnen schenkten im Akkord Grog in Steinkrüge. Vor ihnen tanzte eine Menge aus Männern und Frauen, deren dürre Beine sich im Takt von Hörnern und Trommeln bewegten. Rey sah, dass sie derselben Spezies angehörten wie die Hüterinnen, aber sie trugen Wollkapuzen und dicke bunte Mäntel, die für die Seefahrt gedacht waren.

Sie war mitten in ein Fest hineingeplatzt.

Die Feiernden drehten sich herum und starrten Rey an, die mit gefletschten Zähnen und erhobener Waffe dastand wie eine Fleisch gewordene Kriegsgöttin. Dann war der Moment vorbei, und sie brachen in fröhliches Gejohle aus, wobei sie lange, phosphoreszierende Streifen Seetang über ihren Köpfen hin und her schwenkten. Rey erwiderte die Geste halbherzig mit ihrem Lichtschwert, woraufhin der Jubel noch weiter an Lautstärke zunahm.

Sie hatte Seitenstechen, und jetzt, wo der Adrenalinstoß abgeebbt war, war ihr außerdem ein wenig übel, und ihre Knie zitterten.

Am Rand der Menge erblickte sie Chewbacca mit einem Krug in der fellbedeckten Hand, während die andere auf der

Kuppel von R2-D2 ruhte. Der Wookiee rief ihr eine Begrüßung zu, und der Astromech piepste fröhlich.

»Ist das euer Ernst?«, fragte Rey.

Sie war noch immer wütend und starrte grimmig auf den vom Mond erhellten Ozean hinaus, als endlich auch Luke den Hang ins Dorf herabstieg. Er trat neben sie, aber sie weigerte sich, ihn anzublicken.

»Das sollen Plünderer sein?«, fragte sie, als sie es nicht länger aushielt.

»In gewisser Weise.«

»War das Eure Version von einem Scherz?«

Er hatte zumindest so viel Anstand, verlegen den Kopf zu senken. »Es tut mir leid, ich dachte nicht, dass du … nun, dass du so schnell rennen könntest.«

Die Musiker stimmten ein ruhigeres Lied an, das in Reys Ohren schön, aber traurig klang. Es ließ sie an einsame Reisen auf weiten, unsicheren Ozeanen denken.

Luke hielt ihr die Hand hin, aber es dauerte einen Moment, bis sie erkannte, dass er sie zu einem Tanz aufforderte. Sie errötete und wandte verlegen den Blick ab.

»Ich habe noch nie getanzt«, gestand sie.

Luke lächelte. »Du hast auch noch nie allein gegen bonthianische Plünderer gekämpft.«

»Aber … aber *das hier* macht mir Angst.«

Rey nahm seine Hand – sie war schwielig von Wetter und Arbeit – und senkte den Kopf, um die Stellung seiner Füße zu kopieren. Luke lächelte ihr aufmunternd zu, und sie begannen zu tanzen. Ihre Schritte formten einander überlappende Rechtecke auf dem Stein und dem Kies, und ihre Bewegungen folgten dem Rhythmus der Trommeln.

»Ich dachte, sie wären in Gefahr«, sagte Rey. »Ich wollte nur helfen.«

»Und genau das braucht der Widerstand – nicht die alte, leere Hülse einer Religion. Begreifst du das jetzt?«

Sie ließ seine Hand los.

»Was ich begreife, ist, dass unsere echten Freunde dort draußen kämpfen und sterben. Diese Legende von Luke Skywalker, die Ihr so hasst? Ich habe daran geglaubt. Aber offensichtlich habe ich mich geirrt.«

Mit diesen Worten ging sie davon, und Luke blieb hinter ihr am Rand der Feier stehen, eine dunkle Silhouette vor dem mondbeschienenen Meer.

18. Kapitel

Alle Mitglieder des Widerstands, die Poe Dameron kannten, wussten: Geduld war nicht seine Stärke.

Wenn er im Cockpit eines X-Flüglers saß, gab es Feinde, Verbündete und Zivilisten, und ein kurzer Vorbeiflug enthüllte in der Regel, womit er es zu tun hatte. Poe wusste, wie viel Schaden er anrichten und wie viel er einstecken konnte, und dementsprechend traf er seine Entscheidungen.

Und falls etwas schiefging … nun, dann konnte BB-8 normalerweise mit einer Reparatur aushelfen.

Doch jetzt schien plötzlich nichts mehr davon zu gelten. Die meisten Sternjäger des Widerstands, einschließlich seiner *Schwarzen Eins*, waren Weltraumstaub – und mit einer der wenigen verbliebenen Maschinen die Sternzerstörer in ihrem Nacken anzugreifen, wäre Selbstmord, selbst für einen so begnadeten Piloten wie ihn.

Und BB-8 war auch fort – Poe hatte ein paar Stunden nach dem Droiden gesucht, ehe ihm schließlich klargeworden war, dass der Astromech Rose und Finn auf ihre überhastete Mission begleitet haben musste.

Nicht, dass er ihm einen Vorwurf machen konnte; genau das Gleiche hätte er auch am liebsten getan.

Was Holdo anging, so hatte Poe seit ihrer Konfrontation einen großen Bogen um die sekundäre Brücke des Kreuzers gemacht – es würde niemandem etwas bringen, wenn er die Beherrschung verlor und sie ihn in seiner Kabine unter Arrest stellte. Also wanderte er zwischen der Krankenstation, der Messe und dem Bereitschaftsraum hin und her, wo er nach den übrigen Piloten sah und versuchte, die Moral aufrechtzuerhalten.

Doch es funktioniert nicht, und das war ihm ebenso klar wie den anderen. Immer öfter hörte man von entmutigten Mannschaftsmitgliedern, die versuchten, mit Rettungskapseln zu fliehen, weswegen die unteren Decks des Kreuzers inzwischen streng bewacht wurden.

Poe konnte die Verzweiflung dieser Leute verstehen. Die beiden verbliebenen Schiffe des Widerstands hielten sich knapp außer Schussweite der Ersten Ordnung, aber sie konnten nirgendwohin. Das Einzige, was sich änderte, war der Stand ihrer Treibstoffreserven, der sich immer mehr einer großen roten Null näherte. Wie lange noch, bis die Triebwerke ausfielen? Sechs Stunden? Sieben, falls sie Glück hatten? Würde eine Stunde mehr unter den gegebenen Umständen überhaupt einen Unterschied machen?

Poe blickte auf sein Kommlink. Es war unwahrscheinlich, dass er eine Nachricht von Finn oder Rose verpasst hatte, seit er das Gerät vor vier oder fünf Minuten das letzte Mal überprüft hatte, aber er wollte trotzdem sichergehen.

Nichts.

Er versuchte, sich einzureden, dass sie sich nur nicht meldeten, weil sie gerade den Kontrollraum des feindlichen Flaggschiffes erreicht hatten und den Widerstand jede Minute vor seiner Zerstörung in Zeitlupe retten würden. Dass die beiden ebenso gut tot oder irgendwo in einem Verhörraum der Ersten Ordnung angekettet sein könnten, verdrängte er.

Während er weiter durch die *Raddus* streifte, kehrten seine Gedanken immer wieder zu Holdo zurück. Sie mochten auf derselben Seite stehen, trotzdem konnte Poe sich keinen schlechteren Flügelmann vorstellten als den Vizeadmiral.

Tatsächlich war er nicht mehr sicher, ob er sie als Verbündete betrachten sollte – oder als Feind.

Natürlich glaubte Poe nicht, dass sie eine Spionin oder etwas in der Art war, aber es ging auch gar nicht um ihre Motive. Was ihm Sorgen bereitete, waren ihre Taten – oder genauer gesagt, ihr Nichtstun. Und nie hatte der Widerstand Hoffnung dringender gebraucht als jetzt.

Poe stellte fest, dass er zu den oberen Offiziersdecks zurückgewandert war. Er sammelte sich, dann drückte er den Türknopf von Leias Kabine und betrat die improvisierte Krankenstation. Zwei Medidroiden blickten kurz von ihren Stationen neben dem Bett auf, ehe sie sich wieder ihrer Arbeit widmeten.

Poe nickte C-3PO in der Ecke zu und beugte sich dann über die Anführerin des Widerstands. Leia war blass und reglos, ihre Augen geschlossen, und einmal mehr fiel ihm auf, wie klein sie war – eine zierliche, zerbrechlich wirkende Frau, die aussah, als könnten die Polster ihres Krankenbettes sie jeden Moment verschlucken. Viele Leute hatten diesen ersten Eindruck von ihr, aber er löste sich ganz schnell auf, wenn man sich mit ihr unterhielt. Leias Entschlossenheit und schiere Willenskraft straften ihre Statur Lügen, und die meisten Leute behielten sie weit größer in Erinnerung, als sie eigentlich war.

»Ihre Biowerte sind stabil, Captain Dameron«, informierte ihn der Protokolldroide. »Die erlittenen Traumata sind größtenteils auf die Druckwelle der Explosion zurückzuführen. Ich bin natürlich kein Medidroide, Captain, aber ich bin in der Lage, ihre Untersuchungsergebnisse für Personen ohne medizinische Kenntnisse zu vereinfachen. Also …«

Poes Gedanken drifteten ab, während C-3PO ihm von Ebullismus und Hypoxie berichtete. Er starrte auf Leia hinab, als könnte er sie durch seinen Willen wieder zu Bewusstsein bringen. Es gab so viele Leute hier, die sie brauchten.

»Es scheint, Sie haben mich nicht gehört, Captain Dameron«, sagte C-3PO ein wenig pikiert.

»Entschuldige, Dreipeo. Was wolltest du?«

»Um mich zu wiederholen, Captain: Es steht mir zwar nicht zu, Ihnen Vorschlage zu machen, aber sollten Sie Vizeadmiral Holdo nicht vielleicht mehr Vertrauen schenken? Die Prinzessin hielt sie für äußerst vertrauenswürdig.«

»Ich werde darüber nachdenken, Dreipeo«, brummte Poe.

Es stimmte: Man musste sich Leias Vertrauen hart verdienen, und wer ihre Freundschaft gewinnen wollte, der musste noch viel härter arbeiten. Aber jeder machte mal Fehler … selbst Leia.

Und das Erste, was ein Sternjägerpilot lernte, war, dass ein einziger Fehler im falschen Moment ausreichte, um einen zu vernichten.

19. Kapitel

Rose war nicht zu stoppen.

Kaum, dass sie in der Düsternis des Zellenblocks die graublaue Uniform des Canto-Bight-Sicherheitsdienstes erblickt hatte, war sie auch schon an das Metallgitter gesprungen und schrie, dass sie und Finn sofort freigelassen werden mussten; oder dass sie zumindest Anrecht auf einen Anwalt hatten.

»Das ist ein großer Fehler!«, beharrte sie, als der Sicherheitsbeamte vorüberging und mit seinem Glühstab in die benachbarten Zellen leuchtete, wo die anderen Häftlinge gerade zu schlafen versuchten. »Wir haben nichts getan!«

»Ihr habt mit eurem Shuttle auf einem öffentlichen Strand eine Bruchlandung hingelegt«, erwiderte die Wache, ohne sie auch nur anzusehen.

»Oh, Entschuldigung – was haben wir kaputt gemacht? Den Sand? Man kann Sand nicht kaputt machen!«

Der Beamte setzte unbeeindruckt seine Runde fort.

»He, gehen Sie nicht einfach … grrr.« Rose schnaubte, als die Wache um die nächste Ecke verschwand, dann rutschte sie an den Gitterstäben entlang auf den Boden.

Jetzt, wo die Wache fort war, trat Finn an die Zellentür.

Er versuchte, sich daran zu erinnern, was man ihm im Infiltrationslehrkurs während seiner Ausbildung bei der Ersten Ordnung beigebracht hatte, und begann, an dem Verriegelungsmechanismus zu ziehen und zu zerren.

Rose stand auf und ging hin und her, wobei sie einmal mehr ihre Umgebung studierte. Soweit sie sagen konnte, schliefen die anderen Gefangenen, mit denen sie ihre Zelle teilten – ein paar sahen aber aus, als könnten sie auch betäubt oder tot sein. In jedem Fall war von ihnen keine Hilfe zu erwarten. Und wenn sie Finn so betrachtete, schienen seine Versuche, das Schloss zu knacken, mehr mit Sturheit zu tun zu haben als mit tatsächlichem Können.

»Vorausgesetzt, das klappt, wie sieht dein Plan aus?«, fragte sie.

Finn schloss die Hände um das Schloss, und etwas piepste. Überrascht und voller Hoffnung blickte Rose zu ihm hinüber, nur um zu sehen, wie sich eine Metallplatte vor den Verriegelungsmechanismus schob und ihn vollständig abschirmte.

Finn lehnte sich gegen die Wand und blies frustriert die Backen auf.

»Das war's dann wohl mit meinem Plan«, sagte er. »Ohne einen Codeknacker, der uns an Bord dieses Zerstörers bringen kann, ist die Flotte erledigt. Und wir sind es auch. Und Rey ebenfalls.«

Rey, Rey, Rey – immer dasselbe. Sie machte einen Schritt auf Finn zu, entschlossen, ihn diesmal wirklich zu erwürgen. Was konnte der Sicherheitsdienst schon tun? Sie einsperren?

»Warum habe ich dir nur vertraut?«, schnappte sie.

»Mein Unschuldsgesicht«, erinnerte er sie.

»Du bist ein egoistischer Verräter.«

Finn starrte sie an. »Weil ich eine Freundin retten möchte? Als ob du das nicht selbst tun würdest.«

»Würde ich nicht«, entgegnete Rose.

»Nein? Du hättest deine Schwester also nicht gerettet, falls du die Chance dazu gehabt hättest.«

Das ging jetzt wirklich zu weit. Rose stampfte auf ihn zu und schubste ihn.

Dieser Wutausbruch ließ Finn sofort verstummen. Er wirkte so erschrocken – und verletzt –, dass Roses Zorn abebbte und von einem Gefühl völliger Hilflosigkeit ersetzt wurde. Sie würden hier in dieser Zelle sitzen, während der Widerstand starb. Was immer danach mit ihnen geschah, war nicht mehr wichtig.

»Ähm, ich krieg das hin«, sagte eine Stimme.

»Was?«, fragte Rose, mehr frustriert als neugierig.

Einer ihrer Zellengenossen hatte sich auf seiner Liege aufgesetzt und spähte aus verquollenen Augen zu ihnen herüber. Er sah ungepflegt und verwahrlost aus, von seinem wirren Haar über sein unrasiertes Gesicht bis hin zu seinem zerlumpten Mantel und seiner schmutzigen schwarzen Hose.

Der Mann machte eine kurze Bestandsaufnahme seiner mageren Habseligkeiten – ein Paar abgetragener Stiefel mit zusammengeknoteten Schnürsenkeln und eine alte Mütze –, dann begann er, sich ausgiebig und an den unmöglichsten Stellen zu kratzen.

»Tschuldigung«, sagte der Kerl gedehnt, »aber ich konnte nicht umhin mit anzuhören, was ihr da erzählt habt – sehr *laut* erzählt habt –, während ich versucht habe zu schlafen. Codes knacken? Ausbrechen? Ich krieg das hin.«

Noch immer verschlafen, reckte er beide Daumen in die Höhe. »M-hm.«

»Wir reden hier nicht von einer kleinen Nummer, klar?«, brummte Finn.

Ein wölfisches Grinsen teilte das Gesicht des Fremden. »Ah, klar. Lass dich nicht von der Verpackung täuschen, mein Freund. Die Codes der Ersten Ordnung und ich, wir kennen uns schon ewig. Und wenn ... wenn der Preis stimmt, dann bring ich euch rein – in das Boudoir des alten Snoke.«

»Nein danke«, sagte Finn im selben Moment, in dem Rose der Ansammlung von Lumpenkleidern und wirren Haaren versicherte, dass sie alles im Griff hatten.

Der Dieb – Rose fand, dass er wie ein Dieb aussah – zuckte nur mit den Schultern.

»Davon abgesehen, falls du ein guter Codeknacker bist, was machst du dann hier drinnen?«, fragte Finn.

Der Dieb nahm die Mütze, setzte sie schief auf seinen Kopf und versuchte dann halbherzig, sie geradezurücken. An der Vorderseite befand sich eine billige Metallplakette mit einer Inschrift, von der nur noch ein D und ein J wirklich zu erkennen waren.

»Kumpel, das hier ist der einzige Ort in der ganzen Stadt, wo ich schlafen kann, ohne dass der Sicherheitsdienst mir Ärger macht«, erklärte der Dieb, während er in seine Stiefel stieg.

Als DJ fertig war – Rose hatte beschlossen, fortan so von ihm zu denken –, stapfte er zur Zellentür hinüber, mit den steifen Schritten eines Mannes, der entweder einen Kater hatte oder noch immer betrunken war. Schließlich blieb er neben dem amüsiert dreinblickenden Finn stehen und blinzelte auf das Schloss hinab.

»Hatukga«, fluchte DJ. Er schob den Arm zwischen den Gitterstäben hindurch, hantierte kurz am Schloss herum und schlug dann mit der flachen Hand darauf. Die Tür glitt lautlos auf und der Dieb schlenderte seelenruhig auf den Gang des Zellenblocks hinaus, während Rose und Finn ihm mit runden Mündern und Augen nachstarrten.

Ein Alarm heulte los. Rose und Finn wechselten einen fassungslosen Blick, dann schoben sie sich hastig durch die Tür und rannten los.

Manchmal war das Schlimmste daran, ein Droide zu sein, auch das Beste: Niemand schenkte einem Beachtung.

Nachdem man ihn ohne viel Federlesens aus dem Casino geworfen hatte, hatte BB-8 – ungestört, aber machtlos, etwas zu unternehmen – mit angesehen, wie Rose und Finn in einem Gleiter des Sicherheitsdienstes fortgebracht wurden. Eine Karte von Canto Bight hatte ihm den logischen Zielort aufgezeigt: das örtliche Gefängnis. Also hatte BB-8 sich auf den Weg dorthin gemacht, wobei er immer wieder Kutschen und umgebauten Bodengleitern ausweichen musste. Das Klappern der Münzen in seinen mechanischen Eingeweiden ignorierte er dabei geflissentlich.

Als der Droide das Gefängnis erreichte, waren Rose und Finn längst nach drinnen gebracht worden, und wie er dem städtischen Verwaltungsprogramm entnahm, würden sie dort bleiben, bis sie identifiziert waren oder das Urteil gefällt wurde. BB-8 aktivierte eine Subroutine, die ihm schon mehrmals geholfen hatte, Poe aus brenzligen Situationen herauszuholen, und hackte sich in die Justizaufzeichnungen von Canto Bight. Nach ein paar Augenblicken pfiff er betrübt: Es war zwar möglich, eine Kaution zu stellen, aber selbst dann würden Rose und Finn frühestens am nächsten Tag entlassen werden, wenn es bereits zu spät wäre, um die Widerstandsflotte noch zu retten.

BB-8 musste also einen anderen Weg finden.

Während er über den Speederparkplatz vor dem Gefängnis rollte, griff er auf den Bildspeicher seines primären Fotorezeptors zu und überprüfte die Münzen, die er als vermeintlicher Glücksspielautomat gesammelt hatte. Die Summe wäre zwar ausreichend, um mehrere Monate erstklassige Ölbäder zu genießen, aber bedauerlicherweise war es lange nicht genug, um jemanden vom Sicherheitsdienst zu bestechen, damit er die Anklage aus den Aufzeichnungen löschte und Finn und Rose freiließ.

Das war enttäuschend, aber nicht unbedingt überraschend. Folglich musste BB-8 die Sache direkter angehen. Er blieb kurz stehen, um seinen elektronischen Überlegungen nachzugehen.

Sein System verfügte über Zehntausende Subroutinen, von denen er manche praktisch täglich nutzte (Gesichtserkennung und Gefahreneinschätzung), während andere noch nie zum Einsatz gekommen waren (aber natürlich bestand immer die Möglichkeit, dass er eines Tages die Paarungsrufe der Meerestiere der Zohakka XVII imitieren musste).

Keine dieser Subroutinen war für das Szenario vorgesehen, das sich höchstwahrscheinlich entfalten würde, sobald er das Gefängnis betrat – ein Kampftaktik-Programm samt entsprechender Waffenarme wäre ideal gewesen, aber die besaß der Astromech leider nicht.

Doch dafür hatte er sich im Laufe der Jahre einige Tricks von Poe abgeschaut.

Menschen und andere organische Lebewesen waren in vielerlei Hinsicht schrecklich fehleranfällig: Die übersahen oder überhörten regelmäßig wichtige Außenreize, ignorierten Daten, die ihnen nicht gefielen, und vergaßen Dinge, die sie unbedingt im Gedächtnis behalten sollten. Jeder Droide, der seine Schaltkreise wert war, würde derartigen Fehlern sofort mit einer Selbstdiagnose und einer Speicher-Defragmentierung entgegenwirken.

Doch organische Wesen machten diese Fehler zumindest teilweise wett, indem sie in der Lage waren, ein Problem gleichzeitig mit Elementen mehrerer Subroutinen anzugehen – eine Fähigkeit, die sie Improvisation nannten.

Und BB-8 war ziemlich sicher, dass er ebenfalls ein Talent dafür entwickelt hatte.

Das Gefängnis zu betreten, erwies sich als kinderleicht – BB-8 konsultierte eine Karte, machte sich auf den Weg zum Personaleingang und rollte geradewegs an mehreren Offizieren vorbei, die gerade darüber diskutierten, auf welche Fathiere sie beim nächsten Rennen wetten würden oder fragwürdige Gerüchte über eine gewisse Nojonz-Gang austauschten.

Es war wie immer: Niemand schenkte einem Droiden Aufmerksamkeit.

Improvisieren musste er erst, als er den Zellenblock erreichte. BB-8 wartete, bis eine Wache ihre Schicht antrat, und rollte dann unbeachtet neben dem Mann durch die aufgleitende Tür. Als die Wache sich zu den beiden anderen diensthabenden Sicherheitsoffizieren gesellt hatte, um mit ihnen Sabacc zu spielen, schlug der Astromech zu. Seine Dekontaminierungs-/Fremdkörperabstoß-Subroutine erlaubte ihm, die Münzen wie Kugelwerfergeschosse auszuspeien, und die Menschen kauerten sich erschrocken unter den Tisch. Anschließend erhöhte BB-8 die Intensität seines Elektroarms so weit, dass die Ladung einen Menschen außer Gefecht setzen konnte. Zu guter Letzt kam noch sein Flüssigkabelwerfer zum Einsatz, um die Wachen bewegungsunfähig zu machen.

Er hatte die bewusstlosen Wachen gerade gefesselt – und dabei eine gewisse Selbstzufriedenheit empfunden –, als plötzliche die Alarmsirene des Gefängnisses losjaulte. Einen Moment später tauchte ein schäbig gekleideter Mensch im Korridor auf, der aussah, als würde er dringend ein Bad brauchen.

BB-8s Gefahreneinschätzungsmatrix war nicht in der Lage, den Neuankömmling zu taxieren – unzureichende Daten. Aber seinem Aussehen nach zu schließen, war er keine Wache.

»Du hast das getan?«, fragte der Mensch mit einem Blick auf die bewusstlosen Wachen. BB-8s akustische Sensoren hörten eine Mischung aus Bewunderung und Belustigung aus seiner Stimme heraus.

Bevor der Droide antworten konnte, eilte eine weitere Wache in den Zellenblock, diese mit gezücktem Blaster. BB-8 feuerte seine letzten Münzen auf den Mann ab, der den Arm hochreißen musste, um sein Gesicht zu schützen. Während er derart abgelenkt war, sprang der struppige Mensch vor und schlug mit seiner Faust zu, woraufhin die Wache reglos auf dem Boden zusammenbrach.

Der ungepflegte Kerl bückte sich, um die Münzen aufzuheben, und blickte dabei grinsend zu BB-8 hinüber. »Also gut. Was führt dich hierher, Kügelchen?«

20. Kapitel

Rose rannte hinter Finn durch den Zellenblock, dankbar, dass der heulende Alarm das Geräusch ihrer Schritte verschluckte. Zu beiden Seiten pressten sich schmutzige Menschen und Nichtmenschen gegen die Gitterstäbe ihrer Zellen; manche feuerten sie an, manche brüllten, dass sie sie ebenfalls freilassen sollten, und wiederum andere genossen einfach nur diese kleine Unterbrechung in der Monotonie ihrer Gefangenschaft.

Hinter ihnen konnte Rose über den Lärm hinweg gehetzte Rufe hören. Finn kam schlitternd zum Stehen, und um ein Haar wäre sie mit seinem breiten Rücken zusammengeprallt. Bevor sie ihn fragen konnte, was los war, sah sie es selbst: Vor ihnen tanzten Glühstäbe durch das Halbdunkel, und sie kamen schnell näher.

Die beiden saßen in der Falle.

Panisch blickte Rose sich um – bis ihr Blick auf einem Gitter im Boden verharrte. Ein übler Gestank wehte daraus nach oben.

»Finn! Hilf mir!«

Finn zerrte mit zusammengebissenen Zähnen an dem Gitter, bis es sich mit einem metallischen Ächzen löste.

Rose kletterte sofort an der schmalen Wartungsleiter hinab in die Dunkelheit, und Finn zwängte sich über ihr in den Schacht.

»Schieb das Gitter zurück!«, rief sie zu ihm hoch.

»Geht nicht«, erwiderte er, seine Stimme gepresst wegen der Anstrengung. »Es ist zu schwer.«

»Dann lass es«, sagte sie. Einen Moment später vibrierte die Leiter, als er hinter ihr herkletterte.

Sie fanden sich in einem Abwasserkanal mit Steinwänden wieder, so niedrig, dass Finn nur gebückt darin stehen konnte. Stinkendes Wasser floss in der Mitte des gewölbten Bodens dahin, aber zum Glück war es nur ein schmales Rinnsal.

»Wo entlang?«, fragte Rose, wobei sie nach links und rechts blickte und versuchte, nicht zu würgen. »In der Richtung riecht es noch übler. Lass uns hier langgehen.«

Doch bevor sie auch nur einen Schritt machen konnte, griff Finn nach ihrem Arm.

»Der Gang neigt sich dort vorne nach unten«, erklärte er.

»Und?«

»Was, falls er am Meer endet?«

»Dann endet er eben am Meer.«

»Und was, falls er *unter* dem Meer endet? Wie lang kannst du den Atem anhalten?«

»Wenn wir in die andere Richtung gehen, müssen wir auch den Atem anhalten«, entgegnete Rose. »Andernfalls ersticken wir.«

»Zumindest gibt es dort vorne Luft.«

»*Schlechte* Luft.«

Sie starrten einander einen Moment lang wütend an, dann stieß über ihren Köpfen ein Stiefel gegen das Bodengitter.

»Wir gehen *hier* lang«, zischte Finn und winkte nach rechts.

»Wir gehen *da* lang«, schnappte Rose im selben Augenblick, wobei sie in die entgegengesetzte Richtung deutete.

»Also gut, wir entscheiden das Ganze durch Wonga Winga«, schlug Finn vor.

Es war das Dümmste, was Rose je gehört hatte, nur fiel ihr leider nichts Besseres ein. Sie warf frustriert die Hände in die Höhe, während Finn den Finger hob.

»Wonga, Winga, Cingee, Wooza, wähl ich dies oder wähl ich das da«, sagte er den Kinderreim auf, wobei er den Finger wie ein Pendel von einer Seite zur anderen bewegte. »Sterne oben, Sterne unten, die Entscheidung ist gefunden.«

Sein Finger verharrte. Er deutete nach rechts, in Richtung des üblen Gestanks. Finn grinste. Rose verzog das Gesicht und eilte hinter ihm her in die schlechte Luft hinein.

»Wer hätte gedacht, dass einem im Sturmtruppenkorps Wonga Winga beigebracht wird?«, murmelte sie.

Finn blickte über die Schulter zurück, ein unerträglich selbstgefälliges Lächeln auf dem Gesicht. »Ich. Und man hat uns auch beigebracht, dass man immer gewinnt, wenn man mit der Option anfängt, die man *nicht* will.«

»Betrüger«, grummelte Rose, aber sie konnte nicht umhin, selbst ein wenig zu lächeln.

Der Tunnel zog sich ungefähr einen Kilometer dahin, schwach erhellt von einem Leuchtstreifen für Wartungsarbeiten. Der Geruch wurde beständig schlimmer, bis Roses Augen brannten, und sie glaubte, dass sie sich jeden Moment übergeben müsste. Gerade als sie das Gefühl beschlich, dass der Gang niemals enden würde, stießen sie auf eine weitere Leiter. Sie befand sich direkt neben einem dunklen Haufen auf dem Boden. Man musste nur einmal riechen, um zu wissen, worum es sich dabei handelte.

»Nach dir«, sagte Rose, nachdem sie sich angewidert weggedreht hatte. Sie war sicher, dass sogar Paige – die alle Tiere geliebt hatte, egal ob Tookas oder Schleimolme – dankend auf diese übelkeiterregende Erfahrung verzichtet hätte.

Finn zuckte mit der Schulter und stieg die Leiter hoch; was seine Füße dabei berührten, schien ihn nicht weiter zu interessieren. Rose brauchte ein wenig mehr Selbstüberwindung, als sie ihm folgte, das Gesicht zu einer angewiderten Grimasse verzerrt. Die Leiter führte in einen schwach erhellten Raum.

»Das war ja mal ein toller Geruch«, murmelte Finn, während er seine Stiefel an der obersten Sprosse abschabte, dann blickte er sich ratlos um. »Was ist das hier?«

Sie befanden sich in einem langen, von Säulen gesäumten Raum aus Ziegelsteinen, dessen Boden mit Stroh bedeckt war. An beiden Seiten standen hölzerne Tore offen. Rose zog die Nase kraus. Auch hier oben gab es einen starken, strengen Geruch.

Ein riesiger milchig weißer Kopf erschien über dem hölzernen Tor neben ihnen. Er hatte breite, flügelartige Ohren, tiefe Augen, die besorgt auf sie herabblickten, und eine kurze Schnauze.

Finn schreckte zurück, wobei er ausrutschte und auf dem Hosenboden landete. Rose ignorierte sein Ächzen und starrte wie gebannt das Fathier an.

Über den anderen Toren tauchten nun ebenfalls Köpfe auf. Bei den meisten Tieren prangten helle Narben in ihrem Fell.

Rose setzte langsam einen Fuß vor den anderen, um sie

nicht zu erschrecken, und spähte über das Tor unter dem ersten Fathier hinweg. Das Tier schnüffelte an ihr und brummte leise. Rose fiel auf, dass das Fathier an sich nicht übel roch – nein, sein Geruch erinnerte an Gras und Schweiß, mit einer würzigen Note. Die Stallboxen waren kaum größer als die Tiere selbst; sie hatten keinen Platz, um sich hinzulegen oder sich umzudrehen.

Und das inmitten von all diesem Luxus.

Ein kleiner Junge, der neben dem Fathier im Stroh gelegen hatte, setzte sich erschrocken auf. Er starrte Rose angsterfüllt an, dann krabbelte er in die Ecke und streckte die Hand nach einem roten Knopf aus.

»Nein, warte!«, rief Finn.

»Wir sind vom Widerstand!«, fügte Rose hastig an.

Unter dem Rand seiner zerschlissenen Kappe hinweg blickte der Stalljunge sie misstrauisch an. Rose nahm ihren Ring ab – den Ring, den Fossil ihr im Gedenken an ihre Schwester gegeben hatte. Sie löste den Verschluss an der Innenseite, woraufhin das Symbol der alten Rebellenallianz zum Vorschein kam. Das Fathier wieherte klagend.

Rose hielt den Atem an, während der Junge den Ring studierte. Dann huschte ein Lächeln über sein Gesicht.

Als der Sicherheitsdienst mit gezückten Blastern in die Stallungen stürmte, geschahen beinahe zeitgleich zwei Dinge: Die gewaltige Tür am Ende des Raumes glitt nach oben, und sämtliche Stallboxen schwangen auf. Die verdutzten Offiziere wurden von einer Wolke aus Staub und Stroh eingehüllt, während zwanzig Fathiere an ihnen vorbeistürmten, jedes entschlossen, als Erster die Tür zu erreichen, die auf die nunmehr verlassene Rennbahn hinausführte.

Die Sicherheitsoffiziere starrten der davonstürmenden

Herde hilflos nach, und der Stalljunge grinste, während er von der Kontrolltafel fortschlich, die er bedient hatte. An seinem Finger trug er den viel zu großen Ring mit dem Allianz-Symbol, und er blickte zufrieden darauf hinab.

Rose klammerte sich am Fell des vordersten Fathiers fest – es war das Muttertier, wie der Junge ihr in gebrochenem Basic erklärt hatte –, während die Tiere mit wenigen Schritten auf donnernden Galopp beschleunigten. Dicht neben ihrem Ohr stieß Finn einen erschrockenen Schrei aus, als die Welt begann, ruckhaft auf und ab zu hüpfen.

Rose war sich nur vage des Grinsens bewusst, dass wie auf ihr Gesicht gemeißelt war. Sie hatte nur kurz gezögert, als der Stalljunge einen Sattel auf den Rücken des Muttertiers geschnallt und ihr – mit einem ganz ähnlichen Grinsen – bedeutet hatte aufzusteigen. Finn hingegen war vor Grauen wie erstarrt gewesen.

Das Muttertier hatte Rose bereitwillig als ihre Reiterin akzeptiert, und auch Finns zusätzliches Gewicht nahm sie ohne Murren hin. Nun bebten die Flanken des Fathiers zwischen Roses Knien, seine Ohren zuckten, und sie wusste einfach: Das Tier war glücklich, dass es endlich frei rennen konnte.

Die Rennstrecke war verlassen, aber trotzdem taghell beleuchtet. Rose wollte sich auf dem Sattel nach hinten schieben, um ihre Beine besser gegen den Leib des galoppierenden Fathiers zu drücken, aber es ging nicht; Finn saß dicht hinter ihr, seine Arme um ihre Hüfte geschlossen. Ihr blieb also nichts anderes übrig, als sich, so gut es ging, weiter am Hals des Tieres festzuhalten.

Sie konnte spüren, wie die gewaltige Lunge des Muttertiers unter ihr pumpte, wie die Muskeln an Hals und Beinen in perfektem Einklang harmonierten. Es war, als würde sie auf einer lebenden Maschine sitzen, mit perfekter Präzision konstruiert, um die höchstmögliche Geschwindigkeit zu erreichen.

Es war gleichzeitig Furcht einflößend und aufregend, und Rose wünschte sich sehnlich, dass Paige hier wäre, um das zu sehen.

Das ist kein Tagtraum, keine Geschichte, die wir uns in der Geschützkuppel des Bombers ausdenken, damit wir einen Moment lang den Krieg vergessen können. Pae-Pae, das ist echt – *ich reite wirklich ein Fathier*!

Der Schädel des Tieres ruckte bei jedem seiner Schritte auf und ab, und der Wind drückte seine Ohren nach hinten. Dort, wo Roses Arme sich gegen den anmutigen Hals der Kreatur pressten, fühlte sie, wie das Blut unter dem Fell pulsierte.

»Hör auf, das zu genießen!«, brüllte Finn in ihr Ohr.

Speeder des Sicherheitsdienstes stiegen über der Rennstrecke empor, und Rose konnte sehen, wie ihre Waffen herumschwenkten, während sie versuchten, die dahinstürmende Herde ins Visier zu bekommen. Doch da schnaubte das Muttertier und senkte den Kopf, als hätte es einen Plan.

Rose erkannte, was das Fathier vorhatte, und sie schrie: »Ohhh – festhalten!«

Sie duckte sich und drückte den Kopf gegen den Hals des Tieres, als es quer über die Rennstrecke sprintete und dann durch das Fenster einer der unteren Bars des Casinos sprang. Gläser und Stühle flogen durch die Luft, und Rose hörte die Schreie zahlreicher Wesen. Finns Gesicht presste sich gegen ihre Schulterblätter.

Sie riskierte es, den Kopf zu heben, und sah das Casino als bunten Farbenwirbel an ihr vorbeizischen. Glücksspieler hechteten über Tische und drängten sich panisch aneinander; Servierdroiden standen stocksteif und jonglierten mit ihren Tabletts, um der Herde auszuweichen; Türsteher schrien und versuchten, nicht von der Woge flüchtender Gäste mitgerissen zu werden; ältere Frauen in glänzenden Kleidern kletterten auf Pazaak-Tische, während die Croupiers in ihrer schicken Dienstkleidung darunterkrochen; Würfel, Karten, Chips, Handtaschen, Monokel, Cocktailutensilien, Untersetzer und Kanapees ergossen sich über den Boden.

Es war herrlich. Wann immer die Waffenhändler und Kriegsprofiteure, die hier Urlaub machten, auf ihrer Flucht zusammenprallten und umfielen, hätte Rose am liebsten gejubelt.

Die Fathiere stürmten in die Eingangshalle hinaus, wo ein Page wie gelähmt vor den großen Türen stand. Das Muttertier hielt direkt auf ihn zu und beförderte ihn mit einem Kopfstoß in ein großes Becken voller Zierfische – *fleischfressender* Zierfische, falls Rose die plötzliche schäumende Aktivität im Wasser richtig interpretierte. Die automatischen Türen vor ihnen öffneten sich gehorsam, und das Muttertier sprang als erstes hindurch. Seine Hufe landeten auf der Motorhaube eines teuren Speeders, dann stürmte es weiter, über die große Prachtallee.

Rose hatte das Gefühl, als würde sie fliegen. Sie war in Schweiß gebadet und keuchte, so anstrengend war es, sich im Sattel zu halten, aber nichts von alledem störte sie, nicht mal die Schmerzen in ihren Beinen.

Die Herde folgte weiter dem Muttertier, aber sie bewegte sich nicht mehr als dicht gedrängte Gruppe, sondern ordnete sich in einer langen Reihe an. Und irgendwie schafften die Fathiere es, sogar noch schneller zu werden. Ihr

Tempo schuf einen Tunnel aus Luft und Lärm um Rose herum. Tische und Stühle gingen zu Bruch, als die Tiere ein Café niedertrampelten und Nachtarbeiter mit verquollenen Augen um ihren Feierabend-Kaffee brachte. Das Jaulen von Sirenen war noch immer zu hören, vermischt mit den Schreien erschrockener Passanten, dem Klirren von Fenstern und dem hohlen Klappern von Fathierhufen, die Speeder zerdellten.

Rose lachte laut. Wie oft hatten sie und Paige sich ausgemalt, sie wären die Helden eines Abenteuers, indem sie Fathiere vor ihren schmierigen Besitzern retteten und sie in die Freiheit führten, während die miesen Tierquäler im Staub endeten? Aber solch herrliche Zerstörung hatten sich nicht mal die Tico-Schwestern ausmalen können.

Sie tätschelte das Muttertier, das daraufhin mit dem Ohr schlackerte, während einer der Plätze der Altstadt an ihnen vorbeibrauste.

Sie genießt es ebenso wie ich, diesen schrecklichen Ort zu demolieren!

Ihre Fathier zog scharf zur Seite und tauchte in eine Gasse an, ehe es auf ein niedriges Gebäude sprang. Rose keuchte, als sich die Flucht auf die Dächer verlagerte und sie über die Lücken zwischen den Häusern hinwegsegelten. Vor ihnen glühte ein großes Oberlicht im Dunkel der Nacht.

»Nein, nein, nein …«, schrie Rose, während das Muttertier auf das Licht zuhielt, dann vergrub sie den Kopf im warmen Fell der Kreatur, als Glassplitter um sie herumwirbelten und das Fathier ins Innere des Gebäudes hinabsprang.

Sie landeten mit solcher Wucht, dass Rose die Luft aus der Lunge gepresst wurde. Finn brüllte etwas in ihr Ohr, aber sie konnte ihm nicht mal sagen, dass er aufhören solle.

Hitze umfing sie, und die Luft war voller Dampf – sie befanden sich in einer Sauna.

»Oh, Sonnen«, kreischte ein langarmiger Masseur.

Ein kleingewachsener Nichtmensch presste sich ein Handtuch vor den rosafarbenen Leib und sah mit seinem einen übergroßen Auge zu, wie das Muttertier seinen Galopp fortsetzte. Ein weiteres Wesen mit pechschwarzer Haut, das aussah, als würde es aus Glas bestehen, sprang gerade noch rechtzeitig von seiner Massageliege hoch, ehe die Herde den Raum in Schutt und Asche legte und dann in einer weiteren Explosion fliegender Glassplitter zurück auf die Straße preschte.

»Jaaa!«, schrie Rose, aber ihre triumphale Freude verwandelte sich rasch in ein angsterfülltes Stöhnen, als Sicherheitsspeeder mit gleißenden Suchscheinwerfern von oben herabsausten, um ihnen den Weg zu versperren. Das Muttertier stürmte in ein enges Sträßchen, wobei es die bunten Lichterketten zerriss, die dort zwischen den Häusermauern gespannt waren. Besagte Mauern rasten erschreckend dicht an Rose vorbei, und sie krümmte sich zusammen, überzeugt, dass ihre Knie jede Sekunde zerschmettert werden würden.

Vor ihnen endete das Sträßchen … in einer Sackgasse.

Rose hörte ihren eigenen Schrei – aber sie spürte auch, wie sich die Muskeln des Muttertieres unter ihr spannten. Ihr Magen stülpte sich um, als das Fathier in die Luft hochsprang. Die Mauer der Altstadt glitt unter ihnen hinweg, und dann landeten sie auf losem Kies und Sand. Der Rest der Herde folgte schnaubend und blökend ihrem Beispiel und preschte hinter dem Muttertier her über den Strand.

Voraus schimmerte das Mondlicht auf der glatten Oberfläche des Meeres.

Rose konnte den hellen Umriss ihres Shuttles ausmachen, der noch immer dort lag, wo Finn ihn in den Sand gerammt hatte. Es war nicht weit bis dorthin – vielleicht würden sie es schaffen.

Doch da explodierte der Shuttle, in Fetzen gerissen von den Laserkanonen der Polizeigleiter.

»Ach, kommt schon!«, brüllte Finn.

Blasterfeuer zischte um sie herum, und blaue Ringe trafen die Fathiere am Rand der Herde. Eines der Geschöpfe brach betäubt zusammen und überschlug sich. Das Muttertier schnaubte, und Schaum stob von seiner Schnauze.

Der Strand stieg vor ihnen an, bis zur Spitze einer Klippe, und die Herde sprintete den Hang empor, auch wenn ihre Hufe Mühe hatten, auf dem losen Sand Halt zu finden. Anschließend setzten sie ihre Flucht am Rand der Felsen entlang fort, hoch über den Wellen.

Polizeigleiter surrten neben ihnen her und setzten ihren Beschuss fort. Mehrere Fathiere stürzten von der Klippe und landeten unten auf dem Strand.

»Wir sind hier wie auf dem Silbertablett!«, rief Finn. »Wir müssen hier weg!«

Rose zerrte am Fell des Muttertiers und versuchte, es auf die Gefahr aufmerksam zu machen, aber sie wusste, dass ihnen nur ein Weg offenstand – der nach vorne. Sie rasten schrecklich nahe am bröckligen Rand der Felswand entlang, und die Hufe der Herde ließen eine wogende Sandwolke in die Luft hochsteigen.

Sie preschten auf eine schmale Wiese hinaus, eine grüne Oase inmitten der cantonicanischen Wüste. Das hohe Gras raschelte und wisperte, während das Muttertier hindurchpflügte, bis zu den Flanken in üppigem Grün versunken.

Rose versuchte noch einmal, das Tier zu lenken, diesmal

indem sie sich weit nach rechts lehnte. Das Fathier hob den Kopf und wieherte dem Rest der Herde zu, ehe es ihrem Kommando nachkam und auf diesem neuen Kurs durch das Feld galoppierte. Die anderen Tiere blieben indes auf ihrem ursprünglichen Kurs.

»Funktioniert es?«, schrie Finn.

Rose beobachtete, wie sich die Scheinwerfer am Himmel von der Herde lösten und dem Muttertier folgten.

»Sie lassen die Herde ziehen!«, rief sie. »Wir müssen jetzt nur noch …«

»Klippe!«, brüllte Finn.

Ihr Fathier kam schlitternd zum Stehen, und Rose und Finn wurden in hohem Bogen über seinen Schädel hinweggeschleudert. Die beiden landeten unsanft im süßlich riechenden Gras, Rose auf ihrem Bauch, unmittelbar vor dem Rand der Klippe. Mit zitternden Beinen spähte sie in die Tiefe und sah, dass der Fels mindestens hundert Meter steil abfiel, ehe er mit der Brandung verschmolz.

»Kannst du schwimmen?«, fragte Finn.

»Nicht, wenn ich tot bin«, erwiderte sie. »Wir sitzen in der Falle.«

Das Muttertier stand im Gras, seine Flanken pumpten wie ein Blasebalg, und hinter ihm gingen die Wachspeeder über dem Feld nieder. Ihre Suchscheinwerfer schweiften über das hohe Gras.

»Aber das war es wert«, murmelte Finn, während er mit hängenden Schultern darauf wartete, dass die Speeder sie entdeckten. »Die Stadt zu verwüsten, ihnen zu schaden.«

Rose blickte ihn überrascht an. War das derselbe Finn, der so gern länger bei den Spieltischen und Automaten verweilt wäre?

Das Fathier atmete noch immer schwer, während Rose

den Riemen seines Sattels löste, sodass er neben dem Geschöpf ins Gras fiel.

»Danke« sagte sie leise, dann griff sie unter ihren Overall und berührte ihr Medaillon.

Sie sind sogar noch schöner, als wir sie uns vorgestellt haben, Pae-Pae.

Das Muttertier blickte sie an; entweder wollte es nicht gehen, oder es war zu erschöpft. Rose schlug ihm mit der flachen Hand aufs Hinterteil, und das Fathier trottete davon. Nach ein paar Schritten beschleunigte es, bis es schließlich in vollem Galopp über die Wiese preschte, den anderen Mitgliedern seiner Herde hinterher. Die Scheinwerfer des Sicherheitsdienstes folgten ihm kurz, dann schwenkten sie in Richtung von Rose und Finn herum.

Rose lächelte, als das Muttertier in der Nacht verschwand.

»*Jetzt* war es das wert«, sagte sie, und die beiden warteten darauf, dass die Wachgleiter landeten und sie zum Gefängnis zurückbrachten.

Da drang unvermittelt ein neues Geräusch an ihre Ohren – das hohe Surren perfekt abgestimmter Ionentriebwerke.

Rose drehte sich herum, und ihr Mund klappte vor Schrecken auf, als jenseits der Klippe eine luxuriöse Sternenyacht in die Höhe stieg.

Eine Luke öffnete sich an der Seite des Schiffes, und ein orange-weißer Astromechdroide pfiff ihnen drängend zu.

»BB-8! Fliegst du etwa dieses Ding?«, schrie Finn.

Ein beleidigtes Piepsen antwortete ihm.

»Nein, natürlich wollten wir zurückkommen und dich holen!«, rief Finn. »Jetzt komm näher, damit wir an Bord können!«

In diesem Augenblick tauchte DJ hinter BB-8 auf. »Ah,

wollt ihr vielleicht mit?«, grinste er. »Ihr müsst nur das Zauberwort sagen.«

Finn zögerte. »Bitte?«

Doch Rose wusste genau, was DJ hören wollte. »Du bist angeheuert«, sagte sie grimmig.

TEIL VI

21. Kapitel

Rey stapfte allein über die Wiese auf der höchsten Erhebung der Insel, während der volle Mond wie eine Laterne am Himmel über ihr hing. Ihre Augen wanderten zu dem Jedi-Tempel, einer fahlen Erhebung im Dunkel der Nacht, die an der Spitze der Stufen kauerte.

Vermutlich war dies das letzte Mal, dass sie ihn sah. Das letzte Mal, dass sie hier oben durchs Gras schritt. Das letzte Mal, dass sie die simple Eleganz der uralten Hütten unter sich bewunderte.

Es machte sie ein wenig traurig, aber nicht so sehr wie die Erinnerung an die Erwartungen, die sie bei ihrer Ankunft auf der Insel gehabt hatte.

Zum Beispiel, dass sie hier einen Lehrer finden würde. Oder neue Hoffnung.

Diese Erwartungen waren enttäuscht worden, und nun musste sie es irgendwie General Organa beibringen.

Leia hatte bereits so viel verloren, und Rey würde ihre Bürde nur noch schwerer machen. Was sollte sie sagen? Dass ihr Bruder sich selbst in Verbitterung und Selbsthass verloren hatte? Dass er, der einst geholfen hatte, die Macht ins Gleichgewicht zu bringen, sich nun davon abgewandt hatte und ihre Bitten und Appelle halsstarrig ignorierte? Dass er bereit war, allein auf diesem kleinen Fleckchen Land in einem namenlosen Ozean zu sterben, während die Galaxis ringsum in Flammen stand?

Rey hatte nicht vor, sich vor ihrer Verantwortung zu drücken. Sie würde Leia die Wahrheit sagen.

Und dann würde sie kämpfen. Selbst wenn sie der Galaxis nur einen weiteren Tag Hoffnung schenken konnte, oder eine Stunde oder auch nur eine Minute – sie würde kämpfen.

Sie betrachtete die helle Scheibe des *Falken* tief unter ihr und kramte ihr Kommlink hervor.

»Chewie, bereite alles für den Start vor«, sagte sie. »Wir brechen auf.«

Während sie die Verbindung beendete, spürte sie plötzlich eine vertraute Präsenz wie einen kalten Windhauch an ihrem Rücken, und eine Gänsehaut breitete sich auf ihren Armen aus.

»Das würde ich jetzt lieber nicht machen«, murmelte sie.

»Ja, ich auch nicht«, sagte Kylo Ren.

Rey wappnete sich, entschlossen, ihren Erzfeind nicht in ihr Bewusstsein zu lassen. Diesmal würde sie ihn für seine Taten zur Rechenschaft ziehen.

»Warum hast du deinen Vater gehasst?« Sie drehte sich um und hielt erschrocken inne. »Oh.«

Kylo stand mit nacktem Oberkörper in seiner Kabine. Die Wunde, die sie ihm während ihres Duells zugefügt hatte, war als rote Narbe auf seinem Gesicht, seinem Hals und seinem Schlüsselbein eingebrannt.

Sie zog die Augenbrauen hoch, aber Kylo schien ungerührt von ihrem Anblick – und offenbar auch von ihrer Frage.

»Weil er schwach und dumm war«, antwortete er.

Rey zwang sich, in seine Augen zu blicken – diese wütenden, gequälten Augen.

»Ich glaube dir nicht«, schnappte sie. »Du wirst ... Könntest du dir vielleicht etwas anziehen?«

Er ignorierte die Bemerkung, und sie zwang sich zur Konzentration.

»Warum hast du deinen Vater gehasst? Gib mir eine ehrliche Antwort.«

»Ich werde dir antworten, wenn du eine ehrliche Frage stellst«, erwiderte Kylo. Am liebsten hätte sie ihn angeschrien. Er war nicht ihr Lehrer – und sie hatte aufgehört, nach einem zu suchen.

»Warum hast du Han Solo gehasst?«, wollte sie wissen.

»Nicht doch«, sagte er nur, geradezu gelangweilt.

Aber so leicht wollte Rey nicht nachgeben.

»Du hattest einen Vater, der dich geliebt hat. Du hast ihm etwas bedeutet!«

»Ich habe ihn nicht gehasst.«

»Wieso dann?«, fragte Rey.

»Wieso was? Sag es. *Wieso was*?«

»Wieso hast du ihn umgebracht? Ich verstehe es nicht!«

»Nein?« Kylos Neugier war echt – und sie machte Rey wütend. »Deine Eltern haben dich weggeworfen wie Abfall.«

»Das ist nicht wahr«, schrie sie, aber selbst in ihren eigenen Ohren klangen die Worte wie ein verzweifeltes Flehen. Dieses seltsame Band zwischen ihnen hatte Rey einen Eindruck von Kylos Fähigkeiten vermittelt und ihr geholfen, ihre eigenen Kräfte zu entdecken, aber gleichzeitig hatte es Snokes Schüler erlaubt, in ihren Erinnerungen und Gefühlen herumzuwühlen.

Doch was er da gesagt hatte, konnte er unmöglich in der Macht gesehen haben. Es musste eine Lüge sein. Oder?

»Oh, doch. Aber du kannst nicht aufhören, sie zu vermissen. Das ist deine größte Schwäche! Du siehst sie überall. In Han Solo. Jetzt in Skywalker.«

Sein Blick war hungrig – aber auch wissend.

»Hat er dir erzählt, was damals passiert ist?«

»Ja«, antwortete Rey, aber Kylo konnte ihre Zweifel spüren.

»Nein«, sagte er.

Ben Solo – nicht länger ein Kind, aber auch noch kein Mann – blickt erschrocken auf. Sein Onkel Luke ist des Nachts in seine Stube getreten, und jetzt steht er über ihm. Das Gesicht des Jedi-Meisters ist zu einer Grimasse verzerrt, erhellt von der grünen Klinge seines Lichtschwerts. Die Macht brodelt vor drohender Gefahr. Einen Moment lang huscht ein Schatten des Bedauerns über Lukes Züge, aber Ben kann sehen, dass sein Onkel seine Entscheidung bereits getroffen hat. Er wird nicht zögern, nicht innehalten; er wird mit seinem Lichtschwert zustoßen und seinen schlafenden Neffen erschlagen.

Verzweifelt streckt Ben die Hand aus, nicht zu Luke, sondern zu dem Lichtschwert auf dem Tisch hinter ihm, der Waffe, die er selbst gebaut hat. Sie fliegt in seine Hand, und die blaue Klinge schießt gerade rechtzeitig hervor, um den tödlichen Hieb abzublocken. Die überkreuzten Schwerter surren und sprühen Funken, aber Ben weiß, er hat sich nur ein paar Sekunden verschafft – die Kräfte seines Meisters sind zu groß, als dass er ihnen widerstehen könnte. Panisch reckt er die freie Hand zur Decke hoch. Er unterwirft die Steine seinem flehenden Willen, dann lässt er die gesamte Decke auf seinen Lehrmeister hinabstürzen – um sich zu retten.

»Er spürte meine Stärke, genauso wie er deine spürt«, erklärte Kylo. »Und er fürchtete sie.«

»Lügner«, schrie Rey, aber da war keine Überzeugung in ihrem Ausruf. Sie konnte spüren, dass Kylo ihr die Wahrheit erzählte – oder dass er zumindest nicht versuchte, sie in die Irre zu führen. Und hatte sie nicht selbst Schuldgefühle und Selbsthass in Skywalker gefühlt? Was, falls er gar nicht wegen der Taten seines Schülers ins Exil gegangen war, sondern dessentwegen, was er seinem Schüler angetan hatte?

»Lass die Vergangenheit sterben«, sagte Kylo leise. »Töte sie, wenn du musst. Das ist der einzige Weg, deine Bestimmung zu erfüllen.«

Dann war er fort, und Rey blieb allein in der kühlen Nacht zurück. Allein, aber in dem Wissen, dass sie noch etwas erledigen musste, ehe sie Meister Skywalkers Zuflucht für immer verlassen würde.

Mit vorgerecktem Kinn marschierte Rey über die felsige Hügelflanke davon, nicht zum wartenden *Falken*, sondern in die entgegengesetzte Richtung.

Luke stand im Mondlicht vor dem Tempel. Unter ihm nagten die Wellen unermüdlich an den felsigen Klippen, ein langsamer, niemals endender Prozess, der die Insel zerfressen würde, bis sie eines Tages wieder unter den Wassern verschwand, aus denen sie emporgestiegen war. Über ihm prangten die Sterne als kalte Lichtpunkte am Himmel und folgten ihren ewigen Pfaden.

Er setzte sich hin, und seine Beine protestierten, als er sie unter seinen Körper zog, anschließend legte er die Hände auf den felsigen Sims, an dem im Laufe von Äonen schon so viele Jedi meditiert hatten, und schloss die Augen.

Atme. Atme einfach nur.

Der Wind – jener stete Gefährte der Insel – füllte seine Ohren mit dem leisen Wispern der Herbstbrisen. Kein Vergleich zum Wimmern des Winters oder dem Heulen der Sommerstürme. Er konnte darin die Rufe der nachtaktiven Vögel hören, die hoch über ihm dahinzogen, und das Summen der Insekten im Gras, das seinem ganz eigenen Takt folgte.

Hinter ihm, im alten Tempel, begann die glatte Oberfläche des Wassers in dem uralten Becken kleine Wellen zu werfen und zu tanzen.

Jetzt hörte Luke noch mehr, viel mehr. Das Rauschen von Kieseln und Sandkörnern, die unter den Wellen hin und her rollten. Das Rascheln, mit dem Würmer sich blind durch die Erde schoben, während sie Tunnel gruben und den Boden mit neuem Leben erfüllten. Das Murmeln der letzten ungeschlüpften Porg-Küken dieser Paarungssaison, die sich unter dem Herzschlag ihrer Mütter in ihren Eiern herumdrehten.

Er hörte die ganze Welt, die auf seine Sinne einströmte.

An Bord der *Raddus* hob ein MD-15-Medidroide seinen ausdruckslosen weißen Kopf. Der Puls seiner Patientin hatte sich plötzlich beschleunigt, begleitet von unerwarteten Spitzen in der Hirnaktivität. Der Droide richtete seine Fotorezeptoren auf die Frau: Sie lag weiterhin reglos auf ihrem Krankenbett, aber ihre Augen bewegten sich unter geschlossenen Lidern.

»Luke«, wisperte Leia.

Die Geräusche schwollen zu einem Crescendo an, einem lauten Donnerschlag, gefolgt von einem überraschenden, blendenden Sturm von Bildern.

Such deine Mitte. Finde dein Gleichgewicht.

Lukes Körper fühlte sich an, als würde er in Flammen stehen. Er wusste natürlich, dass es nicht so war, und so akzeptierte er das Gefühl, ohne sich davon beherrschen zu lassen, bis es wieder abebbte. Stattdessen wallte nun eine vertraute Wärme auf, ein Gefühl des Dazugehörens, und er fand sich in einem endlosen Netz von Verbindungen wieder, das ihn und alles andere in der Galaxis an seinem Platz hielt.

Die Macht.

Diesen Aspekt hatten die Jedi die lebende Macht genannt – ein endloser, sich unentwegt erneuernder Strom. Doch es gab noch einen weiteren Aspekt, die kosmische Macht. Sie hatte ein Bewusstsein, ein Ziel und einen Willen. Dieser Wille war nach dem Untergang der Sith verstummt und während Lukes Zeit im Exil nur ein einziges Mal aus seinem Schlummer erwacht. Doch jetzt machte er sich erneut bemerkbar.

Von neuer Zuversicht erfüllt, streckte Luke seine Sinne aus, und sein Bewusstsein schlängelte sich durch den Tumult des Lebens auf der kleinen Insel. Rey entdeckte er sofort; sie war wie ein Leuchtfeuer in der Macht, eine Flamme, so hell, dass alles in ihrer Umgebung sich an sie anpasste.

Und da war noch eine weitere bekannte Präsenz, diese jedoch weit entfernt – schrecklich weit entfernt. Aber keine noch so große Entfernung konnte ihr Schillern in Lukes Wahrnehmung dämpfen.

Er öffnete seine Augen.

»Leia«, wisperte er.

Rey stand auf einer langen, flachen Felszunge, die aus den grasbewachsenen Hügeln der Insel vorragte und an einer niedrigen Klippe über dem Meer endete. Im Zentrum des

Vorsprungs klaffte ein schwarzes Loch, umgeben von rötlichem, im Mondlicht bleichem Moos.

Rey hatte diesen Ort in ihrer Vision auf dem Mediationssims gesehen – der Ort, der ihr etwas zeigen wollte –, und sie näherte sich ihm mit großer Vorsicht. Luke hatte sie gewarnt, dass es ein Eingeständnis an die dunkle Seite wäre, falls sie sein Angebot annahm, aber vielleicht hatte er auch nur Angst vor der Wahrheit, die sich ihr hier offenbaren könnte.

Am Rand des Loches blieb Rey stehen. Sie beugte sich vor, um das Moos zu betrachten, und rutschte aus – entweder das, oder sie wurde in das Loch gezerrt. Sie wusste nicht, ob sie schrie, ob sie überhaupt ein Geräusch machte, aber sie landete im Wasser, und die Kälte stach wie ein Messer in ihre Lunge.

Strampelnd kämpfte sie sich an die Oberfläche und keuchte, dann zog sie sich auf den rutschigen flachen Fels hoch, ihre Augen brannten vom Salz des Meeres.

Sie befand sich in einer Höhle, wie sie nun sah – ein langes, schmales Gewölbe unterhalb der Klippe, vollkommen verborgen, abgesehen allein von dem Loch über ihr, wo ein vertikaler Schacht zur Oberfläche hochreichte.

Bei Flut sprudelte das Wasser wie ein Geysir aus der Öffnung, fast als wäre es das Atemloch eines lebenden Wesens. Doch jetzt, wo der Wasserstand niedriger war, blies lediglich der Wind hindurch.

Das Meer hatte den Fels der Höhle glatt geschliffen, sodass die Wände wie ein schwarzer rissiger Spiegel glänzten. Rey konnte ihre Reflexion darin sehen – eine Reflexion, die sich tausendfach in den zahllosen Facetten des Steins wiederholte. Sie hatte den Eindruck, als wäre eine ganze Armee von Reys vor ihr aufgereiht.

Sie starrte in diesen dunklen Spiegel und erkannte, dass er zurückstarrte. Die Macht erbebte, als würde sie die Ankunft einer gewaltigen Präsenz erwarten.

Rey konnte ihren eigenen Atem hören, zunächst langsam und unregelmäßig, dann aber immer schneller, als sie erkannte, dass sie sich innerhalb des Felsens befand, innerhalb der Spiegelwelt. Jenseits all der Reys und des durchnässten, zitternden Mädchens auf dem Sims in der Höhle.

Dann war diese Rey plötzlich fort, und an ihrer Stelle, einhundert Reflexionen entfernt, befand sich nur noch der dunkle Sims. Rey drehte den Kopf wieder herum, und ihre Abbilder ahmten die Bewegung gehorsam nach, eines nach dem anderen, wie eine Welle, bis sie schließlich alle intensiver auf den dunklen Fels starrten.

Sie wusste, dass sie tiefer vordringen musste, dass sich die Welt jenseits des Spiegels unendlich weit fortsetzte. Irgendwo dort vorne lag ein besonderer Ort, und wenn sie nur den Mut hatte, sich weit genug vorzuwagen, dann würde sie die Antworten erhalten, die sie hierher geführt hatten – die Antworten, vor denen sie sich am meisten fürchtete.

Tiefer im Fels sah sie noch mehr Reys, Teil einer Reihe, die sich weiter dahinzog, und sie war entschlossen, ihnen zu folgen, eins mit ihnen zu werden. In ihrem Kopf ertönte eine Stimme, die sie zu warnen versuchte – davor, dass sie für immer hier unten, im geheimen Herzen der Insel, gefangen sein würde –, aber Rey ignorierte sie.

Sie folgte der Linie ihrer Spiegelbilder, weiter und weiter, bis die surreale Kolonne ihrer Abbilder schließlich endete und sie die letzte Rey erreicht hatte, die schwer atmend auf einen großen, runden, trüben Spiegel aus poliertem Stein starrte, ähnlich dem, der sie in der Höhle in seinen Bann geschlagen hatte.

»Zeig mir meine Eltern«, flehte sie. »Bitte.«

Sie streckte die Hand aus, und die trübe Oberfläche des Spiegels schien sich zu kräuseln. Die Dunkelheit löste sich auf, und darunter kamen zwei Silhouetten zum Vorschein. Während Reys Herzschlag in ihren Ohren hämmerte, verschmolzen die beiden Gestalten zu einer, dann streckte diese Figur die Hand aus, bis nur noch der Spiegel ihre Fingerspitzen von Reys Fingern trennte.

Es war das Mädchen aus der Höhle. Es war sie selbst.

Rey ließ die Hand sinken, und ihre Reflexion tat es ihr nach.

Dann begann sie zu weinen.

Sie hatte so viele Nächte in der Wüste von Jakku verbracht, eine Waise in den halb vergrabenen Trümmern eines vergessenen Krieges, und jede Nacht hatte sie eine neue Linie in das Metall gekratzt, bis sie von Tausenden kleinen Strichen umgeben war – viel zu viele, als dass man danach noch effektiv die Zeit hätte messen können, aber das war da schon gar nicht mehr der Zweck gewesen. Die endlosen Reihen von Strichen hatten längst eine andere Bedeutung angenommen. Sie waren ein Beleg, dass ihre Mahnwache einen Sinn hatte, dass ihre freudlose Existenz auf ein Ziel zustrebte. Oder vielleicht war es auch einfach nur ein Ritual geworden, um die Einsamkeit in Schach zu halten, die an ihr nagte, die ihre Hoffnung fraß und ihr zuflüsterte, dass sie genauso enden würde wie alles andere, was auf Jakku zurückgelassen wurde – als leere, nutzlose Hülse.

Rey hatte sich in jenen Nächten schrecklich allein gefühlt, aber nie war ihre Einsamkeit größer gewesen als jetzt, wo sie in der kalten Dunkelheit unter der Insel stand und ihr eigenes Spiegelbild anblickte.

Schließlich versiegten ihre Tränen, und Rey hob den

Kopf. Sie musste mit jemandem über die Höhle sprechen; darüber, was sie hierher geführt hatte, was sie hier gesehen hatte – mit jemandem, der verstand, dass Einsamkeit und Trauer einen auffressen konnten, bis nichts mehr übrig war.

Luke war in Sorge, dass Rey die Insel bereits verlassen haben könnte. Was, falls seine neu erwachte Verbindung mit der Macht ihn seiner Umgebung gegenüber blind gemacht hatte und er feststellen würde, dass sie mitsamt dem *Falken* verschwunden war?

»Rey, du hattest recht«, rief er, während er im strömenden Regen über einen grasbewachsenen Hang rannte. Blitze zuckten am Himmel über ihm. »Ich komme mit dir. Rey?«

So lange hatte er alles von sich ferngehalten, und jetzt loderte die Macht glühend heiß in ihm. Rey hatte recht. Sie brauchte ihn, ebenso wie Leia, wie der Widerstand, wie all jene, die die Hoffnung zu verlieren drohten. Seine Trauer und seine Schuldgefühle hatten ihn in Dunkelheit und Verzweiflung gestürzt; das war alles, war er noch wahrgenommen hatte. Um die Galaxis vor seinem Versagen zu schützen, hatte er sich von allem abgeschottet – auch von jeglicher Hoffnung.

Die Macht hatte ihm Rey geschickt, da war Luke sicher. Sie war gekommen, um ihm die Nachricht zu überbringen, die er nicht hatte hören wollen. Aber sie war nicht nur eine Botin der Macht; so von ihr zu denken, wurde dieser jungen Frau nicht gerecht. Die Macht war stark in ihr, und sie hatte an ihn geglaubt, obwohl er ihr keinen Grund dafür gegeben hatte.

Luke erreichte die Hütten und stellte zu seiner Erleichterung fest, dass Han Solos Frachter noch immer am Fuß der langen, gewundenen Treppe stand. Und aus der Tür und dem schmalen Fenster der Hütte, die Rey für sich beansprucht hatte, fiel Licht in die Düsternis.

Luke atmete auf und beschleunigte seine Schritte, entschlossen, all die verlorene Zeit wieder aufzuholen.

Als Rey ihre Hütte erreichte, spürte sie in der Macht bereits seine Nähe. Die Verbindung zwischen ihnen war so roh und gewaltig – es erinnerte sie an die elektrische Spannung, wenn man bei der Schrottsuche in einem Wrack einen noch intakten Notfallschaltkreis berührte. Sie setzte sich auf die Steinbank, schloss die Augen, öffnete sie wieder, und da war er: Kylo Ren. Er saß neben ihr, so nahe, dass sie das Gefühl hatte, sie müsste nur den Arm ausstrecken, um seine Hand zu berühren, sein Gesicht, sein Haar.

Eine Woge der Erleichterung durchströmte sie.

Kylo hörte aufmerksam zu, sein langes Gesicht unbewegt, während sie ihm von der Höhle und dem Felsspiegel erzählte, und davon, dass ihre Reise keine Antworten erbracht hatte – außer der, dass sie vollkommen allein war.

»Du bist nicht allein«, sagte er, und sie glaubte ihm.

»Genauso wenig wie du. Es ist noch nicht zu spät.«

Zögerlich streckte Rey ihre Hand nach seiner aus. Sie erwartete, dass ihre Finger einfach durch ihn hindurchgleiten würden, und sie war neugierig, wie sich das wohl in der Macht anfühlte.

Doch stattdessen berührten sich ihre Hände. Rey keuchte, und sie sah dieselbe Überraschung auf Kylos Gesicht.

In diesem Moment trat Luke Skywalker in die Hütte – nur um zu sehen, wie Rey und Kylo Ren gegenseitig ihre Hände umklammert hatten, während sie einander in die Augen starrten.

»Stopp!«, schrie er und riss die Arme hoch. Eine Energiewoge sprengte Wände und Decke der Hütte nach außen, fort von der Bank, wo Rey nun plötzlich allein saß.

Ihre Hand schloss sich um leere Luft, und sie blinzelte mehrmals, während der Regen auf sie niederprasselte.

Schließlich stand sie auf und starrte den Jedi-Meister an.

»Ist es wahr?«, fragte sie. »Habt Ihr versucht, ihn umzubringen?«

»Verlass diese Insel«, presste Luke zwischen zusammengepressten Zähnen hervor. »Sofort!«

Er wirbelte herum und ging davon, genauso wie an dem Tag, als sie hier angekommen war, im Gepäck das Lichtschwert, mit dem für sie alles begonnen hatte.

Damals hatte Rey ihm einfach nur ratlos – und gekränkt – hinterhergeblickt. Aber seitdem war viel Zeit vergangen.

»Nein«, rief sie. »Ihr werdet mir antworten. Sagt mir die Wahrheit. Bleibt stehen!«

Luke ging einfach weiter, also griff Rey kurz entschlossen nach ihrem Stab. Mit drei weiten Schritten schloss sie zu ihm auf und verpasste dem Jedi-Meister einen harten Schlag gegen den Hinterkopf, der ihn zu Boden stürzen ließ.

Fassungslos starrte Luke durch den Regen zu ihr auf, die Zähne gefletscht.

»Habt Ihr es getan?«, fragte Rey. »Habt Ihr Kylo Ren erschaffen?«

Er stemmte sich auf die Füße, und sie sah sofort, dass sich nichts verändert hatte – er würde wieder davonmarschieren, um irgendwo in Ruhe vor sich hin zu brüten. Wütend schwang sie ihren Stab ein zweites Mal, doch da hob Luke in einer verschwommenen Bewegung den Arm, und ein Stück eines Blitzableiters flog von einer der Hütten in seine Hand. Ehe Rey auch nur blinzeln konnte, hatte er ihren Hieb abgewehrt, und das mit solcher Wucht, dass sie die Vibration bis in ihre Schultern spürte und von ihm zurücktaumelte.

Doch sie sprang sofort wieder vor, und ihr Stab und seine improvisierte Waffe kreuzten sich erneut im strömenden Regen. Rey drang unermüdlich auf ihn ein; der Stab hatte sich nie besser in ihren Händen angefühlt, war nie mehr ein Teil von ihr gewesen als in diesem Moment. Ihre Siegessicherheit wuchs, und sie grinste wölfisch, als sie die Überraschung auf Lukes Gesicht sah.

Doch das Triumphgefühl währte nicht lange. Der Jedi-Meister blockte ihren nächsten Hieb, dann stieß er zu, schneller, als sie reagieren konnte, und schlug ihr die Waffe aus den Händen. Der Stab landete klappernd auf dem Boden, und Rey stand wehrlos auf dem nassem Stein.

Sie streckte ihre Sinne in die Macht aus, die hungrig um sie herumwogte, und einen Moment später hielt sie auch schon das Lichtschwert in der Hand. Regentropfen verdampften zischend, als sie die Klinge aktivierte und sie über ihren Kopf hob. Luke wich zurück und starrte sie an.

Einen langen Moment rührte sich keiner der beiden, dann schaltete Rey das Lichtschwert wieder ab, und Dunkelheit fiel über sie.

»Sagt mir die Wahrheit«, verlangte sie.

Luke Skywalker blickt auf seinen Neffen Ben Solo hinab – nicht länger ein Kind, aber auch noch kein Mann. Er ist des Nachts in die Stube des Jungen getreten und steht jetzt über ihm. Die Augen des Jedi-Meisters sind geschlossen, und die Macht brodelt vor drohender Gefahr. Sorgen legen ihre Schatten über Lukes Züge, als er die Hand ausstreckt und mit der Macht in den Geist des schlafenden Ben hineingreift.

Der Junge bleibt reglos liegen, sein Gesicht unbewegt, und auch Lukes Augen bleiben geschlossen. Dennoch kann er sehen, und was er sieht, sind Feuer und Verderbnis und die blicklosen Augen der Toten. Und er kann hören: Schreie, das Zischen von Lichtschwertern, das Grollen von Explosionen.

Dunkelheit breitet sich von diesem schlanken schwarzhaarigen Jungen aus, um die gesamte Galaxis in einen Schleier des Schreckens zu hüllen. Luke zieht die Hand zurück, als hätte er sich verbrannt. Die Macht um Ben war schon immer von Adern der Dunkelheit durchzogen, doch was er nun gesehen hat, übersteigt seine schlimmsten Befürchtungen.

Er nimmt das Lichtschwert von seinem Gürtel und aktiviert mit grimmiger Miene die Klinge. Doch dann blickt er wieder zu Ben hinab, und der kurze, beinahe widerwillige Gedanke ist verschwunden. Er kann sein Lichtschwert nicht gegen den Sohn seiner Schwester einsetzen.

Im selben Moment erkennt Luke, dass es bereits zu spät ist – denn Bens Augen sind offen, weit vor Furcht und Erkenntnis. Der Junge ist ein Skywalker; seine Machtfähigkeiten sind bereits enorm, und sie wachsen immer weiter.

Er weiß genau, was Luke dachte.

Er weiß genau, was Luke sah.

Er weiß, was geschehen muss.

Verzweifelt streckt Ben die Hand aus, nicht zu Luke, sondern zu dem Lichtschwert auf dem Tisch hinter ihm. Nach der Waffe, die er selbst gebaut hat. Sie fliegt in seine Hand, und die blaue Klinge sticht vor, um seinen Meister mit einem tödlichen Hieb niederzustrecken. Lukes eigenes Schwert pariert den Schlag, sodass die überkreuzten Schwerter surren und Funken sprühen. Dann reckt Ben die freie Hand zur Decke hoch. Er unterwirft die Steine seinem Willen und lässt die gesamte Decke auf seinen Lehrmeister hinabstürzen.

Rey berührt Lukes Arm.

»Ihr habt ihn nicht hintergangen«, sagte sie, ihre Stimme zu gleichen Teilen sanft und drängend. »Ihr dachtet, er hätte seine Wahl getroffen. So war es aber nicht. Es gibt noch immer einen Konflikt in ihm. Wenn er der dunklen Seite entsagt, könnte das Blatt sich wenden. Das könnte der Weg sein, wie wir gewinnen.«

Luke begegnete grimmig ihrem Blick, und zum ersten Mal, seit Rey ihn kennengelernt hatte, wirkte er wirklich alt – ein gebrochener Mann, der glaubte, Zuflucht vor einem Sturm gefunden zu haben, nur um jetzt wieder hineingezogen zu werden. Doch seine Stimme war kräftig, und sie duldete keinen Widerspruch.

»Nein. Das wird nicht so laufen, wie du es dir vorstellst«, warnte er sie.

»Doch, wird es. Gerade eben, als sich unsere Hände berührten, sah ich seine Zukunft, so klar wie ich Euch sehe. Wenn ich zu ihm gehe, wird Ben Solo sich bekehren lassen.«

»Rey, tu das nicht«, beschwor Luke sie.

Anstatt einer Antwort hielt sie ihm erneut das nunmehr deaktivierte Lichtschwert hin – ein letztes Angebot.

Aber sie wusste bereits, dass er es nicht annehmen würde.

»Dann ist er unsere letzte Hoffnung«, sagte Rey.

Sie wandte sich von Luke ab und ging ohne ein weiteres Wort davon.

22. Kapitel

Als die *Ninka* ihren letzten Treibstoff verbraucht hatte und der Moment kam, die verbliebene Besatzung von Bord zu schaffen, stand Poe nicht auf der Liste der Evakuierungskräfte. Wohl ein technischer Fehler. Der Deckoffizier zuckte hilflos mit den Schultern und zeigte ihm den Datenblock. Dort, wo sich Poes Name befinden sollte, stand ein unlesbares Wort.

Vor Wut schäumend blieb er an Bord der *Raddus* zurück, während C'ai Threnalli seinen Transporter startete und den Hangar verließ – ein einzelnes Schiff würde nicht ausreichen, um die Rumpfmannschaft der *Ninka* zu evakuieren. Von den Monitoren des Kontrollraums aus beobachtete Poe, wie der Transporter den kleinen Bunkerbrecher wieder verließ, und sein Gesicht verzog sich gequält, als die *Ninka* kurz darauf begann, langsamer zu werden. Ihr Bug neigte sich nach oben, dann wurde sie von den Turbolasern der Ersten Flotte in Stücke geschnitten.

Die Flotte des Widerstands war nie groß genug gewesen, um diese hochtrabende Bezeichnung wirklich zu verdienen, aber das war jetzt ein hypothetischer Streitpunkt, denn sie existierte nicht länger – nur die *Raddus* war noch übrig.

Ein einzelner Sternzerstörer der Ersten Ordnung hätte den Mon-Calamari-Kreuzer bereits auf eine schwere Probe gestellt, und nun waren dreißig hinter ihnen her.

Ganz zu schweigen von Snokes monströsem Flaggschiff.

Und was immer die Erste Ordnung noch so alles im Geheimen gebaut hatte, während Senatoren der Neuen Republik jahrelang über irgendwelchen Schwachsinn diskutiert hatten.

Poe verließ den Kontrollraum, als C'ais Transporter zurückkehrte. Das Mindeste, was er tun konnte, war, die Besatzungsmitglieder der *Ninka* auf der *Raddus* willkommen zu heißen. Doch als er die Techniker und Soldaten begrüßte, klangen seine Worte nicht mal in seinen eigenen Ohren überzeugend, und die wenigsten von ihnen blickten überhaupt auf. Sie schlurften einfach zum Ausgang des Hangars, mit gebeugten Schultern und langen Gesichtern.

Eine besiegte Armee.

Poe wanderte durch die Korridore der *Raddus*, vorbei an nervös dreinblickenden Soldaten und Crewmitgliedern. Dämmriges Halbdunkel hatte sich auf dem Kreuzer ausgebreitet, und an vielen Stellen sorgte nur die Notfallbeleuchtung für ein wenig Helligkeit. Es war eine Maßnahme, um Treibstoff zu sparen, und normalerweise wäre Poe damit einverstanden gewesen – falls er nur gewusst hätte, wofür dieser Treibstoff gespart wurde.

Er erreichte die sekundäre Brücke, aber noch vor der Tür wurde er von Commander D'Acy abgefangen.

»Sie wurden von der Brücke verbannt«, sagte sie. »Lassen Sie uns keine Szene machen.«

Dann war es also kein technischer Fehler gewesen.

»Doch, lassen Sie uns«, entgegnete Poe. Er schob die Frau zur Seite und stürmte auf die Brücke. D'Acy eilte hinter ihm her, um ihn aufzuhalten, aber er hatte Holdo bereits ins Visier genommen und hielt schnurstracks auf sie zu. Keiner der Offiziere auf der Brücke wagte es, ihn aufzuhalten.

Holdo blickte ihm nur ruhig entgegen.

»Fliegerass«, seufzte sie.

»Sparen Sie sich das«, blaffte Poe. Er blieb so dicht vor ihr stehen, dass ihre Nasenspitzen sich beinahe berührten. »Wir hatten eine Flotte. Jetzt ist nur noch ein Schiff übrig – und Sie haben uns *nichts* gesagt! Falls Sie ein Ass im Ärmel haben, wäre jetzt der Zeitpunkt, es auf den Tisch zu legen. *Jetzt gleich.* Sagen Sie uns, dass wir nicht nur wegrennen, bis sie uns abschießen. Dass wir einem Plan folgen! Dass es Hoffnung gibt. *Bitte*!«

Er fragte sich, ob sie ihn ohrfeigen, einfach ignorieren oder den Soldaten befehlen würde, ihn in eine Arrestzelle zu werfen. Stattdessen überraschte sie ihn mit Worten, die er selbst nur zu gut kannte.

»Als ich unter Leia diente, sagte sie immer: Hoffnung ist wie die Sonne«, zitierte Holdo. »Falls du nur an sie glaubst, wenn du sie sehen kannst …«

»Wirst du niemals die Nacht überstehen«, beendete Poe den Satz.

Sie blickten einander schweigend an, vereint – wenn auch nur einen Moment – in ihrem gemeinsamen Respekt vor der Frau, die sie verloren hatten.

»Captain, Sie verwechseln Übermut mit Mut«, erklärte Holdo schließlich. »Befolgen Sie meine Befehle.«

Poe wollte etwas entgegnen, aber dann brach er ab. Er hatte etwas auf dem Monitor eines Brückenoffiziers entdeckt, die schematische Darstellung eines Transporters, ganz ähnlich dem, mit dem C'ai gerade erst von der *Ninka* zurückgekehrt war. Poe blickte dem Mann über die Schulter und versuchte zu verarbeiten, was seine Augen ihm zeigten. Ungläubig wirbelte er zu Holdo herum.

»Sie lassen die Transporter betanken?«, fragte er, und erneut kochte Zorn in ihm hoch. »Etwa alle? Wir verlassen das Schiff? Ist das … alles, was Sie draufhaben? Das ist Ihr Plan? Diese Transportschiffe besitzen keine Waffen, keine Schilde. Falls wir den Kreuzer aufgeben, war's das. Wir haben keine Chance!«

»Captain«, versuchte Holdo ihn zu unterbrechen, aber Poe war nicht zu bremsen.

»Das wird dem Widerstand das Genick brechen! Sie sind nicht nur ein Feigling – sie sind eine *Verräterin*!«

Holdo wandte sich empört ab. »Entfernt diesen Mann von meiner Brücke«, sagte sie, und die Soldaten traten vor, um ihrem Befehl Folge zu leisten.

Eines musste Rose DJ lassen: Er hatte ein gutes Schiff gestohlen.

Die Namensplakette über der Luftschleuse identifizierte das Schiff als *Libertine* – »Freigeist« –, ein Name, bei dem Rose die Nase krausgezogen hatte. Wie gern hätte sie ein paar Änderungen daran vorgenommen – mit ihrem Blaster. Davon abgesehen, maß die Yacht von den Repulsorliftkissen am Bug bis hin zur schmalen, eleganten Flosse des Hecks knapp sechzig Meter, jeder Zentimeter davon umgeben von einer auf Hochglanz polierten, weiß glänzenden Außenhülle. Es gab eine luxuriöse Hauptkabine, in ihrer Mitte das neueste Modell eines Holotischs; ein paar geschmackvoll eingerichtete Kabinen auf dem unteren Deck und eine Wendeltreppe, die zum Cockpit hochführte.

Da wird jemand auf Cantonica wirklich wütend sein, wenn er rausfindet, dass sein Schiff gestohlen wurde.

BB-8 und DJ waren so nett gewesen, Roses und Finns persönliche Habseligkeiten mitzunehmen, ehe sie das Gefängnis von Canto Bight verlassen hatten und zum Raumhafen der Stadt geschlichen waren, um ein Fluchtvehikel zu organisieren.

Der Astromech schilderte Rose in piepsender Droidensprache die Details des Schiffsdiebstahls, während die *Libertine* von der Wüstenwelt davonraste. Dank der erstklassigen Beschleunigungsdämpfer und der Stoßschutzfelder der Yacht spürten sie es kaum, als sie die Atmosphäre verließen und ins All eintauchten. Ein Hauch von Bewunderung haftete BB-8s Piepsen und Pfeifen an, als er erzählte, wie DJ sich beim Raumhafen an den Wachen vorbeigeschlichen, den Öffnungscode der Yacht geknackt und das Schiff gestartet hatte, alles innerhalb von ein paar Minuten und nur mithilfe eines Datenblocks und eines Überbrückungschips.

Rose machte sich eine mentale Notiz – genauer gesagt, eine *weitere* mentale Notiz –, Finn bei Gelegenheit zur Seite zu nehmen und mit ihm über den Droiden zu reden. Vorausgesetzt natürlich, sie schafften es tatsächlich, die Widerstandsflotte zu retten, ohne auf irgendeine deprimierende Art zu sterben, über die sie jetzt nicht nachdenken wollte. Der Astromech hatte bereits eine Neigung, Befehle zu missachten, falsche Identitäten anzunehmen und Leute anzugreifen. Und als wäre das nicht schon schlimm genug, schien er nun auch noch Gefallen an Diebstahl zu finden.

Apropos Diebstahl – wo steckte DJ eigentlich?

Rose schälte sich aus dem Pilotensessel, schnitt eine Grimasse, als Schmerzen durch ihre Beine und ihren Rücken brandeten, und spähte aus dem Cockpit. Ihr schmuddeliger Retter durchwühlte gerade die Schränke der Hauptkabine und summte, während er mit Kennerblick Schmuck und andere Wertgegenstände beäugte.

Rose schnaubte. Er hatte bereits das Schiff gestohlen – warum plünderte er jetzt das Inventar? Der Dieb erinnerte sie an eine otomokische Werftratte, die immer versuchte, den Sicherheitsdroiden einen Schritt vorauszubleiben.

DJ hörte das Schnauben und hob den Kopf, sein Blick fröhlich und zufrieden. Er zeigte ihr eine diamantenbesetzte Kette und legte mit einem schiefen Grinsen den Kopf auf die Seite.

Rose schüttelte nur den Kopf und drehte sich wieder nach vorne, wo Finn in den wirbelnden Tunnel des Hyperraums starrte.

»Noch vier Parsec«, meldete er. »Dieses Ding ist flott unterwegs! Er muss wirklich ein Meisterdieb sein, wenn er sich so ein Schiff leisten kann.«

Rose blickte ihn mitleidvoll an. »Wiederhol das noch mal, ganz langsam.«

»Ich meinte nur, er muss ein guter Dieb sein, wenn … oh. Er hat das Schiff gestohlen.«

Finn kratzte sich verlegen am Hinterkopf und fand rasch einen Vorwand, um aus dem Cockpit zu fliehen. Rose nahm sich zusammen, um nicht zu lachen; sie wollte ihm schließlich nicht auch noch seinen letzten Rest Würde nehmen. Erst als er fort war, gestattete sie sich, über die Lächerlichkeit der ganzen Sache zu schmunzeln.

Während ihrer Kindheit auf Hays-Minor war Paige eine Weile von der Tatsache besessen gewesen, dass Vogelarten auf zahlreichen Planeten sich auf die erste Kreatur fixierten, die sie sahen, wenn sie aus dem Ei schlüpften – so konnte es geschehen, dass ein Convorhuhn einfach einer Tooka-Katze hinterherwatschelte.

Rose wunderte sich, ob es sich bei Finn und seiner mysteriösen Rey genauso verhielt. Stapfte er einfach blind hinter ihr her, ohne auf irgendetwas anderes zu achten? Rose konnte nur hoffen, dass Rey Finns naive, scheinbar bedingungslose Hingabe zu schätzen wusste.

Aber dass er blauäugig genug war zu glauben, dass ein abgerissener, skrupelloser Dieb eine schicke Yacht besaß? Und so jemand war von der Ersten Ordnung zum Sturmtruppler ausgebildet worden? Rose wusste nicht, was sie davon halten sollte. War das nun ein gutes oder ein schlechtes Zeichen für die Zukunft der Galaxis?

Andererseits, wer konnte schon sagen, unter wie vielen dieser ausdruckslosen, schädelartigen Helme naive junge Männer steckten, die ihrer Kindheit und sogar ihres Namens beraubt worden waren?

Nicht dass es sie davon abgehalten hätte, Roses Heimatwelten und zahllose weitere Planeten zu zerstören. Wie viel Zerstörung und Not würden sie noch über die Galaxis bringen? Wie viele weitere Leute würden ihretwegen noch um Freunde und Familie trauern müssen?

Rose wusste von keinen anderen Sturmtrupplern der Ersten Ordnung, die ihre Gehirnwäsche abgeschüttelt und sich geweigert hatten, ihre mörderischen Befehle auszuführen. Gut möglich, dass Finn der Einzige war.

Falls das wirklich so ist, würde Paige jetzt sagen, dass ich ein bisschen nachsichtiger mit ihm sein soll.

Rose hörte ihn, wie er in der Hauptkabine umherstampfte – falls man ihm je beigebrachte hatte, sich unauffällig zu bewegen, schienen diese Lektionen bei ihm nicht gefruchtet zu haben –, und fuhr mit dem Finger über die beinahe unsichtbaren Verbundlinien der luxuriösen Instrumententafel.

Du hättest ihn geliebt, Pae-Pae. Du hättest gesagt, er hat ein gutes Herz.

Der Gedanke ließ sie lächeln.

Und du hättest recht gehabt.

Finn überkam ein mulmiges Gefühl, als er beobachtete, wie DJ systematisch die Schubladen und Gepäckfächer in der Hauptkabine der Yacht durchsuchte.

So schäbig und verschlafen, wie der Dieb aussah, wirkte es schon wie ein kleines Wunder, dass er sich überhaupt aufrecht halten konnte. Aber seine Hände bewegten sich schnell und geschickt, um Verriegelungsmechanismen und Alarmsysteme der Schränke zu ertasten, die Finn nicht mal sehen konnte. Nach einer unmerklichen Pause huschten DJs Hände dann unter seine Jacke, und er förderte eine Computernadel oder ein anderes mysteriöses Hackerwerkzeug hervor, das Finn nicht identifizieren konnte. Danach war es nur eine Frage von Sekunden, bis das betreffende Fach aufklappte und DJ seine Plünderung fortsetzen konnte.

BB-8 war offenbar weniger beeindruckt von den Talenten des Diebes – oder vielleicht war er auch neidisch. Er musterte DJ jedenfalls genauso aufmerksam wie Finn, aber er stieß dabei immer wieder abfällige Piepser aus.

»Dein Droide hat eine gute Menschenkenntnis«, sagte DJ beifällig, während er sich an eine Datenkonsole setzte und begann, die Zugriffssicherung zu überschreiben.

»Wie kommst du darauf?«, fragte Finn.

DJs antwortete grinsend. »Er mag mich nicht.«

Anschließend zog der Dieb eine kleine glänzende Konservendose aus seiner Jacke. »Icindrischer Kaviar?«

Finn war nicht sicher, was das sein sollte, also schüttelte er den Kopf.

»Du stiehlst also, was immer du brauchst?«, fragte er.

»Was immer ich *will.* Stell mein Licht nicht unter den Scheffel. So, dann wollen wir mal sehen, wem dieser prächtige Schrotthaufen gehört hat.«

Die Luft schimmerte, und ein holografisches Diagramm erschien über der Konsole. DJ kniff die Augen zusammen, und seine Finger tanzten über die Tasten, woraufhin in rascher Folge weitere Diagramme aufblinkten und verblassten.

»Na, wenigstens stiehlst du von den Bösen und hilfst den Guten«, murmelte Finn.

DJ blickte ihn fast exakt auf dieselbe Weise an wie Rose eben im Cockpit.

»Den Guten ... Du kannst nicht ... hör zu«, setzte der Dieb an, dann machte er eine kurze Pause, um seine Gedanken zu ordnen.

»Der Widerstand? Die Erste Ordnung? Sie sind beide Teil derselben Maschinerie – und diese Maschinerie ist ein Fleischwolf. Hilfst du einem Fleischwolf, indem du hineinspringst? Nun, in gewisser Weise vielleicht schon, aber das ist Haarspalterei. Pass auf. Die Guten, die Bösen ... das sind nur leere Worthülsen, die dafür sorgen, dass der Kampf weitergeht. Dass immer schön viel Geld investiert wird. *Darum* geht es. Aha!«

DJ grinste, als er etwas auf der Konsole sah, dann drückte er eine Taste, und die holografische Darstellung eines TIE-Jägers erschien, gefolgt von weiteren Diagrammen: Kampfläufer, TIE-Bomber, TIE-Abfangjäger.

»Der Kerl ist ein Waffenhändler. Machte ein Vermögen, indem er Waffen an die Bösen verkaufte.«

Doch das nächste Diagramm zeigte einen T-70-X-Flügler der Neuen Republik.

»Und an die Guten«, fuhr der Dieb mit einem Funkeln in den Augen fort.

Finns Mund klappte auf, und DJ sah, wie die Verwirrung auf seinem Gesicht von Enttäuschung ersetzt wurde.

»Finn, ich bring dir jetzt mal was Wichtiges bei«, sagte er. »Es ist alles eine Maschinerie, Partner. Geh deinen eigenen Weg, lauf nicht einfach mit.«

Er tippte sich an die Schläfe.

»Finn, ich brauche dich hier oben!«

Das war Rose, und es klang dringend. Finn eilte die kurze Treppe zum Cockpit hoch, so sehr darauf konzentriert, was ihn dort erwarten mochte, dass er gar nicht merkte, wie DJ ihm nachdenklich hinterherblickte.

»Ich habe die Flotte erreicht«, sagte Rose. »Poe ist dran.«

Finn beugte sich über das Komm.

»Finn!«, schallte es ihm entgegen. »Holdo macht die Transporter startbereit. Sie hat vor, den Kreuzer zu verlassen. Wo seid ihr?«

»Dafür wollten sie meine Energieumleiter«, murmelte Rose, und ihre Hand tastete nach dem Medaillon. »Damit die Transporter unbemerkt bleiben.«

Finn suchte nach einer Anzeige, die die Entfernung der *Libertine* von ihrem Ziel preisgab, konnte in dem Durcheinander von Schirmen und Kontrollen aber keine entdecken.

»Wir sind dicht dran«, erklärte er vage.

»Und der Meister-Codeknacker? Habt ihr ihn gefunden?«

Finn wechselte einen Blick mit Rose.

»Wir haben ... *einen* Codeknacker gefunden«, antwortete er dann. »Aber wir können das Ortungsgerät abschalten. Verschaff uns nur ein bisschen mehr Zeit.«

»Alles klar«, erwiderte Poe. »Beeilt euch.«

Anschließend unterbrach er die Verbindung. Finn konnte

sehen, dass Rose dasselbe dachte wie er – aber keiner von ihnen wollte der Erste sein, der es aussprach.

Rose gab zuerst nach.

»Können wir diesem Kerl wirklich trauen?«

»Ich glaube nicht, dass wir eine Wahl haben«, seufzte Finn.

Poe unterbrach die Verbindung zu Rose und Finn, dann steckte er sein Kommlink ein und blickte zu Connix, C'ai Threnalli und den fünf weiteren Piloten hoch, die sich in einem Ausrüstungsraum vor dem Hangar versammelt hatten.

»Jetzt haben wir eine Chance«, sagte er.

C'ai nickte entschlossen, aber einige der anderen Piloten wirkten skeptisch. Poe konnte ihnen deswegen keinen Vorwurf machen, nicht bei dem, was sie vorhatten.

Er kannte sie alle – andernfalls hätte er sie nicht zu diesem Treffen gerufen –, auch wenn er nur mit zweien von ihnen tatsächlich Einsätze absolviert hatte. Natürlich wären ihm Leute lieber gewesen, die er besser kannte, mit denen er bereits Flügelspitze an Flügelspitze geflogen war; Leute, denen er mit gutem Gewissen sein Leben anvertrauen konnte. Einen Knacks Wexley oder eine Jess Pava. Doch Knacks und Jess hatten ihre eigenen Missionen, und die meisten anderen Piloten, die er kannte, waren tot.

Zum Glück waren Piloten an dieses Gefühl gewöhnt: Sie wünschten sich, in einem getarnten, unbesiegbaren Sternjäger in die Schlacht zu rasen, bewaffnet mit Kanonen, die jede Planetenoberfläche aufbrechen konnten, aber letztlich mussten sie nehmen, was die Bodenmannschaften für sie zusammenkratzen konnten, und danach hieß es, sich auf seine Staffelkameraden zu verlassen und zu hoffen, dass alles gut ging.

»Wir erzählen dem Admiral von Finns und Roses Mission und davon, dass wir ihnen Zeit verschaffen müssen«, sagte Poe. »Und dann hoffen wir, dass sie einverstanden ist.«

»Was, falls sie nicht einverstanden ist?«, fragte einer der Piloten.

»Dann haben wir es zumindest mit Diplomatie versucht«, brummte Connix.

»Wir tun, was nötig ist«, erklärte Poe. »Aber niemand stirbt. Falls es zum Äußersten kommt, benutzt Betäubungsstrahlen. Es gibt schon genug Leute, die versuchen, den Widerstand zu zerstören – wir wollen ihn *retten*, vergesst das nicht.«

Luke Skywalker schritt unter den Sternen durch das Gras. Es war noch immer nass vom jüngsten Wolkenbruch, und seine zeremoniellen Jedi-Roben würden schon bald durchtränkt und schlammverschmiert sein.

Die Hüterinnen würden deswegen wütend auf ihn sein, das wusste er. Sie waren hier, um ihm zu helfen, wie sie schon seit Generationen den Jedi halfen, bis zurück in die Zeit, wo Geschichte und Legenden verschmolzen – aber das hieß nicht, dass sie ihm keine tadelnden Blicke zuwerfen und abfällig mit den Zungen schnalzen würden, wenn sie etwas zu kritisieren hatten.

Doch daran ließ sich nichts ändern. Es war schon mehr nötig als ein nasses Feld, um einen Jedi-Ritus zu unterbinden, der schon viel zu lange hinausgezögert worden war.

Davon abgesehen würden die Hüterinnen bald schon viele Dinge haben, über die sie weitaus wütender sein konnten.

Luke aktivierte die Fackel in seiner Hand, und im Dunkel der Nacht erwachte eine zischende Flamme zum Leben. Sie erhellte den uralten Unetibaum, in dem die ursprünglichen Jedi-Texte verwahrt wurden.

Skywalker hatte schon ein paarmal die Roben angelegt und zu dieser Fackel gegriffen, nur um im entscheidenden Moment zu zögern und wieder kehrtzumachen. Er war nicht wirklich sicher, warum; vermutlich, weil er so viele Jahre mit R2-D2 durch die Galaxis gereist war, um nach alten Jedi-Schriften und einem neuen Lebensinhalt zu suchen. Seine Besessenheit hatte ihn so viel gekostet, und sobald er die Bibliothek in Brand gesteckt hätte, wäre damit alles ausgelöscht, was er seit Endor getan hatte. Bislang hatte ihn jedes Mal Eitelkeit davon abgehalten, den letzten Schritt zu machen. Tatsächlich hatte er seinen letzten Versuch an dem Morgen unternommen, als Rey auf der Insel eingetroffen war. Das war es gewesen, worüber er gebrütet hatte, als sie auf ihn zugetreten war.

Jetzt war Rey fort. Und diesmal, das schwor Luke sich, würde er nicht zögern.

Als er zu dem Baum hochblickte, spürte er plötzlich etwas hinter sich. Er drehte sich um und sah eine schimmernde Gestalt aus einer anderen Zeit – aus jener Ära, die er gleich auslöschen würde.

»Meister Yoda«, murmelte Luke. Eine Woge instinktiver Freude wallte in ihm auf.

Es war viele Jahre her, seit er das letzte Mal eine Manifestation des großen Jedi-Lehrers gesehen hatte, und Yoda erschien ihm fast so real wie damals, während seiner Ausbildung auf Dagobah, die er unterbrochen hatte, um Darth Vader zu stellen. Der kleine Jedi-Meister war gebeugt, sein grüner Kopf von ein paar Strähnen feinen weißen Haars umgeben, aber seine Augen waren stechend, und sie schienen direkt in Lukes Innerstes zu blicken. Genau wie damals.

»Junger Skywalker«, sagte Yoda.

Luke erkannte, dass sein alter Lehrer nur aus einem Grund erschienen sein konnte, und seine Freude löste sich schlagartig auf.

»Ich vernichte das alles hier«, warnte er die Vision. »Den Baum, die Schriften, die Jedi. Ich brenne alles nieder.«

Yoda musterte ihn nur amüsiert.

Luke machte ein paar Schritte auf die Überreste des alten Baums zu, die lodernde Fackel in der Hand. Als er wieder stehen blieb, trennte ihn nur noch eine Armeslänge von der bleichen, knorrigen Rinde. Er müsste nur die Hand heben, um das Holz in Brand zu setzen – und Minuten später würde der Wind die Gründertexte des Jedi-Ordens als Ascheflöckchen davontragen.

Die Zeit ist ein Kreis. Der Anfang ist das Ende.

Doch wie schon so oft brachte Luke es einfach nicht übers Herz, die Hand zu heben.

Yoda blickte zum Himmel hoch und deutete mit einem stummeligen Finger. Ein greller Blitz spaltete die Nacht und tauchte die Insel einen Moment lang in blendend helles Licht. Luke musste mehrmals blinzeln, und als er die Lichtflecken vor seinen Augen schließlich vertrieben hatte, stand der Baum lichterloh in Flammen.

Hastig löschte er die Fackel, ohne darauf zu achten, dass er sich dabei beinahe selbst verbrannte, dann sah er sich panisch nach einer Möglichkeit um, die Flammen zu ersticken, die immer weiter um sich griffen.

Hinter sich hörte er Yoda lachen. »›Das alles hier ich vernichtet‹? Ach, Skywalker. Vermisst ich dich habe.«

Luke bereitete sich darauf vor, in den Hohlraum zu rennen und die Bücher aus ihrer Nische zu holen – aber es war unmöglich. Der Baum hatte sich in ein Inferno verwandelt.

Er sackte in sich zusammen und starrte zu Yodas schimmernder Gestalt hinüber, die seelenruhig dastand, am höchsten Punkt einer winzigen Insel auf einem vergessenen Planeten in einem namenlosen Sektor der Galaxis.

»Dann ist es also so weit«, murmelte Luke. »Die Zeit der Jedi ist zu Ende.«

»Wir nicht entscheiden, wo unser Platz in dieser Geschichte beginnt oder endet. Aber an der Zeit es ist für dich, hinwegzusehen über einen Stapel alter Bücher.«

Obwohl er selbst hergekommen war, um sie zu vernichten, und ungeachtet all der Stunden seines Brütens, stellte Luke fest, dass er empört war.

»Die heiligen Schriften der Jedi!«, protestierte er.

»Gelesen du sie hast? Fesselnde Bücher es nicht waren. Ja, ja. Weisheiten sie enthielten, aber in dieser Sammlung stand nichts, was das Mädchen Rey nicht bereits beherrscht.«

Yoda schüttelte den Kopf, und Luke fühlte sich einmal mehr wie ein Padawan, genauso wie vor all den Jahren in den Sümpfen von Dagobah. Sein Meister war enttäuscht, und er war verlegen.

»Skywalker«, fuhr die schimmernde Gestalt fort. »Noch immer deinen Blick auf den Horizont du gerichtet hast. Niemals auf das Hier und Jetzt. Auf die Notwendigkeit vor deiner Nase.«

»Ich war schwach«, sagte Luke. »Unbedacht.«

»Ben Solo verloren du hast«, erklärte Yoda sanft, aber entschieden. »Rey verlieren wir nicht dürfen.«

»Ich kann für sie nicht das sein, was ich sein müsste.«

»Meine Worte, nicht gehört du sie hast?«, entgegnete der kleine Jedi-Meister. »›Gib weiter, was du gelernt‹. Weisheit, ja. Stärke, Beherrschung. Hm. Aber auch Schwäche, blinden

Eifer. Versagen ebenso. Ja. Versagen ganz besonders. Versagen der größte Lehrer ist, Luke.«

Mit einem Mal klang er wehmütig. »Wir sind, worüber wir hinauswachsen. Die wahre Bürde aller Meister das ist.«

Während die Flammen züngelnd zu den fernen Sternen hochleckten, setzte Luke sich neben seinen alten Lehrer, und sie sahen beide zu, wie das Feuer um sich griff und die Vergangenheit verschlang.

23. Kapitel

An Bord des *Millennium Falken* schloss Rey ein Schmuggelfach unter der Sitzbank des Hauptladeraums, dann atmete sie tief durch. Die langen Diskussionen, die sie während des Rückflugs von Ahch-To mit sich selbst geführt hatte, hatten alle zu derselben Schlussfolgerung geführt.

Die Macht hatte ihr gezeigt, was sie tun musste; jetzt war es an ihr, tatsächlich diesen Schritt zu machen.

Chewbacca erwartete sie kniend in der Nische vor einer der Ein-Personen-Rettungskapseln, und auch R2-D2 war da – die Lichter auf seiner Kuppel blinkten vielsagend.

Reys Blick huschte zu den aufgedruckten Buchstaben an der Luke der Kapsel.

RETTUNGSKAPSEL KLASSE A9-40
MILLENNIUM FALKE

Darunter hatte jemand handschriftlich in Clynese hinzugefügt:

EIGENTUM VON HAN SOLO
BITTE DEM BESITZER ZURÜCKBRINGEN

Rey gestattete sich ein Lächeln. Sie wünschte sich, sie könnte Han fragen, ob ihm irgendjemand tatsächlich mal seine Rettungskapsel zurückgebracht hatte.

Vielleicht – und falls ja, dann würde sie das als gutes Omen werten.

Jetzt musste sie nur noch aufhören, darüber nachzudenken, wie sehr die Kapsel einem Sarg ähnelte.

Trotz – oder vielleicht gerade wegen – seiner enormen Kraft war Chewbacca überraschend behutsam, als er ihr in die Kapsel half. Seine Augen, die blau aus seinem grimmigen Gesicht hervorstachen, musterten sie unsicher.

»Sobald ich gestartet bin, springst du außer Reichweite«, instruierte sie den Wookiee. »Bleib dort, bis ich dir mein Signal schicke, wo wir uns treffen.«

Er grollte, aber sie hatte nicht vor, sich jetzt noch umstimmen zu lassen.

»Falls du Finn vor mir siehst, sag ihm …«, begann sie.

Chewbacca heulte.

»Ja, perfekt. Sag ihm das.«

Sie legte sich in die Kapsel und platzierte das Lichtschwert an ihrer Seite, dann gab sie dem Droiden und dem Wookiee das Zeichen, dass sie bereit war, und überkreuzte die Arme vor der Brust, während Chewbacca die Kapsel versiegelte.

Rose hatte gewusst, dass die Flotte der Ersten Ordnung auf sie warten würde, trotzdem zog sich ihre Brust zusammen, als die *Libertine* aus dem Hyperraum sprang und der Kampfverband am Rand ihres Sensorbereiches auftauchte.

»Wessen brillante Idee war das noch mal?«, fragte Finn.

»Seht nicht mich an«, sagte DJ, der sich zu ihnen ins Cockpit gesellt hatte. »Ich arbeite nur hier. Welcher Sternzerstörer darf's denn sein?«

Rose studierte die Darstellung des Flaggschiffes, nachdem die Sensoren der Yacht ein Diagramm des titanischen Metallkeils angefertigt hatten. Die Größe des Schlachtschiffes erschien ihr noch immer absolut unbegreiflich – diese Monstrosität zu bauen, hätte einen ganzen Sektor zu Bettlern gemacht, außerdem hatte sie nie von einer Werft gehört, die groß genug wäre, um so etwas herzustellen.

Sie fragte sich, ob in dieser grauen Außenhaut wohl auch Erz aus den Ruinen von Hays-Minor verarbeitet war, oder ob Mineralien ihrer Heimatwelt in irgendeinem Leiter steckten, der die Turbolaser mit dem Reaktor verband. Oder ob das Schiff aus den Trümmern anderer Welten gebaut war, die die Erste Ordnung verwüstet hatte.

Und dann, eine weitere Frage: Falls die Erste Ordnung dieses Ungetüm erschaffen hatte, was hatte sie dann noch in der Hinterhand?

»Was denkst du wohl?«, fuhr sie DJ an. »Du kriegst das doch sicher hin, oder?«

DJ studierte seine schmutzigen Fingernägel. »Ja, was das angeht … Leute, ich krieg das hin. Aber wir sollten noch mal eine kleine Grundsatzdiskussion über den Preis führen.«

»Wenn das erledigt ist, gibt der Widerstand dir, was du willst.«

Er musterte sie abschätzend. »Wie wär's mit einem kleinen Vorschuss?«

»Soll das ein Witz sein?«, fragte Finn. »Sieh uns an.«

Genau das tat DJ nun auch – und Rose merkte, dass sein Blick an ihrem Medaillon haften blieb.

»Ist das haysianisches Metall?«, erkundigte er sich. »Das wäre doch etwas.«

Rose legte instinktiv die Hand über den Anhänger, um ihn vor dem gierigen Blick des Diebes zu verbergen.

»Nein«, sagte Finn wütend. »Wir haben dir unser Wort gegeben. Man wird dich bezahlen. Das sollte doch wohl genügen.«

»Leute, ich will euch ja helfen«, erwiderte DJ. »Aber eine Hand wäscht die andere.«

Finn setzte zu einer Entgegnung an, aber Rose wusste: Was er auch versuchte, es würde nicht funktionieren – und sie hatten sonst nichts von Wert bei sich. Also nahm sie mit kalten Augen das Medaillon ab und warf es DJ zu.

»Tu es«, sagte sie.

»Jetzt kann ich helfen.« Mit funkelnden Augen schloss der Dieb die Hand um den Anhänger.

Am liebsten hätte Rose ihn aus der Luftschleuse geworfen. Stattdessen stapfte sie an ihm vorbei aus dem Cockpit, ohne auf Finns besorgten Blick zu achten.

Nach einem Moment der Stille hollte DJ eines seiner mysteriösen Werkzeuge aus der Jackentasche und steckte es in ein Anzeigenfeld an der Konsole der Yacht.

»Ich tarne unseren Anflug«, erklärte er. »Wir sollten jetzt nicht mehr auf ihren Schirmen sein. Als Nächstes schneiden wir einen Schlitz in ihren Schild – schnibbeldischnubb – und schlüpfen hindurch.«

Finn war nicht in der Stimmung. »Tu es einfach.«

»Schon erledigt«, grinste DJ.

Als die Yacht näher heranflog, wuchsen die Schiffe der Ersten Ordnung von kleinen Lichtpunkten zu identifizierbaren Umrissen heran, ihre Linien gestochen scharf im Vakuum des Weltraums. DJ beschleunigte, und Finn blickte ihn überrascht an, aber der Dieb zuckte nur mit den Schultern.

»Wir sind getarnt«, sagte er. »Falls es klappt, wird niemand uns sehen. Wir kommen durch und machen unser

Ding. Falls nicht? Nun, dann werden wir keine Zeit mehr haben, uns darüber zu ärgern.«

Bei diesen Worten grinste DJ und wackelte mit seinen Fingern, um eine Explosion anzudeuten.

Finn starrte ihn verärgert an, und nicht nur, weil er noch immer wütend wegen Roses Medaillon war. Er hatte ein mieses Gefühl bei DJs Strategie, auch wenn er nicht genau in Worte fassen konnte, warum. Aber mit einem gewissenlosen Dieb zu streiten, wäre eine lausige Art, die letzten Minuten seines Lebens zu verbringen.

Die *Supremacy* ragte inzwischen wie eine Mauer vor ihnen auf, und schon bald füllte ihr stumpfer Bug das gesamte Cockpitfenster aus. Finn fragte sich, ob er wohl etwas fühlen würde, falls die Turbolaserbatterien des Schlachtschiffes jetzt das Feuer auf sie eröffneten. Würde er die Strahlen noch sehen, würde er noch spüren, wie die *Libertine* auseinanderbrach? Oder würden er und Rose einfach aufhören zu existieren – im einen Moment noch da, im nächsten einfach … fort?

Er merkte, dass er den Atem anhielt, und zwang sich, die Luft aus seiner Lunge entweichen zu lassen, während der nicht enden wollende Bauch der *Supremacy* über ihnen dahinglitt und sie in ihren Schatten hüllte. Während seiner Dienstzeit hatte er auch auf Snokes Flaggschiff Aufgaben wahrgenommen, aber sein Äußeres hatte er dabei nie gesehen; man hatte ihn an Bord eines fensterlosen Transporters dorthin geflogen und wieder von dort zurück, eingeschlossen in seinen Sturmtruppenhelm.

Nun versuchte er, das, was er über das Innere des Schlachtschiffes wusste, mit seiner Außenhülle in Relation zu bringen. Irgendwo über ihnen befanden sich Fließbänder und Schmieden und Montagehallen und Ausbildungszentren für Kadetten, wie er einer gewesen war. Und dann waren da natürlich noch mehr als eine Million Mannschaftsmitglieder – die *Supremacy* war weit mehr als nur ein Schiff; sie war eine mobile Hauptstadt.

Plötzlich überkam ihn ein schlechtes Gewissen. Der Widerstand hatte nicht gewusst, dass das Flaggschiff draußen in den Unbekannten Regionen der Galaxis gelauert hatte – aber er schon. Und während seines Dienstes in der Ersten Ordnung hatte er noch viele andere Dinge gesehen, von denen er nie jemandem erzählt hatte.

Er wusste natürlich, dass es lächerlich war, sich jetzt Vorwürfe deswegen zu machen – bei seiner Ankunft auf D'Qar war keine Zeit für eine ausführliche Befragung gewesen. Finn hatte ja kaum Gelegenheit gehabt, General Organa und ihren Offizieren von der Starkiller-Basis zu berichten, ehe er auch schon wieder mit Han und Chewie an Bord des *Falken* aufgebrochen war. Und danach ... nun, es hatte kein Danach gegeben. Er war in einem Bacta-Anzug aufgewacht, irgendwo in einem Lagerraum an Bord eines Schiffes, das bereits verfolgt wurde.

Trotzdem ... Es fühlte sich falsch an, dass er der Einzige an Bord der *Raddus* gewesen war, der nicht in Schockstarre verfiel, als das gigantische Schlachtschiff aus dem Hyperraum aufgetaucht war.

Finn überlegte: Falls die Dinge anders gelaufen wären, wäre er wirklich auf den Gedanken gekommen, den Widerstand vor all den Waffen zu warnen, die die Erste Ordnung in petto hatte? Er wollte es glauben, aber die Zweifel blieben. Hätte er nicht viel eher darauf bestanden, Rey auf ihrer Jedi-Suche zu begleiten – oder versucht, sie davon zu überzeugen, dass sie mit ihm an den Äußeren Rand fliehen sollte?

Eine Alarmmeldung blinkte auf, und Finn sah, wie Sternjäger als kleine Punkte auf dem Sensorschirm erschienen. Doch es wurde schnell klar, dass sie nicht auf die Yacht zuflogen. Aber was taten sie dann hier draußen? Er versuchte, die TIEs durch das Cockpitfenster zu erspähen – es waren nur drei Maschinen. Immerhin. Würde die Erste Ordnung die Widerstandsflotte angreifen, hätte sie sämtliche Hangars geleert.

»Sie haben es auf irgendwas abgesehen«, murmelte Finn.

»Solange es nicht wir sind«, kommentierte DJ. »Wir sind gleich da, Partner. Und … das ist die Stelle.«

Er deutete mit dem Finger und steuerte die Yacht auf einen winzigen Fleck an der Unterseite der *Supremacy* zu. Finn konnte nicht sehen, was es war – irgendeine Art Öffnung –, aber sie wurde schnell größer, und dann glitt die Yacht hindurch und verschwand in tiefer Dunkelheit.

Die drei TIE-Jäger flogen in enger Formation, und die behandschuhten Finger ihrer Piloten schwebten über den Feuerknöpfen ihrer Steuerknüppel.

Jeder Pilot der Ersten Ordnung, der diesem Kampfverband zugewiesen worden war, wollte Vergeltung für die Schlacht um die Starkiller-Basis. Dieses Debakel war in zahllosen Nachbesprechungen gnadenlos analysiert worden, und als Hauptursache hatte sich eines herauskristallisiert: Das Sternjägerkorps hatte es nicht geschafft, einen zahlenmäßig unterlegenen Feind im Zaum zu halten. Seitdem hatten die Piloten auf einen verheerenden Gegenschlag gegen den Widerstand gehofft – doch dazu war es nicht gekommen. Stattdessen waren die meisten von ihnen zum Zusehen verdammt gewesen, während sich diese seltsame Sublicht-Verfolgungsjagd entfaltete.

Sicher, es hatte vielversprechend begonnen, mit einem verbissenen Kampf gegen die Bomber, die die *Fulminatrix* zerstört hatten (vielen Piloten graute schon vor *dieser* Missionsnachbesprechung), und dem Angriff auf das feindliche Flaggschiff.

Doch seitdem hatte die Flotte sich damit begnügt, die Nachzügler des Widerstands abzuschießen, bis nur noch ein einziges Schiff übrig war. Und die ganze Zeit über – beinahe zwölf Stunden – waren die Piloten in höchster Alarmbereitschaft gewesen.

Dementsprechend erschöpft waren sie nun. Die normalen Schichtwechsel waren ausgesetzt worden, schließlich bestand die Möglichkeit, dass der Widerstand wusste, wann dieser Wechsel stattfand – wenn man den Gerüchten glaubte, hatte der Feind Spione und Infiltratoren in jedem Droidenkontingent und unter jedem Mülleimer –, und diesen Moment zu einem blitzschnellen Gegenangriff nutzte. Piloten, die eigentlich in ihren Kojen liegen sollten, saßen also noch immer in den Bereitschaftsräumen, aufgeputscht von schlechtem Kaffee und der seltsamen Mischung aus Hoffnung und Furcht, dass jeden Moment der Einsatzbefehl kommen könnte und sie sich in die Schlacht stürzen würden. Doch obwohl sie nicht schlafen konnten, hofften die meisten von ihnen, dass sich die langsame Verfolgungsjagd zumindest lange genug hinziehen würde, um ihnen eine Chance zu verschaffen, Ruhm und Ehre zu erlangen.

Als schließlich der Alarm erklang, hatte sich zunächst Erleichterung ausgebreitet, doch nur, um von verwirrter Enttäuschung abgelöst zu werden, noch ehe die TIEs den Hangar verlassen hatten: Ihr Befehl lautete, einen seltsamen Sensorkontakt zu überprüfen.

Das war alles. Ein Schiff war zwischen den beiden Flotten

aus dem Hyperraum gesprungen und beinahe sofort wieder verschwunden, aber erst nachdem es irgendetwas abgesetzt hatte, das nun auf den Kampfverband der Ersten Ordnung zuflog. Laut Sensorprofil war es zu klein, um ein Sternjäger zu sein – also, was war es dann?

Eine Bombe? Das wäre die logische Schlussfolgerung, aber nicht mal hundert Sprengkörper dieser Größe würden ausreichen, um dem Flaggschiff des Obersten Anführers mehr als nur kosmetischen Schaden zuzufügen. Nein, da musste etwas anderes herumfliegen.

Zur Verwirrung der Piloten erwies sich das Objekt als Rettungskapsel, mit einer einzelnen Lebensform an Bord. Während sie die zum Hangar eskortierten, waren die drei Piloten alle mit Variationen derselben Frage beschäftigt: Welcher Wahnsinnige würde in eine Schlacht *hinein*fliegen, bevor er sein Schiff aufgab?

Kylo Ren wusste bereits, wer sich in der Rettungskapsel befand, noch bevor sie mit einem Zischen aufklappte. Ihre Präsenz war ein steter Puls in der Macht gewesen, seitdem der schrottreife Frachter von Kylos Vater aus dem Hyperraum gefallen war – wundersamerweise ohne dabei auseinanderzufallen. Die Sturmtruppler hinter ihm nahmen Kampfhaltung ein, aber er lächelte nur, als er Rey im Inneren der Kapsel liegen sah.

Jedenfalls, bis er das Lichtschwert seines Onkels erblickte.

»Das nehme ich«, sagte er. »Es gehört mir.«

Rey war versucht, ihm zu sagen, dass er kommen und es sich holen sollte – dieselben Worte, die Finn auf der Starkiller-Basis benutzt hatte –, und ihn daran zu erinnern, dass sie ihn damals in die Knie gezwungen und entwaffnet hatte. Dass er die Narben dieses Duells für den Rest seines Lebens tragen würde und nur am Leben war, weil sie beschlossen hatte, ihn nicht zu töten.

Aber deswegen war sie nicht hier, und sie beide wussten das. Dennoch hielt sie das Lichtschwert einen Moment abwägend in der Hand. Sie wollte Kylo daran erinnern, dass *sie* diejenige gewesen war, die diese Kette von Ereignissen in Gang gesetzt hatte.

»Ist es dann nicht seltsam, dass es in dem Schloss auf Takodana nach mir gerufen hat«, erwiderte sie, wobei sie die alte Waffe beinahe gelangweilt musterte, ehe sie wieder Kylo ansah. »Und nicht nach dir.«

Seine Mundwinkel zuckten, der Ansatz eines Schmunzelns, und er nickte in Richtung der Soldaten, die hinter ihm im Hangar standen. »Du bist nicht in der Position, um irgendetwas zu diktieren.«

Rey hielt ihm den Schwertgriff hin, aber es wirkte mehr wie eine Herausforderung. Die Sturmtruppler verlagerten unbehaglich ihr Gewicht, und auch Kylos vernarbtes Gesicht zeigte kurz Verunsicherung. Seine Finger unter den schwarzen Handschuhen zitterten unmerklich, als er den Arm ausstreckte und sich die Waffe aus Reys ruhiger, offener Hand schnappte.

Anschließend winkte er abgehackt einem Offizier der Ersten Ordnung zu, der mit einem Paar Handschellen vortrat.

»Das ist nicht nötig«, sagte Rey.

»Doch, ist es«, entgegnete er, dann marschierte er vor ihr her in die Tiefen des gigantischen Flaggschiffs. »Wir werden erwartet.«

Rey versuchte, mit seinen weiten Schritten mitzuhalten, ohne dass es aussah, als würde sie hinter ihm herrennen. Links und rechts von ihr klapperten die Rüstungen der

Sturmtruppler, die sie flankierten. Ihre Anspannung war den Soldaten deutlich anzumerken; dies war eine Situation, auf die ihre rigorose Ausbildung sie nicht vorbereitet hatte. Und da war auch ein Hauch von Angst – doch nicht vor Rey, sondern vor dem launenhaften, unberechenbaren Kylo Ren.

Sie konnte es ihnen nicht verübeln – Kylos innerer Aufruhr erfüllte die Macht rings um sie, brodelnd und wallend. Die Sturmtruppler konnten es nicht auf dieselbe Weise spüren wie Rey, aber das hieß nicht, dass sie es gar nicht wahrnahmen. Sie waren schließlich alle Teil des Lebens und der Macht, und in gewisser Weise wurden auch sie von dem Netz der Energie beeinflusst.

Vor einem Turbolift, um den herum weitere Sturmtruppler postiert waren, blieb Kylo schließlich stehen. Er winkte die Wachen fort, dann trat er mit seiner Gefangenen in die Kabine, und die Türen schlossen sich hinter ihnen. Plötzlich waren sie allein. Kylo musterte noch immer das Lichtschwert in seinen Händen.

Rey nickte nach oben. »Snoke? Du musst das nicht tun.«

»Doch.«

»Ich spüre den Konflikt in dir. Er ist gewachsen, seit du Han getötet hast«, sagte Rey. »Er zerreißt dich förmlich.«

»Bist du etwa deswegen gekommen? Um mir von meinem Konflikt zu erzählen?«

Da war sie wieder, seine übliche Taktik; er lenkte ihr Argument ab. Als wäre er der Meister und sie eine Schülerin, die mit Fragen aus dem Konzept gebracht werden sollte. Doch die Dinge hatten sich verändert. Rey war nicht mehr die junge Frau, die er auf Takodana entführt und auf der Starkiller-Basis zum Kampf gefordert hatte.

»Nein«, erwiderte sie. »Sieh mich an – *Ben.*«

Beim Klang seines Geburtsnamens – des Namens, den er

aufgegeben hatte – drehte er den Kopf. Er wirkte regelrecht verloren.

»Als sich unsere Hände berührten«, fuhr sie fort, »da sah ich deine Zukunft. Nur teilweise, aber dafür klar und deutlich. Du wirst dich Snoke nicht beugen. Du wirst ihm entsagen, und ich werde dir dabei helfen. *Ich habe es gesehen.* Es ist dein Schicksal.«

Sie konnte sehen, wie die Emotionen über sein Gesicht huschten, begleitet von einem kribbelnden Echo in der Macht. Wut. Verwirrung. Schmerz. Einsamkeit. Sehnsucht. Trauer.

Schließlich wandte er sich wieder ihr zu.

»Du irrst dich«, sagte er. »Ich habe nämlich auch etwas gesehen. Nicht deine Zukunft – sondern deine *Vergangenheit.* Und bei dem, was ich sah, wusste ich: Wenn der Moment gekommen ist, wirst *du* bekehrt werden. Du wirst an meiner Seite stehen, Rey. Ich habe gesehen, wer deine Eltern sind.«

Sie starrte ihn an, aber sie konnte in seinen Augen sehen, dass er nicht log. Eine unheilvolle Erkenntnis breitete sich in ihrem Geist aus: Kylos brodelnde Emotionen galten nicht nur ihm selbst, sondern auch ihr.

Mit einem Zischen öffneten sich die Türen des Turbolifts, und Kylo führte Rey in den Thronsaal, wo der Oberste Anführer der Ersten Ordnung sie bereits erwartete. Seine gesichtslosen, blutrot uniformierten Gardisten standen zu beiden Seiten des Throns, ihre Waffen kampfbereit in den Händen. Snoke selbst saß zurückgelehnt in seinen goldenen Roben da, sorglos, überzeugt von der Sicherheit seines innersten Heiligtums.

Doch seine Augen waren stechend und hungrig. Rey versuchte, ihnen auszuweichen, aber sein Blick war wie ein

Magnet; er zog ihre Aufmerksamkeit unerbittlich auf sich. Außerdem spürte sie etwas Ähnliches wie in der Höhle auf Ahch-To: gewisperte Geheimnisse, die nur ihr galten, die ihr gehörten. Ein uraltes, geheimes Wissen, das die Schwachen zerstören und die Starken – die *Würdigen* – an die Spitze der Galaxis heben würde.

Snoke grinste sie an, und sosehr sie es auch versuchte, sie konnte sich nicht abwenden, bis der Oberste Anführer seine schrecklichen, unergründlichen Augen schließlich von ihr nahm und stattdessen Kylo anblickte.

»Ausgezeichnet, mein guter und treuer Schüler«, sagte er, seine Stimme tief und langsam. »Mein Vertrauen in dich ist wiederhergestellt.«

Anschließend fixierte er wieder sie. »Junge Rey, willkommen.«

24. Kapitel

Der Hangar der *Raddus* war voller Transporter – Poe zählte dreißig, genug, um jedes Mitglied des Widerstands zu evakuieren, das die letzte Evakuierung überlebt hatte. Techniker rannten hierhin und dorthin und bereiteten die Schiffe für den Start vor, wobei sie immer wieder verstohlen zu der Versammlung auf der anderen Seite des Hangars hinüberlinsten. Dort war eine kleine Gruppe von Piloten unter der Führung von Poe Dameron vor Vizeadmiral Holdo und ihre Offiziere getreten, um eine dringende Meldung zu machen.

»Also, ein Sturmtruppler und eine… Wer bitte machen *was*?«, entfuhr es Holdo.

»Sie versuchen, uns zu retten. Das ist die beste Chance für uns zu entkommen. Sie müssen Finn und Rose so viel Zeit verschaffen, wie Sie können.«

Während Holdo noch versuchte, das Gehörte zu verarbeiten – ein gestohlener leichter Shuttle, ein Treffen auf einem fernen Glücksspielplaneten, ein Codeknacker von zweifelhafter Vertrauenswürdigkeit, die Technologie, mittels derer die Erste Ordnung sie durch den Hyperraum verfolgen konnte, der Plan, dieses Ortungsgerät zu deaktivieren –, blickte Poe über ihre Schulter hinweg die anderen Offiziere an. Einige von ihnen kannte er, D'Acy zum Beispiel, aber die meisten waren ihm fremd; sie stammten von der *Ninka* und waren gemeinsam mit dem Vizeadmiral hier auf der *Raddus* eingetroffen.

Doch ob er sie nun kannte oder nicht, ihre Gesichter verrieten alle dasselbe: Sie standen hinter Holdo, und sie würden sich ihrer Entscheidung beugen.

»Sie haben fahrlässig das Überleben des Widerstands aufs Spiel gesetzt und damit alle in Gefahr gebracht«, schäumte Holdo. »Uns läuft die Zeit davon.«

Sie drehte sich zu ihren Leuten um. »Wir müssen von dem Kreuzer runter. Transporter beladen.«

Während die Luken der Transporter zischend aufklappten, wechselten Poe und C'ai einen Blick.

»Ich hatte befürchtet, Sie würden das sagen«, seufzte Poe, dann zückte er seinen Blaster. Zu seiner Erleichterung hörte er, dass die anderen Piloten ebenfalls ihre Waffen aus den Holstern nahmen.

»Vizeadmiral Holdo, ich entbinde Sie von Ihrem Kommando. Für das Überleben dieses Schiffes, seiner Crew und des Widerstandes«, erklärte er, in der Hoffnung, dass seine Stimme kühl und ruhig klang.

Die Offiziere hinter Holdo starrten ihn schockiert und wütend an, aber der Vizeadmiral bedachte ihn und seine Begleiter nur mit einem abschätzenden Blick.

Poes Rücken verspannte sich. Falls Holdo es auf eine Konfrontation ankommen ließ …

Da hob die Kommandantin ihre Hände, und einen Moment später folgten die anderen Offiziere ihrem Beispiel.

»Ich hoffe, Sie wissen, was Sie da tun, Dameron«, sagte sie leise.

Unter anderen Umständen hätte er ihr erklärt, dass er das nur zu gut wusste, und versucht, sie ein letztes Mal zur Vernunft zu bringen: Sie hatte Leias Vision aus den Augen verloren, aber noch war es nicht zu spät, diesen Fehler wiedergutzumachen ... Doch leider blieb ihnen nicht mehr viel Zeit, und Poe musste jede Sekunde nutzen, um Roses und Finns Erfolgschancen zu verbessern.

»Ich gehe auf die Brücke«, wandte er sich an C'ai. »Falls sich einer von ihnen bewegt – Betäubungsschuss.«

Die Öffnung, die DJ entdeckt hatte, mündete in einen Schacht, der ausgerechnet zur Wäscherei führte.

Finn hatte während seiner Zeit als Sturmtruppenkadett viele niedere Arbeiten verrichtet – Schüler, die bei Übungen versagten, wurden von den Ausbildern gerne zu demütigender Droidenarbeit verdonnert –, aber in einer Waschküche der Ersten Ordnung war auch er noch nie gewesen.

Nirgends waren lebendige Arbeiter zu sehen, stattdessen wurde die Arbeit von Autodroiden verrichtet, die fest an ihren Wasch- und Bügelstationen fixiert waren. Die zahlreichen Arme der Maschinen waren unermüdlich im Einsatz; ein Arm nahm eine frisch gewaschene Uniformjacke aus einem Korb, ein zweiter wischte mit einem Sensor darüber, um den Stofftyp zu ermitteln, und ein dritter Arm heizte seinen eingebauten Bügeleisenfortsatz auf.

Zu Finns Erleichterung waren die Droiden ausschließlich auf ihre Arbeit programmiert. Es interessierte sie nicht – ja, vermutlich nahmen sie es nicht mal zur Kenntnis –, dass drei Menschen und ein Astromech aus dem feuchten, mit Fusseln angefüllten Schacht im Boden kletterten, welcher sich von dem Ablufttunnel hochwand, in dem sie die *Libertine* abgestellt hatten.

Die Maschinen reagierten nicht, als selbige Menschen sich drei frisch gewaschene und gebügelte Uniformen nahmen, die darauf warteten, zu ihren rechtmäßigen Besitzern zurückgebracht zu werden; und auch nicht, als sie sich bei den Reihen polierter Stiefel, Gürtel und Kappen bedienten.

Es gab keine Spiegel, aber Finn hatte genug Uniformen der Ersten Ordnung gesehen, um zu wissen, dass er einen überzeugenden Offizier abgab – die Jacke gerade, die Hose über den hohen Stiefeln gebauscht, der Schirm seiner Kappe weder zu hoch noch zu niedrig. Die einzige Uniform, die klein genug für Rose war, war die blaugrüne eines Majors, aber auch sie sah passabel aus.

Was DJ anging … nun, DJs Uniform war in Ordnung, aber der Mann selbst sah aus, als wäre er nach einem dreitätigen Landurlaub auf Nar Shaddaa gerade erst wieder in seine Kabine gekrochen.

Finn verzog das Gesicht, aber es ließ sich nun mal nicht ändern. Zum Glück war die Hierarchie in der Ersten Ordnung wichtiger als alles andere – bedingungsloser Gehorsam wurde hier belohnt, eigenständiges Denken hingegen bestraft.

»Wird das wirklich funktionieren?«, fragte Rose, und ihr war deutlich ins Gesicht geschrieben, dass ihre eigene Antwort auf diese Frage Nein lautete.

»Natürlich wird es funktionieren«, erwiderte Finn mit einer Sorglosigkeit, die absolut niemanden täuschen konnte. »Mach einfach einen Bogen um die Jungs in Weiß.«

»Die Sturmtruppen?«, fragte sie, während sie versuchte, ihre Kappe möglichst gerade auf ihrem Haar zu platzieren.

»Nein – weiße Uniformjacken«, erklärte Finn. »Die gehören zum Sicherheitsbüro der Ersten Ordnung. Loyalitätsoffiziere. Es ist ihr Job, misstrauisch zu sein. Alle anderen werden sich nur deine Rangplakette ansehen, nicht dein Gesicht.«

DJ wirkte nicht gerade überzeugt, ebenso wenig wie Rose. BB-8 zwitscherte nervös.

»Kinn hoch, Rücken gerade«, sagte Finn. »So marschier'n wir ins Gefecht.«

Rose und DJ blickten einander ratlos an.

»So hat man uns das Marschieren beigebracht«, informierte Finn sie, dann seufzte er. »Geht einfach steif. Das klappt schon. Das einzige Problem ist, dass wir keine funktionierenden Codezylinder haben.«

Rose betrachtete die silbernen Kapseln an seiner Jacke. »Die funktionieren nicht?«, fragte sie.

»Leider nein. Sie sind auf den Status ›nicht registriert‹ zurückgesetzt worden. Vermutlich hat ein Offizier vergessen, sie abzunehmen, und sie wurden mitgewaschen.«

Rose blickte DJ an, der gerade seine Fingernägel säuberte – jedoch ohne sichtlichen Erfolg.

»Kannst du sie umprogrammieren? Du bist hier schließlich der Codeknacker.«

»In einer Waschküche?«, fragte der Dieb gedehnt. »Nee. Das sind nicht einfach nur Codes. Man braucht eine weiße Uniform, um die Dinger neu zu programmieren. Falls man das nicht in der betreffenden Kontrollstelle macht, gehen sofort die Alarme los. Jede Menge Alarme.«

Rose starrte ihn finster und frustriert an, und DJ hob in einer Unschuldsgeste die schmutzigen Hände. »Der Job war, euch herzubringen. Und ich habe euch hergebracht, oder etwa nicht?«

»Du solltest uns herbringen *und* das Ortungsgerät ausschalten«, erinnerte Finn ihn.

»Ja, das auch. Aber das hier? Das ist nicht mein Gebiet, Freunde.«

»Kommen wir dann überhaupt bis an das Ortungsgerät heran?«, wollte Rose wissen.

»Sicher«, versicherte Finn ihr. »Wir müssen auf dem Weg dorthin nur einen Bogen um die Sicherheitskontrollen machen, das ist alles.«

»Und wie viele davon gibt es?«

Er versuchte, sich zu erinnern. »Drei? Nein, vier. Oder … Hört zu, es sind ein paar. Aber das klappt schon.«

»Das hast du schon mal gesagt«, murmelte Rose.

Die Wäscherei befand sich auf den unteren Ebenen der *Supremacy*, nahe dem mächtigen Heck des Schlachtschiffes, und als sie sich auf den langen Weg zum Ortungskontrollraum machten, begegneten sie mehrere Minuten niemandem außer einem einsamen Mausdroiden, der BB-8 neugierig musterte, ehe er mit seinem verwirrten Zirpen weiterrollte.

Finn betrachtete den Schmutz und die Brandspuren auf BB-8s Außenhülle. »Wir hätten dir auch eine Uniform besorgen sollen. Hm.«

Er ging zu einer Wartungsstation nahe der Turbolifte hinüber und kehrte mit einem rechteckigen schwarzen Papierkorb zurück.

Der Astromech pfiff abfällig.

Rose sah die Sache ganz ähnlich. »Das soll ein Scherz sein, oder?«, fragte sie.

»Das klappt schon«, entgegnete Finn, und sie verdrehte die Augen.

Der Turbolift trug sie lautlos nach oben zu einem der gewaltigen Allgemeinbereiche, wo es vor Kontrollstationen und Offizieren nur so wimmelte. Rose hörte auf, ihr Haar glatt zu streichen, und wich mit weiten Augen an die Rückwand der Kabine zurück.

»Dafür hab ich mich aber nicht gemeldet«, brummte DJ.

»Augen geradeaus«, wies Finn sie an. »He – *atmen.*«

Er drehte die Kappe auf Roses Kopf – sie hatte sie aus Versehen verkehrt herum aufgesetzt – und platzierte den Papierkorb über BB-8.

»Und jetzt losmarschiert«, sagte er.

Das Kinn hoch, der Rücken gerade, trat er aus dem Turbolift. Rose wechselte einen unglücklichen Blick mit DJ und folgte ihm, während BB-8, nun als schwarzer Kasten, neben ihnen herrollte.

Sie war sicher, dass sie nicht weiter als ein paar Meter kommen würden, ehe irgendein Alarm losheulte und sie von Sturmtrupplern umzingelt wurden. Doch es war genau so, wie Finn vorhergesagt hatte; die Offiziere beachteten sie kaum, und falls doch, dann wanderte ihr Blick nie höher als bis zu ihren Rangabzeichen. Ein Glück – Rose war nämlich überzeugt, dass ihre Imitation eines Majors der Ersten Ordnung die schlechteste schauspielerische Leistung in der Geschichte geheimer Infiltration war.

Ging sie zu langsam? Zu schnell? Waren ihre Schultern straff genug? Sie wagte es nicht, zu DJ hinüberzusehen, oder zu dem rollenden Papierkorb neben ihm.

Aber Finn … Finn sah aus wie ein Vorzeigeoffizier, während er mit weiten Schritten durch den Allgemeinbereich marschierte. Er strahlte eine kühle, souveräne Selbstsicherheit aus – man hätte glatt meinen können, das Schiff würde ihm gehören.

Andererseits war Finn ja auch in dieser Umgebung aufgewachsen; dies war die Welt, an die er gewöhnt war. Wie chaotisch und planlos musste im Vergleich dazu der Widerstand auf ihn gewirkt haben? Vielleicht war es doch nicht nur seine Besessenheit von Rey, die ihn zu seiner Flucht getrieben hatte, überlegte Rose – vielleicht hatte er auch aus einer fremden Umgebung entkommen wollen, in der er allein war und in die er nicht hineinpasste.

Sie musste zugeben, dass dieser neue Finn, der so selbstverständlich in seinen polierten Stiefeln dahinschritt, ihr ein wenig Angst machte. Es war, als könnte sie in ihm den Offizier sehen, zu dem er unter anderen Umständen geworden wäre – ein perfekt angepasstes Zahnrad in der Kriegsmaschinerie der Ersten Ordnung, entworfen, um ihr mörderisches Werk voranzutreiben.

Sie verdrängte den Gedanken. Er hatte sich von dieser Zukunft abgewandt – und von seiner Vergangenheit. FN-2187 existierte nicht mehr. Er war jetzt Finn, ihr Freund.

»Major?«, sagte jemand, laut und beharrlich und schrecklich nahe. »Können Sie diese Navigationsanweisung bestätigen?«

Major. Major! *Damit bist du gemeint, Dummkopf!*

Ein Unteroffizier mit einem Datenblock stand neben ihr.

Rose warf einen Blick auf den Bildschirm, dann murmelte sie: »In Ordnung«, und schob ein hoffentlich autoritär wirkendes Nicken hinterher – das wäre bestimmt das Maximum, das ein Major einem aufdringlichen Untergebenen schenken würde.

Anschließend ging sie weiter und ließ den jungen Offizier hinter sich zurück. Blickte er ihr nach? Und warum waren diese Mausdroiden plötzlich stehen geblieben? War es nur ihre Einbildung, oder starrten sie den dahingleitenden Papierkorb an?

»Das klappt nicht«, warnte DJ sie leise.

Es war also doch nicht ihre Einbildung.

»Wir sind gleich da«, flüsterte Finn.

Oh, nein. Vor ihnen tauchte ein Mann in einer weißen Uniformjacke auf. Ein Mann mit langer Nase und finsterer Miene, mit misstrauischen, hin- und herhuschenden Augen und zusammengezogenen Brauen. Und neben ihm rollte ein BB-Astromechdroide der Ersten Ordnung dahin.

Diese BB-Einheiten konnten eine große Bandbreite an Lichtspektren erfassen, wie Rose wusste, doch er machte Rose nicht halb so viel Angst wie der Mann vom Sicherheitsbüro. Er schien sie direkt anzustarren.

Sechs Sturmtruppler standen vor der nächsten Gruppe von Turboliften, aber ihre Haltung verriet, dass sie nur auf den Aufzug warteten und nicht Wachdienst hatten. Finn streckte den Arm an einem von ihnen vorbei und drückte den Liftknopf.

Der Sicherheitsoffizier starrte sie noch immer an.

Und dann setzte er sich in Bewegung und kam auf sie zu, mit langsamen, aber entschlossenen Schritten. Die BB-Einheit rollte hinter ihm her.

Am liebsten hätte Rose geschrien. Wo blieb der Aufzug? Sie befanden sich auf dem modernsten Schlachtschiff, das je erbaut worden war, und der verfluchte Lift brauchte eine Ewigkeit.

Endlich öffneten sich die Türen, und Rose schob sich schnell hindurch, DJ dicht hinter ihr. Als sie sich umdrehte, war der Sicherheitsoffizier nur noch ein paar Meter entfernt. Jetzt beschleunigte er seine Schritte, und seine Augen bohrten Löcher in Roses Schädel.

Sie drückte auf die Kontrollen, und die Türen schlossen sich wieder. Gerade noch rechtzeitig.

Trotz ihrer Erleichterung ermahnte Rose sich, stocksteif

stehen zu bleiben – da waren immer noch sechs Sturmtruppler mit ihnen in der Kabine. Ein Major atmete nicht nervös auf, er klatschte nicht mit anderen Offizieren ab oder tätschelte die Oberseite eines umgestülpten Papierkorbs. So etwas hätte selbst einen diensttreuen Sturmtruppler misstrauisch gemacht.

Trotzdem konnte sie dem Drang nicht widerstehen, zu Finn hinüberzublicken – und dabei stellte sie fest, dass einer der Sturmtruppler ihn mit schräg gelegtem Kopf anstarrte.

DJs Hand schob sich langsam auf seinen Blaster zu.

Was hatten sie falsch gemacht? Und warum war ausgerechnet Finn derjenige von ihnen, der Aufmerksamkeit erregte.

»Gibt es ein Problem, Soldat?«, fragte Finn kühl, aber Rose konnte die Furcht hören, die sich in seine Stimme geschlichen hatte.

»FN Einundzwanzig Siebenundachtzig?«, fragte der Truppler. Seine Stimme war durch den Helm zu absoluter Tonlosigkeit verzerrt.

Finns Augen weiteten sich. Rose sah kurz zu DJ hinüber; der Dieb war leichenblass vor Anspannung.

»Du erinnerst dich vermutlich nicht an mich«, sagte der Truppler. »Neun Sechsundzwanzig, aus dem Ausbildungslager, Kompanie acht. Aber ich erinnere mich noch.«

DJs Hand lag jetzt auf seinem Blaster, und er versuchte, ihn unauffällig aus dem Holster zu ziehen. Die anderen Sturmtruppler waren auf ihre eigene Unterhaltung konzentriert – zumindest noch.

»Nicht jetzt, Neun Sechsundzwanzig«, erklärte Finn.

»Tut mir leid, Einundzwanzig Siebenundachtzig«, entschuldigte sich der Soldat.

Rose wusste, dass sie bereits verloren hatten. Selbst falls

es DJ gelang, einen der Sturmtruppler zu erwischen, waren da immer noch fünf andere. Und sollte der Blasterstrahl in der Beengtheit der Kabine von der Wand zurückgeworfen werden, würde er nicht nur die Soldaten töten, sondern sie alle.

Sie legte ihre Hand auf DJs, um ihn zurückzuhalten.

»Ich weiß, ich sollte Offiziere nicht ansprechen, aber, oh Mann, sieh dich nur an!«, fuhr der Sturmtruppler fort. »Ich hätte nie gedacht, dass einer von uns es mal zum Captain bringt. Kompanie acht he-ho!«

Dann streckte er den Arm aus und verpasste Finn einen freundschaftlichen Klaps auf die Kehrseite.

Finn nickte steif, während sich die Türen öffneten.

»Kompanie acht«, wiederholte er.

Während die Soldaten in eine Richtung davonmarschierten, gingen sie in die entgegengesetzte los, aber sobald sie die nächste Ecke erreicht hatten, blieben sie wieder stehen. Finn ließ geräuschvoll den Atem entweichen, unter BB-8s Papierkorb erklang ein erleichtertes Zwitschern. Was Rose anging: Sie hatte das Gefühl, als müsse sie sich jeden Moment übergeben.

»Jetzt nichts wie zu diesem Ortungsgerät«, sagte sie.

»Es ist gleich da hinten«, versicherte Finn ihr. »Das klappt schon.«

Auf der sekundären Brücke der *Raddus* unterhalb der spitzen Nase des Mon-Calamari-Schiffes tat gerade nur eine Handvoll Offiziere Dienst, und keiner von ihnen wusste, was er tun sollte, als Poe, Connix und mehrere Piloten des Widerstands mit gezückten Blastern hereinstürmten.

Die Brückenmannschaft wirkte entsetzt, nur C-3PO verhielt sich, als wäre alles in bester Ordnung.

»Ah, Captain Dameron«, sagte er. »Admiral Holdo hat nach Ihnen gesucht.«

»Ja, wir haben geredet«, erklärte Poe, dann nickte er den anderen Meuterern zu. »Bringt sie runter zum Hangar.«

Die Offiziere wurden aus dem Raum eskortiert, und C-3PO blickte ihnen mit offensichtlicher Verwirrung nach. Poe studierte die schrecklich komplizierten Brückenkonsolen – was würde er jetzt für die Einfachheit eines Steuerknüppels und eines Feuerknopfes geben.

Nach mehreren angespannten Sekunden des Suchens fand er schließlich, wonach er gesucht hatte. Er unterbrach die Energieversorgung zu den Transportern, dann beobachtete er auf dem Bildschirm, wie die Lichter an Bord der Schiffe flackerten und Holdo und ihre Entourage zerknirscht umherblickten. Der Anblick hatte etwas zutiefst Befriedigendes, wie er fand.

Doch das wäre alles umsonst, wenn Finn und Rose keinen Weg gefunden hatten, das Ortungsgerät der Ersten Ordnung lahmzulegen, mit dem der Feind der *Raddus* folgen konnte.

Als Finn um die Ecke bog, überkam ihn das mulmige Gefühl, dass er irgendwo einen Fehler gemacht hatte – dass er sie blind durch die Eingeweide der *Supremacy* führte, während die Kontrollstation des Ortungssystems in immer weitere Ferne rückte.

Aber nein – da war sie. Direkt vor ihnen endete der Korridor an einer undurchdringlich wirkenden Tür, und durch das blasterfeste Glas der eingelassenen Fenster konnte man Reihen von Computerbänken sehen, eingefasst von imposanten Energieversorgungstürmen der Klasse A.

»Hier ist es«, sagte Finn. Kurz überlegte er, ob er einen

lockeren Spruch nachschieben sollte – dass er es doch gesagt hatte; dass Rose und DJ sich völlig umsonst Sorgen gemacht hatten –, aber dann beschloss er, das Schicksal besser nicht herauszufordern.

DJ betrachtete die Türkontrollen.

»Gebt mir einen Moment«, murmelte er.

»Wird Zeit zu überlegen, wie wir zurück zur Flotte kommen«, sagte Rose.

Darüber hatte Finn bereits nachgedacht. »Ich weiß, wo die Rettungskapseln sind.«

»Das war ja klar«, kommentierte sie säuerlich.

Finn verdrehte die Augen.

DJ zog Roses Medaillon unter seiner Uniformjacke hervor und drückte es in die Eingeweide der Kontrolltafel.

»Haysianisches Metall«, verkündete er. »Einen besseren Leiter gibt es nicht.«

Einen Moment später warf er Rose das Medaillon zu.

Sie versuchte, ihre Verblüffung zu überspielen. Falls sie jetzt darüber nachdachte, würde sie nur in Tränen ausbrechen, und dafür war keine Zeit – ebenso wenig wie für irgendetwas anderes.

»Übrigens, gern geschehen«, schob DJ nach.

Unter dem Papierkorb erklang plötzlich eine gedämpfte Stimme – die Finn erst nach ein paar Augenblicken als die von Poe identifizierte. BB-8 schob einen mechanischen Arm unter dem Rand des Papierkorbs hervor und ließ ein Kommlink über den Boden rollen.

»Wir haben es fast geschafft«, meldete Finn. »Bereitet alles für Lichtgeschwindigkeit vor.«

»Ja, bin dabei, Kumpel«, sagte Poe. »Beeilt euch einfach.«

»Sieht aus, als würde es tatsächlich funktionieren.« Rose

schien es selbst nicht fassen zu können. »Es wird doch funktionieren, oder?«

»Ich hab's gleich«, sagte DJ nur.

Poe gab hastig Koordinaten in den Navcomputer der *Raddus* ein. Wohin sie sprangen, war nicht wirklich wichtig, solange der Endpunkt sich nur in der Nähe einer Welt befand, wo der Widerstand seine Verbündeten kontaktieren und Treibstoff bekommen könnte. Wenn die Erste Ordnung herausfand, wohin sie gesprungen waren, würden sie schon längst von dort verschwunden sein.

C-3PO starrte ihn an. »Sir, ich habe beinahe Angst, danach zu fragen …«

»Gute Einstellung, Dreipeo. Bleib dabei.«

Eine plötzliche Bewegung im Hangar zog Poes Blick auf den Monitor. Dichter Rauch wallte aus einem Treibstoffschlauch, und die glühenden Kreise von Betäubungsstrahlen zuckten zwischen den Transportern hin und her. Inmitten des Kampfes konnte er Holdo sehen, wie sie ihren Loyalisten Befehle gab.

»Versiegel die Tür!«, rief er einem der Piloten am Eingang der Brücke zu.

Der Mann tat, wie ihm geheißen, und deaktivierte anschließend die Kontrollen, damit sich niemand von der anderen Seite Zugang verschaffen konnte.

Jetzt blieb ihnen nur noch zu warten.

C-3PO stakste auf die Tür zu. Poe war fassunglos.

»Dreipeo, du kannst doch nicht einfach so wegmarschieren«, protestierte er.

»Es würde gegen meine Programmierung verstoßen, Teil einer Verschwörung zu sein«, empörte sich der Droide. »Das ist nicht das korrekte Protokoll!«

Da stoben Funken vom Rand der Tür, als jemand begann, sich mit einem Schweißgerät hindurchzubrennen. C-3PO machte auf dem Absatz kehrt, so schnell seine Servomotoren es zuließen, und zog sich in eine möglichst weit entfernte Ecke zurück.

Poe wechselte einen Blick mit den anderen Piloten, bevor er sich wieder auf die funkenspeiende Tür konzentrierte.

»Finn?«, brüllte er in sein Kommlink.

»Jetzt oder nie!«, rief Finn DJ zu.

»Jetzt«, sagte der Dieb mit einem Ausdruck schläfriger Selbstzufriedenheit auf dem Gesicht, während er von der Kontrolltafel zurücktrat.

Die Türen öffneten sich, und Finn und Rose eilten hindurch, gefolgt von DJ und BB-8. Rose beäugte die Energieunterbrecher und folgte den Stromleitungen mit ihren Augen.

Drei Hebel, fünf Sekunden. Kinderspiel.

Zu beiden Seiten ertönte unvermittelt ein Zischen. Zwei Türen glitten auf, und die BB-Einheit aus dem Allgemeinbereich rollte herein, ihr elektronisches Auge unheilvoll auf die Eindringlinge gerichtet. Hinter ihr trampelte ein Dutzend Sturmtruppler mit erhobenen Blastern herein – und der Sicherheitsoffizier, der sie unten am Lift angestarrt hatte.

Finn blickte verzweifelt von einer Seite zur anderen, während die Soldaten rings um sie in Position gingen. Zu keinem Moment dachte er auch nur daran, nach seiner Waffe zu greifen; es waren viel zu viele.

Kurz darauf drang ein weiteres Geräusch an seine Ohren – und es klang schrecklich vertraut. Das langsame, genau abgemessene Klacken gepanzerter Stiefel auf dem Boden.

Captain Phasma trat in den Kontrollraum, ihr Blastergewehr in der Armbeuge ihrer chromglänzenden Rüstung.

»FN Achtundzwanzig Siebenundachtzig«, schnurrte sie. »Wie nett, dich wiederzusehen.«

Poe war noch immer wie vor den Kopf gestoßen, nachdem er gehört hatte, wie seine Freunde gefangen genommen wurden, als noch mehr Funken von der Tür der sekundären Brücke sprühten. Er griff nach seiner Pistole, während die Metallplatten mit einem Ächzen aufglitten, und wartete mit erhobener Waffe darauf, dass der Qualm sich lichtete.

Da schlurfte eine Gestalt aus der Rauchwand: Es war Leia Organa, noch immer in ihrem Krankengewand. Ihre Schritte waren unsicher, aber ihr Gesicht wirkte dafür umso strenger.

Erleichterung wogte über Poe hinweg, und er ließ den Blaster sinken.

Doch bevor er etwas sagen konnte – wie froh er war, sie zu sehen, wie ohne ihre Führung alles aus dem Ruder gelaufen war –, hob Leia ihren eigenen Blaster und betäubte ihn.

25. Kapitel

Visionen der Zukunft zu interpretieren, war ein gefährliches Spiel. Das wusste jeder, der die Macht nutzte, um mögliche Zeitlinien auszukundschaften, egal ob es sich dabei um einen Jedi, einen Sith oder das Mitglied einer anderen Sekte handelte, dem in der galaktischen Geschichte nicht so viel Aufmerksamkeit zuteilgeworden war. Wer diese Maxime nicht beherzigte, bereute es in der Regel bitter.

Was Snoke anging, so hatte er diese Lektion vor vielen Jahren schon gelernt, als er noch jung und die Galaxis ein anderer Ort gewesen war. Heutzutage interessierte ihn vor allem, was diese Visionen der Zukunft alles ausklammerten.

Ein Beispiel: Wer hätte gedacht, dass das Mädchen Rey so zierlich und zerbrechlich sein würde? Sie wirkte regelrecht verloren in der Weite des Thronsaals; ein winziges Figürchen verglichen mit ihrer Umgebung und – wichtiger noch – verglichen mit den galaxiserschütternden Ereignissen, deren Angelpunkt sie geworden war, ohne es auch nur zu ahnen.

Doch Snoke wusste, dass Äußerlichkeiten täuschen können – manchmal sogar auf fatale Weise. Rey zu unterschätzen, hatte Kylo Ren um ein Haar sein Leben gekostet. Und mit den Toten, die *Snoke* unterschätzt hatten, könnte man ganze Legionen füllen. Nein, das war ein Fehler, den er nicht begehen würde.

Snoke wusste, dass er so ziemlich das genaue Gegenteil von dem war, was Imperator Palpatine sich für die Zukunft seines nunmehr zerbrochenen Reiches vorgestellt hätte. Und auch die Admirale und Generäle, die die Implosion des Imperiums und den Zorn der Neuen Republik überlebt hatten, hatten sich zunächst einen anderen Anführer erhofft. Jemanden wie den mitleidlosen, hinterhältigen Gallius Rax oder die pflichtbewusste, vorsichtige Rae Sloane, den aalglatten politischen Fanatiker Ormes Apolin oder gar einen ehrgeizigen militärischen Architekten wie Brendol Hux.

All diese potenziellen Oberbefehlshaber waren beiseitegetreten – oder zur Seite gedrängt worden, in manchen Fällen sogar eliminiert –, bis nur noch Armitage Hux übrig blieb, der verrückte Sohn eines verrückten Vaters. Und er war wenig mehr als ein Sprachrohr; ein Propagandist, dessen geifernde Polemik nur jene einfältigen Geister überzeugte, die blindem Zorn und fanatischer Selbstüberzeugung folgten.

Snoke würde dafür sorgen, dass die galaktische Geschichte es anders im Gedächtnis behielt, aber tatsächlich war die Evolution der Ersten Ordnung eher das Resultat von Improvisation als das Ergebnis eines großen Plans. Das war noch etwas, was die Visionen zu verschweigen pflegten.

Palpatine hatte einen Notfallplan – seine Kontingenz – vorbereitet, um das Imperium im Fall einer Niederlage gleichzeitig zu zerstören und seine Wiedergeburt vorzubereiten. Die Ränge waren brutal ausgedünnt worden, damit jene, die überlebten, ungehindert mit dem Wiederaufbau beginnen konnten, gut verborgen in den Unbekannten Regionen, welche bereits seit Jahren von imperialen Spähern ausgekundschaftet und mit Schiffswerften, Laboren und Ausrüstungslagern bestückt worden waren – ein gewaltiger Aufwand, der eine Unsumme verschlungen hatte, über den aber nur ein kleiner Kreis von Auserwählten im Bilde gewesen war.

Doch die militärischen Vorbereitungen der imperialen Flüchtlinge waren nicht gefeit gewesen gegen die Schrecken der Unbekannten Regionen. Während sie sich im Dunkeln zwischen fremden Sternen vorgetastet hatten, waren sie mehr als einmal nur knapp der völligen Auslöschung entgangen, und was sie gerettet hatte, war letztlich nicht ihre militärische Stärke gewesen, sondern Wissen.

Snokes Wissen.

Welches ironischerweise zu Palpatine und seinen Geheimnissen zurückführte.

Palpatines wahre Identität als Darth Sidious war ein noch größeres Geheimnis gewesen als seine Kontingenz. Und die Expeditionen des Imperiums in den Unbekannten Regionen hatten ihm nicht nur als Imperator gedient, sondern auch als Erbe der Sith. Denn alles, was die Galaxis über die Macht wusste, hatte seinen Ursprung in diesen lang vergessenen, halb mythischen Sternsystemen, wo weitere große Wahrheiten darauf warteten, wiederentdeckt zu werden.

Und Snoke war derjenige gewesen, der sie in Erfahrung gebracht und zu seinem eigenen Vorteil genutzt hatte.

Ein Hindernis hatte jedoch in seinem Weg gestanden – Skywalker. Der letzte Jedi war klug genug gewesen, seinen Orden nicht wiederaufzubauen; er hatte darin den starren, ständig um sich selbst kreisenden Debattierklub erkannt, in welchen die Jedi sich vor ihrem Untergang verwandelt hatten. Stattdessen hatte er versucht, die Ursprünge und die größeren Wahrheiten hinter der Religion zu ergründen.

Aus irgendeinem Grund hatte die kosmische Macht ihn zum Instrument ihres Willens auserkoren, genauso wie seinen Vater vor ihm. Entsprechend wichtig war es für Snoke gewesen, Skywalker im Auge zu behalten. Bis der Jedi bei seinen Nachforschungen Snokes Plan zu gefährden drohte und ihm nichts anderes übrig geblieben war, als einzugreifen.

So hatte Snoke sein gewaltiges Wissen eingesetzt, um den Jedi von seinem Pfad abzubringen und seine Familie zu spalten. Letztlich waren es jedoch Ben Solos Kräfte gewesen, die Skywalkers Niedergang und Snokes Triumph besiegelt hatten.

Und nun stand der entscheidende Kampf bevor, den er so lange schon vorausgesehen hatte.

Snoke hob die Hand, und Reys Handschellen fielen klappernd zu Boden – eine triviale Demonstration seiner Macht. Zufrieden stellte er fest, dass das Mädchen nicht länger davon beeindruckt war.

»Komm näher, Kind«, sagte er.

Sie weigerte sich, und Snoke griff mit der Macht nach ihr. Sein Körper mochte verfallen, aber seine Kräfte wuchsen immer weiter. Rey erwies sich als stark – stärker sogar, als er gedacht hatte. Stark in der Macht und stark in ihrem Willen.

Sie hätte ein hervorragendes Werkzeug für Snoke abgegeben – aber er hatte keine Verwendung mehr für solch triviale Instrumente.

»So überaus stark«, murmelte er, während er die Strömungen der Macht genoss, die gerade in dem Thronsaal aufeinanderstießen. »Die Dunkelheit erhebt sich, genau wie das Licht, um sich miteinander zu messen. Ich habe meinen jungen Schüler gewarnt: Wenn er stärker würde, erhebt sich jemand Ebenbürtiges auf der hellen Seite.«

Er machte eine weitere beifällige Handbewegung, und Anakin Skywalkers Lichtschwert flog von Reys Gürtel in seine Hand. Behutsam drehte er die Waffe zwischen seinen Fingern; die geschickte Konstruktion und die Energie, die in seinem Inneren gebündelt war, verdienten Bewunderung. Aber das war nicht alles; in Snokes Augen enthüllte die Form des Schwertes das Jedi-Erbe, welchem es entwachsen war – eine Reihe einst ehrfurchtgebietender Namen, die jedoch längst alle Bedeutung verloren hatten.

»Skywalker, hatte ich angenommen«, fuhr er fort. »Aber das war ein Irrtum.«

Er legte das Lichtschwert auf die Armlehne seines Throns und spießte Rey mit seinem Blick auf. »*Näher*, sagte ich.«

Erneut widersetzte sie sich ihm, aber diesmal begnügte Snoke sich nicht damit, ihre Fähigkeiten zu testen. Er ballte die Macht wie eine Faust um ihren Körper und zog sie zu sich heran. Langsam, Zentimeter um widerwilligen Zentimeter glitt sie über den polierten Boden auf ihn zu.

Das Gerücht breitete sich aus wie ein Lauffeuer, noch während Holdos Loyalisten und Poes Meuterer im Hangar der *Raddus* hinter Frachtkisten kauerten und einander mit Betäubungsstrahlen beharkten: General Organa war bereit, wieder das Kommando zu übernehmen.

Doch auf wessen Seite stand sie? Das war weniger klar und führte zu einer bizarren Situation, in der die Kämpfer auf beiden Seiten abwechselnd aufeinander feuerten und versuchten, den neuesten Meldungen aus ihren Kommlinks zu lauschen.

Vollends brach der Schusswechsel aber erst ab, als die Hangartüren aufglitten und die zerbrechliche Gestalt des Generals hereintrat, gefolgt von C-3PO und mehreren Soldaten und Piloten – von denen einer Poes schlaffen Körper über der Schulter trug.

Einen langen Moment herrschte Stille.

»Ich bin gerade erst wieder auf die Beine gekommen – und ich hätte gerne, dass es so bleibt, falls niemand etwas dagegen hat«, sagte Leia leise.

Sie trat in die Mitte des Hangars, zwischen die beiden Fraktionen, und legte die Hände in die Hüften. »So, und wo ist Admiral Holdo?«

Holdo tauchte hinter einem Stapel noch nicht verladener Kisten auf, und die beiden Frauen sahen einander einen kurzen Moment an.

»Amilyn.«

»Leia.«

Sie umarmten sich, und langsam, einer nach dem anderen, manchmal auch zwei oder drei gleichzeitig, steckten die Soldaten und Piloten auf beiden Seiten ihre Waffen weg.

»Wir werden bald landen«, erklärte Leia, nachdem sie sich schließlich von Holdo gelöst hatte. »Und falls die Erste Ordnung uns auf die Oberfläche folgt, würde ich vorschlagen, dass wir alle in dieselbe Richtung schießen.«

Anschließend ging sie zu D'Acy hinüber und begann, sich mit der Offizierin zu besprechen. Holdo gab unterdessen Anweisung, die verbliebenen Frachtkisten an Bord der Transporter zu schaffen. Nach ein paar verlegenen Blicken erkannten die Loyalisten und die Meuterer, dass ihr Konflikt Vergangenheit war, und sie machten sich daran, gemeinsam die Kisten zu verladen.

Holdo versicherte sich zudem, dass Poe noch atmete, und

nachdem sie zwei Soldaten bedeutet hatte, ihn in eines der Schiffe zu tragen, wandte sie sich wieder Leia zu.

»Ein richtiger Unruhestifter«, sagte sie. »Ich mag ihn.«

»Ich auch«, erwiderte der General mit einem Lächeln. »Sie gehen jetzt besser an Bord Ihres Transporters.«

Holdo sah ihre alte Freundin mit hochgezogener Augenbraue an. »Damit die Transporter sicher entkommen können, muss jemand hierbleiben, um den Kreuzer zu fliegen.«

Leia fixierte sie mit einem Blick, den Holdo nur zu gut kannte. Sie hatte ihn auf Alderaan gesehen, während der Pfadfinder-Exkursionen ihrer Kindheit; während ihrer politischen Ausbildung auf Coruscant; und in diversen imposanten Regierungssälen, als der Senat der Neuen Republik von einer Welt zu nächsten gewandert war. Ihre Freundin legte sich Argumente für eine Ansprache zurecht.

Holdo zweifelte nicht daran, dass es eine effektive Rede wäre – doch die Zeit für Ansprachen war vorbei.

»Ich fürchte, ich habe den höchsten Rang hier an Bord«, erklärte sie sanft, aber entschlossen. »Und ein Admiral bleibt bis zum Schluss auf seinem Schiff.«

Leia gab ihre geplanten Argumente auf und ließ den Kopf sinken.

»Wir haben schon zu viele Verluste«, sagte sie leise. »Ich ertrage keine weiteren.«

»Doch, das können Sie«, erwiderte Holdo, und Leia blickte überrascht auf. »Das habe ich von Ihnen gelernt.«

Beinahe hätte die Prinzessin gelächelt. Unter anderen Umständen hätte sie vermutlich sogar gelacht – das tiefe, herzliche Lachen, das im nie endenden Kreislauf der diplomatischen Gipfel, Senatsdebatten und militärischen Strategiebesprechungen nur selten, falls überhaupt, zu hören war.

Holdo hatte schon immer dieses Talent gehabt – etwas zu sagen, das zunächst falsch klang, sich dann aber als absolut perfekt erwies, wenn man darüber nachdachte.»

Leia würde das vermissen. Sie würde Amilyn vermissen.

»Möge die Macht …«, begann sie, aber dann hörte sie, dass ihre Freundin gerade exakt dieselben Worte aussprach.

Sie verstummten beide und lächelten einander an.

»Nur zu«, sagte Leia. »Ich hab es schon oft genug gesagt.«

»Möge die Macht mit Ihnen sein«, wiederholte Holdo mit einem Schmunzeln.

Leia legte ihr die Hand auf den Arm, während hinter ihnen die ersten Transporter vom Hangardeck in die Höhe schwebten und auf die offenen Hangartore zuglitten.

Rey versuchte zu widerstehen, ihren Füßen zu befehlen, dass sie gefälligst auf dem Boden von Snokes Thronsaal stehen bleiben sollten, aber es war hoffnungslos. Der Oberste Anführer zog sie näher und näher zu sich heran. Genau wie auf Takodana, als Kylo Ren das Gleiche mit ihr gemacht hatte, hatte sie das Gefühl, als würden kalte Finger in ihren Geist und ihren Körper eindringen und sie überwältigen. Ihr Magen wollte sich umstülpen, als wäre Snoke ein Fremdkörper, den sie ausspeien könnte.

»Ihr unterschätzt Skywalker«, warnte sie die ausgezehrte Gestalt in der goldenen Robe. Die angestrengten Versuche, sich Snoke zu widersetzen, ließen ihre Stimme gepresst klingen.

Die Augen des Obersten Anführers glänzten vor bösartiger Belustigung. Es gab nicht vieles, was ihn mehr amüsierte als ein Feind, der ein Körnchen Wissen gefunden hatte und glaubte, das große Ganze zu verstehen. So jemandes Fall zu beobachten, war unendlich unterhaltsam –

vorausgesetzt, sie wurden vor ihrem Ende mit dem ganzen Ausmaß ihrer Ignoranz und ihres Scheiterns konfrontiert.

Er studierte Rey, die sich noch immer hilflos gegen seinen Willen sträubte, und beschloss, dass noch genug Zeit wäre, um ihr diese letzte Lektion beizubringen.

»Oh?«, machte er mit gespieltem Entsetzen. »Hast du etwas gesehen? Eine Schwäche in meinem Schüler? Ist *das* der Grund, warum du hier bist?«

Das Entsetzen, das sich auf ihren Zügen ausbreitete, ließ Snoke lachen, ebenso wie ihre Versuche, diese Emotion zu verbergen. Es gab nichts, was sie vor ihm geheim halten konnte – ihre mentale Verteidigung war ihm nicht gewachsen. Er sah alles, selbst ihre tiefsten Ängste und Geheimnisse.

»Du junge Närrin«, tadelte er sie. »*Ich* war es, der euren Geist verbunden hat. Ich habe den Konflikt in Rens Seele geschürt. Ich wusste, er würde nicht stark genug sein, um es vor dir zu verbergen. Und du würdest nicht klug genug sein, dem Köder zu widerstehen.«

Kylo Ren hatte in kniender Haltung vor dem Thron verharrt, während Snoke Rey gefoltert hatte, sein Gesicht eine teilnahmslose Maske. Doch jetzt sah er überrascht auf, und seine Augen suchten den Blick seines Meisters.

Snoke schenkte seiner fragenden Miene keine Beachtung, ebenso wenig wie er die schwachen Wogen der Pein und der Verwirrung beachtete, die in der Macht von ihm ausgingen.

Was er hingegen nicht ignorierte, war die Angst auf Reys Zügen. Ihre erbärmlichen mentalen Blockaden waren in sich zusammengebrochen, als sie hörte, welche Rolle Snoke bei ihrer Verbindung mit Kylo gespielt hatte, und er nutzte diesen Riss in ihrer Konzentration, um sie die letzten Meter bis zu seinem Thron heranzuziehen. Ihr Gesicht verharrte nur ein paar Zentimeter von seinem eigenen entfernt.

Erst jetzt, wo er Rey fest in seinem Griff hatte, richtete Snoke seinen Blick auf Kylo.

Er hatte das gewaltige Potenzial seines Schülers bereits erkannt, als dieser noch ein Kind gewesen war; die latenten Energien der Skywalker-Blutslinie waren unübersehbar gewesen. Und er hatte auch erkannt, wie er die Ängste des Jungen – sein Gefühl der Unzulänglichkeit und der Einsamkeit – und die Schuldgefühle seiner Mutter nutzen konnte, um die Dunkelheit im Innern des Jungen zu nähren.

Ja, Ben Solo hatte die Rolle perfekt ausgefüllt, die Snoke ihm zugedacht hatte. Erst hatte sein Potenzial Skywalker überzeugt, die Jedi wiederaufzubauen; dann hatte seine Macht alles zerstört, worauf Skywalker hingearbeitet hatte, und der gescheiterte Jedi-Meister war ins Exil geflohen, gerade als die kritische Phase von Snokes kleinem Spiel begann.

Welche Rolle der Junge in der Zukunft spielen würde, war indes nicht so klar. Er nannte sich Kylo Ren, aber wie so vieles war auch dieser Titel mehr Wunschdenken als Realität. Er hatte es nie geschafft, dem Schatten von Ben Solo vollends zu entfliehen, und ebenso wenig hatte er gelernt, sich von dem schwachen, erbärmlichen Ziehen der hellen Seite in seiner Seele zu lösen – oder diesen sentimentalen Charakterzug auszumerzen, der seinen legendären Großvater vernichtet hatte. Nicht zu vergessen Kylos größter Makel überhaupt: seine Unfähigkeit – oder Widerwilligkeit –, seine Macht zu nutzen und den Kurs seines eigenen Schicksals zu korrigieren.

Einst hatte Snoke in Kylo den perfekten Schüler gesehen – ein Geschöpf der dunklen ebenso wie der hellen Seite, der die Stärken beider Facetten der Macht in sich vereinte. Doch vielleicht hatte er sich geirrt. Vielleicht war Kylo Ren eine instabile Kombination der Schwächen dieser beiden Elemente, ein makelbehaftetes Gefäß, das nie wirklich gefüllt werden konnte.

Snoke schob den Gedanken beiseite. Er würde sich später mit Kylos Schicksal befassen, nachdem der Widerstand und der letzte der Jedi zerstört wäre.

Und beide Ziele waren inzwischen in greifbarer Reichweite.

Er richtete seine Aufmerksamkeit einmal mehr auf Rey, die sich weiterhin tapfer gegen etwas wehrte, dem sie hoffnungslos unterlegen war. Es war wirklich bedauerlich. Die Fähigkeiten des Mädchens imponierten ihm, aber sie hatte ihre Rolle in seinem Plan erfüllt. Jetzt gab es nur noch eine letzte Aufgabe für sie, und dann würde Snoke sich ihrer entledigen.

»Jetzt wirst du mir Skywalker geben«, sagte er. »Und dann werde ich euch mit einem grausamen Schlag zerschmettern.«

Er sah, wie Grauen in ihre Augen trat – gefolgt von sturem Trotz.

»Nein!«, brachte sie hervor.

»Doch!«, entgegnete Snoke triumphierend. Er hob seine Hand und schleuderte das Mädchen mit der Macht durch den Thronsaal, dann hob er sie in die Luft hoch, fegte ihren mentalen Widerstand beiseite und begann, sich durch ihre Gedanken, ihre Erinnerungen, ihre Geheimnisse zu fressen. Die Haut an Reys Schläfen pulsierte in gleichmäßigen Wellen, eine körperliche Manifestation seines brutalen Eingriffs in ihr Bewusstsein.

»Gib mir *alles*«, befahl er.

Die Luft zwischen ihnen schien sich zu krümmen und zu wabern, während Snoke die Macht zu seiner Waffe machte.

Rey krümmte sich vor Qualen und schrie, während sie nach einem Ausweg suchte, den es nicht gab.

Auch Kylo konnte ihre Pein und ihre Panik spüren, ein lautes Schrillen in der Macht, das alles andere überdeckte, selbst Snokes dunkle Präsenz – aber er griff nicht ein. Stattdessen senkte er den Kopf und wartete auf den Befehl seines Meisters.

Poe kam zunächst nur langsam zu sich, aber dann war er schlagartig wach. Seine Augenlider flatterten, und er setzte sich kerzengerade auf. Panik durchströmte ihn, aber es dauerte ein paar Sekunden, bis er die durcheinandergewirbelten Scherben seiner Erinnerung wieder richtig zusammengesetzt hatte.

Wir sind in Gefahr. Geh auf Lichtgeschwindigkeit. Rette die Raddus. *Halte die Brücke.*

Das Erste, was er sah, waren die Rücken von Widerstandsuniformen – Soldaten, Techniker und Piloten, aber auch Droiden. Dann erblickte er hinter ihnen das Aussichtsfenster eines U-55-Transportschiffes.

Und jenseits dieses Fensters … der rundliche Umriss der *Raddus*, der rasch in der Schwärze des Alls zusammenschrumpfte.

»Nein!«, stöhnte Poe. Er kämpfte sich auf die Beine hoch, und mehrere Köpfe drehten sich in seine Richtung herum, um ihn entweder besorgt, mitfühlend oder wütend anzustarren.

Da rief jemand seinen Namen. Er kannte diese Stimme – es war Generalin Organa.

Und plötzlich war alles wieder da – seine grenzenlose Erleichterung, als Leia die Brücke betrat, gefolgt von Widerstandskämpfern, die treu zu Holdo standen; der Anblick des erhobenen Blasters in ihrer Hand; der konzentrische blaue Kreis aus Energie, der ihn zu Boden befördert hatte.

»Poe!«, wiederholte Leia. »Schauen Sie!«

Endlich entdeckte er sie vor dem Fenster auf der anderen Seite des Transporters, zwischen C-3PO und einer Gruppe von Offizieren. Sie winkte ihn zu sich.

Poe zwang einen Fuß vor den anderen, auch wenn seine Muskeln noch immer prickelten und spasmisch zuckten, taub von den Nachwirkungen des Schusses. Die Offiziere machten ihm Platz, und Leia nahm seine Hand; er war aber nicht sicher, ob das eine Geste des Trostes oder eine Entschuldigung sein sollte, oder ob sie einfach besorgt war, dass er umkippen würde.

Durch das Fenster auf dieser Seite konnte man einen blassen weißen Planeten mit dunklen Einsprengseln erkennen.

»Was ist das?«, fragte Poe. »Es gibt keine Planetensysteme in dieser Gegend.«

»Zumindest keine, die in irgendwelchen Karten verzeichnet sind«, erwiderte Leia. »Aber es gibt ein paar Schattenplaneten im tiefen Raum. Und dieser da ist ein geheimes Versteck aus den Tagen der Rebellion.«

»Der Mineralplanet Crait«, warf D'Acy ein, während sie die helle Kugel tief unter ihnen betrachtete.

»Ein Rebellenstützpunkt?«, fragte Poe.

»Aufgegeben, aber schwer gepanzert«, erklärte D'Acy. »Und mit genügend Energie, um ein Notsignal an unsere Verbündeten am Äußeren Rand zu senden.«

»Holdo wusste, dass die Erste Ordnung unser großes Schiff verfolgt«, fügte Leia an. »Da fallen die kleinen Transporter nicht auf.«

Jetzt begriff Poe endlich. Die Transporter waren winzig – kaum länger als zwanzig Meter – und hatten einen vergleichsweise geringen Wärmeausstoß, außerdem hatten die Techniker des Widerstands fieberhaft daran gearbeitet, die Emissionen durch den Einbau von Energieumleitern noch weiter zu verkleinern. Solange die Erste Ordnung sich auf die *Raddus* konzentrierte, könnte sie den Strom kleiner Schiffe ganz leicht übersehen, während er sich von dem schweren Kreuzer entfernte.

»Dann landen wir unbemerkt auf dem Planeten und verstecken uns, bis sie vorbeigeflogen sind«, murmelte er. »Das könnte funktionieren.«

Doch dann fiel ihm etwas anderes auf: Es könnte funktionieren, ja – aber nur wenn die Augen der feindlichen Sensoroffiziere fest auf die *Raddus* gerichtet blieben. Die Transporter könnten entkommen, nicht aber der schwere Kreuzer. Und auch niemand, der an Bord blieb, um das Schiff zu steuern.

Poe hatte einen ganz konkreten Verdacht, wer sich freiwillig dafür gemeldet hatte.

»Warum hat sie es mir nicht einfach gesagt?«, fragte er Leia mit einem flehentlichen Blick.

Ihre Augen waren sanft, und er spürte, wie sich ihre Finger am Ärmelaufschlag seiner Jacke zu schaffen machten. Als er den Blick senkte, stellte er fest, dass sie den Peilsender von seinem Handgelenk gelöst und ihn wieder um ihren eigenen Oberarm gelegt hatte.

»Je weniger davon wussten, umso besser«, sagte sie. »Sie war mehr daran interessiert, das Gute zu schützen, als daran, heldenhaft zu wirken.«

Während er mit diesen Worten rang, blickte Poe noch einmal aus dem Fenster, der immer kleiner werdenden Silhouette der *Raddus* hinterher.

Auf der sekundären Brücke des schweren Kreuzers stand Holdo allein an den Kontrollen und ging eine Checkliste durch, die sie schon vor langer Zeit auswendig gelernt hatte.

Sämtliche Systemkontrollen der *Raddus* waren auf die Brücke umgeleitet worden. Sie konnte nun jede Turbolaserbatterie des Schiffes von hier aus steuern. Die Schilde funktionierten ordnungsgemäß, und ein paar einfache Befehle würden zusätzliche Energie zu den hinteren Deflektoren umleiten, sobald dem schweren Kreuzer der Treibstoff ausging.

Holdo machte sich keine Illusionen, dass sie ein feindliches Ziel mit derselben Präzision wie ein Kanonier ins Visier nehmen könnte, oder dass die Schilde der *Raddus* einem längeren Dauerbeschuss standhielten, sobald die Erste Ordnung bis auf Schlagdistanz herankam.

Darum ging es aber auch gar nicht.

Worum es ging, war, das Schiff möglichst lange intakt zu halten – intakt und gefährlich für seine Verfolger. Nur dann würde ihre Aufmerksamkeit auf die *Raddus* gerichtet bleiben, und niemand würde die kleinen, hoffentlich nicht erfassbaren Transporter bemerken, die sich von dem schweren Kreuzer gelöst hatten und nun Crait entgegenflogen.

Sobald sie dort ankamen, würde Leia schon wissen, was zu tun war – das tat sie immer. Sie würde einen Weg finden, ihre Verbündeten zu rufen, und dann würde sie eine neue Operationsbasis für den Widerstand finden und im Stillen darauf hinarbeiten, die planetaren Schutzkräfte und Heimatflotten, die von der Neuen Republik übrig geblieben waren, zu einer neuen Streitmacht zusammenzuziehen. Zu einer Armee, die es mit Snoke und seinen Generälen aufnehmen könnte.

Einer neuen Rebellion.

Es würde nicht leicht sein, und es würde nicht über Nacht geschehen. Sie würden Geduld brauchen und Kraft und die Disziplin, sich zurückzuhalten, auch wenn in der Zwischenzeit viele Planeten im Würgegriff der Ersten Ordnung litten. Sie mussten sich genau überlegen, wann und wo und wie sie ihren Feind angriffen.

Doch Holdo wusste, dass niemand besser für eine solche Mammutaufgabe geeignet war als ihre alte Freundin – es war schließlich nicht das erste Mal, dass sie mit einer bunt zusammengewürfelten, zänkischen Gruppe von Aufständischen arbeitete.

Leider würde Holdo all das nicht mehr miterleben. Es machte sie traurig; einerseits, weil sie ihr Leben liebte, andererseits, weil sie wusste, dass Leia ihre Hilfe in den kommenden Monaten und Jahren brauchen könnte.

Doch die Religion ihrer Heimatwelt Gatalenta lehrte ihre Anhänger, dass niemand allein die Erlösung erreichte. Nein, dafür waren all jene nötig, die einem Liebe und Mitgefühl spendeten und Opfer für einen brachten.

Amilyn Holdo hatte diesen Gedanken stets als tröstlich empfunden – und nie mehr als jetzt, in der Einsamkeit auf der Brücke der *Raddus*.

»Viel Glück, Rebellen«, sagte sie leise.

Captain Phasma marschierte durch die Korridore der *Supremacy*, in ihrem Rücken eine Phalanx Sturmtruppler, die Finn und Rose in ihre Mitte genommen hatte. DJ schlurfte sichtlich unzufrieden neben ihnen her.

Schließlich erreichten sie einen gewaltigen Hangar, wo alles für die Entscheidungsschlacht vorbereitet war. Dutzende TIE-Jäger waren betankt und startklar, aber noch mit ihren Versorgungsleitungen verbunden; Truppentransporter warteten darauf, Soldaten aufzunehmen; Scoutläufer standen aufgereiht vor ihren größeren vierbeinigen Geschwistern, die bereits an den Landungsschiffen befestigt waren, die sie im Einsatzgebiet absetzen würden. Und inmitten von alledem wartete ein volles Regiment Sturmtruppler in Paradeformation.

Den Mann, der sich an der Spitze der Truppen aufgebaut hatte, erkannte Finn sofort – Armitage Hux.

Phasma führte die Gefangenen direkt vor den blassen rothaarigen General, dem sein Zorn deutlich ins Gesicht geschrieben stand.

Rose warf Finn einen Blick zu, aber er zwang sich, eine emotionslose Miene zu wahren. Phasma war brutal und gnadenlos – falls man den Gerüchten in den Truppenunterkünften glauben durfte, war sie auf einer primitiven präindustriellen Welt als eine Art gottähnliche Kriegerkönigin verehrt worden, bevor die Erste Ordnung sie gefunden hatte –, aber sie war auch diszipliniert und pragmatisch.

Hux hingegen war verrückt – irrational und ewig wütend. Ein Muskel zuckte an seiner blassen Wange, während er Finn anstarrte, dann verpasste er dem ehemaligen Sturmtruppler mit dem Handrücken eine Ohrfeige.

Finn wappnete sich für weitere Schläge, aber Hux schien sich mit der Geste zu begnügen – oder vielleicht hatte die Ohrfeige auch seiner Hand wehgetan.

»Gut gemacht, Phasma«, sagte er. »Ich kann nicht behaupten, dass mir Ihre Methoden gefallen, aber an den Resultaten lässt sich nicht rütteln.«

Die Augen des Generals richteten sich auf DJ, der aussah, als wäre er jetzt lieber irgendwo anders, egal wo.

Hinter ihnen schwebte die *Libertine* mit kaum hörbarem Triebwerksbrummen durch das magnetische Feld des Hangartors. Sobald die Landebeine ausgefahren waren und die schlanke Yacht auf dem Deck aufgesetzt hatte, nickte Hux einem Offizier der Ersten Ordnung zu, und der Mann ging daran, eine Repulsorliftpalette voller schwarzer Kisten zur Rampe der *Libertine* zu schieben.

»Ihr Schiff und Ihre Bezahlung, wie vereinbart«, erklärte Phasma, an DJ gerichtet.

Rose bewegte sich so schnell, dass sogar Finn zusammenzuckte. Aber es standen zu viele Sturmtruppler zwischen ihr und dem Dieb aus Canto Bight; sie fingen die junge Frau ab und hielten sie fest, was sie aber nicht davon abhielt, wild nach DJ zu schlagen und zu treten.

»Du verlogene Ratte!«, schrie sie.

»Wir wurden erwischt«, entgegnete er. »Also habe ich einen Deal gemacht.«

Finn blickte ihn entsetzt an. »Warte. Was für einen Deal?«

Rose bombardierte den Dieb mit Verwünschungen, bei denen selbst die Hafenarbeiter von Otomok rot geworden wären.

DJ hörte sich das Ganze ein paar Sekunden an, dann zuckte er mit den Schultern. »Na schön, bitte. Ich entschuldige mich dafür, dass ich genau das bin, was ich euch gesagt habe.«

26. Kapitel

Niemand schenkte einem Droiden Beachtung.

Jeder Tag seiner Existenz lieferte BB-8 neue Beweise, dass dieser Eindruck mehr war als nur eine Hypothese; es war ein Fakt, und vielleicht sollte es sogar als kosmisches Gesetz betrachtet werden.

Als die Sturmtruppler den Kontrollraum betreten hatten, war BB-8 zur Reglosigkeit erstarrt, und er hatte nur darauf gewartet, dass sich jemand wunderte, warum Finn, Rose und DJ wohl von einem umgedrehten Papierkorb begleitet wurden. Und selbst falls nicht – spätestens nachdem der vermeintliche Sabotageakt abgewendet war, würde ein glückloser Sturmtruppler doch gewiss den Befehl erhalten, den Papierkorb an seinen angestammten Ort zurückzubringen. Bestimmt gab es ausführliche Dokumente, in denen die genaue Position jedes Gegenstands an Bord festgeschrieben war. Da er keine Alternative sah, hatte BB-8 sich vorgenommen, so viele Sturmtruppler mit Stromschlägen außer Gefecht zu setzen, wie er nur konnte, bevor ein Blaster oder eine Ionenwaffe seinem Widerstand ein Ende bereitete. Er hatte sogar schon die Ladung seines Schockarms hochgefahren … doch nichts war geschehen.

Die Sturmtruppler hatten Finn und Rose gefesselt und sie abgeführt, DJ war ihnen gefolgt. Und BB-8 war allein in dem leeren Raum zurückgeblieben.

Sein erster Gedanke war gewesen, die Mission fortzusetzen, das Ortungsgerät selbst zu deaktivieren und Poe zu melden, dass die Flotte in den Hyperraum springen sollte. Also hatte der Astromech sich von seiner Papierkorbtarnung befreit und ins Netzwerk der Ersten Ordnung eingeklinkt. Es war ihm sogar gelungen, die Sicherheitsprotokolle außer Kraft zu setzen, die das aktive Tracking an eine andere Station übertragen würden, falls die Energieversorgung unterbrochen wurde.

Doch dieser Moment des Triumphs war nur von kurzer Dauer. Die Unterbrecher mussten nämlich manuell betätigt werden – falls dies durch einen Stromstoß ausgelöst wurde, würde die Konsole sofort heruntergefahren und der gesamte Bereich abgeriegelt werden.

BB-8 hatte frustriert gepiepst. Ohne seine Freunde konnte er nichts unternehmen.

Es waren beträchtliche Verrenkungen seiner Werkzeugarme vonnöten gewesen, um den Papierkorb wieder über seinen Körper zu stülpen. Ein hilfsbereites organisches Wesen hätte das Ganze mit einem einzigen Handgriff bewerkstelligen können, aber die Hauptsache war, dass er es letztlich geschafft hatte und eilig losgerollt war, um Phasma und ihren Truppen zu folgen.

Nun stand der Astromech allein in einem Korridor vor dem großen Hangar und spähte mit seinen Fotorezeptoren durch die schmalen Schlitze des Papierkorbs, während er sein weiteres Vorgehen plante. Leider bot keine der Optionen, die ihm offenstanden, eine nennenswerte Erfolgswahrscheinlichkeit.

Noch immer unbemerkt, aber auch noch immer hilflos, stieß BB-8 ein betrübtes Pfeifen aus.

Im Hangar trat ein Commander der Ersten Ordnung neben Hux.

»Sir, die Informationen dieses Mannes wurden überprüft«, meldete er. »Wir ließen einen Enttarnungsscan laufen, und tatsächlich sind gerade dreißig Transporter von dem Kreuzer aus gestartet.«

Hux musterte DJ. Er wirkte beeindruckt – und überrascht.

»Er hat uns die Wahrheit gesagt. Es geschehen noch Zeichen und Wunder.«

Der Blick des Generals richtete sich wieder auf den Commander. »Sind unsere Waffen bereit?«, fragte er.

»Bereit und ausgerichtet.«

Rose war überzeugt, dass Holdos Plan funktioniert hätte. Die Energieumleiter reduzierten die Emissionen der Transportertriebwerke so weit, dass die Erste Ordnung sie auf diese Entfernung unmöglich entdeckt hätte – vor allem nicht, nachdem sie viele Stunden lang dasselbe Ziel auf demselben Kurs verfolgt hatten und sich unter den Sensortechnikern Müdigkeit und Bequemlichkeit breitgemacht hatten.

Doch jetzt wussten diese Techniker, wo und wonach sie suchen mussten. Und die Transporter waren langsam, träge, unbewaffnet und allein durch rudimentäre Schilde geschützt.

Das würde ein Massaker werden.

Finn schien zu derselben Schlussfolgerung gelangt zu sein. »Nein«, rief er mit entsetzter Miene.

»Tut mir leid, Freunde«, murmelte DJ.

Hux' Wangen glühten vor Siegesgewissheit. »Feuer nach eigenem Ermessen«, sagte er dem Commander.

»Nein!«, schrie nun auch Rose. Sie versuchte, auf den General zuzuspringen, aber die Sturmtruppler hatten ihre Lektion gelernt, und sie hielten sie brutal fest.

Der Widerstand würde untergehen, und es gab nichts, was sie oder Finn dagegen unternehmen konnten.

Der Transporter, der Poe und Leia an Bord hatte, bäumte sich auf, und Turbolaserfeuer zuckte an den Aussichtsfenstern vorbei. Eines der Schiffe vor ihnen verschwand in einer Feuerblume und löste sich zu Weltraumstaub auf.

Leia starte entsetzt nach draußen, und ihr Blick huschte zur Oberfläche von Crait. Sie brauchte nur Sekunden, um die nötigen Berechnungen anzustellen.

Sie waren zu langsam.

Und da waren zu viele Transporter.

Die erste Ordnung hatte ihren Plan durchschaut.

Die anderen Mitglieder des Widerstands an Bord hatten die Explosion natürlich ebenfalls gesehen – und dem wachsenden Grauen auf ihren Gesichtern nach zu urteilen, waren sie zur selben Schlussfolgerung gelangt wie Leia.

Poe sah sie an wie ein eingesperrtes Tier. Er wollte etwas unternehmen, egal was. Sie begegnete ihm mit ruhiger, stoischer Miene. Panik würde sie nicht retten – und auch sonst niemanden. Welche Emotionen bei ihr auch unter der Oberfläche brodelten, sie mussten dort bleiben, wo nur sie sie sehen konnte.

Poe nickte und zwang sich, ihrem Beispiel zu folgen.

An Bord der *Raddus* konnte Holdo nur fassungslos mit ansehen, wie ein zweiter Transporter verglühte.

Ein Hologramm blinkte auf ihrer Konsole auf.

»Admiral, wir stehen unter Beschuss!«, meldete ein Pilot

des Widerstands, und die Furcht in seiner Stimme war deutlich zu hören. »Sollen wir umdrehen?«

»Nein! Ihr seid schon zu weit weg. Volle Kraft auf den Planeten zu. *Volle Kraft*!«

Einen Herzschlag später verschwand das Hologramm in statischem Flackern. Holdo glaubte noch zu sehen, wie der Pilot die Arme vor das Gesicht riss, ehe er sich auflöste.

Sie musste an sich halten, um nicht verzweifelt zu schreien. Die *Raddus* konnte die Transporter nicht verteidigen – sie hatten das schützende Feld ihrer Schilde längst verlassen.

Auf der Suche nach einer Lösung ließ sie den Blick hilflos über ihre Konsole schweifen. Nein, da war nichts, nur ein blinkendes Lämpchen an der Schnittstelle des Navcomputers.

Holdo streckt die Hand aus, um den Alarm abzuschalten – was immer es war, es würde sie nur ablenken, während sie nachdachte –, doch dann hielt sie inne.

Jemand hatte Hyperraumkoordinaten für dieses System eingegeben und einen Sprung berechnet, wie er noch nie zuvor gemacht worden war. Der Navcomputer wollte nun wissen, ob diese Koordinaten gelöscht werden sollten.

Dameron, dachte sie. Er war auf die Brücke gerannt, nachdem er sie im Hangar gestellt hatte. Das musste Teil seines Plans sein – des Plans, den sie als zu riskant und zu verzweifelt abgetan hatte.

Holdo rief die Koordinaten auf ihrer Konsole auf. Der Mon-Calamari-Kreuzer hatte sich stetig auf seinem alten Kurs weiterbewegt, seit die Koordinaten eingegeben worden waren, folglich befanden sich der Sprungpunkt, den Poe berechnet hatte, inzwischen hinter der *Raddus* und hinter der Flotte der Ersten Ordnung.

Holdo starrte auf den Bildschirm. Irrte sie sich, oder … Nein, die verzweifelte Hoffnung, die in ihr aufkeimte, war nicht unbegründet.

Rey konnte Snoke in ihrem Kopf spüren. Sein Bewusstsein war wie ein lebendiges, hungriges Ding, das sich rücksichtslos durch Erinnerungen fraß, die nicht die seinen waren, die ihn nichts angingen.

Jetzt wusste sie zumindest, wer Kylo diese Fähigkeit beigebracht hatte. Doch der Oberste Anführer beherrschte sie viel besser als sein Schüler. Rey konnte sich nicht gegen ihn wehren; seine bloße Präsenz drohte sie zu überwältigen. Und im Gegensatz zu ihrem Kontakt mit Kylo hatte sie auch nicht das Gefühl, als könnte sie in seinen Geist hineinblicken. Snokes Gegenwart war wie eine leere, kalte, dunkle Grube – wie die Höhle unter Ahch-To, nur dass die Finsternis hier grenzenlos war.

Willkürliche Erinnerungsfetzen wirbelten durch ihren Kopf, als der Oberste Anführer sie studierte. Rey, wie sie allein unter der untergehenden Sonne von Jakku saß; wie sie auf einer kühlen Insel in einem grauen Meer aus einem Traum erwachte; wie sie überwältigt in dem Lagerraum unter Maz' Schloss stand; wie sie in einer wortlosen Bitte einen Lichtschwertgriff hochhielt …

Sie spürte, wie Snokes Interesse an diesem letzten Moment, der sich in ihren Geist eingebrannt hatte, zunahm. Das war, was er wollte: Skywalkers Insel, der Planet, auf dem sie lag – wie er hieß und wie Rey dorthin gelangt war.

Sie versuchte, ihren Kopf von jeglichen Gedanken zu leeren, den Eindringling auszusperren, gegen ihn anzukämpfen.

Es funktionierte nicht: Snoke fand, was er suchte, und er nahm es und warf den Rest von ihr fort.

Sie fand sich auf dem Boden des Thronsaals wieder, wo sie sich vor Schmerzen wand, verzehrt von ihrem Hass auf den Obersten Anführer.

»Oh, ja, ja«, sagte er, und seine Stimme troff vor Genugtuung. »Ich hätte nicht gedacht, dass Skywalker so weise ist. Wir werden ihm und dem Orden der Jedi das Ende angedeihen lassen, das er sich ersehnt. Nachdem wir die Rebellen vernichtet haben, begeben wir uns zu seinem Planeten und löschen die ganze Insel aus.«

Rey streckte die Hand nach Lukes Lichtschwert aus, das neben Snoke auf der Armlehne seines Throns lag, und befahl der Macht, die Waffe in ihre Finger zu tragen. Der Schwertgriff flog in die Luft hoch, in einem perfekten Bogen, der ihn genau in ihre Hand führen würde.

Snoke lächelte nur, während er ihren Widerstand beobachtete. Ein Lichtschwert herbeifliegen zu lassen, war ein so trivialer Einsatz der Macht – ein Trick für unerfahrene Schüler, aber weit, weit unter der Würde eines echten Meisters der Macht. Natürlich war die Entschlossenheit des Mädchens bewundernswert; sie kämpfte weiter, obwohl sie geschlagen war.

Aber ihre Überheblichkeit musste bestraft werden.

Snoke krümmte die Finger, um die Flugbahn der Waffe zu ändern. Sie segelte an Rey vorbei, beschrieb einen Bogen und traf das Mädchen am Hinterkopf, ehe sie wieder dort landete, wo sie zuvor gewesen war – an Snokes Seite.

»So couragiert«, sagte er, während er sich an ihrem anschwellenden Hass labte.

Es war wirklich zu schade. Durch Furcht und Zorn hätte er dieses Mädchen zu einer tödlichen Waffe schmieden können. Ja, zu einer anderen Zeit hätte sie eine großartige Schülerin abgegeben.

»Jetzt sieh her.« Er beschwor die Macht und zerrte Rey quer durch den Raum. Die roten Vorhänge des Thronsaals teilten sich und enthüllten eine Reihe gewölbter Aussichtsfenster. Vor einem davon befand sich ein linsenartiges Vergrößerungsgerät, durch welches das Mädchen sehen konnte, dass nur noch ein Schlachtschiff und eine Ansammlung kleiner Transporter von der Widerstandsflotte übrig waren. Die kleineren Schiffe standen unter Beschuss und platzten eines nach dem anderen unter den Kanonen der Ersten Ordnung auseinander.

»Der gesamte Widerstand sitzt in diesen Transportern«, erklärte Snoke. »Schon bald werden sie alle Vergangenheit sein. Für dich ist alles verloren.«

Rey wirbelte mit gefletschten Zähnen von dem Fenster fort, ihre Augen lodernd wie Feuerschalen.

Oh, ja. Solche Kraft. Wirklich eine Schande.

»Und immer noch dieser glühende Funke Hoffnung«, sagte Snoke spöttisch.

Erneut hob Rey ihre Hand, die Finger gespreizt, und Snoke spürte, wie die Macht um ihn herum in Bewegung geriet. Doch diesmal hatte sie es nicht auf Skywalkers Waffe abgesehen – sondern auf die von Kylo Ren.

Mit dieser überraschenden Verzweiflungstat hatte Snokes Lehrling nicht gerechnet. Das Lichtschwert flog von seinem Gürtel zur anderen Seite des Raums – vorbei an den Prätorianern, die sich kampfbereit anspannten –, direkt in Reys Hand.

Sie aktivierte die Waffe, und kaum dass die blutrote Klinge fauchend vorgeschossen war, einen Wimpernschlag später gefolgt von der zischenden Parierstange, stürmte sie auch schon auf Snoke zu.

Die Gardisten sprangen mit erhobenen Waffen vor, aber

Snoke hielt sie mit einer Handbewegung zurück. Sein Gesicht bereits ins rote Licht der unruhig knisternden Klinge getaucht, lachte er über Reys Angriff.

»Du besitzt das Temperament eines wahren Jedi«, sagte er, dann setzte er die Macht ein, um das Mädchen durch die Luft zu schleudern. Sie landete hart, und das Schwert schlitterte über den Boden davon, ehe es, wirbelnd wie ein Kreisel, vor Kylos Füßen zu liegen kam. »Und deswegen musst du sterben«, beendete Snoke den Satz.

Seine kobaltblauen Augen richteten sich auf Ren. Han Solos Sohn hatte sich nicht gerührt, seit er Rey hereingeführt hatte, aber seine Emotionen waren in brodelnder Bewegung gewesen, und nach Snokes Enthüllung, dass er für Kylos mysteriöse Verbindung mit Rey verantwortlich war, hatten sie ihren Siedepunkt erreicht.

Doch nun war dieser Tumult abgeebbt, ersetzt durch eine tiefe Ruhe und Konzentration. Snoke war überrascht – auf angenehme Weise. Sie beide hatten noch große Aufgaben vor sich, und sein Schüler – dieser Schmelztiegel der hellen und der dunklen Seite, der immerzu im Konflikt mit sich selbst zu stehen schien – hatte sich offenbar endlich selbst gefunden.

»Mein würdiger Schüler, Sohn der Dunkelheit, rechtmäßiger Erbe von Lord Vader«, sagte er, wohl wissend, wie sehr Kylo sich nach derartigem Lob sehnte. »Wo es einst Konflikt gab, fühle ich nun Entschlossenheit. Wo es einst Schwäche gab, Stärke. Vollende deine Ausbildung und erfülle dein Schicksal.«

Kylo erhob sich, den Schwertgriff in einer Hand, die andere hielt er nachlässig hinter seinem Rücken, und ging Schritt für Schritt auf Rey zu. Snoke benutzte die Macht, um sie auf die Knie hochzuziehen und ihre Arme nach hinten zu drehen. Sein Blick verweilte jedoch die ganze Zeit über auf seinem Schüler, und er hielt argwöhnisch nach einer Rückkehr der alten Emotionen Ausschau, der Schwäche, die ihn so lange zurückgehalten hatte. Doch Kylos Züge waren kalt, seine Augen entschlossen.

»Ben!«, schrie Rey voller Verzweiflung.

Kylo blieb stehen, als er bis auf Reichweite seiner Klinge an das Mädchen heran war.

»Ich weiß, was ich zu tun habe«, erklärte er mit tonloser Stimme.

Snoke lachte. Es war ein Risiko gewesen, das Bewusstsein der beiden zu verbinden, und er hatte lange gezögert, ehe er es schließlich einging. Aber es hatte funktioniert: Rey hatte Skywalkers Aufenthaltsort preisgegeben, und Kylo hatte sich seiner Schwäche gestellt. Indem er jetzt Rey eliminierte, würde sein Schüler auch diesen fehlerbehafteten schwachen Teil seiner selbst auslöschen.

Reys Augen brannten nicht länger, aber Kylo sah sie nicht einmal an. Snoke konnte spüren, dass er sich voll und ganz auf seinen Entschluss konzentrierte.

»Du denkst, du könntest ihn bekehren, du armseliges Kind?«, verhöhnte der Oberste Anführer das Mädchen. »Es ist nicht möglich, mich zu verraten. Es ist nicht möglich, mich zu besiegen. Ich sehe seine Gedanken. Ich sehe seine Absichten – jede einzelne.«

Snoke schloss die Augen. Er wollte dieses Drama in der Macht genießen; die plumpen Eindrücke seiner weltlichen Sinne waren im Vergleich dazu nur ein farbloser Schatten.

»Ja!«, gurrte er. »Ich sehe ihn das Lichtschwert heben, bereit loszuschlagen. Und jetzt, törichtes Kind, zündet er es … und tötet seinen wahren Feind.«

Es sollten die letzten Worte des Obersten Anführers sein.

Kylo hatte den Griff seines Lichtschwerts so gedreht, dass die Waffe direkt auf Reys Brust zeigte. Gleichzeitig hatte er aber auch Lukes Lichtschwert gedreht, das auf der Armlehne von Snokes Thron ruhte – ohne dass der Oberste Anführer oder seine Prätorianer etwas davon merkten.

Als Kylos Finger sich dann hinter seinem Rücken krümmten, war die blaue Energieklinge von Lukes Schwert zu knisterndem Leben erwacht und hatte Snoke in zwei Hälften geschnitten. Jetzt flog sie durch die Luft in Reys Hand, während Ren seine eigene Waffe zündete.

Die beiden hatten nur einen kurzen Moment, um einander anzublicken, dann stürmten die Prätorianer in ihren blutroten Rüstungen heran, ein Wirbelwind tödlicher Bewegungen. Sie näherten sich in vier Zweiergruppen, allesamt mit scharfklingigen Hellebarden, Schwertern, Schlachtäxten und Peitschen bewaffnet. Ihren Meister konnten sie nicht mehr retten, aber sie waren entschlossen, seinen Tod zu rächen.

Rücken an Rücken stellten sich Kylo und Ren ihrem Angriff.

27. Kapitel

Ein weiterer Transporter wurde zu einer Trümmerwolke verbrannt, und diesmal musste Leia die Augen vor der Explosion verschließen. So viele Leben – ausgelöscht. Leute, die sie rekrutiert oder für ihre Sache begeistert hatte; an deren Seite sie gekämpft hatte; die sie großer Gefahr ausgesetzt hatte; die sie nicht retten konnte. Sie waren für immer fort, vernichtet innerhalb eines Wimpernschlags, und es gab nichts, was sie deswegen unternehmen konnte.

Ihre Augen noch immer geschlossen, spürte sie, wie das Deck unter ihr vibrierte, begleitet vom unterdrückten Keuchen der anderen um sie herum, und Leia wusste: Sie hatten einen weiteren Transporter verloren.

Nicht mal mehr die Hälfte der Schiffe, die von der *Raddus* gestartet waren, waren noch übrig – und sie hatten den Planeten noch immer nicht erreicht.

Leia versuchte, sich ein Wunder vorzustellen – Luke, der irgendwo eine Flotte Jedi-Schlachtkreuzer entdeckt hatte und ihnen damit zu Hilfe kam, oder die Inferno-Staffel, die mit einem Kampfverband von Starhawks anrückte. Doch das All vor ihnen blieb weiterhin leer.

Poe konnte seine eigene Hilflosigkeit nicht länger ertragen und eilte nach vorne ins Cockpit. Als er sich hinter die Pilotin zwängte, hatte die Erste Ordnung bereits drei weitere Transporter abgeschossen.

»Kommen Sie, geben Sie vollen Schub! Alles, was drin ist!«, drängte er.

»Mach ich bereits, Sir«, erwiderte die Pilotin.

Poe erkannte sie selbst unter ihrem Helm. Pamich Nerro Goode. Sie hatte auf D'Qar zur Bodenmannschaft des Sternjägergeschwaders gehört, aber sie war als Pilotin für Transporter und Shuttles zugelassen. Bereits damals war ihm aufgefallen, wie ruhig sie im Angesicht des Feindes blieb, und er hatte sie als potenzielles Mitglied seiner Staffel in Betracht gezogen.

Cova Nell, die auf dem Platz des Kopiloten saß, gehörte bereits zu den Jagdfliegern.

Es waren also zumindest die richtigen Leute am Steuer. Das war gut. Nur half es leider nicht, wenn diese Leute das Unmögliche vollbringen sollten.

Als er sah, wie DJ sein Geld zählte, verlor Finn die Beherrschung.

Der Dieb hatte seine Credits und sein Schiff, und trotzdem war er noch immer hier und durchwühlte die Kisten, die man vor der Rampe der *Libertine* abgestellt hatte. Wie nicht anders zu erwarten, hatte er sich in Bargeld bezahlen lassen – stapelweise Peggats, Aurei und Zemids, sicherlich geplündert von den Welten, die die Erste Ordnung besetzt hielt. DJ hatte genug von der Galaxis gesehen, um zu wissen, dass eine elektronische Überweisung nur eine Ansammlung von Pixeln auf einem Bildschirm war, die sich ganz leicht ungeschehen machen ließ. Und auch das sicherste Konto konnte mit ein paar simplen Tastenanschlägen gelöscht werden.

Plötzlich wurde es Finn zu viel. Die Yacht allein war genug wert, um einen sorgenlosen Ruhestand zu genießen.

»Du verfluchter Mistkerl!«, brüllte er und versuchte, sich aus dem Griff des Sturmtrupplers hinter ihm loszureißen.

DJ blickte überrascht von seiner Beute auf.

»Jetzt tu doch nicht so, Freundchen«, sagte er. »Heute pusten sie dich weg, morgen pustest du sie weg. Ist alles nur ein Geschäft.«

»Du irrst dich«, grollte Finn.

»Möglich«, meinte DJ nur.

Möglich? Finn starrte ihn an. Der Dieb würde noch lernen, *wie sehr* er sich irrte, doch dann wäre es bereits zu spät.

Ja, es gab Profiteure, die sich an dem Konflikt bereicherten – Waffenhändler, Finanziers, Gauner wie DJ, die von Geld und Elend angezogen wurden wie Mynocks von einer Energiesignatur in den Tiefen des Alls.

Doch das bedeutete nicht, dass sie eine Mitschuld an dem Konflikt trugen. Sie waren nur ein zynisches Nebenprodukt. Tatsächlich war es eine Konfrontation zwischen jenen, die an die Freiheit glaubten, so chaotisch und ungewiss sie manchmal auch sein konnte, und jenen, die Ordnung über alles stellten und den Mord an Millionen als billigen Preis erachteten, um diese Ordnung zu erzwingen.

Und alle anderen wurden von ihrem Krieg mitgerissen, ob sie es nun wollten oder nicht. Es gab keine neutralen Beobachter – und auch keinen Unterschied zwischen dem, was man im Angesicht eines bösartigen Regimes tat, und dem, was man war.

Man konnte so tun, als würde das Regime nicht existieren, oder seine brutalen Exzesse fortrationalisieren oder sich durch Wohlstand und Verbindungen von der galaktischen Realität abschotten oder fliehen und sich verstecken oder hoffen, dass durch einen wundersamen Zufall nur die anderen zermalmt wurden und man selbst verschont blieb.

Ja, all das konnte man tun, und es war ganz einfach. Zu kämpfen war da schon deutlich schwerer; die Aufmerksamkeit des mörderischen Regimes auf sich zu ziehen und zum Objekt seines Hasses zu werden.

Aber falls man Veränderung wollte, gab es keinen anderen Weg. Wer sich für etwas anderes entschied, zögerte das Unvermeidliche nur hinaus – die Bestie fraß ihn vielleicht zuletzt, aber gefressen wurde man dennoch.

Es hatte eine Weile gedauert, bis Finn klargeworden war, dass weglaufen keine Lösung darstellte, doch dann hatte auch er gekämpft. Anfangs nur, um Rey zu retten, doch wie hatte Poe so treffend gesagt: Diese Sache war größer als eine Person oder zwei oder zwei Milliarden.

Und so hatte Finn schon bald auch für Poe gekämpft, und für General Organa und für Rose – die ihre Schwester und ihre Eltern und ihren Planeten verloren hatte und trotzdem weiterkämpfte, verbissener denn je.

Er hatte nicht *gewonnen*, und das war natürlich frustrierend – milde ausgedrückt. Aber immerhin hatte er etwas getan, und jetzt am Ende stellte er fest, dass er lieber ein geschlagener Kämpfer war als so jemand wie DJ.

Selbst wenn die Erste Ordnung ihm eine gestohlene Yacht bis unters Dach mit Geld vollpacken würde.

Hux beobachtete mit kalten Augen, wie sich FN-2187 im Griff des Sturmtrupplers wand. Seine Fahnenflucht hatte nicht nur einen peinlichen Schatten auf das Ausbildungsprogramm geworfen, welches einst von Hux' eigenem Vater aufgebaut worden war; nein, der Verräter hatte auch die Suche nach Skywalker in die Länge gezogen und dem Widerstand wichtige Informationen zugespielt, die zur Zerstörung der Starkiller-Basis geführt hatten.

Nichts wäre Hux lieber gewesen, als den Deserteur für den Rest seiner Tage mit ein paar Verhördroiden in eine Zelle zu sperren. Doch schon bald – schon sehr bald – würde der Verrat von FN-2187 keine Rolle mehr spielen.

Er beäugte die junge Frau, die neben dem Verräter kniete und ebenfalls Zeit und Kräfte verschwendete, indem sie sich gegen die Sturmtruppler zur Wehr setzte. Er hatte keine Ahnung, wer sie war – aber das Medaillon, das unter dem Kragen ihrer gestohlenen Uniform hervorblitzte, kam ihm seltsam vertraut vor.

Hux trat näher und kniff die Augen zusammen. Ja, seine Annahme war richtig gewesen.

»Das Otomok-System?«, fragte er, während er das Gesicht der Frau grob packte und sie zwang, ihn anzusehen. »Das bringt Erinnerungen zurück. Ungeziefer wie du schaffen es vielleicht hin und wieder, einem ein paar Tropfen Blut zu stehlen, aber am Ende werdet ihr doch immer zerquetscht.«

Hux labte sich an dem wütenden Ausdruck in ihren Augen – zumindest, bis sie ihn in die Hand biss. Blut floss über seine Handfläche, aber sie wollte einfach nicht loslassen. Sie war wie ein tollwütiger Nek.

Er schrie, und endlich schafften es die Sturmtruppler, die Frau von ihm fortzuzerren, doch selbst jetzt spuckte und fauchte sie noch. Auf Hux' Hand war ein Halbmond von Zahnabdrücken zurückgeblieben, und die meisten hatten seine Haut durchstoßen. Er musste an die schmutzigen Sitten und die dreckigen Lebensumstände des Otomok-Systems denken, und sofort erwachte die Sorge vor einer Infektion in ihm.

Kurz erwog er, die Rebellen *beide* für ein ausführliches

Verhör auf die unteren Decks zu schicken – aber nein, sein erster Instinkt war der richtige gewesen: Verräter und Aufständische waren Ungeziefer und seiner Aufmerksamkeit nicht wert. Bereits jetzt hatte er den beiden schon viel zu viel Zeit gewidmet – ein Feldherr von seinem Rang hatte Wichtigeres zu tun.

Trotzdem ... seine Hand tat *wirklich* weh.

»Exekutiert sie beide!«, befahl er und marschierte aus dem Hangar.

Snokes prätorianische Gardisten umzingelten Kylo und Rey in völligem Schweigen, ihre Gesichter verborgen hinter den Gesichtsplatten ihrer Helme.

Rey konnte das Summen ihre klingenbestückten Waffen hören, und sie erkannte, dass sie mit Ultraschallgeneratoren versehen waren. Und da war noch etwas – kein Geräusch, aber ein Gefühl, wie ein Pulsieren in ihren Zähnen und Stirnhöhlen.

Dasselbe hatte sie schon einmal auf Jakku gespürt, und nach ein paar Sekunden fiel ihr wieder ein, was es war: ein starkes magnetisches Feld, vermutlich erzeugt von den Rüstungen der Gardisten. Falls Rey sich schon so fühlte, wenn sie nur in ihrer Nähe war, dann mussten die Gestalten, die darin eingeschlossen waren, ständige Schmerzen empfinden.

Dann hatte sich der Kreis der Gardisten geschlossen, und ihre Klingen surrten und zischten. Rey verlagerte das Gewicht und hob ihr Lichtschwert, um eine Hellebarde abzuwehren, die ihr sonst den Schädel gespalten hätte. Sie erwartete, dass die Klinge die Waffe entzweischneiden würde, aber sie fing den Hieb lediglich ab, und der Aufprall jagte schmerzhafte Vibrationen bis in Reys Schultern hoch.

Sie wich zurück und duckte sich unter der segmentierten Peitsche eines zweiten Gardisten hinweg. Hinter sich hörte sie das Knistern von Kylos Lichtschwert und sein angestrengtes Ächzen und Keuchen.

Die erste Wache griff erneut an; diesmal zielte sie auf Reys Knie, aber sie wehrte die Hellebarde ab und riss dann in derselben Bewegung das Schwert nach oben, hoch zum Gesicht ihres Gegners. Sie spaltete den Rand seines Helms und ließ ihn zurücktaumeln. Als er sie – hoffentlich mit neuem Respekt – anstarrte, grinste sie wild ... ehe sie sich erneut ducken musste, um dem hohen Tritt eines anderen Gegners auszuweichen.

Rey tänzelte zurück, bis sie Kylos Rücken berührte. Ihr Lichtschwert hackte und stach, wirbelte und tanzte, während die Gardisten aus immer neuen Winkeln auf sie eindrangen.

Es waren zu viele Angriffe, um auf Dauer den Überblick zu behalten, und sie spürte, wie ihr Herz zu rasen begann.

Ein Gardist sprang vor, in den Händen einen Stab, der auf beiden Seiten mit Klingen besetzt war. Rey schlug auf die Mitte der Waffe – da klappte sie in zwei Hälften auseinander, und der Rotgewandete stach mit beiden Klingen gleichzeitig nach ihr. Rey wechselte ihre Stellung, musste dann aber hastig das Lichtschwert hochreißen und einen brutalen Hieb mit einer summenden Voulge abwehren.

Sie hatte den Schlag nicht kommen sehen – aber die Macht hatte sie gewarnt.

Lass dich von deinen Gefühlen leiten.

Ein Wirbel von surrenden Lichtschwertschlägen trieb den Gardisten mit der Voulge zurück. Rey atmete aus, öffnete sich der Macht, und mit einem Mal wirkte der Thronsaal um sie herum viel schärfer, deutlicher.

Sie spürte Kylos Aufregung, seinen *Hunger* – als wäre er ein wildes Tier, das sich endlich von seiner Kette befreit hatte und nun nach jenen schnappte, die ihn gequält hatten.

Sie spürte die Kälte der Gardisten, in deren Bewusstsein nur Platz für Entschlossenheit war. Ihr Meister war tot, Opfer eines Verrats, und sie würden die Werkzeuge seiner Vergeltung sein.

Und jenseits davon, überall um sie herum, war das stetige, wogende Geflecht der Macht.

Sie hörte das Klappern einer Rüstung, als einer der Gardisten hinter ihr zu Boden ging, niedergestreckt von Kylo Ren. Zwei weitere Feinde stürzten sich gleichzeitig auf Rey, einer mit einer Peitsche, der andere mit einer gefährlich aussehenden Axt. Die Peitsche wickelte sich um ihr Lichtschwert, und die Segmente hielten die Klinge zischend und funkensprühend gefangen. Rey deaktivierte die Waffe einen kurzen Sekundenbruchteil, um sie zu befreien und schlug dann gerade noch rechtzeitig die Axt beiseite.

Anschließend streckte sie die freie Hand aus, stieß den ersten Prätorianer mithilfe der Macht nach hinten und drehte sich in die andere Richtung fort, sodass die Axt ihres zweiten Gegners an ihr vorbeisauste und sich in den Boden bohrte.

Rey nutzte den Moment, um ihrerseits zuzuschlagen. Die Klinge durchtrennte beide Arme des Gardisten, und die Vibrationen in ihren eigenen Händen ebbten abrupt ab, als die Mag-Spulen seiner Rüstung unterbrochen wurden und das Kraftfeld um ihn zusammenbrach.

Während der Angreifer zu Boden stürzte, wichen die anderen Gardisten kurz zurück. Rey riskierte einen Blick in Kylos Richtung und sah, wie er einen peitschenschwingenden Prätorianer mithilfe der Macht auf sich zuzerrte, sodass er von der Klinge seines roten Lichtschwerts aufgespießt wurde. Der Gardist erschlaffte und Kylo trat dessen Körper mit dem Stiefel von seiner Waffe.

In diesem Moment stach ein Gardist mit seiner Voulge nach Rey, und während die tödliche Klinge sie um Haaresbreite verfehlte, erwischte sie der blutfarbene Griff der Waffe. Mit einem schmerzerfüllten Schrei wich sie zurück und versuchte, wieder ein Gefühl in ihren prickelnden Fingern zu bekommen.

Als der Kampf weiterwütete, verließ sie sich immer mehr auf die Macht, um die Bewegungen ihrer Angreifer vorauszuahnen und den Überblick über ihre Positionen zu behalten. Doch sie schienen überall gleichzeitig zu sein, grelle, heiße Brennpunkte in ihrer Wahrnehmung. Ein Schlag verfehlte nur knapp ihr Gesicht – so knapp, dass sie die verbrannte Luft riechen konnte.

Es war zu viel, selbst mit der Macht auf ihrer Seite. Sie wurde müde, und die Flut an Sinneseindrücken drohte, sie zu überwältigen: Leben, Tod, Licht, Dunkelheit … aus allen Richtungen brandete es über sie hinweg, ein Sturm, auf den ihre rudimentäre Ausbildung sie nicht vorbereitet hatte.

So viel mehr.

Plötzlich wurde ihr klar, dass sie die Sache falsch angegangen war; sie konnte die Macht nicht gut genug lenken, um gegen drei Elitekrieger in lichtschwertresistenter Rüstung zu bestehen; was sie hingegen tun konnte, war, sich von der Macht lenken zu *lassen*, zu ihrem Werkzeug zu werden.

Während sie ihren Geist öffnete, schwang einer der Gardisten seine knisternde Elektropeitsche. Ein Treffer damit, und Rey würde das Bewusstsein verlieren. Ihre Augen konnten der wirbelnden Peitschenspitze nicht mal folgen, aber ihr Lichtschwert war zur Stelle. Sie wehrte die Waffe ab und ließ den Angreifer zurücktaumeln, dann parierte sie wie von selbst die Hiebe des nächsten Gardisten und seiner Zwillingsklingen.

Der Prätorianer mit der Voulge sah eine Gelegenheit und stürmte auf Rey zu, die Waffe auf ihren Bauch gerichtet.

Das Lichtschwert fegte die Waffe beiseite und brannte sich durch den Hals ihres Trägers.

Noch zwei. In Reys Händen verwandelte sich die Klinge in einen Kreis blauen Feuers, und keiner der Angreifer konnte diese Verteidigung durchdringen. Die Machtaura eines der Prätorianer verfärbte sich vor Verunsicherung, und Rey schob sich auf ihn zu. Sein Peitschenhieb traf nur leere Luft, dann fiel ihm die Waffe aus den Händen, als das Lichtschwert eine Lücke zwischen den Platten seiner Rüstung fand.

Rey keuchte schwer. Der Gardist mit den Zwillingsklingen ging in die Offensive, und er war schneller als sie. Rey versuchte, ihm auszuweichen, aber er wirbelte hinter sie und schlug nach ihrem Hals. Sie drehte den Griff des Lichtschwerts in ihren Händen und rammte die Klinge nach hinten – und traf ihren Widersacher in der Mitte. Er kippte nach vorne, und Rose wich gerade noch aus, ehe seine Rüstung auf den Boden knallte.

Ein seltsames Geräusch drang an ihre Ohren, begleitet von einem jähen Auflodern von Furcht in der Macht.

Kylo hatte einen weiteren Prätorianer niedergestreckt, aber sein letzter Gegner hatte ihn mit einem Arm in den Schwitzkasten genommen und drückte mit der anderen seine Waffe näher und näher auf Kylos Kehle zu. Rey sah, dass Rens schwarzes Lichtschwert auf dem Boden lag, und er tastete mit einer Hand danach, während er mit der anderen versuchte, die Waffe seines Feindes zurückzuhalten.

»Ben!«, rief Rey, dann warf sie Lukes Lichtschwert durch den Thronsaal.

Kylo hob die Hand, fing den Griff auf und starrte die Waffe wie hypnotisiert an. Dann zündete er sie, nur einen kurzen Moment lang, und als er die Klinge wieder deaktivierte, stürzte der Prätorianer mit einem rauchenden Loch in seinem Helm nach hinten.

Rey und Kylo standen inmitten von Qualm und Zerstörung und schnappten keuchend nach Atem, ehe sie einander anblickten. Reys Augen waren von Freude erfüllt.

Da vibrierte der Boden des Thronsaals unter der Wucht von Turbolaserfeuer, und Energiestrahlen blitzten an den Aussichtsfenstern vorbei. Rey eilte zu der Vergrößerungslinse und betrachtete die winzigen Stecknadelköpfe, die die Flotte des Widerstands darstellten.

Es waren nur noch so wenige Schiffe übrig.

»Die Flotte!«, entfuhr es ihr. »Gib den Befehl, das Feuer einzustellen. Wir können sie immer noch retten!«

Doch als sie sich umdrehte, stand Kylo über Snokes Leiche, in einer Hand Lukes Lichtschwert. Er starrte auf den Körper seines Meisters hinab, und über ihm brannten die Banner der Ersten Ordnung.

»Ben?«, drängte sie.

»Das ist mein alter Name«, sagte er.

»Was?«

Da war weder Furcht noch Zorn in seinen Augen – nur eine tiefe Entschlossenheit.

»Es wird Zeit, dass die Vergangenheit stirbt«, erklärte er. »Snoke. Skywalker. Die Sith. Die Jedi. Die Rebellen. Lass alle sterben. Rey, verbünde dich mit mir. Wir können gemeinsam herrschen und der Galaxis eine neue Ordnung bringen.«

Sie starrte ihn an, ungläubig und entsetzt.

»Tu das nicht, Ben«, sagte sie leise. »Bitte, geh nicht diesen Weg.«

Kylo trat über Snokes Überreste hinweg. »Nein. Nein! Du hältst noch daran fest«, schnappte er wütend. *»Lass los!«*

Er kam weiter auf sie zu, das gezündete Lichtschwert in der gesenkten Hand, aber da war nichts Bedrohliches in der Bewegung.

Und genau deswegen machte es Rey Angst.

»Willst du die Wahrheit über deine Eltern wissen?«, fragte er plötzlich. »Oder hast du sie immer gewusst? Ja, du hast sie nur verdrängt, sie vor dir selbst verborgen. Lass los. Du kennst die Wahrheit. Sag es!«

Rey versuchte, die Kraft zu finden, um sich ihm zu widersetzen, aber Kylo hatte recht: Sie kannte die Wahrheit – und es war ihre größte Furcht, die sie schon so lange plagte.

Eine Wahrheit, vor der es keine Zuflucht gab. »Sie waren niemand«, wisperte sie.

»Sie waren dreckige Schrotthändler«, drang Kylo in sie. »Verkauften dich, um ihren Suff zu finanzieren. Sie sind tot, verscharrt auf einem Armenfriedhof auf Jakku.«

Tränen füllten Reys Augen. Sie versuchte, ihre Emotionen zurückzuhalten, denn sie wusste, falls sie ihnen jetzt freien Lauf ließ, würde sie von ihrer Trauer mitgerissen werden.

Kylo war nur einen Schritt entfernt und seine Augen fest auf die ihren gerichtet.

»Du hast keinen Platz in dieser Geschichte«, fuhr er fort. »Du kommst aus dem Nichts. Du *bist* ein Nichts.«

Und dann wurde sein Blick weicher.

»Doch nicht für mich. Komm mit mir … bitte.«

Er deaktivierte das Lichtschwert seines Onkels und hielt ihr die Hand hin.

28. Kapitel

Nachdem Hux den Hangar verlassen hatte, wobei er immer wieder seine gebissene Hand schüttelte, drückten die Sturmtruppler Finn und Rose wieder in eine kniende Position nieder.

Phasma blickte auf die beiden hinab, und Rose stellte fest, dass sie sich selbst sehen konnte, als kleine, verzerrte Reflexion in dem verchromten Helm des Captains.

»Exekution durch Blasterfeuer ist zu gnädig für sie«, sagte Phasma. »Machen wir es schmerzhaft.«

Rose blickte zu Finn hinüber, der noch immer gegen die Hände der Sturmtruppler ankämpfte, und ein seltsamer Gedanke kam ihr: Wenigstens würde sie an seiner Seite sterben.

Zugegeben, im Anschluss an ihre erste Begegnung hatte sie ein paarmal den Wunsch verspürt, ihn zu erwürgen; das war nicht gerade die beste Voraussetzung für eine gute Beziehung. Aber nachdem Finn seinen anfänglichen Widerwillen überwunden hatte, hatten sie Seite an Seite gekämpft, erst auf Canto Bight und dann im Herzen der Ersten Ordnung. Für den Widerstand – und füreinander.

Irgendwann während dieses Wirbelwinds von Ereignissen hatte Rose begonnen, ihm zu vertrauen. Mehr noch, sie hatte begonnen, etwas für ihn zu empfinden.

»Auf mein Kommando«, sagte Phasma, und die Sturmtruppler, die die beiden Gefangenen festhielten, scharrten unbehaglich mit den Füßen.

Wusste Finn, was Phasma mit ihnen vorhatte?

Rose blickte zu ihm hinüber, aber als sie den Ausdruck auf seinem Gesicht sah, wünschte sie, sie hätte es nicht getan.

An Bord der *Raddus* vergewisserte Holdo sich ein letztes Mal, dass der Navcomputer die von ihr programmierten Änderungen nicht wieder rückgängig gemacht hatte. Kollisionswarnungen blinkten überall auf der Konsole, aber die Koordinaten waren immer noch dieselben. Gut.

Vor den Monitoren der sekundären Brücke sah sie, wie das Flaggschiff der Ersten Ordnung begann, zur *Raddus* aufzuschließen. Dabei leckte weiter Turbolaserfeuer von seinem Bug, um die Transporter zu zerstören, ehe sie die Sicherheit von Crait erreichten.

Holdo wusste, dass es für sie nur eine Möglichkeit gab, den Flüchtenden zu helfen – doch falls sie die Aufmerksamkeit der Ersten Ordnung zu früh erregte, würde ihr verzweifeltes Manöver im Sande verlaufen. Fürs Erste blieb ihr darum nichts anderes, als zu warten.

Captain Peavey stand auf der Brücke der *Supremacy*, die Hände hinter dem Rücken verschränkt, und beobachtete, wie ein weiterer Transporter in Flammen verging.

»Ihre Kanoniere leisten ausgezeichnete Arbeit, Captain«, wandte er sich an Yago, aber er sprach laut genug, dass seine Worte auch in den Mannschaftsgruben zu hören waren. »Sie haben sich eine Belobigung verdient.«

Yago nahm das Lob mit einem steifen Nicken zur Kenntnis, aber Peavey war sicher, dass der Mann unter seiner reservierten Fassade vor Stolz strahlte.

Der Captain des Mon-Calamari-Schlachtschiffes hatte augenscheinlich gehofft, dass sie die kleinen Transporter auf diese Entfernung nicht entdecken würden – und vermutlich wäre die List sogar aufgegangen, hätte Peavey nicht den Tipp von Hux bekommen – ausgerechnet Hux! –, in der Nähe des Kreuzers nach leichten Emissionsrückständen zu suchen.

Sobald die Mannschaft der *Supremacy* diese Emissionen entdeckt hatte, war nur noch ein ganz gewöhnlicher Kommscan nötig gewesen, um ihre Signaturen zu isolieren und die List aufzudecken. Die Transporter nun einen nach dem anderen abzuschießen, glich einem Kinderspiel, aber die Treffsicherheit von Yagos Kanonieren war angesichts der Entfernung dennoch beeindruckend.

Peavey würde dafür sorgen, dass sie das Lob erhielten, das ihnen zustand. Die Erste Ordnung hatte noch viel Arbeit vor sich, da sollte sich niemand übergangen fühlen und einen Groll gegen die oberen Ränge hegen.

»Was treibt denn dieser schwere Kreuzer?«, fragte Yago, während er misstrauisch auf das Holodisplay starrte.

Peavey drehte den Kopf, um zu sehen, was den anderen Captain beunruhigte.

Auf diese Distanz konnten die Turbolaser der Ersten Ordnung zwar die Transporter zerstören, aber von den Schilden des Mon-Calamari-Schlachtschiffes prallten sie noch immer wirkungslos ab. Andererseits stellten die Kanonen des schweren Kreuzers keine Bedrohung für die *Supremacy* dar, und so hatte Peavey beschlossen, das Schiff zu ignorieren, bis sämtliche Transporter ausgeschaltet wären.

»Es wendet«, brummte Yago. »Ich will einen Scan der Triebwerkssignaturen. Auf Gammastrahlung überprüfen.«

Peavey nickte. So, wie er die Sache sah, hatte der Captain des Widerstandskreuzers zwei Möglichkeiten: Er konnte in den Hyperraum springen, darauf hoffend, dass die Erste Ordnung ihn vorfolgte und von seinen Verbündeten abließ; oder er konnte einen selbstmörderischen Angriff riskieren, um den Transportern Zeit zu verschaffen. Und obwohl ihm klar sein musste, dass es viel zu spät war, um mit so einer Taktik noch Erfolg zu haben, hatte er sich augenscheinlich für Ersteres entschieden.

Bevor Peavey sich mit Yago besprechen konnte, trat ein zufrieden dreinblickender Hux auf die Brücke. Seine Stiefel klackten laut auf dem polierten Deck.

»Sir, der Widerstandskreuzer bereitet den Sprung in den Hyperraum vor«, rief ein Techniker aus der Mannschaftsgrube hoch.

Peavey warf Hux einen forschenden Blick zu. Hoffentlich tat der hitzköpfige junge General jetzt nichts Unbedachtes.

Seine Sorge erwies sich als unbegründet.

»Er hat keinen Treibstoff«, schnaubte Hux abfällig. »Sie versuchen bloß, uns abzulenken. Armselig. Weiter auf die Transporter feuern.«

Peavey warf Yago einen leicht überraschten Blick zu – aber natürlich subtil genug, dass Hux ihn nicht bemerkte –, und der andere Captain reagierte auf dieselbe Weise, mit hochgezogener Augenbraue und leicht schräg gelegtem Kopf.

Nach diesem unauffälligen Austausch nahmen die beiden wieder ihre steife, unantastbare Offiziershaltung ein.

Poe beobachtete voller Grauen die Zerstörung eines weiteren Transporters. Jetzt waren nur noch sechs übrig – sechs unbewaffnete, schutzlose Schiffe, und sie waren alles, was zwischen der Ersten Ordnung und ihrer unangefochtenen, absoluten Herrschaft über die Galaxis standen. Er suchte nach einer Möglichkeit, um ihrem grimmigen Schicksal zu entgehen, aber in dieser Situation wollte nicht mal ihm etwas einfallen.

Connix blickte vom Sensorschirm zur *Raddus* hinüber.

»Unser Kreuzer fährt seinen Hyperantrieb hoch«, sagte sie. »Sie versucht zu fliehen!«

»Nein, tut sie nicht«, murmelte Poe.

Es gab keinen Ort, wohin sie fliehen könnte, und Holdo wusste das. Außerdem war Poe auf der Brücke gewesen – die einzigen Koordinaten, mit denen der Navcomputer programmiert war, waren seine eigenen.

Er wusste, was Holdo vorhatte.

Vor der *Supremacy* rollte sich das Mon-Calamari-Schlachtschiff herum, bis seine runde Nase auf den Kampfverband der Ersten Ordnung gerichtet war, der es so lange verfolgt hatte.

Peavey wartete darauf, dass das Schiff verschwinden würde, gefolgt von der charakteristischen Verzerrung des Raums und dem sprunghaften Anstieg von Cronau-Strahlung, die mit einem Hyperraumsprung einhergingen. Kurz überlegte er, wohin der Kreuzer wohl fliehen würde. Nicht dass es einen Unterschied machte – sobald er sein Ziel erreichte, würde der Kreuzer nicht mehr genug Treibstoff für einen weiteren Sprung haben, und die Erste Ordnung würde nicht lange brauchen, um ihn ausfindig zu machen und einzuholen, wenn sie sich erst um die letzten Transporter des Widerstands gekümmert hätten.

Doch der Kreuzer blieb, wo er war. Peavey beugte sich neugierig vor, und aus den Augenwinkeln sah er, dass Yago und die anderen Offiziere das Gleiche taten ... und der Reihe nach breitete sich eine schockierende Erkenntnis auf ihren Zügen aus.

Sie wussten, was der Captain des Schlachtschiffes vorhatte.

»Nein«, entfuhr es Peavey.

»Feuert auf diesen Kreuzer!«, brüllte Hux.

In den Überresten des Thronsaals blickte Rey auf Kylos Hand hinab, die ihr auffordernd entgegengestreckt war.

Schließlich hob sie ihre eigene Hand – und bevor Kylo ihre Absicht erkannte, hatte sie ihm mithilfe der Macht Lukes Lichtschwert aus den Fingern gerissen. Die Waffe segelte auf sie zu ... doch nur, um mitten in der Luft zu erstarren.

Kylos Hand war hochgezuckt und hatte den Flug des Lichtschwerts beendet.

Nun hing es zwischen ihnen, und sosehr Rey sich auch bemühte, die Waffe zu sich zu ziehen, Kylo zerrte mit derselben Entschlossenheit in die andere Richtung.

Das Lichtschwert zitterte und zuckte.

Schließlich kreuzten sich die Blicke der beiden, und sie starrten einander an.

Rey konnte das Wogen der Macht spüren; die galaktische Energie war wie das rollende Meer von Ahch-To, und sie und Kylo waren Sturmwolken, die es zu einem wütenden Wellengebirge aufpeitschten. Und da war noch mehr: Sie spürte auch den Kyberkristall der Waffe, der in ihrem Tauziehen gefangen war. Ungeachtet der Dissonanz suchte er eine Harmonie, und er wimmerte leise in der Macht, ein Klagen, das Rey bis in ihre Knochen spürte.

Sie und Kylo schwitzten inzwischen, aber keiner wollte bei dieser Konfrontation auch nur einen Millimeter nachgeben.

Bis der Kristall schließlich auseinanderbrach. Die freigesetzte Energie sprengte den Lichtschwertgriff in zwei Teile und erfüllte den Thronsaal mit einem blendend grellen weißen Blitz.

Als Finn das Stampfen von Stiefeln auf dem Deck hörte, wusste er, was Phasma für ihn und Rose vorgesehen hatte.

In jedem Sturmtruppenbataillon gab es ein paar Soldaten, die die Aufgaben von Scharfrichtern übernahmen. Es war aber nicht so, als hätte die Erste Ordnung eine Exekutionseinheit, nein … diese Aufgabe wurde immer nur für einen bestimmten Zeitraum zugewiesen, und die Auswahl war absolut willkürlich; es konnte jeden Truppler erwischen. Außerdem blieben die vom Los Getroffenen natürlich anonym – ihre Rüstung wies keine Dienstnummer oder sonstige Merkmale auf, die etwas über den Träger der Rüstung verraten könnten. Niemand riss sich um diesen Dienst, aber es protestierte auch niemand dagegen. Unbedingter Gehorsam war die Pflicht eines jeden Sturmtrupplers, und dazu gehörte auch, diesen Gehorsam bei anderen zu erzwingen.

Die Reihen der Soldaten teilten sich, und die beiden Exekutoren traten vor, gehüllt in eine Rüstung, die nur ihnen vorbehalten war: ein Helm mit einem schwarzen Streifen, schwarze Schulterplatten und eine Brustplatte mit Markierungen in der gleichen Farbe. Oh, und anstelle von Blastern trugen sie Laseräxte. Als sie die Aktivierungsknöpfe der Waffen betätigten, wurden vier Paar Emitterklauen ausgefahren, zwei oben und zwei unten, und zwischen ihnen bildeten sich schillernde Linien aus kobaltblauer Energie, die so ziemlich alles durchschneiden konnten.

Die Äxte gaben ein stotterndes Surren von sich – ein Geräusch, das Finn schon immer seltsam und unheimlich gefunden hatte. Jedes Mal wenn er zum Exekutionsdienst ausgelost worden war, hatte er gebetet, dass es während seiner Zeit in dieser Uniform keine Hinrichtung geben würde. Ob die beiden Soldaten, die jetzt auf ihn zukamen, wohl dasselbe gehofft hatten?

»Vollstrecken«, befahl Phasma.

Das Zischen der Äxte wurde schriller, als die Soldaten ihre Waffen über ihre Köpfe hoben.

Doch bevor sie den tödlichen Schlag ausführen konnten, explodierte die Welt um sie herum in grellem Licht.

Unter normalen Umständen hätten die Sicherheitsprotokolle der *Raddus* einen Sprung verhindert und die Triebwerke des schweren Kreuzers blockiert, falls sich ein größeres Objekt zwischen dem Schiff und seinem Eintrittspunkt in den Hyperraum befand.

Doch diese Protokolle waren deaktiviert und durch Holdos eigene Befehle ersetzt worden, und so heulten die Kollisionswarnungen vergeblich über die Brücke. Die *Raddus* beschleunigte ruckartig und pflügte in den breiten Backbordflügel der *Supremacy*. Die Wucht des Zusammenstoßes war mindestens dreimal größer als die maximale Belastungsgrenze der Trägheitsdämpfer; das schützende Feld, das sie erzeugten, brach sofort zusammen. Die experimentellen, verstärkten Schilde des Mon-Calamari-Kreuzers blieben noch einen Moment länger intakt, aber auch sie konnten nicht verhindern, dass die unvorstellbare Wucht des Aufpralls die *Raddus* in eine Säule aus glühendem, sich selbst verzehrendem Plasma verwandelte, heiß wie eine Sonne und stark magnetisiert.

Zum Zeitpunkt dieser katastrophalen Kollision hatte der Kreuzer bis fast auf Lichtgeschwindigkeit beschleunigt. Vor ihm öffnete sich bereits der Hyperraumtunnel, aber weil der Quantenfeldgenerator der *Raddus* verdampft war, brach das Tor ebenso schnell wieder in sich zusammen, wie es entstanden war.

Einen Herzschlag später waren Plasmasäule und Hyperraumtunnel verschwunden, aber das war lange genug, um sich durch den Rumpf der *Supremacy* hindurchzubrennen. Vom Bug bis zum Heck wurde das Flaggschiff gespalten, ebenso wie mehrere andere Sternzerstörer, die in Formation hinter ihm herflogen. Und während sie auseinanderbrachen, wurden die Überreste der betroffenen Sektionen Millionen Kilometer entfernt wieder in den Normalraum zurückgespien.

Von seinem Platz auf einem der sechs verbliebenen Transporter aus sah Poe, wie sich die *Raddus* dehnte. Sie wurde zu einer Linie aus Licht, die sich zuerst durch das Flaggschiff der Ersten Ordnung brannte und es in zwei Hälften schnitt, um anschließend eine feurige Schneise durch den Rest der Flotte zu ziehen.

Soldaten und Techniker jubelten und umarmten sich, aber Poe und Leia blieben stumm, niedergeschmettert von Holdos Opfer.

Obwohl es auseinandergebrochen war, trieb das Flaggschiff weiter durchs All, noch immer seinem vorherigen Flugvektor folgend – die *Raddus* hatte sich mit solch unvorstellbarer Geschwindigkeit durch den Megazerstörer hindurchgebrannt, dass seine Überreste kaum verlangsamt worden waren.

Doch seine Kanonen waren verstummt, und die Transporter flogen unbehindert weiter.

Als Finn die Augen öffnete, sah er Rose, die sich abmühte, ihn über das Deck des Flaggschiffs zu ziehen.

Er verscheuchte seine Benommenheit und kämpfte sich auf die Beine hoch. Um sie herum herrschte Chaos – dichter Rauch füllte den Hangar, die Leichen von Sturmtrupplern lagen über den Boden verstreut, und im Hintergrund heulten Sirenen. BB-8 hob seinen Kopf zu ihm; sicher pfiff und trillerte der Astromech auch besorgt, aber Finn konnte ihn nicht hören.

Perplex versuchte er, die jüngsten Ereignisse zu rekonstruieren. Er hatte die Augen zugepresst und sich vorbereitet auf… nun, was immer passierte, wenn einem der Kopf von den Schultern getrennt wurde. In den Baracken erzählte man sich Geschichten darüber, dass abgehackte Köpfe sich oft noch umblickten und zu sprechen versuchten, und Finn hatte gehofft, dass es nur Gruselmärchen waren. Dann hatte sich plötzlich der Hangarboden aufgebäumt, so heftig, dass ringsum die Sturmtruppler zu Boden stürzten. Da war ein dröhnendes Geräusch gewesen, das seine Ohren und den Hangar und überhaupt alles erfüllt hatte.

Und dann – Schwärze.

»Finn! Komm schon!«

Rose griff nach seiner Hand und zerrte ihn auf den Shuttle der Ersten Ordnung zu, der noch einigermaßen intakt wirkte. Eine gute Idee, entschied Finn – über halbierte Schiffe hatte man sich in den Baracken zwar keine Geschichten erzählt, aber er war sicher, dass so etwas nur selten gut endete.

Eine Explosion erschütterte den Hangar. BB-8 wurde

in die Luft geschleudert, und Finn und Rose mussten sich auf dem Boden zusammenkauern. Inmitten des Qualms erblickte Finn das Flackern reflektierter Flammen, und sein Herz setzte einen Schlag aus. Oh, nein. Phasma marschierte durch das Inferno auf sie zu, gefolgt von zwei Dutzend Sturmtrupplern. Die Soldaten verteilten sich, um ihm und Rose den Weg zum Shuttle zu versperren, ihre Waffen feuerbereit erhoben.

Nicht gerade ein faires Zahlenverhältnis.

Unvermittelt stolperte Finn nach hinten, zurückgetrieben von einer Woge aus Hitze und Licht, die die Sturmtruppler in alle Richtung davonfliegen ließ. Während das Donnern der Schüsse noch in seinen Ohren dröhnte, fiel sein Blick auf einen zweibeinigen Scoutläufer an der Wand, der versuchte, sich von den Haltekabeln zu befreien. Die Kanonen des Läufers feuerten eine zweite Salve auf die Sturmtruppler ab, dann stakste er erneut nach vorne los, aber die Kabel an seiner Oberseite gaben nicht nach; stattdessen brach der obere Teil der Pilotenkabine ab, und darunter kam BB-8 an den Kontrollen zum Vorschein.

Der kopflose Scoutläufer stampfte durch den Hangar, und bei jedem Schritt sah es aus, als würde er umkippen. Aber er hielt sich auf seinen dürren Beinen und nahm weiter Phasmas Soldaten unter Beschuss. Jeder Treffer ließ Gestalten in weißen Rüstungen durch den Hangar segeln.

»Dieser verrückte Droide hat uns tatsächlich eine Chance verschafft – verschwinden wir!«, schrie Rose.

Finn starrte noch immer wie versteinert zu dem Läufer hoch. BB-8 steuerte dieses Ding? Einen Moment später riss ihn ein Blasterschuss aus seiner Fassungslosigkeit, und er suchte gemeinsam mit Rose Deckung hinter einem der Trümmerbrocken, die überall im Hangar verstreut lagen.

Während die Sturmtruppler hastig begannen, einen Repetierblaster aufzubauen, schritt Phasma mit erhobenem Gewehr durch den Rauch. Rose sandte ihr eine Salve schlecht gezielter Schüsse entgegen, aber keiner davon traf sein Ziel, und dann war die chromglänzende Gestalt auch schon heran.

Finn entdeckte eine der Henkersäxte, die ihr Träger auf dem Deck liegen gelassen hatte. Kurz entschlossen hob er die Waffe auf und schlug damit nach Phasmas Kopf. Sie sah den Hieb kommen und riss den Blaster hoch, um die Axt abzuwehren.

Die Energieklingen schnitten das Gewehr entzwei, und Finn grinste seine ehemalige Vorgesetzte an, als sie die nutzlosen Überreste zu Boden warf. Ehe er seinen Vorteil ausnutzen konnte, löste Phasma etwas von ihrem Ausrüstungsgürtel, das wie ein kurzer Schlagstock aussah – aber nur im ersten Moment, dann machte sie eine ruckhafte, schnappende Handbewegung, und das Ding klappte zu einem Speer auseinander, beinahe so lang, wie der Captain groß war, mit gefährlichen Spitzen an beiden Enden.

»Du bist ein Fehler im System«, sagte sie, ihre Stimme erfüllt von tiefster Verachtung.

»Los geht's, Chromeimer!«, schrie Finn, während er mit beiden Armen die Axt schwang. Phasma blockte den Hieb ab, und wäre er nicht zurückgewichen, hätte sie ihn mit derselben Bewegung durchbohrt. Hinter ihr nahm der Scoutläufer Stück für Stück den Hangar auseinander, und die Sturmtruppler flohen vor seinem mörderischen Dauerfeuer.

Brüllend ging Phasma in die Offensive. Ihr Speer führte abwechselnd Stich- und Hiebattacken aus, die mal auf seinen Kopf zielten, mal auf seine Brust und mal auf seine Beine. Finn parierte sie mit dem Griff der Axt, und wann immer die beiden Waffen aufeinanderprallten, stoben Funken.

Er hielt nach einer Lücke in ihrer Verteidigung Ausschau, aber ohne Erfolg; Phasma war schneller und stärker als er, und alles, was er tun konnte, war, die Axt zwischen ihnen zu halten, während sie Schlag auf Schlag folgen ließ und ihn stetig weiter zurückdrängte. Mehr als einmal musste er außerdem über die Leichen von Sturmtrupplern springen – Opfer der Explosion, die ihm das Bewusstsein geraubt hatte.

Schon bald wurde klar, dass Phasma ihn auf eine Öffnung im Hangarboden zutrieb – vermutlich der Schacht eines Lastenaufzugs. Flammen züngelten aus der dunklen Grube nach oben.

Finn wollte zur Seite ausweichen, aber sie fing ihn sofort ab, und er konnte gerade noch die Axt hochreißen, damit ihm nicht der Schädel gespalten wurde. Seine Waffe knirschte unter dem Aufprall, und die Energieklingen lösten sich auf.

»Du warst schon immer ungehorsam und respektlos«, sagte Phasma, die Kampfhandschuhe fest um ihren Speer geschlossen. »Deine Emotionen machen dich *schwach.*«

Finn versuchte, ihren Schlag abzufangen, als sie die Waffe herabsausen ließ, aber stattdessen wurde er über den Rand des Schachts nach hinten geschleudert, und er stürzte in die Hitze und den kochenden Wind, der aus den brennenden Tiefen der *Supremacy* emporwallte.

Der Sturmtruppler in der verchromten Rüstung war mit mörderischer Entschlossenheit auf Finn zumarschiert, ohne auf den Scoutläufer oder die anderen Gefahren ringsum zu achten. Rose hatte ein paar Schüsse in seine Richtung abgegeben, aber dessen ungeachtet gab es nicht viel, was sie tun konnte; sie war keine ausgebildete Scharfschützin, und schon der kleinste Fehler könnte bedeuten, dass sie statt Phasma Finn traf.

Ganz abgesehen davon wusste sie, dass sie verloren wären, falls die Sturmtruppler BB-8s Läufer ausschalteten. Es war ein Wunder, dass das Kriegsschiff um sie herum nicht bereits auseinandergebrochen war, aber sie durften ihr Glück nicht noch weiter strapazieren – sie mussten von hier verschwinden, und der Shuttle war der einzige Weg.

Also konzentrierte sie ihr Feuer auf die Sturmtruppler, die ihrerseits ganz auf BB-8 konzentriert waren, und mehrere von ihnen brachen unter dem Beschuss auf dem Deck zusammen. Hin und wieder versuchte sie, einen Schuss auf Phasma abzugeben, aber die Soldatin und Finn bewegten sich so schnell, dass sich keine sichere Gelegenheit ergab.

Sie konnte sehen, dass Finn in Richtung eines flammenden Lochs im Boden zurückgetrieben wurde, und sie rief ihm eine Warnung zu, aber es war bereits zu spät. Vor ihren schreckgeweiteten Augen taumelte er nach hinten und stürzte in das Inferno.

Doch schon im nächsten Moment tauchte er wieder aus den Flammen auf. Er war auf einer Turboliftplattform gelandet, mit der er nun nach oben fuhr, und ehe die verdutzte Phasma reagieren konnte, verpasste er ihr einen Schlag mit dem Axtgriff, heftig genug, dass ihre Gesichtsmaske zersplitterte und sie nach hinten kippte. Durch das zerschmetterte Chrom konnte Rose ein hellblaues Auge in einem blassen Gesicht erkennen.

»Du warst schon immer Abschaum«, zischte Phasma.

»Rebellenabschaum«, erwiderte Finn kühl. Einen Moment später stürzte der Boden rings um seine ehemalige

Vorgesetzte ein, und sie verschwand in einem Meer aus Flammen.

Der gesamte Hangar erzitterte, als eine unheilvolle Vibration durch das Deck rollte.

BB-8 hatte den Scoutläufer in Roses Nähe manövriert, und sie kletterte hastig hinauf.

»He, willst du vielleicht mit?«, schrie sie in Finns Richtung, nicht sicher, ob ihre Stimme den Lärm übertönen könnte.

Doch er hörte sie.

Finn sprang auf ein paar Kisten und dann weiter auf den Läufer, und schon stampfte dieser wieder los. Rings um sie züngelten Flammen aus Schächten und Spalten empor.

Auf der anderen Seite des Hangars angekommen, kletterten sie rasch auf den Boden hinab und rannten zur Rampe des derangierten Shuttles. »Wir müssen schnellstmöglich von hier weg!«, drängte Finn.

»Schon dabei!«, rief Rose zurück.

»Kannst du dieses Ding fliegen?«

»Das klappt schon.«

Er blickte sie alarmiert an.

»Möchtest du lieber hierbleiben?«, fragte sie.

Der gesamte Hangar erbebte, und hinter ihnen stürzte ein Gerüst auf das Deck hinab. BB-8 pfiff ungeduldig.

»Es klappt schon«, nickte Finn hastig.

»Das wollte ich hören.«

Rose rannte ins Cockpit und atmete erleichtert auf. Die Kontrollen vor ihr wirkten recht simpel – und besser noch, die Triebwerke sprangen sofort an, als sie den Knopf drückte. Wenn in der Basis auf D'Qar ein Schiff einfach so herumgestanden hatte, dann war es in der Regel nicht mehr flugfähig und diente nur noch als Ersatzteillager für den Rest der Flotte.

Sie zog den Steuerbügel zu sich heran, und der Shuttle stieg über dem Deck in die Höhe. Finn presste die Hände vor seine Augen, als ein Flügel die Hangarwand streifte.

»Das ist nicht gerade hilfreich!«, schnappte sie. »Außerdem hab ich's jetzt unter Kontrolle!«

»Dann flieg endlich los!«, rief Finn.

Rose rammte den Schubregler nach vorne, und sie rasten los, durch ein Meer von immer höher schlagenden Flammen hindurch. Kurz erzitterte der Shuttle, als sie das magnetische Feld am Hangartor passierten, dann stabilisierte er sich wieder, und Rose neigte seine Nase nach unten, fort von dem sterbenden Schlachtschiff der Ersten Ordnung.

Nach dem Chaos des Hangars wirkte die plötzliche Stille innerhalb des Cockpits geradezu unheimlich. Mehrere Sekunden saßen die drei schweigend da, und die einzigen Geräusche stammten von Roses und Finns keuchenden Atemzügen.

»Wohin jetzt?«, fragte Rose schließlich.

Finns Blick richtete sich auf die weiße Kugel von Crait.

»Dorthin, wo wir hingehören«, sagte er.

29. Kapitel

Die Decks der *Supremacy*, die im Sprungvektor der *Raddus* gelegen hatten, existierten nicht länger – sie waren wie mit einem Skalpell aus der metallenen Hülle des Schlachtschiffes geschnitten worden. Ob die Mannschaftsmitglieder in den anliegenden Bereichen noch lebten oder schon tot waren, hing allein davon ab, wie schnell die Systemausfälle sich in den beiden Hälften des abgetrennten Flügels ausbreiteten. Rings um das mächtige Schiff hatten sich bereits dichte Wolken von Rettungskapseln gebildet, und auf sämtlichen Kommkanälen überlappten sich panische Hilferufe.

Die *Raddus* hatte den Megazerstörer links seiner Mittelachse gerammt; die zentralen Aufbauten waren also verschont geblieben, einschließlich der Kommandobrücke, des Thronsaals – und Armitage Hux. Während die Brücke in Chaos versank, eilte der General hastig in den Turbolift, der zum inneren Heiligtum des Obersten Anführers hinabführte. Erst als die Türen zugeglitten waren, kam ihm der Gedanke, dass der Aufzug womöglich nicht mehr funktionierte.

Gehetzt blickte er sich um, voller Angst, dass er sich selbst eingesperrt hatte – was wäre das für ein Ende? Der Architekt des Militärs der Ersten Ordnung, gestorben in einem ausgefallenen Turbolift. Doch dann setzte die Kabine sich in Bewegung, so gleichmäßig und schnell, als wäre überhaupt nichts geschehen.

Diese Illusion zerplatzte jäh, als die Türen sich wieder öffneten. Der Thronsaal glich einem Schlachtfeld. Snokes außerirdische Navigatoren waren geflohen, seine furchterregenden Gardisten waren erschlagen, und der Oberste Anführer selbst lag in zwei Hälften vor seinem Thron. Ein paar Meter entfernt war die bewusstlose Gestalt von Kylo Ren auf dem Boden ausgestreckt.

Mehrere Sekunden lang blieb Hux schockiert vor Snokes Leiche stehen. Eine Hälfte seines Gehirns versuchte zu verarbeiten, was geschehen war, die andere schätzte ab, was dies für die Zukunft bedeutete.

Das Flaggschiff der Ersten Ordnung – das gleichzeitig ihre mobile Hauptstadt, ihre größte Schiffswerft, ihre mordernste Forschungseinrichtung und so viel mehr gewesen war – war dem Untergang geweiht. Das war schlecht. Aber der Widerstand war auf ein erbärmliches halbes Dutzend Transporter reduziert, die auf einer entlegenen Welt festsaßen. Das war gut. Und die Neue Republik war noch immer genauso weit von einer Wiederauferstehung entfernt wie zuvor. Ja, mit Hinblick auf das galaktische Mächtegleichgewicht würde die bevorstehende Zerstörung der *Supremacy* überraschend wenig verändern.

Mit einer Ausnahme: Die Erste Ordnung brauchte einen neuen Obersten Anführer.

Snoke war tot. Ren noch nicht.

Leise und vorsichtig ging Hux von der Leiche des Obersten Anführers zu seinem bewusstlosen Schüler hinüber.

Seine Hand tastete nach der Pistole in dem Holster unter seinem Mantel.

Da klappten Kylos Lider auf.

Hux tat so, als hätte er sich nur an seiner Seite gekratzt und zog die Hand zurück, während er voll gespielter Sorge auf den jungen Mann hinabblickte.

»Was ist passiert?«, fragte er.

Kylo brauchte einen Moment, um sich zu sammeln.

»Das Mädchen hat Snoke ermordet«, sagte er.

Der Thronsaal neigte sich mit einem Ruck zur Seite. Hux wusste, was das bedeutete – das komplexe Netzwerk von Trägheitsdämpfern und Beschleunigungskompensatoren, das die zentralen Decks der *Supremacy* schützte, war ausgefallen. Sie mussten sich beeilen. Aber Kylo war noch immer benommen. Er stand auf und starrte ungläubig durch die Aussichtsfenster, wo der abgetrennte Flügel des Flaggschiffes dahintrieb; im Hintergrund waren zahlreiche weitere halbierte Sternzerstörer zu sehen.

Hux ging zu einer versiegelten Tür hinüber und studierte die Kontrolltafel daneben.

»Was ist passiert?«, fragte Ren.

»Snokes Rettungsschiff ist gestartet«, erklärte der General.

Kylo überlegte kurz. Rey hatte sich also zuerst erholt und war geflohen. Und obwohl sie die Gelegenheit gehabt hatte, hatte sie ihn nicht getötet.

Fast so, als würde er ihr etwas bedeuten.

Nun, das war eine weitere törichte, sentimentale Entscheidung gewesen. Und Kylo würde dafür sorgen, dass sie sie bereute.

»Wir wissen, wo sie hinwill«, fuhr er Hux an. »Entsenden Sie unsere Truppen zu dieser Widerstandsbasis. Bringen wir es zu Ende.«

Der General fixierte ihn mit einem empörten Blick. »Es zu Ende bringen? Was glauben Sie, mit wem Sie hier reden? Nehmen Sie etwa an, dass Sie meine Armee befehligen können? Unser Oberster Anführer ist tot. Wir haben keinen Herrscher!«

Kylo sagte nichts. Schrille Reden und geifernde Rhetorik waren Hux' Fachgebiet. Manchmal sagten Taten mehr als tausend Worte.

Er hob seine Hand und beschwor die Macht, sich um die Kehle des Generals zusammenzuziehen.

»Der Oberste Anführer ist tot«, sagte er.

Hux bekam keine Luft mehr, die Welt vor seinen Augen wurde grau. Würgend sank er auf die Knie, und seine Augen quollen vor Furcht aus den Höhlen.

»Lang lebe der Oberste Anführer«, krächzte er.

Kylo ließ ihn los, eine wegwerfende, geradezu verächtliche Bewegung, und Hux brach nach Luft ringend auf dem Deck zusammen.

Der Shuttle der Ersten Ordnung hing reglos im All, gebadet in die schillernde Helligkeit, die von Craits Oberfläche zurückgeworfen wurde.

Die Kontrollen des kleinen Schiffes waren simpel und funktional, und Rey hatte es unbemerkt von den beiden Hälften der *Supremacy* fortsteuern können. Nun wartete sie, in sicherer Entfernung von dem Kampfverband der Ersten Ordnung und dem Planeten, in der Tiefe. Falls sie nichts Dummes tat, sollten die schwache Sensorsignatur und die Störsysteme des Shuttles sie vor einer Entdeckung bewahren, bis der *Millennium Falke* eintraf, um sie abzuholen.

Rey hoffte inständig, dass sie und Chewbacca ihren Freunden dann noch helfen konnten.

Ihre Finger berührten den Sender an ihrem Handgelenk. Leia hatte versprochen, dass er ihr den Weg zurück nach Hause weisen würde.

Nun musste sie sich fragen, ob es überhaupt noch ein Zuhause gab. Sie hatte nicht gesehen, wie viele Transporter entkommen waren, aber mehr als eine Handvoll konnte es nicht gewesen sein. Außerdem würden die Kommandanten der Ersten Ordnung sicher alles tun, um auch diese Überlebenden zu vernichten.

Und Kylo Ren würde ihnen dabei helfen.

Rey hätte das verhindern können.

Nach der Detonation von Lukes Lichtschwert hatte er bewusstlos auf dem Boden des Thronsaals gelegen. Wie leicht wäre es da für sie gewesen, sein Schwert zu nehmen, die Klinge zu aktivieren und ihm ein Ende zu machen? Wie viele Leben hätte sie mit dieser einen Bewegung retten können? Wie viel Dunkelheit hätte sie der Galaxis erspart?

All diese Gedanken waren ihr durch den Kopf gegangen, während sie im Thronsaal über ihm stand – und doch hatte sie sofort gewusst, dass sie es nicht tun konnte.

Luke hatte geglaubt, dass Ben Solos Zukunft entschieden wäre – dass er seine Entscheidung bereits getroffen hätte. Genau das war sein Fehler gewesen. Und auch Rey hatte einen Fehler gemacht, als sie annahm, Kylos Entscheidung wäre simpel. Als er sich gegen Snoke wandte, hatte sie geglaubt, dass er sich dadurch gleichzeitig auch gegen die dunkle Seite wandte. Ein Irrtum.

Es war so leicht, das Schicksal als festen, vorbestimmten Pfad zu sehen. Aber nun erkannte Rey, dass die Zukunft zahllose Möglichkeiten bereithielt, die sich immerzu veränderten, neu geformt durch jedes noch so kleine Ereignis und jede noch so kleine Entscheidung. Und bloß weil man die Macht beherrschte, wurde es nicht leichter, einen Weg durch dieses verästelte, gewundene Labyrinth von Möglichkeiten zu finden.

Sicher, die Macht konnte einem die Zukunft zeigen – aber welche Zukunft? Die, die man fürchtete? Die, die man sich wünschte? Die, die sich einstellen würde, wenn man tatenlos blieb? Oder die, die man herbeiführte, indem man etwas unternahm?

Rey hatte gelernt, dass die Macht nicht ihr Werkzeug war – dass es in Wirklichkeit genau andersherum war.

Und das Gleiche galt auch für Kylo, wie sehr er auch versuchte, sie seinem Willen zu unterwerfen. Eines Tages würde er es lernen, das spürte Rey. Die Macht war noch nicht fertig mit ihm, und genau darum durfte sie ihn nicht töten, ganz gleich, welche Zukunft ihm bevorstehen mochte.

Es fiel ihr nicht leicht, aber sie wartete, während die Schlachtschiffe der Ersten Ordnung auf Crait hinabsanken. Die Zukunft würde sich so entfalten, wie die Macht es wollte.

So war es immer schon gewesen. Der einzige Unterschied bestand darin, dass sie es nun endlich begriff.

TEIL VI

30. Kapitel

Beim Landeanflug auf einen Planeten fühlte Leia sich immer ein wenig desorientiert. Vermutlich lag es an dem Wechsel von Raumflug zu Atmosphärenflug, wenn der Planet innerhalb weniger Minuten von einem Objekt irgendwo unter einem anschwoll zu … nun, zu absolut *allem*, was man um sich sah; es war einfach seltsam, darüber nachzudenken, dass diese beiden Dinge ein und dasselbe waren.

Doch diesmal fühlte sie vor allem Erleichterung, als die äußere Atmosphäre von Crait ihren Transporter und die fünf anderen Schiffe umfing, die überlebt hatten. Endlich waren sie sicher vor den Turbolasern der Ersten Ordnung.

Aber das würde nicht lange so bleiben.

Leia verließ ihren Platz neben Poe am steuerbordseitigen Aussichtsfenster und ging nach vorne ins Cockpit, wobei sie den salutierenden und nickenden – und vor allem erschöpften – Soldaten, Piloten und Technikern zulächelte.

Goode und Nell waren ebenfalls erschöpft, vollkommen ausgelaugt von der nervenzehrenden Flucht, welche sie nur durch Glück überstanden hatten – im Gegensatz zu den meisten anderen. Dass das Schicksal sie auf so willkürliche Weise verschont hatte, würde sie verfolgen, wie Leia aus Erfahrung wusste. Bald würden Goode und Nell nicht mehr mit Erleichterung an ihr Entkommen von der *Raddus* zurückdenken, sondern mit Schuldgefühlen, weil sie lebten und so viele andere tot waren. Und diese Schuld würde sie nie ganz loslassen. Auch das wusste Leia aus Erfahrung.

Doch nun schob sie diesen Gedanken erst einmal beiseite. Sie würde ihr Bestes tun, um den Überlebenden zu helfen – falls es in ein paar Stunden noch Überlebende gab.

Leia vergewisserte sich, dass Goode und Nell die Koordinaten ansteuerten, die Holdo an alle Transporter übertragen hatte, dann legte sie den beiden mit ein paar aufmunternden Worten die Hände auf die Schultern und ließ sie wieder ihre Arbeit machen. Einen U-55-Frachttransporter zu steuern – im Grunde kaum mehr als einen fliegenden Ziegelstein –, war schon mühselig genug, wenn einem dabei nicht die Anführerin des Widerstands auf die Finger schaute.

Als sie zu Poe zurückkehrte, spähte er mit zusammengekniffenen Augen aus dem Fenster. Sie befanden sich inzwischen unterhalb der Ionosphäre, und man konnte bereits die ersten Details der Oberfläche erkennen: weite weiße Ebenen, durchzogen von Rot und vereinzelt auch kleinen blauen Adern, eingerahmt von hohen, schmalen Gebirgszügen.

»Wir sind nicht für kaltes Wetter ausgerüstet«, sagte Poe angespannt.

»Das ist auch gar nicht nötig«, erwiderte Leia. »Was Sie da sehen, ist kein Schnee, sondern Salz.«

Poe runzelte die Stirn und kniff die Augen zusammen. Er war nicht der Erste, der von den ausladenden Salzebenen Craits getäuscht wurde.

»Sie waren schon mal hier«, stellte er fest.

Leia nickte. »Als ich noch jung war. Also bevor der Hyperantrieb erfunden wurde.«

Das rang ihm ein Schmunzeln und eine beiläufige Handbewegung ab.

Leia ließ ihre Gedanken mehrere Jahrzehnte zurückwandern, zu dem Tag, als sie diese einsame Welt das erste Mal gesehen hatte. Sie war noch keine achtzehn gewesen, eine junge Prinzessin, die darauf vorbereitet wurde, im Imperialen Senat zu sitzen und die Krone von Alderaan zu tragen, wie die uralten Traditionen ihrer Heimatwelt es verlangten.

Hinweise in obskuren Aufzeichnungen hatten sie davon überzeugt, dass etwas Ungewöhnliches auf Crait vor sich ging, und in einem Anflug jugendlichen Leichtsinns hatte sie beschlossen, der Sache selbst auf den Grund zu gehen – nur um über ein Lager von Aufständischen zu stolpern. Ein Lager, aufgebaut von ihrem Vater und finanziert durch alderaanische Credits, die ihre Mutter über geheime Konten geleitet hatte.

»Ursprünglich war es eine Bergbaukolonie«, erklärte sie Poe. »Als Arbeitsstreitigkeiten die Profite schrumpfen ließen, wurde sie aufgegeben. Aber die Bergbaugesellschaft hatte eine Anlage mit schweren Sicherheitstoren gebaut, um ihre Angestellten vor Kristallstürmen zu schützen – das war es, was das Interesse meines Vaters erregte. Er baute die Rebellion damals gerade erst auf. Seine Techniker umgaben die Anlage noch mit einem Schild gegen orbitalen Beschuss, aber die eigentliche Arbeit war bereits getan.«

Jetzt hatte sie Poes Aufmerksamkeit – er war mit den Allianzgeschichten seiner Eltern aufgewachsen, und viele Jahre lang, sogar noch während seiner Zeit als Pilot der Neuen Republik, hatte er das Gefühl gehabt, den wirklich spannenden Teil der galaktischen Geschichte verpasst zu haben.

Leia war aber sicher, dass dieses Gefühl ihn inzwischen nicht mehr plagte.

»Dann gab es hier also eine Rebellenbasis«, sagte er.

»Nein«, entgegnete Leia. »Das war, bevor die eigentliche Allianz entstand. Als die Rebellion wirklich begann, hatte das Imperium seine Patrouillenrouten geändert, und mein Vater befürchtete, dass Schiffsverkehr in diesem Sektor Aufmerksamkeit erregen würde. Nach Yavin überlegten wir kurz, unsere Basis nach Crait zu verlagern – wir schickten eine Einheit her, ließen sogar ein wenig Ausrüstung aufbauen. Aber es … gab Komplikationen.«

Poes Augenbrauen wanderten fragend in die Höhe, aber jetzt war nicht der Moment für lange Erzählungen.

»Ich behielt die Koordinaten in meinen Dateien, nachdem der Krieg mit dem Imperium zu Ende war«, fasste Leia den Rest der Geschichte zusammen. »Nur, um auf Nummer sicher zu gehen.«

Dameron nickte. Die meisten militärischen Geheimnisse der Allianz waren an die Neue Republik weitergegeben worden – und sie hatten entscheidend dazu beigetragen, den kurzen, brutalen Konflikt mit den Überresten des Imperiums zu gewinnen. Aber ein paar Dinge hatten Leia, Ackbar und die anderen Anführer der Rebellion auch weiterhin geheim gehalten, um sich abzusichern, bis die Neue Republik auf festen Beinen stand. Dazu gehörten geheime Hyperraumrouten und die Positionen von Fluchtpunkten und Ausrüstungslagern. Für den Widerstand hatte sich diese Vorsichtsmaßnahme als Segen erwiesen, denn ohne die geheimen Verstecke wäre die Bewegung bereits kurz nach ihrer Gründung aufgerieben worden.

»Tja, das hier zählt wohl als Nummer sicher«, kommentierte Poe.

»Das denke ich auch« sagte Leia ernst, dann nahm sie ihr Kommlink zur Hand. »So, und jetzt wollen wir mal sehen, ob die alten Codes noch funktionieren. Andernfalls wird das ziemlich peinlich aussehen, wenn die Erste Ordnung auftaucht und wir vor verschlossenen Türen stehen.«

Zum Glück funktionierten die Codes noch, ebenso wie die Mechanismen des gewaltigen Schutztors. Als die Transporter im Tiefflug einen Gebirgsrücken überquerten, erblickte Poe vor sich eine rissige Salzebene, an deren hinterem Rand sich die dunkle Masse eines Turms erhob, seine dicken Mauern unterbrochen von einem klaffenden Eingang.

Sie näherten sich mit voller Geschwindigkeit und setzten im düsteren Inneren des Turms auf, aber noch ehe die Soldaten des sechsten und letzten Transporters die Rampe hinabgestiegen waren, ging bereits der erste Alarm los.

Leia eilte zum Eingang zurück und sah ihre schlimmsten Befürchtungen bestätigt: die Stecknadelköpfe mehrerer Schiffe rasten durch die Atmosphäre herab. Holdos Opfer hatte die Erste Ordnung aus dem Konzept gebracht und ihnen die nötige Zeit verschafft, um den Planeten zu erreichen, aber nun war die Verschnaufpause vorbei.

»Sie kommen«, erklärte sie grimmig. »Schließt das Tor.«

Poe gab Leias Befehl weiter und sah sich im düsteren Innern der Station um. Die Überlebenden des Widerstands waren bereits mit hundert unterschiedlichen Dingen beschäftigt: Sie trugen Kisten mit Ausrüstung aus den Transportern, versuchten, lange inaktive Konsolen wieder anzuschließen und verteilten Blastergewehre und Schutzhelme.

»Schließt das Schutztor und nehmt Deckung!«, brüllte Poe.

Ein unheimliches, klirrendes Geräusch drang an seine Ohren, und als er in den hinteren Teil der höhlenartigen Anlage blickte, entdeckte er dort seltsame Lichtpunkte, halb verborgen in den Schatten jenseits der Transporter. Spielten seine Augen ihm vielleicht einen Streich?

Nein, er bildete es sich nicht nur ein. Da hinten standen wirklich Tiere. *Dutzende* Tiere. Sie waren klein – einem Menschen reichten sie in etwa bis zum Knie –, und sie hatten lange spitze Ohren und herabhängende Schnurrhaare. Die Scheinwerfer der Transporter ließen ihre Körper funkeln, weil ihr Fell aus langen Kristallborsten bestand, und wenn sie sich bewegten, erzeugten diese Borsten Geräusche, die Poe an die Windspiele des fernen Pamarthe denken ließen.

Was immer sie waren, sie stellten keine Bedrohung dar; sie waren nicht aggressiv, nur verdutzt, dass die Stille ihres Heims von seltsamen zweibeinigen Eindringlingen gestört worden war. Und sie schienen auch keine Angst vor den Neuankömmlingen zu haben – nach ein paar Sekunden der Unschlüssigkeit wagten sie sich näher und schnüffelten an den Uniformen der Soldaten.

Poe zog die Schultern hoch. Die Galaxis war voller Überraschungen. Vielleicht würde er eines Tages Gelegenheit bekommen, sich diese Kreaturen in Ruhe anzusehen.

Aber heute war nicht dieser Tag.

Das gewaltige Schutztor senkte sich wie in Zeitlupe, und Poe betete, dass es nicht stecken bleiben oder den Geist aufgeben würde, ehe es sich ganz geschlossen hatte.

»Poe!«

Das war Leia. Er eilte durch die Halle, wobei er mehreren Widerstandsmitgliedern ausweichen musste, und fand sie am Eingang der Anlage. Loses Salz knirschte unter seinen

Stiefeln, als er zu ihr trat, und ein scharfer Geruch stach in seine Nase.

Ein dreiflügeliger Shuttle raste über die Ebene hinweg, direkt auf die Station zu. Sechs TIE-Jäger saßen ihm dicht im Nacken, aber aus der Entfernung konnte Poe nicht sagen, ob sie das andere Schiff jagten oder es eskortierten. Die Soldaten des Widerstands, die am Tor Stellung bezogen hatten, schienen sich jedoch nicht für solche Details zu interessieren, denn sie eröffneten sofort das Feuer.

Er erwartete, dass der Shuttle abdrehen würde, aber die Verzweiflung des Piloten schien größer zu sein als sein Überlebensinstinkt. Poe konnte gerade noch rechtzeitig zur Seite springen, da raste das Schiff auch schon durch den Eingang. Der obere Flügel blieb am halb geschlossenen Schutztor hängen und wurde mit einem trommelfellmarternden Kreischen abgerissen, während der Rest des Shuttles durch die Anlage schlitterte. Mehrere Widerstandskämpfer mussten sich schreiend in Sicherheit bringen, ehe das Wrack schließlich in einem Funkenschauer zum Stillstand kam.

Leia nahm ein Gewehr und begann, den Bug des Schiffes mit Blasterfeuer einzudecken. Poe und mehrere andere Soldaten taten es ihr nach, und die Cockpitscheibe des Shuttles zersplitterte unter ihrem konzentrierten Beschuss.

An Bord erklangen verzweifelte Schreie, dann reckten sich vier Hände in einer Geste der Kapitulation durch die Überreste des Fensters.

»Halt, nicht schießen!«, rief Finn. »Wir sind's!«

Nachdem die Blaster verstummt waren, streckte er seinen Kopf aus dem Cockpit, neben ihm die großäugige Rose.

»Finn!«, freute sich Poe. »Rose! Ihr seid am Leben! Wo ist mein Droide?«

Die Rampe krachte nach unten, und BB-8 rollte aufgeregt trillernd aus dem Shuttle.

»Kumpel!« Poe tätschelte den Kopf seines Astromechs und versuchte, den zwitschernden Schwall Droidensprache zu decodieren. »Wirklich? Das klingt nach einer Wahnsinnsgeschichte. Wir sind im Moment ein wenig beschäftigt, aber später musst du mir alles darüber erzählen.«

Finn, der noch immer zitterte, ließ den Atem entweichen, und Rose blickte sich mit einer Mischung aus Schock und Verzweiflung im Innern der Halle um. Sechs Transporter, knapp hundert Leute.

»Ist das alles, was übrig ist?«, fragte sie Finn.

Doch er konnte ihr keinen Trost schenken. Niemand konnte das.

»Du weißt, welches Ende eines Hydrospanners vorne ist«, rief Poe zu ihr hoch. »Das macht dich zu unserer Chefingenieurin. Komm mit, wir brauchen dich.«

Leia hatte sich noch an den Weg in den Kontrollraum erinnert, aber sie hatte nicht erwartet, ihn in so bemitleidenswertem Zustand vorzufinden. Jahre der Salzkorrosion hatten die Konsolen stellenweise zerfressen, und der Moschusgeruch in der abgestandenen Luft legte den Schluss nahe, dass die fuchsartigen Kreaturen sich hier eingenistet hatten.

Glücklicherweise waren die technischen Eingeweide der Systeme isoliert und abgeschirmt. So reichten ein paar behelfsmäßige Umleitungen und Verbindungen sowie der Anschluss neuer Batterien, die Ausrüstung zum Leben zu erwecken – zu einem mehr oder weniger funktionstüchtigen Leben.

Poe atmete gepresst aus und nickte Finn und Leia zu.

»Also gut«, sagte er laut, damit ihn alle Mitglieder des Widerstands hören konnten, die hier als Techniker die Systeme bedienen würden. »Die Schutzschilde sind aktiv, sie können uns nicht aus dem Orbit treffen. Benutzt die übrige Energie, um ein Notsignal an den Äußeren Rand zu schicken.«

»Verwenden Sie meinen persönlichen Code«, fügte Leia an. »Diese Basis war dreißig Jahre lang verlassen – und sie war nie als Festung gedacht, nur als Versteck. Falls der Widerstand noch Unterstützer hat, dann heißt es: jetzt oder nie.«

Rose betrat den Kontrollraum, und Finn konnte ihr die Erschöpfung an ihrem Gesicht und ihrer Körperhaltung ablesen. Sie konnte sich kaum aufrecht halten. Nicht, dass es den anderen besser ging.

»Wie sieht's aus?«, fragte Poe. Ihre Miene hatte ihm bereits verraten, dass er keine guten Neuigkeiten erwarten durfte.

»Verrottete Munition, verrostete Geschütze, ein paar halb ausgeschlachtete Ski-Speeder«, zählte sie niedergeschlagen auf.

Poe nickte. Weitere Fragen waren überflüssig – falls es in der Station ein geheimes Lager voller Kanonenboote und Turbolaser gäbe, hätte Leia es bestimmt erwähnt.

Finn verzog das Gesicht, und Poe wusste, was sein Freund dachte – dass sie dem Tod im All entgangen waren, nur um jetzt in diesem Loch zu sterben. Die meisten von ihnen dachten das vermutlich gerade.

»Hoffen wir mal, dass dieses monströse Tor lange genug hält, bis Hilfe eintrifft«, murmelte Poe.

Als wäre das ein Stichwort gewesen, erschütterte ein Donnerschlag den Raum – tief, dumpf und widerhallend. Roter Staub rieselte von der Decke herab.

Einen Moment später rollte ein zweites Grollen durch die Station. Finn wusste, dass kein noch so monströses Tor die Erste Ordnung aufhalten konnte. Falls nötig, würden ihre Anführer den gesamten Planeten auseinanderreißen, um an sie heranzukommen.

31. Kapitel

Die Außenkameras der Station sollten eigentlich ein Rundumbild der Salzebene liefern, aber nur eine Handvoll hatte die langen Jahre der Inaktivität überdauert. Finn spähte durch das Sichtgerät des Kontrollraums und gab an die anderen weiter, was er sah.

Leia war damit beschäftigt, den Hilferuf aufzunehmen, den sie an den Äußeren Rand senden würden, und in ihrer Abwesenheit wuchs die Anspannung. Die Soldaten und Techniker hatten ihre Belastungsgrenze weit überschritten, und ihre Verzweiflung machte sich bemerkbar.

Poe und Rose hatten während dieser nervenzehrenden Minuten zumindest eine Beschäftigung: Sie versuchten, ihre aktuelle Situation zu verbessern. Die Botschaft des Generals mochte Gehör finden, aber das würde nichts nutzen, wenn nur noch eine ausgebrannte Ruine von der Station übrig war, wenn ihre Verbündeten hier eintrafen. Darum schickte Poe die Droiden los, um nach Bauplänen der Anlage zu suchen, und den Technikern befahl er, die klapprigen Artilleriestellungen wieder in Gang zu bringen. Rose stellte unterdessen eine Liste von Waffen und Ausrüstung zusammen, die repariert und in einem Kampf eingesetzt werden könnten, von Düsenschlitten bis hin zu Ski-Speedern.

Finn hätte ihr lieber geholfen, als die Außenkameras im Auge zu behalten; er wollte den anderen nicht berichten müssen, was der Feind gegen sie in die Schlacht schickte. Er war sicher, dass sie es mit Läufern zu tun bekommen würden: AT-ATs, vielleicht auch ein paar schwere AT-M6, und je nachdem, wie die Erste Ordnung ihre Verteidigung einschätzte, auch AT-STs nebst Speederbikes und Bodentruppen.

Und natürlich TIE-Jäger zur Luftunterstützung.

Genau so kam es auch, aber eine Sache verwirrte Finn: Neben all den Kampfmaschinen setzten die Landungsschiffe der Ersten Ordnung noch etwas anderes ab: einen massiven Zylinder. Das entsprach keiner Taktik, von der er je gehört hatte. Das Objekt berührte den Boden, und einen Moment später spürte Finn, wie die gesamte Anlage erzitterte.

Rasch erhöhte er die Vergrößerung des Sichtgeräts, bis er erkennen konnte, was die Schiffe da abgeliefert hatten. Fassungslos schüttelte er den Kopf.

»Eine Geschützramme«, meldete er den anderen grimmig. »Miniaturisierte Todesstern-Technologie. Sie wird das Tor aufbrechen wie ein Ei.«

Das war also – das Instrument ihres Untergangs.

»Hier gibt es doch sicher einen Hinterausgang, oder?«, fragte Rose.

BB-8 rollte piepsend in den Kontrollraum, dicht auf seinen Fersen ein übereifriger C-3PO. Alle Augen richteten sich auf die beiden Droiden; für die Kämpfer des Widerstands waren sie die letzte Hoffnung.

Hinter den Maschinen sah Finn die glühenden Augen

weiterer Kristallfuchse; die Kreaturen waren nach wie vor schreckhaft, aber sie wagten sich immer näher heran.

»Bebeacht hat die Pläne der Mine analysiert«, verkündete C-3PO. »Das ist der einzige Weg hinein oder hinaus.«

Der nächste Aufprall erschütterte den Kontrollraum, als die Erste Ordnung fortfuhr, die Stärke des Schutztors zu testen. Die Gesichter der Widerständler spiegelten blanke Panik wider – selbst Poe schien den Mut verloren zu haben.

Finn schüttelte den Kopf. Er hatte es nicht so weit geschafft, um sich jetzt geschlagen zu geben. Und die anderen ebenso wenig. Sie brauchten nur jemanden, der sie daran erinnerte.

»Kommt schon«, sagte er. »Wir haben Verbündete. Die Leute glauben an Leia. Erhalten sie unsere Botschaft, dann kommen sie. Aber wir müssen Zeit gewinnen.«

»Zeit wofür?«, fragte ein niedergeschlagener Pilot.

»Zeit, damit Hilfe eintreffen kann«, erklärte Finn. »Zeit für Rey, mit Skywalker zurückzukehren. Zeit für Leia, um einen Plan auszuarbeiten. Zeit für die Erste Ordnung, um Fehler zu machen. Zeit für ein Wunder. Was wollt ihr denn sonst tun – *nicht* kämpfen? Wir müssen dieses Geschütz ausschalten.«

Poe nickte und lächelte ihm zu. Rose grinste sogar.

»Du hast das Zauberwort gesagt«, flüsterte sie ihm zu.

»Was?«, fragte Finn. *»Kämpfen?«*

Sie schüttelte den Kopf und lächelte ihn erneut an – diesmal mit echter Zuneigung. Ihre Augen waren feucht. *»Wir.«*

»Zu den Waffen«, rief Poe. »Gehen wir's an.«

Der Ski-Speeder-Hangar verwandelte sich in eine Montagestraße, wo Rose und mehrere frisch ernannte Mechaniker mithilfe von Astromechdroiden die Systeme jedes Speeders überprüften und sie in eine von drei Kategorien einordneten: flugbereit, reparaturbedürftig und nur noch zum Ausschlachten zu gebrauchen.

In die erste Kategorie fiel anfangs leider keine einzige Maschine, aber mit ein wenig kreativem Denken und fieberhaftem Herumgeschraube schafften Rose und ihr Team es, insgesamt dreizehn Speeder einsatzfähig zu machen. Nicht einmal das beständige Donnern der Einschläge am Schutztor konnte sie beirren, und auch nicht die Meldung, dass die Erste Ordnung mehrere Schleppläufer abgesetzt hatte, die die Belagerungskanone nun über die Salzebene Richtung Station schleiften.

Die Ski-Speeder hatten ihre Existenz als zivile Flieger begonnen und stammten aus einer längst vergangenen Zeit, als Asteroiden-Slalomrennen der letzte Schrei gewesen waren. Das überdimensionierte Triebwerk war zentral positioniert, eingefasst von zwei seitlichen Auslegern – einer für das gyroskopische Cockpit, der andere mit einer Aufhängung für zusätzliche Ausrüstung. Unterhalb des Triebwerks befand sich der namengebende Mono-Ski, mit dem der Speeder den Bodenkontakt hielt. Gegenwärtig waren die Skier der dreizehn flugtauglichen Flieger an einer Führungsschiene eingehakt, welche bis zum Ausgang des Hangars führte.

Nach dem Ende des kurzlebigen Slalomwahns waren die meisten Ski-Speeder auf den Schrottplätzen der Galaxis gelandet, aber ein paar hatten überlebt. Während manche zu Forschungsgleitern umgewandelt worden waren, die bei der Besiedlung von Asteroiden zum Einsatz kamen, hatten die imperiumsfeindlichen Rebellen von Crait ihre Speeder als Patrouillenfahrzeuge genutzt. Zu diesem Zweck hatten sie Zwillingslaserkanonen an den Ausrüstungsarm geschweißt, die Rotation des Cockpits blockiert und zusätzliche Panzerplatten auf die dünne Außenhaut genietet.

Rose musste den Rebellentechnikern Respekt zollen – sie waren wirklich einfallsreich gewesen. Doch sie hatten die Ski-Speeder umgebaut, um sich gegen Schmuggler und Piraten zu verteidigen. Niemand, der bei Trost war, würde auch nur eine Sekunde glauben, dass sie es mit einer Bodenarmee der Ersten Ordnung aufnehmen könnten.

Poe war draußen bei General Ematt und half ihm, in den Schützengräben vor der Anlage eine letzte Verteidigungslinie einzurichten. Während Rose auf seine Rückkehr in den Hangar wartete, überlegte sie, wie sie ihm ihre Vorbehalte am besten mitteilen sollte.

Doch als es dann so weit war, konnte sie nur die ersten paar Sätze ihrer zurechtgelegten Litanei vorbringen, ehe Poe die Hand hob.

»Ich weiß, ich weiß«, sagte er. »Diese Speeder sind Museumsstücke – aus einem Schrottmuseum. Aber sie sind alles, was wir haben, also werden wir das Beste daraus machen. Davon abgesehen sind dreizehn deutlich mehr, als ich erwartet hatte. Gute Arbeit.«

»Ähm, sag du deinen Piloten aber, dass sie ihre Ziele sorgfältig wählen sollen«, erwiderte Rose, während sie sich die ölverschmierten Hände an ihrer Hose abwischte. »Die Feuerleitungen sind halb zerfressen; sie werden überladen, falls ihr auf alles schießt, was sich bewegt.«

»Guter Tipp«, nickte Poe. »Aber warum sagst du es ihnen nicht selbst? Du kommst schließlich mit.«

»Ich?« Sie starrte ihn ungläubig an. »Ich bin Wartungstechnikerin, keine Pilotin, schon vergessen?«

»Wann hast du das letzte Mal eine Schraube festgezogen?«, fragte Poe.

»Vor ungefähr einer Minute.«

»Na schön, schlechtes Beispiel. Aber du weißt, was ich meine. Du hast einen Shuttle runtergebracht, während dir sechs TIES im Nacken saßen und ein mächtig großes Tor vor dir runtergegangen ist, oder etwa nicht?«

»Es war eine Bruchlandung.«

»Ein weiser Mann sagte mir mal, jede Landung, nach der man noch laufen kann, ist eine geglückte Landung«, konterte Poe. »Und mal ganz nebenbei: Wer soll sonst auf Finn aufpassen?«

Rose drehte sich fassungslos zu Finn herum, der gerade versuchte, ein Pilotenheadset aufzusetzen. Er hob den Kopf, bemerkte ihren Blick und verschränkte hastig die Arme vor der Brust, das Headset noch immer schief auf seinem Kopf.

»Was? Ich bin derjenige, der am besten weiß, womit wir es da draußen zu tun bekommen – und der Einzige, der diese große Kanone je mit eigenen Augen gesehen hat.«

»Das ist nicht so, als würdest du einen Shuttle fliegen«, entgegnete Rose. »Und du hast ja sogar den Shuttle in den Sand gesetzt – wortwörtlich!«

»Ich werde einfach mein Bestes tun. Mal ehrlich, wie schwer kann es schon sein?«

Poe trat zwischen die beiden, ehe Rose laut werden konnte.

»Siehst du? Deswegen brauchen wir dich.«

Sie wollte widersprechen, aber General Organa hatte mit C-3PO im Schlepptau den Hangar betreten.

»Unsere rote Staffel benutzte diese Speeder einst, um imperiale Aufklärungsschiffe abzuwehren«, erinnerte sich Leia. »Während dieser Mission habe sogar ich einen geflogen. Nach Poes Logik macht mich das zu einer Expertin.«

Ein paar der älteren Piloten und Techniker lächelten, die jüngeren Semester wirkten vor allem überrascht. Leia bemerkte ihre Reaktion, schaffte es aber, nicht die Augen zu verdrehen.

»Die Kufen dienen der Stabilisierung – sie stellen sicher, dass das Triebwerk euch nach vorne trägt und nicht nach oben«, erklärte sie weiter. »Und ihr solltet unten bleiben. Sobald ihr den Bodenkontakt verliert, werdet ihr langsamer und ein leichtes Ziel.«

Sie musterte die Piloten, um sicherzugehen, dass sie ihre Worte ernst nahmen, dann fuhr sie fort: »Die Erste Ordnung hat schwere Läufer abgesetzt, und sie benutzen TIEs als Luftunterstützung. Die Läufer werden sich auf unsere Artillerie und Bodenverteidigung konzentrieren. Ihr könnt ihre Panzerung nicht durchdringen, also versucht es gar nicht erst. Aber ihr könnt sie ausmanövrieren. Die TIEs sind für euch die eigentliche Bedrohung. Das ist ein weiterer Grund, warum ihr euch möglichst nahe am Boden halten solltet.«

Die Piloten nickten, aber Rose bemerkte, dass ein paar von ihnen zweifelnde Blicke in Richtung der Ski-Speeder warfen.

»Euer Ziel ist die Kanone«, instruierte Leia sie. »Sie ist die einzige Waffe, die das Schutztor der Station knacken kann, wir dürfen sie also nicht in Reichweite kommen lassen. Sie wird von Schleppläufern gezogen – kantig, hässlich, viele Beine. Durchtrennt die Kabel, mit denen sie die Kanone ziehen, und die Kanone bleibt stehen. So einfach ist das.«

Jetzt lauschten ihr alle Piloten aufmerksam.

»Wir haben unseren Notruf gesendet«, fügte sie an. »Ich weiß nicht, wer darauf reagieren wird, oder wann. Aber ich weiß, dass wir in dieser schweren Stunde nicht allein sind …

und jede Minute, die wir die Erste Ordnung in Schach halten können, vergrößert unsere Chancen. Gibt es Fragen?«

Niemand sagte etwas. Poe trat neben den General und betrachtete seine Staffel. Er wartete aber, bis Leia nickte, ehe er das Wort ergriff.

»Ich habe ein Dutzend T-85-X-Flügler mit Tarnsystem angefordert«, begann er. »Aber die müssen wohl irgendwo aufgehalten worden sein.«

Nien Nunb lachte, aber er war der Einzige; die anderen starrten Poe nur mit versteinerter Miene an.

»Aber ihr habt's gehört, die Rot-Staffel ist schon mit diesen Vögeln geflogen«, fuhr er fort. »Als ich aufwuchs, hörte ich die Geschichten über diese Männer und Frauen, und ich träumte davon, eines Tages wie sie zu sein. Sie schienen auch auf verlorenem Posten zu stehen, genau wie wir jetzt. Aber wisst ihr, was? Sie haben einen Todesstern in die Luft gejagt.«

Rose lächelte, ebenso wie ein paar andere.

»Viel Glück«, sagte Leia. »Und möge die Macht mit euch sein.«

Die Piloten standen auf und begannen, ihre Helme aufzusetzen, ihre Headsets zu überprüfen und ihre Handschuhe überzustreifen, während Techniker und Astromechs die Ski-Speeder startklar machten. Der Lärm ihrer Triebwerke schwoll von einem tiefen Brummen zu einem gleichmäßigen Heulen an.

Poe kletterte in das offene Cockpit des vordersten Gleiters. Finn stieg in die Maschine hinter ihm und Rose in die dritte. Sie zog den Kinnriemen ihres Helms straff, stellte sicher, dass sie den Staffelkanal empfing, und überprüfte anschließend ihre Konsole. Die Systemlämpchen leuchteten allesamt grün – zumindest jetzt noch.

»Alles in Ordnung bei dir, Finn?«, fragte sie.

Er drehte sich in dem nichtüberdachten Cockpit herum und reckte den Daumen hoch.

»Ich starte«, meldete sich Poe. »Folgt meinem Beispiel.«

Sein Ski-Speeder schnellte entlang der Führungsschiene nach vorne. Als er das Ende des Hangars erreichte, klappte ein Teil der Wand vor ihm auf, und er verschwand außer Sicht. Einen Moment später hörten die anderen auf dem Staffelkanal seinen freudigen Jubelruf. Rose lächelte. Sie kannte sich gut genug mit Piloten aus, um zu wissen, dass der Spaß am Fliegen für Poe schwerer wog als die Angst vor dem Tod. Falls er sterben sollte, würde er zumindest hinter dem Steuer einer Maschine sitzen.

Paige hätte ebenfalls gejubelt, da war Rose sicher. Sie berührte das Otomok-Medaillon und schmunzelte traurig.

Falls du irgendwo da draußen bist, Pae-Pae, könnte ich jetzt deine Hilfe gebrauchen.

Finns Speeder glitt über die Führungsschiene, und ein paar Augenblicke später setzte sich Roses eigener Flieger in Bewegung, zunächst mit einem Ruck, dann gleichmäßig schneller werdend. Das Heulen des Triebwerks wurde zu einem Brüllen, während die Wände des düsteren Hangars verschwommen an ihr vorbeihuschten.

Also schön, jetzt oder nie.

32. Kapitel

General Ematt duckte sich durch die schmale Tür, die aus der Minenanlage in den alten Rebellenschützengräben führte, und blinzelte gegen das grelle Licht an, das von der Salzebene reflektiert wurde. Ihm folgte Sergeant Sharp, der gerade noch den Riemen seines Schutzhelms festzog.

Die Wände der Gräben waren tiefrot, bestäubt mit einer weißen Staubschicht, und auch auf den Brettern, mit denen der Boden ausgelegt war, hatte sich ein dünner Salzbelag gebildet. Vor ihnen ragten zwei Artilleriekanonen auf; Poe hatte Ematt versichert, dass sie funktionieren würden, aber das würde er erst glauben, wenn er es sah – im Moment machten sie eher den Eindruck auf ihn, als würden sie beim ersten Schuss zu einem Haufen Rostflocken zusammenfallen.

Entlang der Gräben drückten seine Leute gerade jedem einen Blaster in die Hand, der den Eindruck erweckte, als wäre er eine größere Bedrohung für den Feind als für seinen Nebenmann, außerdem überprüften sie die Vorräte an alter Rebellenmunition, um zu sehen, welche Energiemagazine noch ein paar Schüsse hergaben.

Dies war die letzte Verteidigungslinie, hinter den Speedern und der Artillerie. Ematt hoffte, dass es nicht auf sie ankommen würden, aber er wusste auch, wie unrealistisch diese Hoffnung war.

Doch falls es dazu kam, würden sie der Ersten Ordnung zumindest einen hohen Blutzoll für jeden Zentimeter Boden abringen.

Er kletterte aus dem vordersten Schützengraben hoch zur Ebene und setzte seinen Vierfachfeldstecher an. Sharp folgte ihm aus dem Schatten des gewaltigen Schutztors, dann beugte er sich nach unten und nahm ein paar feine weiße Flocken zwischen seine Finger. Vorsichtig leckte er daran, nur um sofort auszuspucken.

Als er sich umdrehte, sah er, dass ihre Stiefelabdrücke die salzige Kruste durchbrochen und die blutrote Kristallerde darunter bloßgelegt hatten.

Ematt ließ seinen Feldstecher sinken und sprach in das Kommlink an seinem Handgelenk.

»Bodentruppen gesichtet«, meldete er.

»Verstanden«, antwortete Poe. »Sind schon unterwegs.«

Hinter ihnen klappten Luken an der Wand der Station auf, und die Ski-Speeder schnellten hervor; ihre Ausleger wurden durchgeschüttelt, als der Wind sie erfasste. Dann sanken sie, halb gleitend, halb von ihren Triebwerken getragen, nach unten. Rose musste kämpfen, um ihren Gleiter aufrecht zu halten, und ihr Magen stülpte sich um, als die weite Salzebene ihr förmlich entgegenzuspringen schien. In der Ferne waren die Invasionstruppen der Ersten Ordnung als dunkle Punkte zu erkennen.

Sie riskierte einen Blick nach hinten und sah Finn in seinem Speeder. Er lachte und johlte, wie hypnotisiert von dem Gefühl, durch die Luft zu segeln. Offenbar hatte er noch nicht darüber nachgedacht, was passieren würde, wenn sie den Boden erreichten.

»He, aktiviere deine Kufe!«, rief sie in ihr Headset.

Finn blickte erschrocken umher und suchte nach dem Schalter. Rose befürchtete schon, dass er abstürzen würde, aber im letzten Moment fand er die Kontrollen und fuhr den Mono-Ski aus. Dann setzten die Speeder auch schon auf der Salzebene auf.

Der Aufprall presste Rose die Luft aus der Lunge, und einen Herzschlag lang war sie überzeugt, dass die Kanonen oder ihr Cockpit oder beides abbrechen würden. Doch dann richtete sich der Speeder auf seiner Kufe auf, und sie raste anderthalb Meter über einem Meer aus Weiß dahin. Die Staffel fächerte aus und formierte sich zu einer Linie, um jaulend über die Ebene vorzurücken.

Ihre Skier schlitzten die oberste Salzschicht auf und wirbelten einen Schweif kristalliner Erde auf; es sah aus, als würden die Maschinen rot schillernde Banner hinter sich herziehen.

Poe musste den Fuß anheben, als ein Teil der Bodenplatte unter ihm fortbrach, und über die Ebene davonwirbelte.

»Was zum …«, entfuhr es ihm. »Ich mag diese Rostlauben nicht, und wie unsere Chancen stehen, mag ich noch viel weniger. Also seid vorsichtig. Geschlossene Formation, und fliegt nicht zu nah ran, bis sie das Geschütz nach vorne bewegen.«

Rose konnte die Läufer der Ersten Ordnung nun deutlicher erkennen, aber die Geschützramme war irgendwo hinter ihnen verborgen. Sie griff unter ihren Overall, zog das Medaillon von Otomok hervor und hängte es über einen Schalter auf der Konsole des Speeders.

»Achtung, Bodentruppen! Decken wir sie ein bisschen ein«, sagte Poe.

Als die Widerstandstruppen in den Schützengräben den

Befehl hörten, eröffneten die Artilleriekanonen das Feuer. Zischende Blasterstrahlen zuckten über die Salzebene auf die Linien der Ersten Ordnung zu. Ein paar Schüsse trafen die Läufer, aber soweit Poe das sehen konnte, richteten sie keinerlei Schaden an.

Während der Wind an seinem offenen Cockpit vorbeiheulte, schätzte er kurz ihre Situation ab, und keine der Schlussfolgerungen, zu denen er gelangte, gefiel ihm. Die schweren Kampfläufer machten den Löwenanteil der feindlichen Truppen aus; jedes dieser Monster war mit einem mächtigen Turbolaser auf seinem Rücken ausgestattet – so mächtig, dass die Vorderbeine verstärkt worden waren, um nicht unter dem Rückstoß umzuknicken. Ihre Panzerung war viel zu dick, als dass die Blaster der Ski-Speeder sie auch nur ankratzen könnten.

Über den Läufern kreisten die TIE-Jäger wie ein Schwarm Raubvögel, und noch weiter oben zeigten Poes Sensoren einen einsamen Kommandoshuttle an – zweifelsohne das Schiff, von dem aus der Angriff koordiniert wurde. Poe runzelte die Stirn. Die Kanonen der Speeder könnten ausreichen, um den Shuttle zu zerstören, aber er war sicher, dass die TIEs sie in Fetzen schießen würden, falls sie versuchten, höher zu steigen.

Nein, das verwundbarste Ziel war immer noch die Belagerungskanone – zumindest hoffte Poe das. Im Moment hielt die Erste Ordnung das Geschütz klugerweise hinter ihrer Angriffslinie, sodass es durch die anderen Kampfmaschinen abgeschirmt wurde. Um jetzt dorthin vorzudringen, müssten sie an den TIEs und den Läufern vorbei – was absoluter Selbstmord gewesen wäre.

Vielleicht würde der Moment kommen, wenn sie keine andere Wahl hatten, aber bis dahin wollte Poe die Leben seiner Piloten nicht sinnlos wegwerfen. Also beschloss er, seine Staffel fürs Erste zusammenzuhalten, den Feind zu provozieren und zu hoffen, dass er einen Fehler machte – oder sich die Chancen auf andere Weise zu ihren Gunsten änderten.

Poe hatte recht, was den Kommandoshuttle anging. An Bord befanden sich Kylo Ren, Hux und mehrere andere hochrangige Offiziere der Ersten Ordnung, die alle auf das Schlachtfeld und die entsprechenden Sensorschirme hinabstarrten.

Kylo hätte den Angriff lieber allein geleitet – er wusste, dass Hux in dieser unkomplizierten Operation nur eine Gelegenheit sah, sein Ego zu streicheln. Aber es war wichtig, dass er den ehrgeizigen General in seiner Nähe behielt. Hux hatte während seines Aufstiegs zahlreiche Rivalen eliminiert – einschließlich seines eigenen Vaters –, und Kylo hatte nicht vor, sich ebenfalls in diese Liste einzutragen. Solange Hux neben ihm stand, musste er zumindest nicht befürchten, dass der Shuttle einem tragischen Unfall zum Opfer fiel. Davon abgesehen sollten die anderen Offiziere sehen, wer hier das Kommando hatte.

»Dreizehn leichte Speeder im Anflug«, meldete Hux. »Position halten, bis wir sie zerstört haben?«

»Nein.« Kylo schüttelte den Kopf. »Der Widerstand ist in dieser Mine. Durchbrechen.«

Die Ski-Speeder waren noch ein gutes Stück von der feindlichen Linie entfernt, als die Erste Ordnung die Initiative ergriff. Die TIE-Jäger brachen ihr Kreisen über den Läufern ab und griffen an. Einen Moment später brannten sich Blasterschüsse durch die Salzkruste, und Geysire aus roter Erde wurden hochgewirbelt, die Poe auf unangenehme Weise an

Blut erinnerten. Einer der Ski-Speeder verwandelte sich in einen Feuerball.

»Feindliche Jäger!«, schrie er. »Abdrehen!«

Die Speeder stoben auseinander, und die TIEs gingen tiefer, um ihnen nachzusetzen. Ein Dutzend Verfolgungsjagden spielten sich auf der Ebene ab, und wo die Kufen der Gleiter durch das Salz schnitten und die Blasterschüsse der Sternjäger die Kruste aufbrachen, blieb ein Gewirr roter Linien und blutiger Pockennarben in der weißen Kruste zurück.

Poe zog seinen Speeder in eine enge Wende, die das Metall seines Cockpitauslegers protestierend ächzen ließ, dann zielte er auf einen TIE, der gerade einen anderen Gleiter über das Weiß scheuchte. Doch er war zu niedrig, um den Jäger ins Visier zu bekommen, also riss er den Steuerknüppel nach hinten, und der Ski-Speeder hüpfte hoch.

Noch immer zu niedrig. Komm schon, Kleines, nur ein bisschen höher.

Die Nase des Gleiters neigte sich nach oben, und Poe hämmerte mit dem Daumen auf den Feuerknopf. Seine Laserkanone spie Feuer, der TIE platzte auseinander, und seine Solarflügel trudelten in unterschiedliche Richtungen davon.

Poes Triumphgeheul wurde jäh unterbrochen, als er seine Maschine wieder nach unten reißen musste, um einem von oben herabstoßenden Sternjäger zu entkommen.

»Wir sind dieser Feuerkraft nicht gewachsen!«, warnte C'ai Threnalli ihn in seiner Muttersprache.

»Wir müssen sie aufhalten, bevor sie das Geschütz in Stellung gebracht haben«, entgegnete Poe.

Ein Pilot kreischte, als sein Speeder von Kanonenfeuer auseinandergerissen wurde, und der TIE, der ihn zerstört hatte, stieg in einem Bogen wieder über der Ebene auf. Die Artillerie des Widerstands folgte seiner Flugbahn und sprengte ihn in Stücke, aber die anderen TIEs reagierten sofort auf die Bedrohung: Sie wendeten und beharkten die verwundbaren Truppen in den Schützengräben.

Finn schnitt eine Grimasse, als der Speeder neben ihm getroffen wurde. Er blinzelte durch die Windschutzscheibe nach vorne, die Augen gegen den Feuerball zusammengekniffen, und versuchte, zwischen den titanischen Silhouetten der Kampfläufer die Kanone der Ersten Ordnung zu entdecken.

Eine Linie von roten Explosionen raste auf seinen Gleiter zu, und er riss das Steuer hin und her, in der Hoffnung, dass der TIE den Beschuss aufgeben würde. Sie hatten schon zu viele Speeder verloren – warum gab Poe nicht endlich den Befehl, die Kanone anzugreifen?

Noch ein Gleiter verschwand in einem Meer aus Flammen, und statisches Rauschen verschluckte den Schrei seines Piloten.

Wir verlieren diese Schlacht.

Dann weiteten sich seine Augen.

»Rose! Hinter dir!«

Drei TIE-Jäger scheuchten Roses Ski-Speeder über die Ebene und feuerten wieder und wieder tödliche Laserstrahlen in ihre Richtung. Bevor Finn beidrehen und ihr helfen konnte, waren es plötzlich nur noch zwei Sternjäger ... dann nur noch einer ... und dann verging auch der dritte in einer flammenden Explosion.

Rose wich den Trümmern aus, die auf sie herabregneten, dann hob sie den Kopf, um zu sehen, wer sie gerettet hatte. Ihr Mund klappte auf, als ein zerbeulter YT-Frachter über ihr hinwegraste. Das Schiff sah beinahe noch ramponierter aus als die Ski-Speeder – aber es war schnell und wendig wie ein X-Flügler.

Sie hatte keine Ahnung, wer diesen Frachter flog, aber Finn schien es zu wissen, denn er brach in lautes Jubelgeschrei aus.

An Bord des *Millennium Falken* stieß Chewbacca seinen Schlachtruf aus, während er beobachtete, wie die TIEs explodierten. Der kleine Porg, der vor ihm auf der Konsole saß, tat sein Bestes, das wilde Brüllen nachzuahmen.

Rey, die am unteren Geschütz des Frachters saß, nahm derweil bereits die nächsten TIEs ins Visier. Ein Sternjäger stürzte kopfüber zu Boden, und sie entblößte in einem wölfischen Grinsen die Zähne. Die Piloten der Ersten Ordnung hatten sich so darauf konzentriert, die Gleiter am Boden zu terrorisieren, dass sie überhaupt nicht auf eine Gefahr von oben geachtet hatten.

»Das macht Spaß«, rief sie und holte einen weiteren TIE vom Himmel.

Während sie an Bord ihres Fluchtshuttles auf Chewbacca gewartet hatte, hatte sie mit wachsender Frustration beobachtet, wie die Sternzerstörer der Ersten Ordnung einen Sperrgürtel um den Planeten errichteten. Anschließend hatten sie Landeschiffe abgesetzt, unter deren Bäuchen Kampfläufer und ein seltsames zylindrisches Objekt befestigt waren, das Rey nicht identifizieren konnte.

Sie hatte gehofft, dass Finn und General Organa dort unten waren, dass sie es auf die Oberfläche geschafft hatten und nicht mit einem der vielen anderen Transporter untergegangen waren. Der Gedanke, dass sie bereits tot sein könnten, war zu schrecklich, um sich damit auseinanderzusetzen. Und was, falls sie starben, während Rey hier oben saß und auf die Rückkehr des *Falken* wartete? Als der Frachter endlich aus dem Hyperraum aufgetaucht war, war sie halb wahnsinnig vor Sorge gewesen – Chewbacca hatte sie erst mal beruhigen müssen, als sie voller Panik durch die Luftschleuse angerannt kam.

Nun lenkte der Wookiee den *Falken* in einer Rolle von zwei weiteren TIEs fort, und als sich das Schiff wieder aufrichtete, war Rey in perfekter Schussposition. Einen Moment lang bewunderte sie Chewbaccas Talent als Pilot, dann ließ sie sich in die Macht fallen und übergab ihr die volle Kontrolle über ihren Körper. Während die beiden Sternjäger sich zu Metalltrümmern auflösten, nahm sie bereits weitere TIEs wahr, die ihre Positionen über den Läufern der Ersten Ordnung aufgegeben hatten. Die Maschinen setzten sich in einer Linie hinter den *Falken* und versuchten abwechselnd, sein Heck zu erwischen.

»Chewie!«, schrie Rey in ihr Headset. »Wir müssen sie ablenken! Lock sie weg von den Speedern!«

Das ließ Chewbacca sich nicht zweimal sagen. Er beschleunigte, und die TIEs wirbelten hinter ihnen her wie der Schwanz eines kowakianischen Echsenaffen. Unter sich erblickte Rey kurz seltsame Kreaturen mit kristallenem Fell, die in einem Rudel über die Salzebene rannten und zu den seltsamen Fluggeräten am Himmel hochstarrten.

Dann hatten sie auch schon das Gebirge am Rand der Ebene erreicht. Direkt vor ihnen klaffte eine Schlucht im Fels wie eine gewaltige rote Wunde. Chewbacca legte den Frachter auf die Seite und raste geradewegs hinein, sodass die Wände des Canyons dicht an Reys Geschützkuppel vorbeihuschten. Sie waren mit Kristallkonglomeraten besetzt, die im reflektierten Licht der Sonne schillerten.

Hinter ihnen kollidierten zwei TIEs, als die Piloten auf

der Suche nach einem Weg durch die schnell schmaler werdende Öffnung die Absichten des jeweils anderen falsch interpretierten. Die Explosion ließ Kristallsplitter von den Wänden hochwirbeln, und ein besonders großer Brocken zerschmetterte das Cockpitfenster eines weiteren TIEs, der daraufhin die Kontrolle verlor und in die Wand raste. Die übrigen Sternjäger zerbarsten einer nach dem anderen unter Reys gnadenlosem Beschuss.

Vom Cockpit seines Ski-Speeders aus beobachtete Poe ungläubig, wie die verbliebenen TIE-Jäger hinter dem *Falken* her nach Norden rasten.

»Sie hat sie weggelockt – alle auf einmal!«, sagte er fassungslos.

»Oh, die *hassen* dieses Schiff«, erklärte Finn.

In diesem Moment meldete sich Rose über das Komm. »Da ist es!«

Poe sah, was ihre Aufmerksamkeit erregt hatte: Zwei Schleppläufer zogen die Belagerungskanone an die Spitze der feindlichen Streitmacht. Im Vergleich zu den AT-ATs erinnerten diese Läufer eher an Käfer mit einer Vielzahl hexagonaler Gliedmaßen. Dicke Kabel spannten sich zwischen ihren gepanzerten Leibern und der Kanone, die sie ganz ohne Hilfe ihrer Repulsorlifte über die Salzkruste schleiften.

Ihrer Luftunterstützung beraubt, hatten die Kommandanten der Ersten Ordnung offenbar beschlossen, schnellstmöglich anzugreifen. Die größeren Läufer ringsum schickten Salve um Salve in die Richtung des Widerstandsverstecks, und die Soldaten in den Schützengräben brachten sich geduckt in Sicherheit.

»Wir müssen direkt in die Mündung feuern«, erklärte

Finn, während die verbliebenen sechs Ski-Speeder auf die Kanone zuflitzten.

Im Innern des Kommandoshuttles kochte Kylo Ren vor Wut.

Den ramponierten Frachter seines Vaters zu sehen, hatte ihn mit brennendem Hass erfüllt, und er hatte die Kanoniere angebrüllt, ihn gefälligst vom Himmel zu fegen. Hux hatte sofort sämtliche Sternjäger auf das Schiff gehetzt, aber nun hatten die Läufer keine Unterstützung aus der Luft mehr, und die Kanoniere des Shuttles waren nicht in der Lage, mit den wendigen Speedern mitzuhalten – die geradewegs auf die Geschützramme zurasten.

Es war nur noch eine Frage von Sekunden, bis die Feuersequenz eingeleitet wurde, und Kylo bezweifelte stark, dass die winzigen Maschinen der Kanone ernsthaften Schaden zufügen könnten. Andererseits hatte er auch die Starkiller-Basis für unverwundbar gehalten, und dann hatte der Rebellenabschaum seiner Mutter die Superwaffe in ein Asteroidenfeld in den Unbekannten Regionen verwandelt.

»Maximale Feuerkraft auf die Speeder!«, befahl er.

»Konzentriert das Feuer auf die Speeder!«, brüllte Hux überflüssigerweise.

Kylo warf ihm einen verächtlichen Blick zu.

»Haltet durch!«, schrie Poe, als die Läufer ihre Aufmerksamkeit von den fernen Schützengräben auf die Speeder richteten und das Feuer eröffneten. Rings um ihn sprengten die Energiestrahlen blutrote Krater in den Boden, und obwohl keiner der Schüsse sein Ziel traf, hatte er trotzdem das Gefühl, als würde sein Speeder auseinanderfallen.

»Das nenn ich mal ein Geschütz«, sagte Rose unheilvoll.

Poe konnte ihr nur zustimmen.

33. Kapitel

Hoch über dem Schlachtfeld beobachtete Kylo von der Sicherheit des Kommandoshuttles aus mit kalten Augen, wie die Belagerungskanone wieder dunkel wurde. Das mächtige Tor, das die letzten Überreste des Widerstands geschützt hatte, war ein klaffendes Loch, an dessen Rändern Gesteinsbrocken und geschmolzenes Metall herabfielen.

Neben Kylo betrachtete Hux die Zerstörung mit einer Mischung aus Ehrfurcht und Zufriedenheit.

Dies war die Zukunft, das wusste der General. Wo immer die Unverbesserlichen, die Unzufriedenen und die Träumer sich gegen die Erste Ordnung erhoben, würde er sie jagen, bis es keinen Ausweg mehr für sie gab, bis sie sich in irgendeinem Loch auf einer vergessenen Welt verkriechen mussten. Und dann würden Hux' Maschinen sie ausräuchern und in die Knie zwingen, genau wie hier.

Es würde lange dauern, bis der letzte Widerstand gebrochen war – aber es würde ganz sicher nicht langweilig werden. Im Gegenteil, er würde jede Schlacht, jede Kapitulation, jede Exekution in vollen Zügen genießen. Diese Seuche hatte die Galaxis schon viel zu lange geschwächt, und nun würde er die Infektion sterilisieren und das tote Gewebe herausschneiden.

Hux spürte, dass Ren seine Befriedigung teilte. Das Ziel, auf das sie so lange hingearbeitet hatten, war endlich in Reichweite.

»General Hux, vorrücken«, sagte Kylo. »Keine Gnade. Keine Gefangenen.«

Die Widerständler in der Station wandten sich von dem blendend grellen Licht und der Hitze der Explosion ab und schlugen die Hände vors Gesicht, bis das Beben und das Donnern herabfallender Gesteinsbrocken abgeklungen waren.

Leia senkte die Hände von ihren Augen und stellte fest, dass Sonnenlicht durch die Überreste des Tors schien. Es verlieh der düsteren Halle eine seltsame Schönheit, als hätte sich das Gewölbe in eine Kathedrale verwandelt.

Connix blickte auf die Konsole, von der aus sie den Status ihrer Übertragungen überwacht hatte. »Keine Antwort.«

D'Acy blickte grimmig drein. »Unser Notsignal wurde an mehreren Standorten empfangen«, sagte sie. »Sie haben uns gehört. Doch niemand kommt.«

Leia senkte den Blick, um sich zu sammeln. Sie hatte in ihrem Leben während hundert verzweifelter Schlachten hundert inspirierende Ansprachen gehalten, und das war auch jetzt ihr erster Instinkt: ihren Mitstreitern Mut und den Willen zum Weiterkämpfen zu schenken.

Aber sie fand keine Worte. Und sie wollte diesen Männern und Frauen keine falschen Hoffnungen verkaufen. Sie hatten die Wahrheit verdient.

»Wir haben bis zuletzt gekämpft«, sagte sie schließlich. »Aber die Galaxis hat jegliche Hoffnung verloren. Der Funke ist erloschen.«

Eine schreckliche Stille senkte sich über die Station, und sie hielt an, bis plötzlich langsame, bedächtige Schritte aus dem dunklen Tunnel im hinteren Teil der Halle erklangen.

Luke Skywalker trat ins Licht, gekleidet in eine schwarze Jedi-Robe, und seine Hände – eine aus Fleisch und Blut, die andere mechanisch – schoben die Kapuze zurück. Sein dunkler Bart hatte nur ein paar graue Strähnen, und die blauen Augen darüber strahlten, während sie die Widerstandskämpfer einen nach dem anderen musterten.

Leia blickte ihrem näher kommenden Bruder fassungslos entgegen. Das musste ein Traum sein, und kurz machte dieser Gedanke sie wütend; ausgerechnet hier, am Ende ihres Weges, war ihr Geist zerbrochen und gaukelte ihr Illusionen vor.

Aber nein, alle anderen starrten in dieselbe Richtung, ihre Gesichter ungläubig und erschrocken.

»Luke!«, hauchte sie.

»Master Luke!«, entfuhr es C-3PO mit sichtlicher Freude, und sein ehemaliger Meister nickte ihm mit einem herzlichen Lächeln zu.

Das überzeugte Leia schließlich – Droiden halluzinierten nicht.

Offensichtlich gab es in C-3Pos Datenbanken kein Protokoll dafür, wie man lange verschwundene Besitzer grüßt, die auf wundersame Weise am anderen Ende der Galaxis aufgetaucht waren, und so hielt der Droide ausnahmsweise den Mund. Er folgte Luke lediglich mit seinen Fotorezeptoren, während der Jedi den Raum durchmaß und vor seine Schwester trat.

»Ich weiß, was du sagen willst«, schmunzelte Leia. »Ich habe eine neue Frisur.«

»Steht dir gut«, erwiderte Luke, aber dann verblasste sein Lächeln. »Leia … es tut mir leid.«

»Ich weiß. Das weiß ich doch. Ich bin nur froh, dass du hier bist. Am Ende.«

Die Miene ihres Bruders wurde grimmig.

»Ich bin gekommen, um mich ihm zu stellen, Leia. Aber ich kann ihn nicht retten.«

Vor nicht allzu langer Zeit hätten diese Worte sie noch bis in ihr Innerstes erschüttert, aber jetzt war da nur ein dumpfer Schmerz.

»Ich weiß«, seufzte sie. »Ich habe niemals die Hoffnung aufgegeben, aber ich weiß, dass mein Sohn nicht mehr da ist.«

Lukes Augen waren voller Wärme, Verständnis, Liebe – und da war noch etwas anderes. Es war Weisheit, erkannte Leia. Tief und weit und seltsam, aber auch tröstlich. Sein Wissen hatte ihn verändert, von Grund auf neu geformt, aber was immer er geworden war, in seinem Herzen war er noch immer der Luke, den sie aus ihrer Jugend kannte.

»Aber niemand geht je wirklich«, erwiderte er leise, dann beugte er sich vor, küsste sie auf die Stirn und nahm ihre Hände in die seinen.

In dem Moment, als sie sich berührten, wurde Leia alles klar. Ein schmales Lächeln umspielte ihre Mundwinkel, und ihre Augen funkelten angesichts des Geheimnisses, dass sie beide nun teilten.

Kurz blieben Bruder und Schwester so stehen, dann ließ Luke ihre Hände los. Er zwinkerte C-3PO zu und trat mit den gleichen gemächlichen Schritten wie eben in das Licht, welches die Zuflucht des Widerstandes erhellte. Sekunden später war er durch das Loch in dem zerschmetterten Tor verschwunden.

Leia öffnete die Hand und lächelte. Han Solos Würfel lagen auf ihrer Handfläche.

Finn bastelte eine behelfsmäßige Liege aus abgebrochenen Hüllenplatten und Drähten und bettete Rose darauf. Er hatte keine Zeit, darüber nachzudenken, was sie vor dem Kuss gesagt hatte, oder sich Sorgen darüber zu machen, wie schlimm ihre Verletzungen sein mochten; stattdessen konzentrierte er sich voll und ganz darauf, sie schnellstmöglich in Sicherheit zu bringen. Zum Glück erinnerte er sich noch an sein Überlebenstraining – oder genauer, sein *Körper* erinnerte sich daran. Nach den endlosen Übungen wussten seine Hände von selbst, was sie tun mussten, auch wenn seine Gedanken ein heilloses Durcheinander waren.

Es war eine kosmische Ironie, dass er ausgerechnet Phasma für diese Ausbildung zu danken hatte.

Ein gewaltiges Loch klaffte im Tor der Rebellenbasis, und Finn beschloss, dass es besser wäre, die Schützengräben anzusteuern. Nachdem er sich vergewissert hatte, dass Rose nicht von der Liege kippen würde, hob er sie an und zog sie hinter sich her über die Salzebene.

Immer wieder blickte er zu den gigantischen Läufern zurück, voller Angst, dass ihre tierähnlichen Schädel herumschwenken und das Feuer auf ihn eröffnen würden. Aber die Kriegsmaschinen stapften nur weiter auf die Station zu, ohne Notiz von ihm zu nehmen.

Und einen Moment später erkannte Finn auch, warum.

Sie glauben nicht, dass es noch wichtig ist. Sie wissen, dass sie gewonnen haben.

Die Ebene zu überqueren war nicht so einfach, wie Finn gedacht hatte. Die Schlacht hatte zahlreiche Krater in der weißen Kruste hinterlassen – rote Gruben, aus denen teilweise noch immer Rauch emporkräuselte. An ihren Rändern war die Salzschicht zersplittert, und die einzelnen Brocken rutschten immer wieder unter Finns Füßen oder der Liege weg. Anderswo war die Kruste zwar noch intakt, aber dafür trügerisch glatt. Und zu allem Überfluss hatte der Wind aufgefrischt, und winzige Salzklümpchen prasselten auf Finns Wangen.

Nach ein paar Minuten verlangsamte er seine Schritte zu einem entschlossenen Joggen – bei diesem Tempo würde er länger durchhalten, und Rose würde nicht so stark durchgerüttelt werden – und versuchte, nicht darüber nachzudenken, wie es weitergehen würde, wenn er die zerstörte Basis erreichte. Der Medidroide, der Rose behandelte, würde vermutlich zur Ersten Ordnung gehören, und er würde sie nur heilen, damit sie am Tag ihrer Hinrichtung aus eigener Kraft vors Erschießungskommando treten konnte.

Aber was sollte Finn sonst tun? Sie hier zum Sterben auf der Ebene zurücklassen?

Davon mal ganz abgesehen war Rey immer noch da draußen. Und solange sie lebte, gab es Hoffnung. Finn würde nicht aufhören, daran zu glauben – und an *sie* zu glauben.

Die Schützengräben waren nicht mehr weit entfernt, tiefrote Linien vor dem Hintergrund des Gebirgszuges.

»... ziehst du mich«, murmelte Rose hinter ihm.

»Was hast du gesagt?«, fragte er zwischen zwei keuchenden Atemzügen, dann blieb er stehen, um sich zu vergewissern, dass er ihr nicht mehr wehtat als unbedingt nötig.

Rose blickte benommen zu ihm hoch.

»Als wir uns das erste Mal begegnet sind, hab ich dich gezogen«, wisperte sie mit einem Lächeln. »Jetzt ziehst du mich.«

Er nickte und erwiderte das Lächeln, dann setzte er sich wieder in Bewegung.

»Wir haben es weit gebracht, oder?«, sagte er.

Als er den vordersten Schützengraben erreichte, wäre er beinahe hineingestürzt. Er kletterte nach unten und schob dann möglichst behutsam die Liege über den Rand. Rose blickte verwirrt zum Schutztor hinüber.

»Wer ist das?«, wollte sie wissen.

Finn drehte den Kopf. Ein Mann in dunkler Robe stapfte über die Salzebene auf die Kampfläufer zu, so seelenruhig, als wäre dieses Schlachtfeld der beste Ort in der gesamten Galaxis, um einen Spaziergang zu machen.

Hux sah die einsame Gestalt auf der Ebene und beugte sich ungläubig vor. Der Kerl schlenderte gelassen auf eine Streitmacht zu, die mühelos eine ganze Stadt einebnen könnte. War er etwa blind? Oder hatte ein Mitglied des Widerstands beschlossen, auf möglichst dramatische Weise Selbstmord zu begehen?

Amüsierte blickte er zu Ren hinüber, aber die abfällige Bemerkung, die ihm auf der Zunge lag, kam nie über seine Lippen. Der neue Oberste Anführer der Ersten Ordnung sah aus, als hätte er einen Geist gesehen.

»Stopp«, rief Kylo.

Sein Befehl wurde hastig weitergegeben, und die Linie der mächtigen Kampfläufer kam gehorsam zum Stillstand. Sie waren nur noch knapp vierhundert Meter von dem zerschmetterten Tor entfernt – und von den Widerstandskämpfern, die sich dahinter zusammenkauerten.

Nun blieb auch der Mann in der Robe stehen. Er hob den Kopf zum Himmel, und plötzlich stellten sich die Härchen in Hux' Nacken auf. Er konnte es nicht genau erklären, aber er spürte einfach, dass diese Figur, die einsam und allein in der zerstörten Salzlandschaft stand, zu ihrem Shuttle hochstarrte. Mehr noch, dass sie eine ganz bestimmte Person an Bord anblickte.

Er drehte sich zu Ren um und sah dessen Grimasse aus nacktem Grauen und offener Angst.

Diese Angst bedeutete Schwäche … eine *Gelegenheit*.

»Oberster Anführer?«, sagte Hux, sorgsam darauf bedacht, den Tonfall eines dienstbeflissenen Untergebenen zu treffen. »Sollen wir weiter vorrücken?«

»Ich will, dass mit allen verfügbaren Waffen auf diesen Mann gefeuert wird«, presste Ren hervor. »Tut es!«

Der erste Läufer, der den Befehl erhielt, eröffnete das Feuer, und seine Geschütze ruckten in gleichmäßigem Rhythmus vor und zurück, während Feuer und Explosionen roter Erde den Mann auf dem Schlachtfeld einhüllten. Kurz darauf fielen auch die anderen Läufer in den Beschuss ein.

Ren beobachtete mit großen Augen das Fegefeuer der Zerstörung unter ihnen, und Hux beobachtete ihn, abschätzend, berechnend.

Sein Vater, Brendol Hux, hatte ihm erzählt, dass die Jedi ihre Machtstellung geschützt hatten, indem sie machtempfängliche Kleinkinder in ihren Tempel bringen ließen, um sie dort zu Kriegern auszubilden. Als die Galaxis im Konflikt versank, hatten sie sich bereit erklärt, die Klonarmeen der Republik anzuführen, aber nur, um sich dann gegen Kanzler Palpatine zu wenden und selbst nach der Kontrolle über den Senat zu streben. Allein die Klone – ironischerweise selbst ein Orden von Kriegern – hatten dieses Komplott zerschlagen können, indem sie ihre Waffen gegen ihre einstigen Generäle richteten.

Die Jedi hatten ihr Schicksal verdient, so hatte Brendol gesagt – aber von ihren Methoden konnte man lernen, ebenso wie von den Klon-Ausbildungsprogrammen der Republik. Und so hatte der ältere Hux Elemente der beiden Philosophien kombiniert und eine Armee herangezüchtet, deren Mitglieder von Kindesbeinen an zu Soldaten erzogen wurden. Die ersten Früchte hatte dieses Programm noch zu Zeiten des Imperiums getragen, aber zu seiner ganzen Pracht erblüht war es erst unter der Ersten Ordnung und unter dem jüngeren Hux.

Auf gewisse Weise waren die Sturmtruppen der Ersten Ordnung also das Erbe der Jedi. Ein Gedanke, der Armitage jedes Mal wieder zum Lächeln brachte.

Aber es würde ihr einziges Erbe bleiben. Sicher, auch Snoke hatte eine Schwäche für mystischen Unsinn gehabt, und trotzdem war die Erste Ordnung zur größten Macht der Galaxis aufgestiegen. Das lag aber größtenteils daran, dass der Oberste Anführer vernünftig genug gewesen war, im Hintergrund zu bleiben und seine Direktiven für sich sprechen zu lassen.

Ren hatte derartige Weitsicht niemals besessen. Er war ein Sklave seiner esoterischen Überzeugungen – vollkommen inakzeptabel für einen Obersten Anführer. Er würde alles in Gefahr bringen, was Hux und seine Techniker, seine Logiker und Rationalisten erreicht hatten.

Aber das würde Armitage nicht zulassen. Und je wahnhafter Ren wurde, desto leichter würde es sein, die Position des Solo-Sprosses zu untergraben und ihn auszuschalten.

Während der *Falke* zurück in Richtung Schlachtfeld raste, kletterte Rey die Leiter vom Geschützturm nach oben und eilte zu Chewbacca ins Cockpit. Furcht verknotete ihren Magen, als sie sah, dass ein gewaltiges Loch im Schutztor prangte und die Erste Ordnung das Bollwerk des Widerstands beinahe schon erreicht hatte. Dann eröffneten all die

Kampfläufer plötzlich gleichzeitig das Feuer auf einen Punkt vor dem Eingang der Station.

Rey und Chewbacca wechselten einen verwirrten Blick.

»Wir machen besser einen Bogen und nähern uns von hinten«, schlug sie vor.

Der Wookiee knurrte zustimmend.

Der Mann, der auf die verwüstete Ebene hinausgetreten war, war nicht mehr zu sehen, stattdessen erhob sich eine Säule aus Rauch und Feuer über einem Inferno aus gleißender Energie, während die Kanonen der Ersten Ordnung wieder und wieder und wieder feuerten.

Im Kommandoshuttle hatte Kylo Ren sich erhoben, um durch das Cockpitfenster das bizarre Spektakel in der Tiefe zu beobachten. Seine Hände waren zu Fäusten geballt, und Tränen glänzten in den Augen.

»Mehr!«, brüllte er.

Hux blickte ihn beunruhigt an.

»Das sollte jetzt doch ...«, begann er, aber Kylo unterbrach ihn.

»Mehr!«, schrie er.

Der Beschuss hielt an, und das Trommelfeuer aus Laserstrahlen tauchte das weiße Salz ringsum in orangerotes Licht.

»Das ist genug«, sagte Hux, dann, als niemand reagierte: *»Das ist genug!«*

Die Kommandanten der Ersten Ordnung blickten einander verunsichert an. Kylo sagte nichts, sackte nur auf seinen Sessel zurück. Nach ein paar Sekunden wurde Hux' Befehl schließlich weitergegeben, und der Feuersturm ebbte ab.

»Glauben Sie, sie haben ihn erwischt?«, fragte der General spöttisch, und er versuchte nicht mal, seine Verachtung zu verbergen.

Tief unter dem Shuttle brodelte weiter die Wolke aus Rauch und Feuer, und so angestrengt Kylo auch auf die Salzebene hinabstarrte, sein Blick konnte die lodernde, qualmende Zerstörung nicht durchdringen.

Hux musterte ihn mitleidig. »Gut, wenn wir dann so weit sind, können wir das endlich beenden.«

»Sir …«, sagte da der Pilot des Shuttles.

Kylo hob beinahe widerwillig den Kopf – als wäre das, was unter ihnen geschah, nicht real, solange er nicht hinsah.

Doch so etwas funktionierte nur in alten Mythen, wie man sie Kindern erzählte.

Luke Skywalker trat aus dem brennenden Krater. Seine Robe war nicht einmal versengt, sein Blick noch immer ruhig zu ihrem Shuttle nach oben gerichtet. Er wischte sich unsichtbaren Staub von der Schulter und setzte einen abfälligen Gesichtsausdruck auf.

Nach einer langen Pause stand Kylo auf, die Augen wie gebannt auf seinen Onkel gerichtet.

»Bringt mich runter zu ihm«, befahl er dem Piloten. »Behaltet das Tor im Auge und rückt erst vor, wenn ich es euch sage.«

»Oberster Anführer, lassen Sie sich nicht ablenken«, beschwor Hux ihn. »Unser Ziel ist die Vernichtung des Widerstands! Sie sitzen hilflos in ihrer Mine, aber mit jedem Moment, den wir vergeuden …«

Kylo packte den General mit der Macht und schleuderte ihn gegen die Wand des Kommandoshuttles. Der Aufprall war hart genug, um ihn sofort zum Schweigen zu bringen. War er auch hart genug, um ihn zu töten? Möglich, aber das war Kylo im Moment egal.

»Wird gemacht, Sir«, bestätigte der Shuttlepilot hastig.

34. Kapitel

Finn betrat die Mine mit Rose auf seinen Armen und rief nach einem Medipak. Mehrere Widerstandskämpfer eilten herüber und nahmen ihm das bewusstlose Mädchen ab, um es auf eine Schwebetrage zu legen und sie vom Eingang fortzuschieben. Finn blickte ihnen nach, so erschöpft, dass er kaum den Kopf oben halten konnte.

Anschließend blinzelte er zu dem gewaltigen Loch im Schutztor hinüber, wo ein Mann mit einem Lichtschwert sich der gesamten Ersten Ordnung entgegengestellt hatte. Nach dem, was er über Reys Mission wusste – und da der *Millennium Falke* zurückgekehrt war –, hatte er einen ziemlich konkreten Verdacht, wer diese Gestalt sein musste – eine lebende Legende, erschienen in dem Moment, als der Widerstand ihn am dringendsten brauchte.

»War das …?«, fragte er Poe.

»Ich denke schon«, nickte der Pilot.

Für Poe war Luke keine Sagengestalt, sondern ein Mensch aus Fleisch und Blut. Seine Mutter, Shara Bey, hatte ihm von Skywalker erzählt; sie hatte ihn gekannt, hatte seinem Shuttle nach der Zerstörung des zweiten Todessterns Geleitschutz gegeben und ihn anschließend auf einer Mission begleitet.

Als Poe auf Yavin 4 aufgewachsen war, hatte er im Schatten des Unetibaums gespielt, den Skywalker seiner Mutter als Setzling geschenkt hatte – ein Baum, der ursprünglich im Jedi-Tempel auf Coruscant gepflanzt worden war, wie Luke ihr erklärt hatte. Und später, als Poe im Trümmerring um Yavin das Fliegen erlernt hatte, war er zwischen den verbrannten Schrottteilen des ersten Todessterns hin und her gerast, welchen Luke einst in die Luft gejagt hatte.

Doch dann war Skywalker plötzlich verschwunden, um zwischen fremden Sternen uralten Jedi-Geheimnissen nachzuspüren. Nun war er zurück, und Poe spürte: Was immer dort draußen auf den Salzebenen von Crait vor sich ging, es stammte aus einer lange vergessenen Ära – etwas, das die Galaxis vermutlich nie wieder erleben würde.

Der Kommandoshuttle sank langsam vom Himmel herab, und die Triebwerke brummten, während seine gewaltigen Flügel nach oben geklappt wurden. Dann setzte er auf, und einen Moment kauerte er wie ein riesiger schwarzer Raubvogel vor Luke – bis sich die Rampe mit einem hydraulischen Zischen senkte und Kylo Ren auf das rissige Chaos der Salzebene hinaustrat.

Als Luke ihn auf Ahch-To mit Rey entdeckt hatte, hatte er wenig mehr wahrgenommen als die bloße Präsenz seines Neffen. Jetzt nahm er ihn als helles Glühen in der Macht wahr, gleißend vor Stärke und Kraft. Es war die Art Kraft, die Luke für ihn vorausgesehen hatte, zunächst als nahezu grenzenloses Potenzial, dann als gleichermaßen gewaltige Bedrohung.

Genährt wurde diese Kraft von Emotionen, so heftig, dass sie die Macht rings um Kylo zu verseuchen schienen. Zorn quoll aus ihm, und da war auch eine bösartige Grausamkeit, eine Begierde, alles um ihn herum zu verstümmeln und zu zerstören – alles auszulöschen.

Doch diese Emotionen war nicht die stärksten, die Luke jetzt in seinem Neffen wahrnahm. Noch heller als sein Zorn brannte nämlich Kylos Schmerz, seine Furcht. Sie erfüllten ihn, drohten ihn zu verschlingen.

Er hatte versucht, alles abzustreifen, was Ben Solo ausgemacht hatte, einschließlich seines Namens, aber Luke spürte, dass Kylo Ren nur eine Hülle war, und in ihrem Inneren steckte derselbe von Zweifeln geplagte Junge, zu dem er schon damals hatte durchdringen wollen.

Anfangs hatte Luke geglaubt, er könnte heilen, was in Kylo zerbrochen war. Später hatte er das aufgegeben und sich die Schuld am Fall seines Schülers gegeben.

Beides eitle und falsche Reaktionen, wie er nun wusste. Was immer in dem Jungen zerbrochen war, es hatte Lukes Fähigkeiten bei Weitem überstiegen.

Kylo hatte ihn schweigend gemustert, und als er nun sprach, troff seine Stimme vor Hass.

»Alter Mann«, sagte er. »Bist zu zurückgekommen, weil du mir vergeben willst? Weil du mich retten willst, wie mein Vater?«

»Nein.«

Als er erkannte, dass das Lukes einzige Antwort war, griff Kylo nach seinem Lichtschwert. Die rote Klinge knisterte und fauchte, und die aufgewirbelten Salzflocken, die sie berührten, verbrannten zu kleinen Funken.

Lukes Hand senkte sich langsam, bedächtig zu seinem eigenen Lichtschwert, dann schoss ein blauer Lichtfinger aus dem Griff, und er und Kylo gingen in Kampfhaltung, die Augen fest auf die des jeweils anderen gerichtet.

Poe verfolgte die Konfrontation durch sein Fernglas. Die Sonne sank dem Horizont entgegen und projizierte Kylos und Lukes lange Schatten auf die Salzebene.

»Es ist Kylo Ren«, sagte er. »Luke stellt sich ihm allein.«

»Wir sollten ihm helfen!«, rief Finn neben ihm. »Gehen wir!«

Fast hätte Poe gelächelt. War das wirklich derselbe Finn, der erklärt hatte, er wäre nicht hier, um sich einer weiteren Armee anzuschließen? Vor gar nicht allzu langer Zeit hätte er sich vermutlich einen der Gleiter geschnappt und wäre über die Ebene davongerast. Aber er hatte gelernt, dass es andere Wege gab, um zu kämpfen, und dass diese Wege nicht weniger mutig und heldenhaft waren.

Einen Moment studierte Poe noch die beiden Gestalten, die sich vor dem Kommandoshuttle gegenüberstanden.

»Das ist nicht nur eine Familienzusammenführung«, wandte er sich anschließend an die verbliebenen Kämpfer des Widerstands. »Skywalker macht das nicht ohne Grund. Er hält ihn hin, damit wir entkommen können.«

»Entkommen?«, wiederholte Finn ungläubig. »Da steht ein Mann gegen eine Armee. Wir müssen ihm helfen! Wir müssen kämpfen!«

Leia trat zu ihnen, wie üblich gefolgt von C-3PO. Der General wechselte einen kurzen Blick mit Poe.

»Nein«, sagte dieser dann. »Wir sind der Funke, der das Feuer entfacht, das die Erste Ordnung vernichten will. Skywalker tut das, damit wir überleben können. Es muss doch einen anderen Weg aus dieser Mine geben? *Er* kam schließlich auch irgendwie hier rein!«

»Sir, es ist möglich, dass ein natürlicher, nicht verzeichneter Ausgang existiert«, meldete sich C-3PO zu Wort. »Aber diese Einrichtung ist ein Irrgarten endloser Tunnel.

Die Chance, einen Ausgang zu finden, liegt bei fünfzehntausendvierhundertachtundzwanzig zu …«

Während er noch seine grimmige Prognose stellte, erkannte C-3PO an Poes Körperhaltung und Gesichtsausdruck, dass der Pilot ihm aufmerksam lauschte. Das war überaus erfreulich – der Protokolldroide hatte die traurige Erfahrung gemacht, dass die meisten organischen Lebewesen schlechte Zuhörer waren.

Doch dann hob Poe einen Finger. »Sch! Schhhh! *H*ör doch!«

»… eins«, schloss C-3PO, weil es unverantwortlich gewesen wäre, eine so bedeutsame Kalkulation unvollendet zu lassen. Im Gegensatz zu den Wesen um ihn herum musste er nicht extra lauschen, um seine Umgebungsgeräusche wahrzunehmen, nicht mal, wenn sein Vokabulator aktiv war. Er organisierte einfach seine sensorischen Einrücke neu, entsprechend ihrer Wichtigkeit, und schon …

»Oh«, machte er. »Meine auditiven Sensoren erfassen nicht länger …«

»Genau«, nickte Poe.

Er machte ein paar Schritte von der Gruppe fort und starrte in die dunklen Tunnel, die von der Eingangshalle fortführten. Es war still – beunruhigend still.

Finns Augen weiteten sich, als er begriff. »Wo sind diese Funkelfüchse hin?«

C-3PO erwog, Finn daran zu erinnern, dass die besagten Kreaturen tatsächlich Vulptex hießen, aber dann entschied er, dass diese Information angesichts der Situation keinen wesentlichen Wert besaß. Und vermutlich würde es die Mitglieder des Widerstands auch nicht interessieren, dass die korrekte Bezeichnung für eine Gruppe dieser Tiere eine *Sippe von Vulptices* lautete.

Was wirklich eine Schande war. Die Rudelbezeichnungen wilder Tiere gehörten zu den faszinierendsten Eigenheiten organischer Sprachen, und C-3PO wusste von insgesamt fünfhunderteinundzwanzig verschiedenen Sammelbegriffen, einschließlich so kreativer Wortschöpfungen wie *eine Rotte von Rancoren* oder *eine Kolonie von Mynocks.*

Captain Dameron lauschte noch immer. C-3POs auditive Sensoren zeigten jedoch keine Geräusche an, die dem kristallinen Klirren von Vulptex-Fell entsprachen.

Halt, das war nicht ganz korrekt – da *war* ein Geräusch, aller Wahrscheinlichkeit nach von einem einzelnen Vulptex. Und tatsächlich, dort drüben schimmerten helle Augen in der Düsternis.

Während C-3PO noch hinübersah, drehte das Tier sich um und eilte mit klirrenden Schwanz in einen Tunnel. Angesichts von Damerons plötzlicher Faszination für Vulptices beschloss der Protokolldroide, diese Information als relevant einzustufen. Er verstand das Interesse des Piloten zwar nicht, aber er hatte schon lange aufgegeben, menschliches Verhalten begreifen zu wollen.

Poe musste den Vulptex jedoch selbst gesehen zu haben, denn bevor C-3PO ihn über das Verschwinden des Tieres in Kenntnis setzen konnte, winkte der Pilot den anderen zu.

»Folgt mir«, rief er und rannte los.

Alle Augen richteten sich auf Leia. Der General wandte sich von dem fernen Duell auf der Salzebene ab und nickte. »Warum seht ihr mich so an? Folgt ihm.«

Die Kammlinie hinter der Station war im Verlauf von Jahrtausenden durch Salzgletscher umgeformt worden. Sie hatten die einst steilen Berge abgeschliffen, und zurückgeblieben war eine Landschaft aus Felsspitzen und Buckeln, durchzogen von tiefen Rissen.

Der *Falke* flog langsam über dieses felsige Terrain hinweg. Im Cockpit des Frachters hatte sich R2-D2 an einem Interface eingeklinkt, um die Sensordaten zu überwachen.

Nun stieß der Astromech ein fragendes Pfeifen aus.

»Wenn das Signal des Senders unter uns ist, dann müssen sie hier irgendwo sein«, entgegnete Rey. »Scanne weiter nach Lebensformen.«

R2-D2 piepste bestätigend und drängte den Bordcomputer, die Sensoren auf Fokussiermodus umzuschalten, damit sie tiefer unter der Oberfläche nach menschlichen Energiesignaturen suchen konnten.

Der *Falke* antwortete mit einer mürrischen Litanei: Die Sensorantenne ließ sich nicht richtig drehen, weil man die Energieleitungen selbst jetzt, dreißig Jahre nachdem die Antenne abgebrochen und wieder eingesetzt worden war, noch immer nicht ordnungsgemäß ausgetauscht hatte. Offenbar war der Computer nicht glücklich darüber, nach welchen Prioritäten Chewbacca all die nötigen Reparaturen an dem Frachter durchgeführt hatte.

Anschließend beschwerte er sich weiter, dass die Sensoren am helllichten Tag kaum den Hintern eines Bantha erkennen könnten, und R2-D2 unterdrückte ein elektronisches Seufzen. Wenn sie nicht zur Zusammenarbeit gezwungen wurden, lagen der zänkische *Falke* und seine drei Droidengehirne immer über Kreuz. Trotzdem kam R2-D2 normalerweise ganz gut mit dem Schiff zurecht, was vor allem daran lag, dass keines der drei Gehirne C-3PO ausstehen konnte; außerdem hatte eines von ihnen eine Vorliebe für Gerüchte und schmutzige Witze, und R2-D2 hatte für gewöhnlich einen endlosen Vorrat an beidem.

Nun schlug er behutsam vor, dass der *Falke* einen konzentrierten Scan durchführen sollte – nur als Experiment, versteht sich –, fokussiert auf den Bereich, wo das Gegenstück von Reys Sender sein Signal absetzte. Natürlich tat das Schiff erst mal seinen Unmut kund, aber letztlich kam es der Aufforderung nach.

Der Astromech piepste, um Reys Aufmerksamkeit zu erregen – der Scan hatte zahlreiche Biosignaturen erfasst.

Rey spähte aus dem Cockpitfenster und versuchte, das, was R2-D2 gefunden hatte, mit dem in Einklang zu bringen, was ihre Augen ihr zeigten.

Einen Moment später hob sie den Arm. »Chewie! Da drüben!«

Unter ihnen strömten Dutzende Kristallfüchse aus einem Riss im felsigen Boden.

Die Kämpfer des Widerstands folgten dem Fuchs durch einen Irrgarten von Tunneln. Poe befürchtete, dass sie das Tier erschrecken könnten und es vor ihnen Reißaus nehmen würde, aber die Kreatur schien zu verstehen, dass sie ihr nur folgen wollten, und so blieb sie hin und wieder sogar stehen, damit die Flüchtigen mit ihr mithalten konnten. Roses Schwebetrage bildete den Abschluss der Gruppe; ein Cocktail aus Beruhigungs- und Schmerzmitteln sorgte dafür, dass sie weiter bewusstlos blieb, und Finn trottete nervös neben ihr her. Die Einzigen, die hinter ihm gingen – beziehungsweise rollten –, waren BB-8 und C-3PO, wobei Letzterer jeden in Hörweite über die Gefahren des Höhlennetzwerkes aufklärte. Dabei ließ er wirklich nichts aus, von einstürzenden Decken und wegbrechenden Böden über tödliche Stürze, Schnitte durch vorstehende Kristalle und Entzündungen infolge ebendieser Verletzungen bis hin zur Möglichkeit, dass sie hier unten verhungern würden.

Schließlich traten sie aus einem schmalen Gang in eine natürliche Höhle hinaus, in der überall Kristallformationen schillerten. Der Kristallfuchs stand auf einem großen Felsen, und seine Augen leuchteten hell in der Düsternis. Einen Moment lang musterte er die Widerständler, dann hüpfte er von seinem Aussichtspunkt und trippelte in den hinteren Teil der Höhle, wo ein Wall aus Felsbrocken vom Boden bis zur Decke reichte. Dort angekommen, kroch der Fuchs durch eine Lücke, die gerade mal dreißig Zentimeter breit war, und verschwand mit klirrendem Fell außer Sicht.

»Oh, nein«, stöhnte Poe, während er in den winzigen Schacht spähte. Weiter oben war Licht zu sehen, aber es war völlig ausgeschlossen, dass sich einer von ihnen durch diese Öffnung zwängen könnte.

Rey sprang von der Rampe des *Falken* und rutschte über eine Schräge aus Kristallsplittern und Salzbrocken in die Schlucht hinein. Ein letzter Fuchs rannte an ihr vorbei, und der Wind ließ sein Fell singen und klimpern, während er von Felsvorsprung zu Felsvorsprung hüpfte, um den oberen Rand des Hanges zu erreichen.

Rey versuchte zu erkennen, woher das Tier gekommen war, und schließlich entdeckte sie einen schmalen Felsspalt in einer Mauer herabgestürzter Felstrümmer.

Nachdenklich richtete sie sich auf und ließ den Blick über die zerklüftete Landschaft schweifen. Dann lächelte sie.

»Steine hochheben«, murmelte sie.

35. Kapitel

Kylo und Luke starrten einander über die summenden Klingen ihrer Lichtschwerter hinweg an. Methodisch passten beide ihre Haltung an die des jeweils anderen an, ohne einander dabei aus den Augen zu lassen. Ringsum drifteten Salzflocken wie Asche durch die Luft.

»Ich habe dich hintergangen, Ben«, sagte Luke. »Es tut mir leid.«

»Da bin ich sicher«, zischte Kylo. »Der Widerstand ist tot. Der Krieg ist vorbei, und wenn ich dich töte, dann töte ich damit den letzten Jedi.«

Er wartete auf eine Entgegnung seines einstigen Meisters oder einen blitzschnellen Angriff, aber Luke zog nur die Augenbraue hoch.

»Erstaunlich«, sagte er. »Jedes Wort, das du eben gesagt hast, war falsch. Die Rebellion wurde heute wiedergeboren. Der Krieg hat gerade erst begonnen. Und ich werde nicht der letzte Jedi sein.«

Es begann mit einem unmerklichen Beben und dem leisen Rieseln von Staub.

Poe wagte kaum, seinen Sinnen zu trauen, aber es stimmte:

Der Trümmerwall, der sie im Innern der Mine einschloss, bewegte sich. Während er den Soldaten des Widerstands hastig bedeutete zurückzutreten, erhoben sich die Felsen in die Luft, erst einer nach dem anderen, dann mehrere gleichzeitig. Finn, der Roses Hand hielt, blinzelte ungläubig, als Sonnenlicht durch die ersten Spalten hereinfiel. Und Leia lächelte, nachdem ein besonders großer Fels zur Seite geschwebt war und einen Durchgang freigegeben hatte. C-3PO trat nervös von einem Bein aufs andere, aber die anderen eilten an ihm vorbei, nach draußen in die Schlucht, die jenseits der Gesteinsbrocken sichtbar geworden war.

Als Poe aus dem Tunnel auftauchte, sah er Rey vor sich stehen, umgeben von schwebenden Felsen, ihre Augen geschlossen, ein leichtes Lächeln lag auf dem friedlichen Gesicht.

Da öffnete sie die Augen, und die Felsen stürzten in sicherer Entfernung zu Boden.

Die meisten Kämpfer des Widerstands starrten Rey staunend an, aber Finn rannte vor und rief ihren Namen. Einen Moment lang hatte er Angst, dass Rose vielleicht recht haben könnte. Was, wenn Rey sich verändert hatte – und nicht nur im Hinblick darauf, dass sie nun Felsen bewegen konnte? Was, wenn gar nichts mehr übrig war von der jungen Frau, der er von Jakku durch die Galaxis gefolgt war?

Doch dann blickte er in ihre Augen, und auch wenn sie sich verändert hatte, die alte Rey war noch da. Sie warf sich in Finns Arme, gleichzeitig lachend und weinend, und drückte ihn an sich.

»Rey.« Kylo Ren spuckte den Namen aus, als wäre er giftig. »Deine Auserwählte. Du ziehst sie mir vor. Sie hat sich für die alten Wege entschieden, und die alten Wege müssen sterben. Keine Meister mehr. Ich werde sie vernichten. Und dich. Und einfach alles. Das sollst du wissen.«

Luke blickte forschend in seine Augen, aber alles, was er dort sah, war Zorn und Schmerz.

Er deaktivierte sein Lichtschwert, und ein ruhiger, schicksalsergebener Ausdruck legte sich auf seine Züge.

»Nein«, erklärte er. »Auch wenn du mich tötest, erfüllt von Hass, werde ich immer bei dir sein. Genau wie dein Vater.«

Brüllend hob Kylo das Lichtschwert über den Kopf und stürmte auf seinen wehrlosen Onkel zu. Die Klinge sauste auf den Kopf des Jedi-Meisters hinab und schnitt ohne jeden Widerstand hindurch.

So, als hätte er nur mit einem Geist gekämpft.

Die Sonnen von Ahch-To gingen gerade unter, und ihr letztes Licht tauchte den Jedi-Tempel auf der Spitze der Insel in ein leuchtendes Orange.

Auf dem Sims oberhalb des Meeres schwebte Luke Skywalker mehrere Zentimeter über dem Boden, die Augen geschlossen, die Beine übereinandergeschlagen. Sein Gesicht war angespannt, und unter seinem grauen Bart standen die Sehnen an seinem Hals hervor. Tränen strömten über sein Gesicht, während er seine Kraft, seine gesamte Essenz, in die Macht fließen ließ.

Hinter ihm erbebte der Fels, und Staub und Steinbrocken regneten herab.

Kylo geriet ins Straucheln, fand aber rasch das Gleichgewicht wieder und holte zu einem zweiten, brutalen Schlag aus. Doch auch diesmal durchtrennte die Klinge seines Lichtschwerts nur leere Luft.

Luke lächelte seinen Neffen traurig an.

»Wir sehen uns, Kleiner«, sagte er.

Dann löste er sich auf, und Kylo blieb allein auf der verheerten Ebene zurück, während Salzflocken auf ihn herabfielen wie Schnee.

Seine brennenden Augen richteten sich auf die Mine, auf das mächtige Tor, das die Kanone der Ersten Ordnung aufgesprengt hatte.

»Nein!«, schrie er. *»Nein!«*

Luke öffnete die Augen und plumpste auf den Sims hinab, gemeinsam mit den kleinen Steinchen, die ebenfalls in der Luft geschwebt hatten. Er blieb auf dem Rücken liegen, keuchend vor Erschöpfung, während die Zwillingssonnen hinter dem Ozean versanken.

Die Insel rings um ihn war voller Leben, ein Gewirr von Strömungen und Wellen in der Macht, ihre Energien gespeist von den Vögeln und Insekten der Luft, den Fischen und Krustentieren des Ozeans, dem Gras und Moos, das sich an den Hängen festklammerte. All diese Wesen und Dinge waren Quellen dieser Energie, und doch war keines ihr Gefäß. Die Macht durchströmte unbemerkt ihre zerbrechlichen, kurzlebigen Formen, um sich auszubreiten, bis sie sie und alles andere in der Galaxis einhüllte.

Luke hörte das Wimmern des Windes und die Schreie der Vögel, und er hörte seinen eigenen, ungleichmäßigen Atem, das schwächer werdende Schlagen seines Herzens, während er versuchte, sich aufzurichten.

Da war noch etwas – eine Stimme. Vielleicht war sie real, vielleicht auch nur Erinnerung.

Lass los, Luke.

Also ließ er los, und sein Körper schwand dahin. Er

löste sich auf, und dort, wo er auf dem Sims gelegen hatte, kräuselte sich nur noch die Macht. Einen Moment später hatte sich auch diese Konzentration aufgelöst, hinfortgeschwemmt von den zahllosen anderen Strömungen, die die Insel an diesem Herbstabend umwogten. Die Macht floss weiter, wie sie es schon immer getan hatte, leuchtend und weit und endlos.

Reys Hände zitterten, und sie sank auf die Knie, ihre Augen ins Nichts gerichtet. Die müden Soldaten des Widerstands, die zur offenen Rampe des *Millennium Falken* eilten, blieben stehen und starrten die Frau an, die sie gerettet hatte.

Einen Moment später war Leia Organa an ihrer Seite und nahm ihre Hand. Rey zog sie an sich wie eine Ertrinkende, ihr Mund in einem stummen Schrei geöffnet. Leia gab ihr einen Moment, dann zog sie sie wieder auf die Füße hoch.

»Wir müssen los«, sagte sie, ihre Augen traurig, aber warm.

Kylo stürmte durch das Loch in dem titanischen Schutztor, und die Sturmtruppler eilten hinter ihm her, ihre Gewehre erhoben, um Jagd auf den Feind zu machen.

Doch die Mine war verlassen. Alles, was sie noch vorfanden, waren leere Transporter und ein Durcheinander zurückgelassener Ausrüstung.

Kylos Gesicht war eine Maske des Zorns, als er in die Kommandozentrale stampfte. Auch sie war leer – verwaist. Als sie sahen, wie er mit gefletschten Zähnen im Kreis zu gehen begann, zogen die Sturmtruppler sich hastig zurück.

Da erregte etwas auf dem Boden Kylos Aufmerksamkeit. Er bückte sich, und seine behandschuhten Finger schlossen sich um zwei goldene Würfel, die an einer kurzen Kette hingen.

Während er noch auf sie hinabstarrte, spürte er plötzlich ein Beben in der Macht, die Vorwehen einer nur allzu vertrauten Verbindung.

Er starrte Rey an, und sie erwiderte seinen Blick, ihr Gesicht ruhig und furchtlos. Da war kein Hass mehr in ihren Augen, aber da war auch kein Mitgefühl.

Es dauerte nur ein paar Sekunden, dann unterbrach Rey die Verbindung, und Kylo blieb allein in der Düsternis zurück, die Würfel seines Vaters in der erhobenen Hand. Einen Augenblick später lösten auch sie sich auf.

Der *Falke* stieg auf seinen Repulsoren in die Höhe, dann wendete er anmutig, und mit jaulenden Triebwerken schoss er in den Himmel über Crait hoch. Die Schockwelle seines Abflugs kräuselte das Fell mehrerer Füchse, die dem Schiff von einem nahen Felsvorsprung nachblickten.

Ein paar Minuten später hatte der zerbeulte Frachter die Atmosphäre des Planeten verlassen, und bevor die Offiziere auf den Sternzerstörern der Ersten Ordnung auch nur einen Befehl brüllen konnten, war er bereits zwischen ihnen hindurch im Hyperraum verschwunden.

An Bord stellte Leia verwirrt fest, dass der klapprige Frachter von bauchigen, großäugigen Flugkreaturen bevölkert war. Sie schienen wirklich überall zu sein: Ein paar hatten sich in bloß liegenden Kabelsträngen eingenistet, andere spähten aus Wartungsklappen, und einer versuchte gar, sein selbst gewähltes Territorium zu verteidigen, indem er schrill den Soldaten ankreischte, der es gewagt hatte, sich an den Spieltisch zu setzen.

»Husch!« machte Leia und verscheuchte ein weiteres der Tierchen, um ins Cockpit zu treten. »Wann ist diese alte Klapperkiste denn zu einem Vogelkäfig geworden?«

Chewbacca saß auf dem Platz des Kopiloten und bediente die Kontrollen mit einem Fingerspitzengefühl, die man seinen großen, haarigen Pranken gar nicht zutrauen würde. Der Wookiee gurrte amüsiert, dann bedeutete er ihr, sich auf den Pilotensessel zu sitzen.

Hans Platz.

Leias Schritte trugen sie bis zur Rückenlehne, aber nicht weiter. Sie legte die Hand auf das Polster.

»Chewie ...«, murmelte sie, dann brach sie ab, um ihre Emotionen zu bändigen. »Luke ... gab sein Leben für uns. Um uns Zeit zu verschaffen. Um uns zu retten.«

Chewbaccas Hände auf der Konsole wurden langsamer, dann verharrten sie. Einen Moment später stieß der Wookiee ein leises Winseln aus, das tief aus seiner Brust kam. Er ließ die Arme in den Schoß fallen und sank auf seinem Sessel zusammen.

Leia legte ihm die Hand auf die Schulter und blickte in Erinnerungen versunken aus dem Fenster.

Genau dort, wo Chewie jetzt saß, hatte er auch gesessen, als sie das Cockpit des *Falken* zum ersten Mal betreten hatte. Sie erinnerte sich an das Chaos, daran, wie ihre Retter sie rekrutiert hatten, um als zusätzliches Paar Augen nach TIE-Jägern Ausschau zu halten, während sie vom Todesstern fortrasten. Und nachdem der letzte der imperialen Sternjäger zerstört war, hatte sie sich dem verdutzten Wookiee in die Arme geworfen, überglücklich über ihre unglaubliche Flucht.

Später hatten sie viele Stunden gemeinsam in diesem Cockpit gesessen und Wache gehalten, erst während der schier endlosen Reise von Hoth nach Bespin, als sie nicht gewusst hatten, ob die Rebellenallianz überhaupt noch existierte; und dann noch einmal auf dem Rückflug von der Wolkenstadt, nachdem sie Luke gerettet hatten.

Und nun, so viele Jahre später, waren sie wieder hier. So viele Jahre – und so viele Verluste.

»Jetzt sind nur noch wir übrig«, sagte sie. »Aber wir werden einen Weg finden.«

Leia merkte, dass sich Tränen in ihren Augenwinkeln sammelten, und das machte sie wütend auf sich selbst, aber sie konnte sie nicht zurückhalten. Feucht glänzende Linien wanderten über ihre Wangen, während sie still, mit gesenktem Kopf dastand.

Chewbacca blickte zu ihr hoch, seine blauen Augen hell glänzend, und als er Leias Gesicht sah, stand er auf, sodass er hoch über ihr aufragte.

Sie versuchte, ihm zu erklären, dass alles in Ordnung war, aber die Worte wollten einfach nicht über ihre Lippen kommen. Da streckte er die Arme aus und zog sie in einer tröstlichen Umarmung an seine Brust.

Leia vergrub ihr Gesicht im warmen Fell des Wookiees, und während sie sich an ihn klammerte, gestattete sie sich endlich, zu schluchzen und sich der Trauer hinzugeben, die jede Faser ihres Seins erfüllte. Sie weinte um Luke, um Han, um Ben. Um all jene, die sie verloren hatten.

Chewbacca gab keinen Laut von sich, hielt sie einfach nur in seiner überraschend zärtlichen Umarmung, bis Leia sich gefasst hatte und ihr Atem wieder ruhig und gleichmäßig kam. Anschließend löste sie sich von dem Wookiee und blickte in die Unendlichkeit des Hyperraums hinaus. Sie war einmal mehr bereit, das zu sein, was die Überlebenden im Frachtraum des *Falken* von ihr erwarteten.

Als sie nach hinten gingen, fanden sie den Raum voller Kämpfer und Piloten des Widerstands vor. C-3PO erzählte R2-D2 von den zahlreichen Demütigungen, die er erduldet hatte, seit ihre Pfade sich auf D'Qar getrennt hatten, während

BB-8 daneben stand und mitfühlend zwitscherte. Poe unterhielt sich mit Rey, aber er blickte auf und lächelte, als Leia und Chewbacca eintraten; der Wookiee streckte daraufhin den Arm aus und klopfte dem Piloten auf die Schulter.

Auf der anderen Seite des Frachtraums lag Rose in einer Koje, über ihr ein Diagnosescanner, der ihre Biowerte überwachte. Finn wühlte unterdessen in den Fächern der Koje herum. Sie waren – natürlich – mit allerlei Kram gefüllt, und während Leia ihn beobachtete, förderte er Batterien, alte Werkzeuge und mehrere alte Bücher zutage, ehe er schließlich fand, wonach er gesucht hatte: eine Decke, die er vorsichtig über Roses schlafender Gestalt ausbreitete. Als Leia sich umwandte, trat Rey vor sie, in ihren Händen die beiden Hälften von Lukes zerstörtem Lichtschwert.

»Luke Skywalker ist tot«, sagte sie leise. »Ich habe es gefühlt. Aber da war weder Traurigkeit noch Schmerz. Da waren Frieden und Bestimmung.«

Leia nickte. »Ich habe es auch gefühlt.«

Ihr Bruder war eins mit der Macht geworden. Eines Tages würde sie ihm folgen; früher oder später würden sie ihm alle folgen. So war das mit der Sterblichkeit. Aber die Macht war ewig. Sie war überall um sie, verband sie, ließ sie über sich hinauswachsen. Und wo immer die Macht war, war auch ein Teil von Luke.

Niemand geht je wirklich.

Rey blickte von den Hälften des Lichtschwerts zu der Handvoll verletzter, erschöpfter Widerstandskämpfer.

»Kylo ist stärker denn je«, sagte sie. »Er hat eine Armee und hält die Galaxis im Würgegriff. Wie wollen wir da einen neuen Widerstand aufbauen?«

Doch Leia legte die Hand auf Reys Arm und lächelte.

»Wir haben alles, was wir brauchen.«

Jeden Tag stutzten die Lanais auf Ahch-To das Moos und die Unetibüsche, die die Steintreppe der heiligen Insel zu überwuchern drohten; sie fegten vor den Hütten und führten, wann immer nötig, Reparaturen daran durch; und falls Fremde zu Gast waren, kochten die Lanais ihnen Mahlzeiten und wuschen ihre Kleidung, damit die Besucher sich ganz auf das Meditieren oder Ähnliches konzentrieren konnten.

Alcida-Auka hatte diese Pflichten viele Sommer überwacht – seit dem Tag, als ihre Mutter ihr den Titel der Matrone und die damit einhergehende Verantwortung übertragen hatte. Und eines Tages würde sie diesen Titel ihrer ältesten Tochter vermachen.

Falls es ein Muster im Kommen und Gehen der Fremden gab, so hatten die Lanais es nie enträtselt. Im Lauf der Zeit hatte es lange Phasen gegeben, in denen überhaupt keine Outsider auf der Insel gewesen waren, und dann wieder kurze Intermezzi, wenn gleich ganze Gruppen von Besuchern hierhergekommen waren. Ein paar dieser Fremden waren angenehm gewesen und hatten die Gastfreundschaft der Lanais mit Höflichkeit und Güte vergolten. Andere waren augenscheinlich wahnsinnig gewesen – die geheimen Lieder der Hüterinnen erinnerten noch immer an die Jahre, als Feuer und Zerstörung sie aus ihren Hütten vertrieben hatten, bis die Fremden verschwanden und die Dinge wieder in ihren normalen Zustand zurückkehrten. Doch die meisten Besucher hinterließen bei den Lanais nicht wirklich Eindruck; sie konzentrierten sich auf ihr Studium und ließen die Hüterinnen ihre Arbeit tun.

Der letzte Outsider, der die Insel aufgesucht hatte, war ein seltsamer Fall gewesen. Er hatte zahlreiche Artefakte mitgebracht, von denen viele in den Liedern der Lanais erwähnt wurden; Artefakte, die vor langer Zeit von Ahch-To geraubt worden waren. Und er hatte nicht Distanz zu den Hüterinnen gesucht, hatte vielmehr ihre Sprache und ihre Sitten erlernt und war jeden Monat zum Fest der Rückkehr erschienen. Mehr noch, er hatte darauf bestanden, selbst seine Arbeiten zu verrichten, sein eigenes Essen zu fangen und gemeinsam mit ihnen die Hütten instand zu halten.

Nach einer Weile hatte Alcida-Auka ihm den Gefallen getan und seine ungewöhnlichen Tätigkeiten akzeptiert. Danach hatte es keine Probleme mit ihm gegeben – was mehr war, als sie von seiner unhöflichen, zerstörerischen Schülerin behaupten konnte, die er ihnen als seine Nichte vorgestellt hatte.

Nun waren beide fort. Die Schülerin war zuerst gegangen, an Bord ihres Himmelbootes, gemeinsam mit ihren beiden Begleitern; und der Meister war einfach verschwunden. Auf dem Sims über dem Meer hatten die Lanais nur noch seine Roben gefunden. Vielleicht hatte er sich von der Spitze der Insel gestürzt und seinen Körper den Wellen überantwortet. Oder vielleicht hatte er sich selbst aufgegeben und war ein Schatten geworden – oder er hatte sich einfach in dem Licht und der Dunkelheit aufgelöst, die ihn erschaffen hatten. In den Liedern der Lanais gab es Beispiele für Besucher, die alle drei dieser Möglichkeiten gewählt hatten.

Egal wie er verschwunden war, letztlich zählte nur, dass der Fremde Alcida-Aukas Dienste nicht länger benötigte. Was aber nicht heißen sollte, dass es für sie nicht trotzdem viel zu tun gab. Sie mussten eine Hütte wiederaufbauen, einen abgebrochenen Blitzableiter reparieren – das hatte absoluten Vorrang, war die Bibliothek in dem alten Unetistumpf doch gerade erst von einem Blitz in Brand gesetzt worden – und all die anderen Schäden beheben, die die unachtsame Nichte angerichtet hatte. Außerdem gab es wie immer brüchige Stufen zu ersetzen und Moos auszurupfen. Und dann waren da noch die routinemäßigen Arbeiten, die mit jeder Jahreszeit wechselten. Der Winter stand vor der Tür, und dann würden die Lanais – und die nächsten Besucher, falls bis dahin welche eintrafen – auf eingelegten Fisch, getrocknete Algen und die Milch der Thala-Sirenen angewiesen sein. Also galt es, all diese Dinge zu sammeln, solange die Tage noch grün und mild waren.

Alcida-Auka vergewisserte sich, dass eine der Töchter die Roben des Fremden gereinigt hatte, und legte sie dann zu seiner Wollkleidung, seiner Tasche und seinen Stiefeln in die Kleiderhütte. Seine Waffe, seinen Sternenkompass und den Rest seiner seltsamen Ausrüstung ließ sie in eine andere Hütte bringen, wo viele Generationen ähnlicher Gerätschaften Staub ansammelten.

Als Alcida-Auka losging, um die Arbeit der Töchter zu überprüfen, schlang sie ihre Ordenstracht enger um sich. Ein kalter Wind fegte über die Insel und sang von baldigem Schnee. Wenn dieser Schnee kam, würden die Lanais ihn von den Hütten und der Treppe fegen, wie sie es immer schon taten. Alcida-Auka wusste nicht, ob der nächste Fremde noch zu ihrer Zeit nach Ahch-To kommen würde, oder erst zur Zeit ihrer Tochter oder einer anderen Matrone, die noch gar nicht geboren war.

Sie wusste nur, irgendwann würde jemand kommen; und dann würde er alles so vorfinden, wie es sein sollte. Weil die Lanais ihre Pflicht taten.

Auf einer heißen Wüstenwelt saßen drei Kinder in einem schmutzigen Abstellraum.

Temiri mochte Oniho nicht – der ältere Junge ließ sich schrecklich viel Zeit mit seiner Arbeit, wenn Bargwill Tomder nicht in der Nähe war, sodass Temiri und die anderen Kinder umso härter schuften mussten, damit alle Aufgaben rechtzeitig erledigt wurden. Denn wenn sie nicht erledigt waren, schrie Bargwill sie an und schlug und trat sie; manchmal peitschte er sogar jemanden aus.

Der mürrische Aufseher war besonders unleidig, seit die Fathiere ausgebrochen waren – Temiri hatte ihm erzählt, dass die Eindringlinge die Tiere aus ihren Stallungen befreit und all den Ärger angerichtet hatten, aber er befürchtete, dass Bargwill ihm nicht nur nicht glauben würde, sondern er auch noch seinen Zorn auf sich zöge.

An diesem Abend hatte Arashell Sar Temiri gebeten, mit ihr zu kommen, um sich Onihos neueste Geschichte anzuhören. Sie liebte diese Geschichten, und Temiri würde so ziemlich alles tun, um neben ihr sitzen zu dürfen.

Zum Glück war Onihos Geschichte diesmal tatsächlich gut, und er benutzte die Puppen, welche die Kinder aus Abfall, Holzstücken und Draht gebastelt hatten, um seine Worte zu untermalen. Er hatte alles aufgefahren – Spielzeugsoldaten, Spielzeugkampfläufer und Spielzeugraumschiffe.

Temiri konnte der Geschichte nicht recht folgen – sie war zu verworren und hatte zu viele Wendungen –, aber der Höhepunkt war wirklich unterhaltsam: Ein Mann mit einer Waffe, die Oniho ein Lichtschwert nannte, stellte sich einer ganzen Armee gegenüber.

Doch bevor Temiri erfuhr, ob Onihos Held – dieser Luke Skywalker, Jedi-Meister – seine Feinde besiegte, barst die Tür des Abstellraums, und Stallaufseher Bargwill polterte herein. Sein höhlenartiger Schlund spie einen Strom lautstarker cloddogranischer Drohungen aus, und Schleim tropfte aus seinen eingewachsenen NasAntentakeln.

Oniho rannte bereits davon, und während sie ihm folgten, versuchte Temiri, seinen Körper zwischen Bargwill und Arashell zu halten. Hoffentlich würde sie merken, was er für sie tat – in diesem Fall, sich ein paar schmerzhafte Tritte in den Hintern einzufangen. Nicht, dass Arashell seine Hilfe wirklich brauchte – sie flitzte wieselflink an dem Aufseher vorbei in Sicherheit.

Während Bargwill weiter tobte und schimpfte, nahm Temiri unterwürfig seinen Besen und ging wieder daran, die Fathierställe zu fegen. Die Tiere waren gerade bei den Rennen, aber schon bald würden sie zurückkehren, und dann mussten sie gewaschen und gepflegt werden. Es würde also noch viel zu tun geben, bevor sie heute Nacht zu Bett gehen konnten – Temiri hoffte aber, dass Oniho nicht zu müde sein würde, um seine Geschichte zu beenden und ihnen zu erzählen, was aus dem Jedi-Meister geworden war, der allein eine ganze Armee bekämpft hatte.

Die Stalltüren standen offen, sodass er über der Rennbahn den Nachthimmel von Cantonica sehen konnte. Temiri fegte weiter den Boden, aber sein Blick wanderte hoch zu den Sternen. Nach ein paar Sekunden wurden die Schwünge seines Besens langsamer, dann hielt er inne und betrachtete den Ring an seinem Finger. Er hatte ihn von der Frau, der er geholfen hatte, und bislang war es ihm gelungen, dieses Souvenir vor Bargwill verborgen zu halten.

Seine Augen fuhren die geschwungenen Linien des Rebellensymbols nach, und er fragte sich, was wohl aus der netten Frau geworden war. Vielleicht erlebte sie gerade ihre eigenen Abenteuer, dort oben zwischen den Sternen. Abenteuer wie die, die Temiri eines Tages mit Arashell erleben wollte.

Während er zum Himmel hochstarrte, drehte der Junge geistesabwend den Besen in seinen Händen, bis er ihn an seiner Seite hielt wie ein Lichtschwert.

Danksagung

Dieses Buch existiert nur, weil Rian Johnson eine wundervolle Geschichte geschrieben hat und so großzügig war, mich damit herumspielen zu lassen. Würde ich hier meine ganze Dankbarkeit zum Ausdruck bringen, wäre dieser Abschnitt so lang wie eine Kurzgeschichte. Danken möchte ich auch Ram Bergman, der dafür gesorgt hat, dass alles reibungslos lief. Und natürlich wäre nichts von alldem hier möglich gewesen ohne George Lucas und Kathleen Kennedy.

Carrie Fisher hat mich und jeden anderen *Star Wars*-Fan so viel über Leben, Liebe und Verlust gelehrt. Möge dieses Buch ihr Gedenken ehren.

Bei Del Rey möchte ich meiner gütigen, geduldigen, humorvollen Lektorin Elizabeth Schaefer danken, der ich versprochen habe, dass ich sie in den Tonga Room einladen werde, sobald er öffnet. Erich Schoeneweiss war mir ein echter Freund und unermüdlicher Unterstützer, und Tom Hoeler verdient den Dank aller *Star Wars*-Fans für seine Intelligenz, Freundlichkeit und seine Geduld, die eines Jedi-Meisters würdig ist. Großen Dank auch an Alex Davis, Nancy Delia, Scott Biel, Scott Shannon, Keith Clayton, Julie Leung, David Moench und Shelly Shapiro.

Bei Lucasfilm schulde ich so vielen so viel, angefangen mit Michael Siglain, der an mich geglaubt hat und eine Million Dinge mit unerschöpflicher Motivation für mich erledigt hat. Ich danke auch Jennifer Heddle, die mich auf Kurs gehalten und vor so mancher schriftstellerischen Peinlichkeit bewahrt hat, und Pablo Hidalgo und Leland Chee, für all die Lektionen darüber, wie man Geschichten erzählt und sie im Gleichgewicht hält. Ein großes Danke geht an Matt Martin, James Waugh, James Erskine, Sammy Holland, Phil Szostak, Brett Rector, Caitlin Kennedy, Rayne Roberts, Kiri Hart, Dan Brooks, Andi Gutierrez, Justin Bolger, Dennis VonGalle, Dana Jennings, Chris Argyropolous und Anina Walas.

Dieses Buch hat von den Beiträgen vieler anderer *Star Wars*-Autoren profitiert, einer Gruppe wundervoller Chaoten, zu der ich mich voller Stolz dazuzähle. Danke, Elizabeth Wein, Michael Kogge, Alan Dean Foster, Claudia Gray, Delilah S. Dawson, Cavan Scott, Greg Rucka, Chuck Wendig, Cecil Castellucci, John Jackson Miller, Rae Carson, Saladin Ahmed, Mira Grand, E.K. Johnston, Gary D. Schmidt und Alexander Freed. Auch hatte ich das Glück, auf den Arbeiten von Dave Filoni und Brian Daley aufbauen zu können.

Kein Autor bringt es weit ohne Güte, Unterstützung und Ermutigung. In dieser Hinsicht danke ich Dan Wallace, Craig R. Carey, Ryder Windham, Frank Parisi, James Luceno, Karen-Ann Lichtenstein, Rob Valois, J.W. Rinzler, Joanne Chan Taylor, Carole Roeder, Sue Rostoni, Kristen Hidalgo, Dalia Greve, Scott Chernoff, Jonathan Wilkins, Rachel Barry, Steve Sansweet, Nanci Schwartz, Brian Larsen, Tricia Barr, B.J. Priester, Jay Shah, Chris Reiff, Chris Trevas, Jeff Carlisle, Simon Beecroft, Sadie Smith, Karen Miller, James Floyd, Bryan Young, Cole Horton, Sterling Hershey, Kemp Remillard, Mary Ann Zissimos, Meg Roth, Amy Nathanson, Tom Hutchens, Pete Schay, Allan Carscaddon, Jim und Sarah Jones soweit Martha und Robert Bernstein.

Zu guter Letzt bin ich jede Minute jedes Tages dankbar für Emily, Joshua, Mom und Dad.

Bei Danksagungen hat man immer Angst, jemanden zu vergessen; ich kann vermutlich von Glück sagen, wenn ich nur ein Dutzend Personen übersehen habe. Falls du eine davon sein solltest, lass es mich wissen, und ich lade dich gern auf ein Bier und eine Entschuldigung ein.